Viel Spaß beim lesen ♡

Anera Adams

SCHICK & OßWALD
MEDIENVERLAG

ANERA ADAMS

FANTASYROMAN

SCHICK & OẞWALD
MEDIENVERLAG

HERAUSGEBER:
SCHICK & OẞWALD MEDIENVERLAG
Stephanie Schick & Cornelia Oßwald GbR
Kapellenstraße 19 · 89297 Meßhofen
mail@verlag-so.de
www.verlag-so.de

DRUCK:
Druckerei GRAU · 89155 Erbach
www.druckerei-grau.de

ISBN 978-3-9820939-9-4
1. Auflage

Coverdesign: Stephanie Schick
Autorin: Anera Adams

GÖTTER

STERBEN NICHT

A N E R A   A D A M S

Anera Adams ist im August 1990 geboren und lebt inzwischen mit ihrem Partner und zwei Katzen in ihrer Wahlheimat Augsburg. Der Drang zu schreiben begann bereits im Schulalter, doch erst vor einigen Jahren entstand ihr erster Roman. Daraufhin folgten unter anderem „Götter sterben nicht“.

Fantasy-Geschichten sind die große Leidenschaft der Autorin. Sie liebt es, in fremde Welten einzutauchen und ihre Protagonisten vor beinahe unlösbare Probleme zu stellen.

FÜR ALL DIEJENIGEN,
DIE ANGST DAVOR HABEN,
ALLES ZU VERLIEREN.

SELBST IN DIESER
SITUATION
IST ES MÖGLICH,
ALLES ZU GEWINNEN.

KAPITEL 01

Vorsichtig schlug ich die ranzigen Seiten des ersten Wälzers auf. Staub flog in die Luft und kitzelte in meiner Nase. Dank der untergehenden Sonne, die in die Bibliothek schien, konnte ich jedes Partikel sehen. Sie tanzten in der Luft und sackten langsam zu Boden.

Es war still um mich herum. Kein Magier war hier, um in den Seiten der tausenden Bücher zu lesen. Anfangs machte mir die vollkommene Stille, die hier herrschte, Angst. Mittlerweile hatte ich mich aber an sie gewöhnt. Hier im Westflügel konnte ich dem hektischen Magier Alltag für ein paar Augenblicke entfliehen.

Behutsam blätterte ich weiter. Das Buch roch wie mein Zuhause. Alt, ranzig und staubig. Mit dem Finger fuhr ich die ersten Zeilen entlang. Ein leises Kratzgeräusch war zu hören, als meine Haut das Pergament berührte. Hoffentlich verfiel es nicht gleich zu Staub! Es war einer der letzten Bände, die ich über die Alte Welt gefunden hatte. Vielleicht konnte mir dieses hier mehr Antworten geben. Die anderen waren leider wenig aufschlussreich. Bisher hatte ich nur gelesen, dass irgendetwas passiert war, worüber niemand sprach. Und seither nannten die Menschen die Zeitrechnung: die Neue Welt. Und mit der Geburt der Neuen Welt waren alle alten Niederschriften gestorben.

Mit einem Seufzen lehnte ich den Kopf gegen meine Hand. Mir würden bereits einige Informationen über das Leben außerhalb der Magierfeste reichen. Leider war es verbotenes Wissen, solange ein Magier sich in der Ausbildung befand. Ich wünschte, ich könnte diesem Befehl Folge leisten. Es hätte mir viel Ärger erspart.

Nach einiger Zeit hatte ich auch dieses Buch überflogen und nichts Wissenswertes herausgefunden. Verzweifelt stöhnte ich und vergrub mein Gesicht in den Händen. Ich rubbelte mir über die Kopfhaut, presste angestrengt die Augenlider zusammen. Verflucht … Irgendwo musste es Aufzeichnungen geben. Bestimmt wurden sie von den Obermagiern persönlich unter Verschluss gehalten. Warum erzählten sie den Lehrlingen nichts davon? Meine Prüfung war in zwei Jahren. Irgendwann musste ich mich auf die Außenwelt vorbereiten!

»Elen, die Bücherbesessene«, sprach Daralia lachend. »Ich wusste, dass ich dich in der Bibliothek finden würde.« Sie schlenderte um die riesigen Bücherregale und setzte sich zu mir an den kleinen Tisch. Ihre haselnussfarbenen Augen strahlten mich an. Sie hatten eine klein wenig hellere Tönung als meine. Genauso wie ihre langen Haare, die einen schokobraunen Ton hatten. Meines war eher schwarz. Die blasse Haut hatten wir beide. Ebenso wie die vollen Lippen und die hohen Wangenknochen. Wir sahen uns zum Verwechseln ähnlich, was daran lag, dass die Magier uns mit demselben Blut und der Hilfe von Grundan, dem höchsten aller Magiergötter, erschaffen hatten. Sie war der stärkere Zwilling und würde mich bei unserer Abschlussprüfung absorbieren. Dieser Gedanke war nicht schön, zumal ich meine Seele wirklich gern behalten würde. Dennoch war mein Drang zur Außenwelt scheinbar größer, als mich im Unterricht anzustrengen und der stärkere Zwilling zu werden. Wirklich dumm …

»Macht es dich nicht müde, in all den Seiten herumzublättern?«

Ich schüttelte meinen Kopf von den dunklen Gedanken frei. »Nein. Ich wünschte, ich könnte mehr herausfinden.« Mit gesenktem Blick streichelte ich über den Einband des Buches. »Wusstest du, dass die Menschen in der Alten Welt ohne Könige und Regeln friedlich miteinander lebten?« In meiner Sprechpause sah ich gedankenverloren auf meine Finger, die über die alte Schrift strichen. »Verrückt, oder?«

Daralia legte den Kopf schief und sah mich ungläubig an. »Wie soll das denn gehen?«

»Ich weiß es nicht«, antwortete ich kleinlaut. Es war eine seltsame Vorstellung. Soweit ich denken konnte, gab es Regeln, Anführer oder Herrscher.

Wie eine Welt ohne Gesetze aussehen würde? Bestimmt nicht idyllisch. Dennoch las ich von der Alten Welt, die all dies nicht benötigte. Es schien ein Leben voller Harmonie gewesen zu sein. Das war leider alles, was ich in all den Monaten herausfinden konnte.

Frieden … Nachdenklich fuhr ich eine Kerbe im Holztisch nach. Ich hörte von Kriegen in der Außenwelt, als ich zwei Magielehrer belauscht hatte. Irgendetwas musste passiert sein. Die möglichen Antworten auf diese Fragen brachten mich um den Verstand. In meinem Kopf kreiste ein Wort: *Warum?* Bei Grundan! Erschöpft atmete ich lange aus.

Ich sah zu meiner Schwester auf, die mich besorgt ansah. »Wünscht du dir nicht ab und an, die Welt dort draußen sehen zu können?«

Daralia runzelte die Stirn. »Unsere Abschlussprüfung ist in zwei Jahren, Elen. Dann kannst du sie sehen.«

Mir entwich ein trockenes Lachen. »Du weißt, dass ich das nicht kann. Du bist der stärkere Zwilling. Bei unserer Prüfung wirst du meine Kraft in dir aufsaugen und ich werde zu einem Seelenlosen, der die Nachttöpfe ausleeren darf. Das weißt du so gut wie ich.« Angestrengt biss ich mir auf die Innenseite der Wange. Vielleicht war mein eigenes Versagen der Grund, warum ich mich so gern hier versteckte und alten Sagen nachhing.

»Außerdem wüsste ich nicht einmal, welchen Beruf ich dort draußen ausüben sollte«, schob ich nach.

Als meine Schwester mich mitleidig ansah, sprach ich weiter: »Du wirst eine wundervolle Magieheilerin, Daralia. Die sind gefragt. Was soll ich hingegen tun?«

»Du findest bestimmt noch deine Berufung.« Daralia beugte sich über den Tisch und streichelte meine Schulter. Diese Geste munterte mich wenig auf. Ich war ein Nichts. Zu faul zum Lernen, zu wissbegierig auf Dinge, die nicht unterrichtet wurden. Es interessierte mich nicht, wer der erste Magier war, welche Kräuter Schwangeren halfen oder wie man eine Blütensalbe anrührte. Als ob ich solche Dinge in der Außenwelt gebrauchen könnte.

»Vielleicht wirst du irgendwann über die Alte Welt unterrichten.« Daralia lächelte schief. Ihre Augen lachten jedoch nicht mit. Ihr gefiel meine Wissbegierde nicht und ich konnte es ihr nicht verübeln. »Du kannst Dinge gut erklären.«

Ich musste schmunzeln. Sie war in vielen Dingen reifer als ich. Oder sie nahm die Welt einfach so hin, wie sie war.

Aber ich konnte es nicht. Egal, wie viel Mühe ich mir gab, es half einfach nichts. Meine unstillbare Neugierde wäre nicht einmal das Schlimmste, wären da nicht diese verdammten Träume. Träume, die ich nicht haben durfte, weil kein einziger Magier träumen konnte! Als wieder diese Bilder vor meinen Augen auftauchten, schloss ich die Lider und verkrampfte die Finger.

»Alles in Ordnung?«, riss mich meine Schwester aus den Gedanken.

Müde lächelte ich sie an. »Du hast doch das Wahlfach Traumdeutung der Menschen gewählt?«

Daralia lehnte sich zurück, verschränkte die Arme und sah mich misstrauisch an. »Träumst du etwa?«, fragte sie deutlich resigniert.

Ich biss mir auf die Innenseite meiner Wange. Mist, das war vielleicht keine gute Idee gewesen. Der letzte Magier, der träumen konnte, wurde zerstückelt. Das wollte ich nicht unbedingt riskieren. Auch wenn ich fest daran glaubte, dass Daralia dieses Geheimnis für sich behielt.

»Nein. Ich interessiere mich nur für die Träume. Es muss schön sein, im Schlaf andere Welten bereisen zu können«, log ich und starrte ein willkürliches Buch im Regal an.

»Seit wann hast du diese Träume?«

Ich erstarrte. Mein Blut rauschte in den Ohren. Mein Herz pochte so laut, dass ich meinte, sie müsste es hören. »Ich ... ähm ...«

Daralia umfasste meine Hand und drückte fest zu. Ihre Augen verhärteten sich. »Sag schon, Elen. Wie lange?«

»Seit ein paar Wochen.« Ich räusperte mich, schaffte es nicht, meine Schwester anzusehen. Mein Blick verwuchs mit dem Dielenboden. Erst, als ich ein Schluchzen hörte, sah ich auf.

Tränen stiegen in ihre Augen. »Das ist kein gutes Zeichen! Bitte«, wisperte sie, »geh zu den Magieheilern.« Ihre Unterlippe bebte. Angestrengt zog sie die Augenbrauen so fest zusammen, dass eine tiefe Furche dazwischen zu sehen war.

»Damit sie mich umbringen?«, stieß ich hervor und zog meine Hand unter Daralias weg. Entgeistert stand ich auf, lief nervös im Kreis herum.

»Bist du verrückt?« Mehr brachte ich nicht zustande. Ich war vollkommen fertig. Wie konnte meine Schwester so etwas vorschlagen? Sie wusste, was mit den träumenden Magiern passierte! Meine Hände wurden feucht. Verzweifelt fuhr ich durch meine Haare. Mein Herz fühlte sich seltsam zerrissen an.

»Aber Elen! Du könntest etwas in dir tragen, was gefährlich ist. Träumen ist menschlich. Es gehört nicht zum Blut der Magier!«

Fassungslos drehte ich mich von ihr weg, ignorierte ihre Worte und starrte die kalten Mauern an. Nicht wissend, was ich denken sollte, schüttelte ich den Kopf. Kämpfte gegen meine Tränen an. Es war eine Mischung aus Wut und Trauer. Die Magieheiler wären mein Todesurteil. Irgendwie hatte ich gedacht, ich könnte meiner Schwester vertrauen. Dass es nicht so war, gab mir das Gefühl, keine Luft mehr zu bekommen.

Als eine warme Hand meinen Rücken berührte, zuckte ich zusammen. Langsam sah ich auf und blickte in Daralias haselnussfarbene Augen.

»Was siehst du in deinen Träumen?«, fragte sie mich mit einem traurigen Unterton.

Eine Träne rann mir die Wange hinab. »Eine Familie. Eltern, die ihre Kinder verlieren. Zwei Mädchen.« Ich schluckte. »Sie rufen ihre Namen. Immer und immer wieder.«

Daralia stutzte. »Welche Namen sind das?«, fragte sie leise, als hätte sie Angst, jemand würde uns belauschen. Ihre Schultern sackten ein. Sie rieb sich über die Arme, als wäre ihr kalt.

»Daralia und Elen.«

Für kurze Zeit blieb der Mund meiner Schwester offen stehen. Sie brachte keinen Ton heraus. Ihr Körper erstarrte. Nicht einmal ein Finger zuckte. Dann bewegte sie sich wieder, als wäre nie etwas gewesen. »Das ist mit Sicherheit nur Zufall.«

»Du gehst ganz schön leichtsinnig mit Zufällen um.«

Daralia funkelte mich an. »Ich muss jetzt zum Unterricht.«

Ich nickte und war froh, das Thema wechseln zu können.

Meine Schwester lief zur Tür. Bevor sie verschwand, drehte sie sich noch einmal zu mir um. »Bitte, mach nichts Unüberlegtes.«

»Das werde ich nicht. Du kennst mich doch.« Ich zwinkerte ihr übertrieben zu.

Daralia verdrehte die Augen. Dann war sie verschwunden.

Nach dem Abendessen trottete ich durch die endlosen Gänge. Der graue Stein der Wände schimmerte im Licht der Fackeln. Vereinzelt hingen Bilder von einst mächtigen Magiern an der Wand.

»Leere deine Taschen«, pflaumte mich ein Wächter an, in den ich beinahe hineingerannt wäre. Ich sah auf und erkannte einen blonden Schönling. Wahrscheinlich nicht älter als ich. Dennoch ließen die tiefen Furchen und die Narben auf seinem Gesicht ihn wesentlich älter wirken.

Verlegen kratzte ich mich am Nacken. Ich hatte nicht gewusst, dass ein neuer Wächter für unsere Etage verpflichtet worden war. Dieser Mann sah netter aus, als sein grimmiger Vorgänger. Anlegen wollte ich mich dennoch nicht mit ihm. Schließlich waren die Wächter immun gegen Magie. Diese Männer waren zu einem einzigen Zweck hier: die Lehrlinge zu beschatten und bei jeder Veränderung ihrer Kräfte einzugreifen. Mehr als einmal hatten sie einen Schüler auf Verdacht der Blutseherei getötet. Bei diesem Gedanken bekam ich eine Gänsehaut.

Vorsichtig reichte ich dem Wächter meine Ledertasche. Er durchsuchte sie und gab sie mir kurze Zeit später wieder. »Du kannst weiter.«

Stumm nickend drehte ich mich um, bog nach links und lief die letzten Meter zu meinem Zimmer. Die Holztür gab knarrend nach. Als ich im Inneren ankam, war die Sonne bereits untergegangen. Nur eine kleine Kerze schenkte mir spärliches Licht.

Ich warf mich auf das Bett und dachte lange über Daralias Worte nach. *Träumen ist menschlich.* Aber ich war kein Mensch. Durch meine Adern floss Magie. Ich wurde erschaffen aus dem Blut mächtiger Magier und der Kraft des Magiegottes. Ebenso wie alle anderen hier. Aber ich sah diese Bilder! Waren es keine Träume, sondern Erinnerungen? An meine Eltern? Nein. Das konnte nicht sein. Missmutig verzog ich den Mund. Niemand hatte Eltern. Wir wurden erschaffen. Nicht geboren.

Der Kreis meiner Gedanken flog schneller an mir vorbei. Mit einem Ruck zog ich die Bettdecke über mich und fiel in einen unruhigen Schlaf.

KAPITEL 02

»Elen!«, hörte ich eine weibliche Stimme. Sie klang gehetzt. »Elen! Du musst verschwinden!«

Ich wälzte mich im Bett hin und her. Spürte, wie meine Stirn schweißnass wurde. Krampfhaft presste ich die Fingernägel in die Bettdecke. Stöhnte, konnte dennoch nicht aufwachen. »Elen!«, schrie die Frau so laut, dass ich kreischend in die Senkrechte sprang. Panisch starrte ich nach links, nach rechts. Ich japste nach Luft, versteckte mich hinter der Bettdecke. Niemand war hier! Hechelnd sackte ich zusammen und vergrub mein Gesicht in den Händen. Kalter Schweiß perlte von meiner glühenden Stirn. Wieder dieser Traum. Verflucht noch mal! Es war alles so real. Ich betrachtete meine zittrigen Finger. Mit Mühe ballte ich die Fäuste, um mich zu beruhigen. Es half nichts. Die Schweißperlen tropften mir das Kinn hinunter. Erschöpft schlang ich die Arme um die Knie und schloss die Augen. Die Bilder tauchten abermals auf.

Bilder, die ich eigentlich nicht sehen können sollte; und doch waren sie da. Die Frau tauchte vor mir auf. Ihre braunen Augen blickten mich sorgenvoll an.

Du musst verschwinden! Diese Worte liefen in Dauerschleife durch meinen Kopf. *Verschwinden! Verschwinden!* Verzweifelt fuhr ich mir über die Schläfe. Der Ring, den meine Schwester mir einst geschenkt hatte, lag eiskalt auf meiner Haut. Bei Grundan! Was war das nur? Warum hörten die Träume nicht auf? Inzwischen gab es keine Nacht, in der ich mehr als ein paar Stunden geschlafen hatte. Im Unterricht konnte ich mich immer weniger konzentrieren. Meine Noten wurden seitdem rapide schlechter. So würde ich niemals die Abschlussprüfung bestehen. Etwas stimmte nicht mit mir. Wenn ich mich wenigstens jemandem anvertrauen könnte.

Selbst meine Schwester war bereit, mich zu den Magieheilern zu schicken. Was würden dann andere Lehrlinge mit mir anstellen? So ging es nicht mehr weiter. Ich musste herausfinden, warum ich träumen konnte! Es musste einen Grund dafür geben. Vielleicht war auch das Blut, aus dem ich erschaffen wurde, verdorben und es stammte von einem Blutseher? Oder ich war krank und brauchte nur eine Essenz? Dann würde alles wieder in seinen geregelten Bahnen laufen. Ich könnte mich wieder konzentrieren und lernen und würde die Prüfung bestehen. Meine komplette Existenz hing davon ab.

Meine Augen brannten, als hätte ich zu lange in eine Fackel gesehen. Wie ich es drehte und wendete, ich fand einfach keine Antworten darauf. Wieso interessierte mich die Außenwelt so sehr? Warum wollte ich unbedingt wissen, wie die Alte Welt gestorben war? Als Magier hatten mich diese Dinge nicht zu interessieren. Aber wenn sie etwas mit meinen Träumen zu tun hatten? Ständig hatte ich das Gefühl, jemand flüsterte mir diese Dinge zu. Der Drang, etwas darüber herauszufinden, brachte mich noch um. Verzweifelt schlug ich meinen Hinterkopf gegen das Holzbett. Wenn das nicht endlich ein Ende nahm, würde ich durch die Prüfung fallen und würde zu einem Seelenlosen werden. Ohne Gefühle, ohne Angst. Ein leeres Wesen, das die Dinge tat, die ihm aufgetragen wurden. Nicht mehr und auch nicht weniger. Allein bei dieser Vorstellung wurde mir schlecht. Ich wollte fühlen, wollte die Welt sehen. Wenn ich das erreichen wollte, mussten die Träume endlich aufhören! Ich musste etwas tun. Die Antworten auf meine Fragen lagen in den Gemächern der Lehrer verschlossen. Oder zumindest in ihren Arbeitszimmern. Vorsichtig schielte ich zu meiner Tür. Dann schüttelte ich energisch den Kopf.

Bist du verrückt? Vergiss es! Du wirst nicht in das Arbeitszimmer des Obermagiers einbrechen. Seufzend verschränkte ich die Arme, ging im Kopf alle Möglichkeiten durch. Im Unterricht hatten wir gelernt, wie wir mit unserer Magie und Willenskraft Dinge öffnen konnten. Dazu gehörten auch Schlösser, Truhen und so viel mehr. Mit Sicherheit war es von den Magiern nicht angedacht, mit diesem Wissen in das Arbeitszimmer des Obermagiers einzubrechen, aber es hinterließ keine Spuren. Ich könnte es versuchen und endlich Antworten auf die Fragen finden, die mich schon so lange quälten. Gleichzeitig könnte ich dabei sterben, was wahrscheinlich der Fall sein würde.

Innerlich zerrissen fuhr ich mir über die Schläfen. Es war mitten in der Nacht. Von draußen kamen keine Geräusche mehr und der Mond strahlte hell in mein Zimmer. Kein Lehrling durfte zu dieser Zeit aus den Gemächern. Wenn die Wächter mich erwischen würden, würde es Ärger geben.

Aber wenn die schlaflosen Nächte so weitergingen, würde ich die Prüfung niemals bestehen. Ich schüttelte den Kopf. Das rechtfertigte keinen Einbruch!

Aber ich könnte … *Tu das nicht!,* schrie mich mein Gewissen an. Mit zusammengekniffenen Augen sah ich zwischen der Tür und meinen Füßen hin und her. Wieder zur Tür. Wieder zu meinen Füßen. Da lief ich auch schon los, packte eine frische Kerze ein und spähte durch den

Spalt. Eine eisige Kälte wehte mir entgegen. Es war still. Nur mein lauter Atem störte die Ruhe. Heiliger! Was tat ich denn da?

Mit schweißnassen Fingern zog ich die Tür weiter auf. Die Fackeln an den Wänden im Flur tanzten. Der neue Wächter lief wohl gerade seine Runde, denn ich sah ihn nicht. Jetzt oder nie! Ich quetschte mich hindurch und schloss die Tür leise hinter mir. Sie klackte! Verzweifelt presste ich die Lider zusammen und biss mir auf die Lippe. Verdammt, hoffentlich hatte es niemand gehört. Als ich keine Schritte der Wächter hörte, schlich ich blitzschnell in den rechten Gang.

Der graue Teppich unter meinen Füßen war hässlich. Aber er dämpfte meine Schritte ab. Für irgendetwas musste er ja gut sein.

Ich kam mir wie der größte Verbrecher aller Zeiten vor. Wenn ich so recht darüber nachdachte, war ich das auch. Mein Plan war, in das Arbeitszimmer des Obermagiers einzubrechen! Himmel! Als ich das in meinem Kopf hörte, wollte ich sofort umdrehen. Meine Beine hingegen liefen mutig weiter. Ängstlich sah ich die hohen Steinwände an. Sie schienen sich zu beugen und mich unter sich begraben zu wollen. Mein Blut rauschte in den Ohren. Angstschweiß lief mir den Rücken hinab. Eine eisige Kälte kroch unter meine Haut. Schlotternd rubbelte ich über meine Oberarme. Mit letzter Kraft konnte ich meine Zähne vom Klappern abhalten. Die Bilder an den Wänden … Ich legte den Kopf schief. Sie … Sie bewegten sich?

Das ist nicht real! Lauf weiter! Nicht real. Nicht real. Mit jedem Herzschlag verlor ich mehr den Verstand! Mein Atem ging stoßweise. Ich sollte in mein Zimmer zurück!

»Hast schon gehört? Morgen wollen sie wieder Lehrlinge zur Wandlung schicken«, sagte eine männliche Stimme in nicht allzu weiter Ferne.

Ich erstarrte im Lauf, bewegte mich kein Stück. Mein Herz hämmerte gegen die Brust. So stark, dass mir schwindlig wurde. Woher kam die Stimme? Verflucht! In den endlos langen Gängen konnten die Wächter hinter jeder Ecke auftauchen. Krampfhaft ballte ich die Fäuste.

Ich musste mich verstecken! Sofort!

»Hab ich schon gehört. Die armen Schweine. Aber sind ja nur die Schwachen. Die mit Potenzial werden anderweitig gebraucht.«

Ein anderer Mann lachte. Dann hörte ich Schritte. Sie kamen auf mich zu, wurden lauter! *Oh nein!* Panisch sah ich nach links. Nach rechts. Nirgends ein Unterschlupf. Die Wächter würden mich erwischen.

Moment. Elen, in welchem Stockwerk bist du?

Ich drehte mich ruckartig um und sah mir die Gemälde an den Wänden an. Alte Magier in Rüstungen. Die gab es nur im zweiten Stock. Die Gemeinschaftsräume! Natürlich! In gebückter Haltung schlich ich los. Am liebsten wäre ich gerannt, aber das hätten die Wächter gehört.

»Seit wann hast du Mitleid mit den Magiern?«, sprach der Mann, der eben gelacht hatte. Seine Stimme war rau, gefährlich und schenkte mir eine Gänsehaut.

Weiter! Weiter!

Vorsichtig linste ich nach vorn und erkannte die Tür zu den Gemeinschaftsräumen. Die Schritte der Männer wurden lauter. Ihre Stiefel schleiften über den Teppich. Sie mussten bald hier sein. Mit feuchten Fingern drehte ich am Knauf. Dabei wagte ich es nicht, mich umzudrehen. Die Tritte verbanden sich mit meinem rasanten Pulsschlag. Das Schloss sprang auf und ich hechtete hinein. Gerade rechtzeitig schloss ich sie wieder. Kurze Zeit später hörte ich die Wächter vor den Gemeinschaftsräumen. Wenn sie hier auch nach dem Rechten sehen wollten?

Die Männer hielten direkt vor der Tür inne. Was hatte ich mir nur dabei gedacht! Panisch versteckte ich mich hinter den dicken Vorhängen.

Da traten die Wächter auch schon ein.

Tränen stiegen in meine Augen. Wie dumm war ich? Meine Abschlussprüfung war in zwei Jahren! Ich riskierte alles. Wofür? Um wieder durchschlafen zu können? Was für ein kurzsichtiger Gedanke!

»Um deine Frage zu beantworten, Karan«, begann einer der Männer. Er lief unweit von mir entfernt durch den riesigen Saal. »Ich kann die Magier nicht leiden. Niemand sollte Magie besitzen. König Frekkon hat mit jedem seiner Worte recht. Dank ihm werden sie endlich ausgesiebt. Wenigstens kommen die Schwachen hier nicht raus. Wie viele unserer Männer wurden schon durch Blutseherei niedergerafft?«

Hier nicht raus? Aber es gab doch Magier außerhalb! Wir wurden ein Leben lang ausgebildet, damit die starken Zwillinge danach in die Welt dürfen. Was, bei Grundan, hatte das alles zu bedeuten?

»Zu viele, mein Freund. Zu viele«, sprach wieder der andere. »Die gehören eingesperrt wie Tiere, denn nichts anderes sind sie. Ekelhafte Wesen, diese Magier.«

»Die Wandlung haben sie deshalb trotzdem nicht verdient.«

»Ach, komm schon. Weniger Magier haben noch nie geschadet. Oder hast du dir etwa eine Magierin fürs Bett geholt, die deine Meinung geändert hat?« Die tiefe Stimme des Mannes bohrte sich in mich hinein. Es war, als würde der Hauch seines Atems über meine Haut kriechen. Eisig kalt. Ich fröstelte, hielt mich davon ab, mir über die Arme zu reiben.

Der freundlichere Wächter lachte nervös. »So ein Quatsch!«

Ich zwang mich, komplett still zu stehen. Nur das Rauschen in meinen Ohren und mein Herzklopfen könnten mich enttarnen. Was war eine Wandlung? Egal, was es war, es hörte sich nicht gut an. Genauso wenig, wie die Worte der Männer.

»Lass uns endlich zu den anderen gehen und den Tag der Drei feiern.« Er fügte lachend hinzu: »Und was saufen. Hier ist niemand und wir sind garantiert die Letzten, die hier noch Patrouille schieben müssen.«

Die Tür wurde geöffnet, wieder ins Schloss geschmissen und ich atmete auf.

Kraftlos rutschte ich die eisige Mauer hinab zu Boden. Meine Stirn sackte auf die Knie. Ich zitterte, während jedes Wort der Wächter in mir nachhallte. Wer war König Frekkon? Was war eine Wandlung und dann die Aussiebung der Schwachen? Und was war der Tag der Drei? Es schien irgendein heiliger Tag unter den Wächtern zu sein.

Ausgelaugt atmete ich tief durch, überlegte, zurück in mein Zimmer zu gehen. Andererseits war ich meinem Ziel so nahe. Mich trennten noch eine Ebene und ein Gang vom Arbeitszimmer des Oberzauberers und in diesem Moment packte mich der Ehrgeiz. Ich wollte alles erfahren. Wollte wissen, was die Wandlung war und so vieles mehr.

Mit meinem letzten Mut trieb ich mich auf die Beine und schlich mich aus dem Gemeinschaftsraum. Wieder empfing mich die Kälte der Flure. Schlotternd lief ich bis zur Wendeltreppe, sah mich noch einmal um und nahm dann mehrere Stufen auf einmal.

Im oberen Stockwerk angekommen ging ich eng an der Steinmauer entlang, um mit den Schatten zu verschmelzen. Es war still. Ich hörte weder Schritte noch Stimmen. Nur die Schenke, die für die Wächter in der untersten Ebene errichtet worden war, war dumpf zu hören.

Lautlos versteckte ich mich hinter einer Mauer und blinzelte in den dunklen Gang. Es schien keine Wache vor dem Arbeitszimmer zu stehen. Ob es jemals bewacht wurde oder ob die Wächter ebenfalls bei diesem Tag der Drei waren, wusste ich nicht. Im Moment war es mir egal. Blitzschnell machte ich einen Satz nach vorn und hastete zu dem Raum. Das fahle Licht spielte mit den Schnitzereien der mächtigen Tür. Das goldene Schloss blendete in tiefer Nacht. Irgendwie wirkte es falsch. Viel zu mächtig für einen so spärlichen Gang.

Ich atmete einige Male tief ein, um meinen schnellen Herzschlag zu beruhigen. Vorsichtig, um kein Geräusch zu verursachen, kniete ich mich vor den Knauf. *Einatmen, ausatmen. Einatmen* … Hochkonzentriert schloss ich die Augen. Doch es half nichts. Mein Herz hämmerte so stark gegen meine Brust, dass ich schwankte.

Mist, ich musste mich beeilen! Atemlos legte ich meine Hand auf das Schloss und ließ meine Magie strömen. Sie drang ein, zeigte mir das Innenleben. Mit meiner anderen Hand bewegte ich die Riegel. Bei Grundan, war das ein ausgeklügeltes System! Es dauerte eine Ewigkeit, bis ich das erste Klack-Geräusch hören konnte.

Nach verzweifelten Momenten hatte ich endlich die zweite Verriegelung gelöst. Mit einem leisen Geräusch sprang die Tür auf. Erleichtert atmete ich aus. Bevor ich aufstand, holte ich die dicke Kerze hervor und erzeugte Hitze. Magier konnten nicht über die Elemente herrschen, aber mit genügend Wärme konnte man auch den stärksten Docht zum Glühen bringen. Als ich eine kleine Flamme hatte, trat ich ein.

Staubige Luft empfing mich. Ebenso wie eine Wärme, die ich nur vom Kaminfeuer kannte. Doch hier brannte nichts.

Mit einem Ziehen in der Brust sah ich mich um. Die alten Dielen knarrten und ich spürte das trockene Holz unter meinen Füßen. Ein großes Fenster schenkte ein wenig Licht und warf einen silberfarbenen Schimmer auf die deckenhohen Bücherregale. Also doch! Ich wusste es! Der Obermagier versteckte hier die Bücher, die das jahrhundertealte Wissen enthielten. So sahen die ranzigen Einbände zumindest aus. Dünne Staubschichten lagen auf den Buchrücken und ließen die Titel nur schwer erkennen. Spinnen machten es sich auf einigen Wälzern gemütlich und ich bekam einen Würgereiz. Es wunderte mich, dass die Privatbibliothek in einem derartigen Zustand war. Womöglich wurden hier jedoch nur Bücher aufbewahrt, die sonst niemand lesen sollte - und der Obermagier kannte jedes von ihnen auswendig.

Behutsam stellte ich die Kerze auf dem bulligen Tisch ab und krallte mir das erste Buch. Die Schrift war schwer zu entziffern. Die goldene Farbe war längst verblasst. Es könnte aber »Die Regeln der Feste« heißen. Das war jedoch nur eine Vermutung. Vielleicht hieß es auch »Was gibt es heute zu Mittag?«.

Stehend schlug ich die ersten Seiten auf. Sie waren so zart, dass ich

Angst hatte, sie würden zerfallen. Deshalb entschied ich mich, lautlos den Stuhl anzuheben und mich zu setzen. Ich begann, vorsichtig zu blättern. Die Handschrift war atemberaubend. Geschwungen, ineinander verflochten. Jemand gab sich damals viel Mühe, diesen Band mit traumhaft schöner Schrift zu füllen.

Ich fuhr die Buchstaben nach und fühlte die kleine Erhebung der Tinte. Dann las ich:

Die Magier der Feste von Eros werden ausgebildet, um der Welt ihre Dienste zu leisten. Sie werden Magieheiler, Krieger in der Magier Armee oder Wachstumshelfer auf dem Land.

Ihre Aufgabe ist es, die Welt ins Gleichgewicht zwischen Menschen und Magie zu bringen. Sie geben ihr Leben für das Wohl der anderen. Ein anderes Leben ist genauso lebenswert, wie das eigene.

Diese Leitsätze waren mir mehr als bekannt. Die Lehrlinge mussten sie ständig wiederholen. Ich blätterte einige Seiten weiter. Die Kapitelüberschrift »Beginn der Lehre« ließ mich innehalten.

Sobald bei einem Kind Magietätigkeiten festgestellt werden, ist es die Aufgabe der Wächter des Höchsten, dieses von seinen Eltern zu trennen und in die Feste von Eros zu bringen. Den Wächtern steht es frei, zu den nötigen Mitteln zu greifen, um die Kinder zu uns zu bringen. Zur eigenen Sicherheit der Magier wird den Neuankömmlingen beim Eintritt das Gedächtnis gelöscht, was ihnen ebenso die Träume nimmt. Den Lehrlingen ist es zu keiner Zeit mehr möglich, sich an ihre Vergangenheit zu erinnern, damit sie sich vollständig auf ihre Kräfte konzentrieren können.

Meine Hände zitterten. Ein eisiger Schauer schoss meinen Rücken hinunter. Tränen bildeten sich in meinen Augen. Ich musste mich verlesen haben! Um sicherzugehen, alles richtig verstanden zu haben, las ich noch einmal nach.

Gedächtnis gelöscht. Von den Eltern getrennt. Gelöscht, getrennt.

Mir wurde speiübel, gleichzeitig bekam ich keine Luft mehr. Die Worte *Eltern* und *gelöscht* liefen in Dauerschleife durch meinen Kopf. Wir wurden nie erschaffen, sondern hatten tatsächlich richtige Eltern? Aus Fleisch und Blut? Meine Träume waren also Erinnerungen? Erinnerungen an mein wirkliches Leben vor der Feste? An meine wirkliche Heimat? Mein echtes Zuhause?

Ich schüttelte den Kopf, um wieder klar denken zu können. Die Feste hatte meine Eltern ermordet. Mein Gedächtnis gelöscht. Daralias Gedächtnis gelöscht! Bei Grundan - sie war meine leibliche Schwester. Aber das ergab doch alles überhaupt keinen Sinn.

Voller Wut ballte ich die Fäuste. Ich musste sofort zu Daralia!

Mit einem Ruck klappte ich das Buch zu und platzierte es wieder fein säuberlich im Regal.

Ich pustete die Kerze aus, schloss leise die Tür und schlich so lange durch die Gänge, bis ich an Daralias Zimmer ankam. Ohne zu klopfen, trat ich ein.

Ein ruhiger Atem war zu hören. Meine Schwester schlief. Mir schmerzte jetzt schon das Herz, sie gleich aufwecken zu müssen. Mit vorsichtigen Schritten lief ich zu ihrem Bett. Behutsam setzte ich mich zu ihr und rüttelte an ihrer Schulter.

Ein Murren ertönte.

»Daralia«, flüsterte ich und die Augen meiner Schwester sprangen erschrocken auf. Sie sah mich an, als hätte sie einen Geist gesehen.

»Elen«, flüsterte sie. »Was soll das?«

»Ich würde es nicht tun, wenn es nicht wichtig wäre.« Ich schluckte, überlegte, wie ich es ihr am besten sagen sollte.

»Ich habe etwas entdeckt«, begann ich.

Meine Schwester rappelte sich auf und sah mich finster an. »Ich sagte, mach keine Dummheiten.«

»Aber es war wichtig.«

Sie verschränkte die Arme. »Wichtig? So wichtig, dass du dich mitten in der Nacht in mein Zimmer schleichst und mich weckst?«

Mit zusammengepressten Lippen nickte ich. »Ja, so wichtig. Ich habe mich in das Arbeitszimmer des Obermagiers geschlichen.«

Daralia klappte der Kiefer nach unten, dann verfinsterte sich ihr Ausdruck. »Ich will nichts davon wissen.« Trotzig schlug sie die Decke über sich und rollte sich von mir weg.

»Bitte, hör mich an!«

»Nichts davon ist wichtig, Elen«, giftete sie mich an. Als wären ihre Worte nicht schon wie eine Ohrfeige, setzte sie sich wieder auf das Bett, schlug mir gegen die Schulter und zischte: »Du schleichst dich nachts aus deinem Zimmer, was verboten ist. Du spazierst durch die Gänge - was verboten ist.«

»Aber ...«, warf ich ein, doch sie redete einfach weiter.

»Du bist in das Arbeitszimmer des Obermagiers eingebrochen!« Als könnte sie diese Gewissheit immer noch nicht wahrhaben, schlug sie sich gegen die Stirn. »Was mehr als nur verboten ist.«

»Lass mich doch ausreden, Daralia. Ich kann es dir erklären.«

»Du wirst mir gar nichts erklären.«

In diesem Moment sprang die Tür zu ihrem Zimmer auf. Ich erstarrte. Bevor ich reagieren konnte, trat der Obermagier ein. Mit auf dem Rücken verschränkten Armen lächelte er mich schief an.

»Hallo, Elen.« Sein Ausdruck war wie Stein. Auch, wenn sich ein Lächeln auf seinem Gesicht abzeichnete, erreichte es keineswegs seine Augen. »Hast du gefunden, wonach du gesucht hast?«

Wie konnte er ... Wie konnte er davon wissen? Ich riss die Augen auf, während ich mich nicht bewegen konnte.

»Meinst du etwa, ich hätte keinen Zauber auf das Schloss gelegt, der mich informiert, sobald jemand unbefugt eintritt?«

»Ich …«, stammelte ich. Bei Grundan! Solch einen Zauber gab es? Ich hatte noch nie davon gehört. Aber es würde erklären, warum keine Wachen positioniert waren und warum ich ein so seltsames Gefühl gehabt hatte.

»Ich …«, versuchte ich es noch einmal, aber ich fand keine Worte. Beschämt sah ich zu meinen Händen, die ich krampfhaft knetete. Im Augenwinkel erkannte ich meine Schwester, die ängstlich zwischen mir und den Männern hin und her sah. Sie klammerte sich an ihrer Decke fest und sah so aus, wie ich mich fühlte.

»Nehmt sie mit zur Wandlung. So ein Vergehen darf unter keinen Umständen unbestraft gelassen werden«, befahl er.

Ich riss die Augen auf, sprang nach vorn und hob beschwichtigend die Arme, als vier Wächter eintraten. Daralia quietschte, sagte aber sonst nichts.

»Bitte, es ist nicht so, wie Ihr denkt.«

»Ich bin mir sicher, es ist genau das, was ich denke.« Der Obermagier winkte den Wächtern zu. »Nehmt Daralia auch mit. Die beiden machen gemeinsame Sache.«

»Was?«, schrie ich entsetzt auf. »Daralia weiß nichts. Ihr seid gekommen, bevor ich meiner Schwester davon erzählen konnte. Bitte!«

Daralia schüttelte mit Tränen in den Augen den Kopf. »Ich bin der Magierfeste treu ergeben. Elen hat recht. Ich weiß nichts. Sie hat mir nichts erzählt. Bitte bestraft mich nicht.«

Auf der einen Seite tat mir ihre Reaktion weh. Auf der anderen Seite wollte sie ihr Leben retten.

»Bitte«, versuchte ich es nun auch bettelnd. »Ihr dürft sie nicht für etwas bestrafen, was sie nicht getan hat.«

Der Oberste lachte, dann kam er mir ganz nah. Ich spürte seine immense Magie. Sie brannte auf meiner Haut wie Säure. Die grauen Haare lagen starr auf seiner Brust. »Das hättest du dir überlegen sollen, bevor du in mein Arbeitszimmer eingebrochen bist und altes Wissen gestohlen hast. Du wusstest, dass dies hart bestraft wird. Es ist nicht die Schuld der Magierfeste, sondern ganz allein deine.« Seine Stimme brannte sich in mich ein.

Die Wächter packten Daralia und rissen sie in die Höhe. Sie schrie, wand sich und weinte. Es zerriss mir mein Herz. Sie hatte so viel vor, war eine begabte Schülerin und jetzt lag alles in Trümmern - wegen mir. Ein letztes Mal versuchte ich, den alten Magier zu überzeugen.

»Bitte. Macht mit mir was ihr wollt, aber lasst sie in Frieden.«

»Ich kann dich mit diesem Wissen nicht weiterleben lassen. Das alles hast du dir selbst zuzuschreiben.« Seine Stimme war dunkel und spornte mein schlechtes Gewissen an.

Dann packten mich zwei Wächter und zerrten mich erbarmungslos in den Keller.

KAPITEL 03

Ich schrie, als mich die Wächter achtlos nach vorn warfen.

»Lasst Daralia gehen! Sie hat nichts getan!«, fauchte ich die Männer an.

Sie antworteten mir nicht, sondern gaben mir einen gewaltigen Stoß, sodass ich über die Türschwelle ins Gewölbe taumelte.

»Lasst sie gehen!«

»Sei still«, giftete mich ein breiter Mann an. Sein aufgebrachter Atem peitschte mir über das Gesicht.

»Das werde ich n…« Bevor ich den Satz zu Ende sprechen konnte, erkannte ich einen Schatten. Einen Herzschlag später donnerte ein vereinnahmender Schmerz in meine Wange. Der Schlag warf mein Gesicht zur Seite, während meine Haut glühte und mir Tränen in die Augen schossen. Er war so stark, dass schwarze Punkte meine Sicht verdunkelten. Ich schwankte nach links, dann nach rechts, schmeckte mein eigenes Blut, das sich in meinem Mund sammelte. Mir war unendlich schlecht, meine Lider flatterten. Eine Schwere legte sich auf mich nieder und erdrückte mich. Dann knallte ich mit der Schulter auf den Boden.

»Sperrt das Miststück ein«, ertönte eine so tiefe Stimme, dass es mich aus der einbrechenden Ohnmacht riss und meinen Körper erschaudern ließ.

Starke Finger bohrten sich in meinen Oberarm und zogen mich in die Höhe.

»Lasst meine Schwester gehen.« Ich versuchte, selbstbewusst zu klingen, doch ich schaffte es nicht einmal, den Kopf zu heben. Alles drehte sich. Ich hielt mir den schmerzenden Magen, um mich nicht sofort übergeben zu müssen.

Ein breitschultriger Wächter wandte sich mir zu. Die Augen und das scharfkantige Gesicht wirkten im schummrigen Licht tiefschwarz. Er hob die breite Hand und ich zuckte zusammen. Mein Herz pochte so stark, dass ich das Rauschen in meinen Ohren hörte. Ich rechnete mit einem Schlag, der mir den Wangenknochen vollständig brechen würde, doch es geschah nichts.

Skeptisch öffnete ich die Augen. Die nach Eisen riechenden Finger des Wächters strichen über mein Kinn und zogen mein Gesicht zu seinem. Ich war gezwungen, ihn anzusehen. Dicke Hornhaut kratzte über meine Wange. Ich konnte nur erahnen, wie schwarz der Dreck unter seinen Fingernägeln war.

»Schade. Ihr seid eine Schönheit.« Ich hörte Gelächter hinter dem Riesen. »Vielleicht vergnüge ich mich noch mit Euch.« Er leckte sich über die vollen Lippen, setzte ein falsches Lächeln auf.

»Nehmt Eure stinkenden Finger von mir!«

Sein Blick verhärtete sich. Er holte aus. Sein Mund verzerrte sich zu einer Fratze und kurz darauf krachte es in meinem Schläfenbereich. Sterne tanzten vor meinen Augen, bevor die Wächter mich einfach losließen und ich mit dem Rücken auf den Boden knallte. Meine Augenlider flatterten. Das fahle Licht wurde dunkler. Mein Blick klebte an einem Punkt an der Decke. Von irgendwoher ertönten dumpfe Schreie. Die Welt verschwamm. Sie wurde bewegungsloser, belangloser.

Noch ein Schrei. Dieses Mal piepsiger, melodischer. Unfähig, mich zu bewegen, kniff ich die Augen zusammen. Jemand rief meinen Namen. Und noch einmal! Ich kannte diese Stimme!

Daralia!

Mit aller Macht kämpfte ich gegen die Bewusstlosigkeit. Ich drehte meinen Kopf, versuchte, mich zu bewegen. Die Wächter durften Daralia nichts antun! Nicht meiner Schwester! Sie war wegen mir hier eingesperrt! Einzig und allein wegen meiner Dummheit!

Ich kämpfte, wand mich. Doch egal, wie sehr ich mich anstrengte, nichts gab mir Kraft. Daralias gequälte Stimme hämmerte gegen meine Schläfen und brannte sich in meine Seele ein.

Die Wächter zerrten mich wieder nach oben. Ich wollte den Kopf heben, doch nichts geschah. Ein ohrenbetäubendes Quietschen von Metall, das über Stein kratzte, nahm alles ein.

Ich spürte kaum noch, wie die Männer mich hart auf den Boden warfen. Fühlte geistesabwesend, wie mein Körper erschlaffte, und erblickte ein letztes Mal die dunklen Augen des Oberwächters, bevor alles im Nichts verschwand.

»Elen!«, flüsterte eine fremde Stimme. Sie klang so verzerrt, dass ich glaubte, in der Unterwelt angekommen zu sein.

»Elen!« Dieses Mal deutlicher.

Daralia!

Langsam bewegte ich meine Finger. Selbst sie schmerzten. Der Steinboden unter mir war beißend kalt.

Benommen hob ich die rechte Hand vor das Gesicht und blinzelte so lange, bis ich die Augen aufbehalten konnte. Trotz der schummrigen

Beleuchtung brannte die wenige Helligkeit, als würde ich direkt in die Sonne blicken. Von der Decke meiner Zelle prasselten Wassertropfen auf den Stein. Unerträglich laut. Schmerzvoll kniff ich die Augen zusammen und hievte mich stöhnend zur Seite.

Als sich mein Blick klärte, erkannte ich schwarze Gitterstäbe um mich herum. Gierig knabberte sich der Rost in den harten Stahl und hinterließ eine seltsam bräunliche Farbe. Dahinter sah ich einen verschwommenen Schatten mit schmächtiger Statur. Jemand wimmerte. Das konnte nur Daralia sein.

Langsam robbte ich mich nach vorn. Nach kräftezehrenden Augenblicken saß ich endlich vor meiner Schwester, die sich ängstlich an den Stäben festkrallte.

Mein Kopf brummte. Der Schmerz vereinte sich mit dem Herzschlag und schlug erbarmungslos gegen meine Schläfen.

»Deine Wange, der Knochen. Er ist gebrochen«, stellte meine Schwester fest, ohne es befühlen zu müssen. Daralia reckte die Hand und strich mir sanft über meinen Kopf. Sie lächelte gequält und allein diese Geste zeigte mir, wie unfassbar dumm ich heute gewesen war. Sie würde sterben, ebenso wie ich und alles war meine Schuld.

Die Gitter, die uns trennten, waren der Anfang vom Ende. Sie waren mit einem mächtigen Zauber behaftet, der keine Magie nach außen dringen ließ. Niemand kam aus den Magier Verliesen je wieder heraus. Niemand. Das lernten wir bereits in den ersten Klassen.

Ein harter Schlag traf mich an der Schulter. Geschockt rieb ich mir über die schmerzende Stelle und blaffte meine Schwester an: »Was soll das denn?«

»Wieso warst du im Zimmer des Obermagiers?«

Ich stutzte bei ihrer eisigen Stimme. »Ich habe nach Antworten gesucht«, brachte ich kleinlaut heraus. »Die Magierfeste ist nicht das, wofür wir sie halten. Die Wächter löschen unser Gedächtnis. Wir haben Eltern. Richtige Eltern, verstehst du? Meine Träume waren echt.«

Daralias Augen wurden groß. Sie zog eine Grimasse, als hätte ich sie persönlich beleidigt. »Wovon redest du denn da?«

Stimmen ertönten in einer Ecke des Kellers. Getuschel, ein Wimmern. Suchend blickte ich in die Dunkelheit.

»Wir sind nicht allein.« Daralia sprach verzerrt und viel zu leise. »Sie haben insgesamt zehn eingesperrt. Elliot ist auch dabei.«

»Elliot?«, stieß ich entsetzt hervor. »Aber er hat doch heute seine Abschlussprüfung. Wie kann ...« Ich verstummte. Hier stimmte etwas ganz gewaltig nicht. Elliot. Die große Liebe meiner Schwester. Verzweifelt schlug ich die Arme über dem Kopf zusammen. Tief in mir suchte ich nach einem Funken Hoffnung. Nach irgendetwas, woran ich mich klammern konnte, um nicht den Verstand zu verlieren. Doch da war nichts.

Ich musste etwas unternehmen! Das war ich Daralia schuldig! Mit einer schmerzhaften Bewegung krallte ich mich in eine Querstange über mir, zog mich stöhnend auf die Beine und schwankte zur Zellentür. Schimpfend packte ich die Eisenstäbe und rüttelte daran. Alles drehte sich, aber nichts tat sich an der Tür. Nur die Gitter ratterten. Hartnäckig versuchte ich es mit Magie, zog sie aus meinem Inneren, bis die Handinnenfläche kribbelte. Ich feuerte eine Druckwelle ab. Die Magie prallte mit voller Wucht gegen die Stäbe und ... Angstvoll starrte ich die Gitter an. Die Welle! Sie knallte zurück! Mir riss es die Beine weg, schleuderte mich durch die Luft, bis ich gegen die Wand donnerte. Dann ein Schmerz im Rücken, der die Luft aus meiner Lunge presste, bevor ich auf dem Boden aufschlug. »Autsch«, stöhnte ich.

»Elen, du kannst nichts gegen die Magie der Verliese ausrichten!«, flüsterte Daralia abwesend, als wäre ich nicht hier.

Niedergeschlagen ließ ich mich zu Boden fallen. Es war vorbei.

»Es tut mir so leid«, flüsterte ich kraftlos.

Daralia lächelte müde. »Wir können nichts daran ändern, oder?«

Schuldbewusst sah ich nach unten und biss mir auf die Lippe.

»Vielleicht bedeutet die Wandlung ja nicht den Tod?« In diesem Satz war deutlich zu hören, dass sie selbst nicht daran glaubte.

Das Knarren einer Holztür hallte durch das Gewölbe. Fünf Wächter traten ein. Drei davon hievten einen gusseisernen Kessel über die Schwelle. Gekünstelt hob der Oberwächter, der mir den Wangenknochen gebrochen hatte, die Hände in die Höhe. »Willkommen bei der Wandlung, liebe Lehrlinge. Es ist mir immer wieder eine Ehre, euch Abschaum zu verringern.«

Was? Fassungslos schüttelte ich den Kopf.

Ein Wächter schritt zum ersten Verlies, steckte die Schlüssel hinein und zog an der Tür. Durch die Gitter erkannte ich Elliots Gesicht.

Ängstlich sah ich zu meiner Schwester und spürte, wie ihr Herz zersprang. Sie kauerte ganz vorne an den Stäben und beobachtete das Geschehen.

»Nun, da ihr diesen Tag nicht überstehen werdet ... Zumindest der Großteil von euch nicht ...« Der Mann schlenderte durch den Raum, als würde er sich beim Schneider seines Vertrauens umsehen. »Wie wäre es mit ein bisschen Wahrheit?«

Ich runzelte die Stirn. Gleichzeitig ballte ich so fest die Fäuste, dass sich meine Nägel in das Fleisch bohrten.

»Für diejenigen, die heute ihre Abschlussprüfung haben, und für die, die wegen unsittlichem Verhalten hier sind ...« Der Wächter schenkte mir einen hinterhältigen Blick. »Eure Reise endet hier. Ihr seid die Schwachen, die die Prüfung niemals geschafft hätten. Nur den stärksten der Magier ist es erlaubt, die Magierfeste zu verlassen. Die anderen, so wie ihr, werden zur Wandlung geschickt. Vielleicht wird einer von euch überleben und dieser wird in die Reihen des Höchsten einziehen, was weniger glorreich ist, als ihr es gern hättet.« Er lachte trocken. »Und ihr habt die ganze Zeit an das Gute dieser Feste geglaubt. Witzig, nicht wahr?« Der Wächter verschränkte die Arme hinter dem Rücken und wanderte durch den Raum. »Wie dem auch sei, entweder sterbt ihr heute, da wir nicht so viele Zwillinge von euch brauchen - oder ihr seid nie mehr dieselben wie zuvor.«

Ich biss mir so stark auf die Lippe, dass ich Blut schmeckte. Verflucht, was redete er denn da?

Ein Unterwächter trat in die erste Zelle. Ein anderer reichte ihm eine Kelle aus dem Kessel. Eine zähflüssige Masse tropfte auf den grauen Boden.

Blut? Ist das etwa geronnenes Blut? Nein, das kann nicht sein. Schockiert schüttelte ich den Kopf. So weit würden die Männer nicht gehen. Meine Gedanken spielten verrückt. Tausende schossen mir durch den Kopf, aber nichts ergab einen Sinn. Ich hatte davon gelesen. Verdammt, ich wusste, was passierte, wenn man Magiern Blut zu trinken gab. Die Wächter würden die Magier in grauenhafte Wesen verwandeln. Ohne Gefühle, ohne Liebe und ohne Zukunft. Das konnten sie nicht tun. Das durften sie einfach nicht!

»Die Welt braucht keine Magie. Sie ist ekelhaft und grausam. Und genau diese werden wir euch nehmen.«

In den Schatten sah ich, wie zwei Männer Elliots Arme nach hinten rissen. Jemand packte seinen Unterkiefer. Elliot stöhnte und wand sich. Durch die Dunkelheit konnte ich nicht sonderlich viel ausmachen, aber er schien sich mit aller Kraft zu wehren. Vor Verzweiflung begannen seine Finger zu leuchten. Er wollte einen Zauber sprechen, aber hier hatte keine Magie Platz.

Die Wächter setzten die Kelle an. Ein anderer stellte sich breitbeinig vor Elliot, sodass ich nichts mehr erkennen konnte. Nach kurzer Zeit traten die Höchsten wieder heraus und machten sich an der nächsten Tür zu schaffen.

Ich verengte die Augen und schielte zwischen den Stäben hindurch, um wenigstens Umrisse ausmachen zu können. Das Getuschel der Insassen wurde lauter. Einige rüttelten an den Gittern, andere fluchten.

Die Wächter arbeiteten sich in einem enormen Tempo voran.

Inzwischen trennten sie nur noch zwei Zellen von Daralia. Zwei Zellen. Wenn wir Glück hatten, blieben uns noch einige Herzschläge. Die Gewissheit legte sich um meinen Hals und drückte fest zu. Ich bekam kaum noch Luft, trotzdem krabbelte ich weiter nach vorne, als ein ohrenbetäubendes Krächzen durch das Gewölbe dröhnte und mich erstarren ließ. Dieses Geräusch klang so erbarmungslos, als wäre es der Unterwelt entsprungen. So tief, dass es sich bis in mein Innerstes bohrte und mir alle seelischen Wunden aufzeigte. Jedes meiner Nackenhaare stellte sich auf. Jetzt hatte ich die Gewissheit. Die Wächter erschufen Dämonen. Gewissenlose, kaltblütige Wesen, die kein Leid, keine Not kannten. Getrieben von Hass. Ohne Hoffnung und ohne Frieden.

Tränen stiegen in meine Augen. Ich schnappte nach Luft. Meine Hand verkrampfte sich um eine Stange und drückte viel zu stark zu. Kraftlos sackte mein Kopf nach vorn. Die Wandlung. Jetzt machte dieses Wort Sinn. Daralia und ich würden nicht einfach sterben. Wir würden zu Wesen der Finsternis mutieren, die alles verschlangen.

Ein Klacken, direkt vor mir! Ich hob den Kopf, blickte nach links, da stürmten bereits drei Männer in Daralias Verlies. Sie packten meine Schwester und zogen sie in die Höhe.

»Lasst sie in Ruhe, ihr elenden Bastarde. Ihr seid die Ausgeburten der Unterwelt, nicht wir!«, schrie ich mit tränennassen Augen.

Die Wächter dachten nicht einmal daran, mir Gehör zu schenken.

Daralia verzog das Gesicht vor Schmerz. Sie heulte auf, wand sich, trat nach den Männern und mir zerriss es das Herz. Es zerfiel in hunderte Stücke.

So würde es nicht enden. Jeder meiner Knochen schmerzte, als ich mich aufrichtete. Die Magie strömte durch meine Adern. »Lasst sie los, verdammt!«

Die Höchsten packten Daralias Unterkiefer und drückten hart zu, sodass sie vor Schmerz stöhnte.

Noch nie in meinem Leben ballte ich so fest die Fäuste. Mein Gesicht fühlte sich verkrampft und verzerrt an. Die Unterlippe bebte derart heftig, dass mir das Reden schwerfiel.

»Lasst sie in Frieden!«, brüllte ich. Ich zog all meine Kraft heraus und donnerte eine Druckwelle mit voller Wucht gegen meine Zelle. Sie knallte wieder zurück, hob mich an und schmetterte mich gegen die Wand. Aber kein Schmerz konnte schlimmer sein, als der, meine Schwester in diesem Zustand zu sehen. Weinend drückte ich mich vom Boden weg, versuchte eine andere Art der Magie. Aber es half nichts.

Daralia trat einem Wächter auf den Fuß und wollte fliehen, aber er war schneller. Die Männer packten sie an der Hüfte und rissen grob an ihren Armen. Dann knackte es und ihre Schulter ließ sich weiter nach hinten ziehen, als es möglich sein sollte.

Bei Grundan! In diesem Moment fühlte es sich an, als wäre meine Seele aus meinem Körper gesprungen. Fassungslos schlitterte ich auf die Knie, zitterte, alles in mir bebte. »Ich flehe euch an! Nehmt mich. Aber lasst meine Schwester leben! Nehmt mich!«

»Kann die jemand zum Schweigen bringen? Die geht mir mit ihrem Geweine gehörig auf die Nerven.«

»Mach dir nichts draus. Die ist auch gleich dran«, antwortete der Kumpane.

Ich beachtete die Männer nicht, sondern schlug auf die Gitter ein. So lange, bis ich nur noch Schmerz in den Fingern spürte. Beide Hände waren vollkommen taub. Blut quoll aus Platzwunden, ich konnte kein Fingerglied mehr bewegen. Aber es war egal! Daralia durfte nicht sterben! Nicht meine Schwester! Auch wenn es viele verdient hätten, nicht sie.

Der Oberwächter lief mit der Kelle zu Daralia. Er lächelte mich eisig an. Ohne Gefühle, ohne Mitleid. Da war nichts in seinen Augen. Nur der Tod und der Hass. Das Blut lief in Daralias Mund. Es gluckerte in ihrer Kehle, sie hustete, wand sich. Kniff die Augen zusammen. Dann wurde es still. In diesem Moment wusste ich nicht, ob jemand etwas sagte, oder mein Geist sich verschlossen hatte. Aber es war grausam. Mein Hals schnürte sich zu, ich konnte kaum noch schlucken. Kraftlos sackte ich auf meinen Hintern. Mir fehlte jede Energie, mir die Tränen wegzuwischen oder auch nur über mein Schicksal nachzudenken.

Im Augenwinkel erkannte ich, wie die Wächter aus der Zelle stapften. Meine Schwester ließen sie achtlos auf dem Boden zurück, als hätten sie gerade ein Huhn geschlachtet.

Die Höchsten machten sich an meiner Tür zu schaffen, aber ich konnte den Blick nicht von Daralia abwenden. Das, was ich sah, nahm mir jede Lebensenergie. Alles, was ich liebte, verschwand langsam. Alles, woran ich glaubte, existierte nicht mehr. Die Augen meiner Schwester wurden schwarz. Dunkelrote Adern bildeten sich darunter und bahnten sich den Weg über ihren Körper. Sie bewegte sich, überstreckte ihre Wirbelsäule auf unnatürliche Art. Sie schien unmenschliche Schmerzen zu haben, und doch gab sie nur ein leises Stöhnen von sich.

Das Klacken einer entriegelten Tür erklang. Erschöpft sah ich auf, da traten auch schon zwei Wächter auf mich zu. Ohne jegliches Mitgefühl packten sie meinen Kiefer und drückten fest dagegen. Dann kam der Mann mit der Kelle hinein. Er lächelte herablassend, als wäre mein Leben nicht mehr wert, als das einer Fliege. Der andere Wächter drückte fester, sodass ich den Mund öffnen musste, um wenigstens ein bisschen Linderung zu bekommen.

Zähflüssiges Blut schwappte über mein Kinn und würde jeden Moment meinen Mund erreichen. Der Gedanke, dass es gleich vorbei war und ich Daralia folgen konnte, tröstete mich. Noch wenige Herzschläge und all mein Leiden wäre fort.

Die Kelle stieg immer weiter. Immer höher. Die rote Flüssigkeit erreichte fast meine Unterlippe. Ich schloss die Augen. Das Blut roch so gut - benebelte mich. Die Fratze des Oberwächters verschwamm vor meinen Augen. Sein Gesicht glich einer matschigen Pfütze. Benommen sah ich zu, wie sich seine Züge verflüssigten. Die Wirklichkeit verwandelte sich in unerträgliche Schwere. Meine Glieder wurden müde. Ich wurde müde. Was brachte es noch, mich zu wehren? Nichts. Für einen kurzen Moment wollte ich die Zunge danach ausstrecken. Mein Körper gierte danach. Ich sollte es probieren. Nur ein einziges Mal. Ich sollte!

Bevor ich mein Vorhaben in die Tat umsetzen konnte, donnerte ein Knall durch die Dunkelheit.

Ich zuckte zusammen, während die Männer mich losließen und ich auf die Seite fiel. Irgendein Schatten huschte an mir vorbei! Ein dumpfer Aufprall! Ich fuhr herum, sah den Wächter, der eben noch die Kelle gehalten hatte, blutüberströmt neben mir. Ich blinzelte, gaffte seine klaffenden Wunden auf dem Rücken an. Mein Herz schlug so schnell, dass ich keine Luft mehr bekam. Am liebsten hätte ich mir die Hand vor den Mund gehalten und geschrien. Aber selbst dafür fehlte mir die Kraft. Bei Grundan! Zittrig drückte ich mich vom Boden weg und wankte einen Schritt zurück. Dann erklang ein tiefer Schrei.

Panisch fuhr ich herum und gaffte das Wesen an, dass an meiner Zellentür stand. Braune Haare, kleiner Körperbau, deformierte Statur. Fettige Strähnen hingen über dem Gesicht. Die Gesichtshaut war aufgeplatzt, der Mund weiter geöffnet, als es für einen Menschen möglich war.

Mein Kiefer zuckte vor Angst, während Tränen meine Sicht verschleierten. Dieser Anblick nahm mir meine restliche Kraft. Erschöpft knallte ich mit dem Steißbein auf den Steinboden. Es war meine Schwester. Oder zumindest das, was aus ihr wurde.

Zitternd zog der letzte Wächter, der sich noch in meiner Zelle befand, sein Schwert aus der Scheide. Doch der Dämon war schneller. Daralia sprang auf den Mann und zerfleischte seinen Körper in weniger als einem Atemzug. Sie leckte sich die Lippen, kostete lustvoll die Blutspritzer. Dann stöhnte sie, als wäre es die größte Befriedigung.

Zitternd kauerte ich mich an die Gitterstäbe. Meine Zähne klapperten. Tränen rannen mir die Wangen hinab.

Daralia hob den Kopf. Tote, tiefschwarze Augen blickten in meine.

Oh, bitte nicht!

Meine Schwester stand auf, fixierte mich mit einem dunklen Blick. Sie fletschte die Zähne und brüllte so laut, dass mir Angstschweiß die Schläfe hinabrann. Ich robbte mit pochendem Herzen nach hinten. Immer weiter! Weiter! Hastig sah ich hinter mich. Ich hatte die Wand fast erreicht! Daralia kam näher. Verdammt! Ich robbte schneller, riss mir die Haut meiner Handinnenflächen auf. Aber sie stoppte nicht! Voller Verzweiflung schrie ich: »Daralia, hör auf!«

Schlagartig hielt sie inne, verdrehte neugierig den Kopf. Dabei machte sie Geräusche, die einem Klicken ähnlich waren. Ihre Atemzüge rasselten. Sie leckte sich genussvoll über die Lippen.

Erkannte Daralia etwa meine Stimme? Das erste Mal keimte wieder Hoffnung in mir auf. Ein verheißungsvolles Lächeln schlich sich auf meine Lippen. Ich hievte mich nach vorn, hob beschwichtigend die Arme. »Ich bin es, Elen.«

Daralias Augen wurden noch ein Stück schwärzer. Sie riss den Mund auf und kreischte in einer Tonlage, die mir bis in das letzte Eck meines Gehirns schmerzte. Schreiend presste ich mir die Hände auf die Ohren und kniff die Augen zusammen. »Daralia, ich bitte dich. Ich weiß, dass du noch da drin bist.«

Keine Mimik war auf dem toten Gesicht erkennbar. Sie kam näher, holte aus und alles wurde dunkel.

KAPITEL 09

»Wir sollten diese Frau nicht hierbehalten. Sie ist von der Unterwelt besessen.«

»Ramor, ich bitte Euch.«

Die Stimmen drangen tief in mich hinein. Ich blinzelte und versuchte, etwas zu erkennen. Gedämpfte Schritte waren zu hören. Jemand lief nach links, dann nach rechts, um wieder nach links zu schwenken. Es könnte eine Frau sein, denn sie trat bedacht auf.

»Melia, wir müssen sie töten!«

Jetzt hielt die Frau inne.

»Töten? Seid Ihr noch ganz bei Sinnen?«, erklang die weibliche Stimme. Auch wenn Wut in ihren Worten mitschwang.

Die Geräusche wurden leiser. Eine unglaubliche Schwere legte sich auf meinen Kopf. Dann wurde alles erneut dunkel.

Ein undefinierbares Brummen zog mich aus der Bewusstlosigkeit.

Die Lautstärke schmerzte, als würde sie mehrmals in meinem Kopf widerhallen. Ich wollte mir die Ohren zuhalten, konnte mich aber nicht bewegen. Es waren Stimmen. So viele, dass ich kein Wort verstand. Sie verbanden sich zu einem dröhnenden Strom, der mir einen heftigen Stich unter die Schläfen versetzte. Ich fühlte mich seltsam gefangen in meinem Körper. Als wäre mein Geist in einer anderen Welt. Ich blinzelte gegen die Helligkeit an, schob die rechte Hand vor meine Augen. Mir wurde sofort schwindlig. Sterne tanzten vor meinen Augen, während ich zurück auf den weichen Untergrund glitt.

An meinem Oberarm war plötzlich etwas Warmes. Krächzend schnellte ich nach vorn. Keine gute Idee. Mir wurde speiübel.

»Ganz ruhig, ich werde dir nichts tun«, sprach die Frau, deren Stimme ich bereits vorhin gehört hatte.

Ich blickte in ein weiches Gesicht. Blondes, hochgebundenes Haar, braune Augen, die mich anstrahlten. Dann verschwanden ihre Züge in einer milchigen Masse.

»Was wollt Ihr von mir?«, fragte ich sie lallend und sackte wieder zurück.

Sie lächelte mich an und dabei zuckte ihr linkes Auge. Dieser Ausdruck gefiel mir ganz und gar nicht.

Unter der Bettdecke ballte ich die Hände zu Fäusten. Da bemerkte ich, dass das kalte Metall meines Ringes fehlte. Der Ring meiner Schwester! Nein, das konnte nicht sein. Panisch riss ich die Decke von mir herunter, setzte mich auf und starrte auf meine Hand. In diesem Moment stürzte alles auf mich ein. Ich fühlte so viel und gleichzeitig so wenig.

»Wo ist mein Ring?«, zischte ich zwischen den Zähnen hindurch.

Die Blonde sah mich fragend an.

»Wo ist er?«, schrie ich sie an.

Sie zuckte zusammen, dann sah sie auf meinen nackten Finger. »Dein gesamter Körper war angeschwollen. Wir mussten ihn dir abnehmen.«

Wütend verengte ich die Augen und funkelte sie an. Mein Kiefer bebte. Am liebsten wäre ich ihr an die Kehle gesprungen. Dennoch versuchte ich, etwas ruhiger zu sprechen. »Und wo ist er jetzt?«

»Willst du nicht wissen, was mit dir geschehen ist?«

»Ich will meinen Ring!«, fauchte ich und erschrak mich gleichzeitig selbst. Meine Stimme klang der Daralias in ihren letzten Augenblicken nicht unähnlich.

»Du bekommst ihn wieder, wenn du kooperierst.«

Ich hob den Kopf. »Du erpresst mich«, zischelte ich mit einem Blick, der die Blonde in die Verderbnis schicken sollte. Leider blickte sie mich immer noch sehr lebendig an.

»Wir wollen dir nichts Böses. Wir wollen nur mit dir reden.«

»Wer ist wir?«, bohrte ich nach.

»Das werde ich dir erzählen, wenn du mir gesagt hast, wer du bist.«

Ich seufzte genervt.

»Schön, dann fange ich an«, begann die Frau. »Mein Name ist Melia. Ich gehöre zu Del'Nava. Verrätst du mir nun, was mit dir geschehen ist?«

Erst jetzt drang meine Vergangenheit wieder zu mir durch. Ich saß auf dem Bett und strich mir über die Schläfe, als all die Bilder vor mir auftauchten. Die Wächter, die Dämonen, meine Schwester. Das war das grauenhafteste Gefühl, das ich jemals hatte. Es war wie ein schwarzes Loch, das mich tief in den Abgrund zog.

»Wieso bin ich nicht tot?«, flüsterte ich geistesabwesend. Meine Stimme krächzte. Mit einer Hand rieb ich mir über den Hals. Meine Kehle war ausgetrocknet, als hätte Feuer sie ausgebrannt und nur Asche übrig gelassen. Ich meinte, Staub auf meiner Zunge zu schmecken.

»Das versuchen wir herauszufinden.« Die Blonde reichte mir einen braunen Tonbecher. Schön verziert mit halbrunden Schnörkeln, die ineinander verflochten waren. Was immer sich darin befand, roch nach

Honig und Ingwer. Gefolgt von irgendwelchen Kräutern und Alkohol. Dann war da noch eine Note, die ich nicht einordnen konnte.

Misstrauisch beäugte ich den Becher und kippte immer wieder die klebrige Flüssigkeit hin und her.

»Keine Angst. Hätte ich dich umbringen wollen, hätte ich es getan, als du ohnmächtig warst.« Die Frau lachte.

Ich hingegen versuchte, sie mit meinem Blick zu erdolchen. Das schien sie bemerkt zu haben, denn sie räusperte sich, straffte die Schultern und deutete auf den Becher. »Es ist Medizin. Wir nennen es Maritis. Trink es. Dann werde ich dir erklären, wie wir dich gefunden haben.«

Als die Sonne durch die Wolken brach und durch das Fenster schien, fielen mir die unzähligen Sommersprossen auf ihrer geraden Nase auf. Sie wirkte älter als ich. Vielleicht war sie fünfundzwanzig.

In langsamen Bewegungen rückte ich zum Bettvorsprung, was gar nicht so einfach war, wenn man in einer Hand einen Becher hielt. Bei jeder Bewegung zog ein Schmerz durch meinen gesamten Körper. Es fühlte sich so an, als würden meine Nerven brennen. Ganz besonders schlimm war es am Oberarm. Ich hatte das Gefühl, dort keine Sehnen mehr zu besitzen. Als der Schmerz mir die Luft zum Atmen nahm, stellte ich die Medizin auf den Nachttisch und wollte die Wunde befühlen.

»Nicht«, Melia sprang nach vorn. »Es ist noch nicht vollständig verheilt, obwohl deine Heilungsfähigkeiten regelrecht übermenschlich sind.«

Ich schüttelte den Kopf, sah sie an, dann an mir herab. Erst jetzt fiel mir auf, dass mir jemand ein beigefarbenes Nachthemd angezogen hatte. Zweimal atmete ich tief ein, dann blickte ich in ihre Augen. »Wovon redest du da?«

Die Frau wirkte ertappt. Das verriet mir ihr Blick, der mich nicht traf. »Du hattest eine klaffende Wunde am Arm. Ein Knochen hat herausgeschaut, als hätte dich ein Bär erwischt. Nun ist nicht mehr viel davon zu sehen.«

Entgeistert sah ich zu meinem Arm. Der Ärmel meines Nachthemdes war nach oben gekrempelt und die Wunde in mehrere Lagen Verband eingewickelt worden. An einer Stelle erkannte ich eine rötliche Verfärbung, was eindeutig mein Blut gewesen sein musste. Mit zusammengekniffenen Augen bewegte ich meinen Arm. Er schmerzte aber eher so, als hätte ich mir die Haut aufgerieben. Nicht, als wäre er gebrochen. Zur Sicherheit bewegte ich meine Finger, dann sah ich die blonde Frau vor mir an. »Wie meinst du das?«

Sie sah in mein Gesicht, schluckte, dann starrte sie einen willkürlichen Punkt an. »Ach, nichts. Trink die Medizin.« Um ihrer Aussage Nachdruck zu verleihen, drückte sie mir den Becher erneut in die Hand.

Ich wollte protestieren, aber mir war unendlich schlecht. Wenn es aufhören würde, wie auf einem Segelboot zu wanken, wäre es allemal wert, das Gesöff auszutrinken. Ohne noch einmal darüber nachzudenken, kippte ich den Inhalt in einem Zug hinunter. Es schmeckte erstaunlicherweise gut. Süßlich und gleichzeitig herb, doch der Alkohol brannte mir im Magen. Ich hustete und klopfte mir gegen meine Brust.

»Und jetzt sag mir, was du mit mir vor hast?«, krächzte ich.

»Mit dir vorhaben?« Die Blonde runzelte die Stirn. Ihre Rehaugen sahen entsetzt aus. Ganz so, als hätte ich sie beleidigt. Sie hatte sich jedoch schneller wieder gefangen, als ich blinzeln konnte. Dann erhob sie sich und schwebte durch den Raum. Durch ihre Eleganz wirkte selbst dieses verfallene Zimmer edel. Kurzzeitig ignorierte ich den offenen Dielenboden und die bröckligen Wände.

»Ich habe gehört, dass ihr mich umbringen wollt. Warum versorgt ihr mich dann?«

Mit ernster Miene setzte sich Melia wieder auf den Stuhl. Ihre Seite wurde von dem warmen Licht des Kamins beleuchtet und Schatten tanzten auf ihrer Haut.

»Niemand will dich umbringen«, flüsterte sie in einem sanften Ton. Das Zucken in ihren Augen hörte auf und zum ersten Mal hatte ich das Gefühl, dass sie mir die Wahrheit gesagt hatte. »Fühlst du dich langsam besser?«

Geistesabwesend hob ich meine Hände, drehte sie. Zu meinem Erstaunen schmerzten sie nur noch leicht. Nicht mehr so, wie bei einer tödlichen Grippe. Eher wie ein Muskelkater, also nickte ich, ohne sie dabei anzusehen.

»Gut. Verrätst du mir jetzt deinen Namen?«

»Elen.«

»Schön, Elen. Komm mit, ich werde dir auf dem Weg alles erklären.«

Ich machte keine Anstalten, mich zu bewegen.

Melia schien das weniger zu gefallen. Sie erhob sich und streckte mir auffordernd die Hand entgegen. Statt aufzustehen, blickte ich auf die schmalen Finger, die zu der ebenfalls schmächtigen Figur der Frau passten.

»Es ist mir egal, was du mir erzählen willst. Ich will es nicht wissen. Sobald ich wieder bei Kräften bin, werde ich zurück zur Magierfeste gehen.« Ich erschrak bei meinen Worten. So trotzig kannte ich mich nicht. Aber diese Frau erpresste mich mit der einzigen Habseligkeit, die mir wichtig war. Vor Kurzem konnte ich es nicht erwarten, endlich in die Welt zu können. Auch, wenn ich es durch meine Faulheit wahrscheinlich nie geschafft hätte. Doch nun wünschte ich mir nichts sehnlicher, als zurückzukehren und mein altes Leben zu führen. Auch, wenn meine einzige Heimat mich umbringen wollte und sie meine Schwester zu einem Dämon verwandelt hatten. Aber Daralia lebte noch. Sie lebte in diesem Etwas und ich würde sie irgendwie zurückholen! Das war das Einzige, was mir blieb, denn die Vorstellung, dass meine Schwester in der Zwischenwelt gefangen war, brachte mich um. Eine verdammte Welt ohne Gefühle, ohne Glück. Diese war Verbrechern und Blutsehern vorenthalten. Aber nicht Daralia! Mein Kopf sackte nach vorn. Mein Hals bebte bei der Vorstellung. Ich bekam kaum noch Luft. Japsend krallte ich mich an dem Bettlaken fest.

»Ich glaube kaum, dass du zurückkehren kannst.« Melias Stimme zitterte.

Meine Augen wurden riesig. Mit zusammengepressten Lippen gaffte ich sie an. »Was soll das heißen?« Schwerfällig erhob ich mich. Schwarze und weiße Sterne tanzten in meinem Sichtfeld, als wäre ich zu lange im Kreis gerannt. Schweißperlen rannen aus meinen Poren. Ich schwankte, umarmte einen Holzbalken und hielt mir meinen rumorenden Magen. Röchelnd senkte ich den Kopf, wäre am liebsten ausgelaugt auf den Boden geglitten. »Was soll das heißen?«, wiederholte ich.

»Ich werde es dir gleich erklären.«

Mit müdem Blick sah ich die Blonde an, die ihre Lippen zu einer schmalen Linie presste.

»Sag es jetzt«, protestierte ich.

»Sobald wir draußen sind.«

Ich verdrehte die Augen. Keine gute Idee.

»Keine Angst, es wird mit jeder Minute besser«, sprach sie und lief zu einem Schrank. Sie öffnete ihn mit einem Knarzen, nestelte darin herum und warf mir eine braune Lederhose mit einer hellen Bluse zu. Ich schaffte es nicht, die Arme rechtzeitig danach auszustrecken, und sie landeten auf dem dreckigen Boden. Mit einem Seufzen hob ich die Sachen auf, streifte mir das Nachthemd über den Kopf und schlüpfte in die Klamotten.

»Kommst du?«

Ich atmete lange aus und ließ Melias Frage unbeantwortet, trottete ihr dann aber hinterher. Kaum war die Tür hinter mir geschlossen, fröstelte es mich von der Kälte, die durch den kargen Gang wehte. Schlotternd zog ich die Ärmel über meine Hände und verschränkte die Arme starr ineinander.

Kurz ließ ich meinen Blick über die Wände schweifen. Die Steine wirkten alt und bröcklig. Staub und Dreck lagen überall auf dem Boden und kein Bild verschönerte die Wand. Es war gespenstisch und auf irgendeine Art wurde mir noch kälter. Lediglich die gleißende Helligkeit am Ende des Weges schenkte mir Sicherheit. Auch, wenn sie in meinen Augen brannte. Mit zusammengekniffenen Lidern schob ich die Hand davor, um wenigstens irgendetwas erkennen zu können. Dass ich mittlerweile auf einer Terrasse stand, bemerkte ich erst jetzt. Männliche Statuen in kriegerischen Posen ragten weit über meinen Kopf, während Moos ihre Beine von unten verschlang. Selbst sie wirkten mitgenommen und alt.

Als ich auf den Boden blickte, sah auch er nicht besser aus, als der Rest. Einzelne Steinplatten fehlten. Andere waren aufgebrochen und in hunderte Teile zersplittert. Alles wirkte, als hätten die Gemäuer die besten Tage lange hinter sich gelassen. Auf meiner Lippe kauend drehte ich mich um und erkannte eine Festung. Die Mauern waren an einigen Stellen eingestürzt. Ein riesiges Loch klaffte weiter hinten in den Steinen. Eine Schwere legte sich auf meine Brust, die ich kaum fassen konnte. Ich war in der Außenwelt! In diesem Moment wusste ich nicht, ob ich weinen oder lachen sollte.

Melia lief zur Brüstung und winkte mich heran. Mühsam schaffte ich es, meinen Blick von der verfallenen Feste zu wenden. Als ich bei der Blonden ankam und nach unten sah, blieb mir jedoch für einen Moment der Atem verwehrt. Dutzende Menschen liefen wild durcheinander. Sie schleppten Holzscheite zu kleinen, wackligen Hütten. Andere schwangen ihre Schwerter und zerteilten die Luft mit mächtigen Hieben.

Kinder, die weinten oder schrien. Keiner unter ihnen schien zu wissen, was er zu tun hatte. Als hätte man wahllos Bewohner aus allen Schichten zusammengepfercht und auf einen Haufen geworfen.

Perplex strich ich mir über den Kopf. So etwas hatte ich noch nie gesehen.

»Folgst du mir?«, riss mich Melia aus meinen Beobachtungen.

In diesem Moment war ich nicht bereit, zu sprechen. Nur ein Nicken brachte ich zustande und schaffte es irgendwie, ihr zu folgen. Alles hier wirkte befremdlich. Alles! Die zerstörten Mauern, die verfallenen Gebäude und dann diese Menschen. Noch nie hatte ich so viele gesehen.

Mit verstörtem Blick sah ich mich im Laufen weiter um. Als wir unten ankamen, gingen wir direkt an der Mauer der Feste entlang. Der Boden unter meinen Füßen war weich. Das matschende Geräusch war lauter als meine Gedanken. Die Natur hatte bereits viel zurückerobert. Trotzdem roch es nicht frisch, sondern modrig und irgendwie faulig.

»Das hier ist Del'Nava. Eine ehemalige Feste hohen Ranges. Einst eine der wichtigsten Handelsstädte im Südwesten. Heute nur noch ein Schatten ihrer selbst.«

Einige Zeit liefen wir schweigend nebeneinander her. Allmählich schmiegten sich die klapprigen Häuser der Bewohner an die Mauern der Feste. Deren Türme schienen die Sterne vom Himmel holen zu können, so weit ragten sie hinauf. Del'Nava hatte insgesamt vier davon.

Links von mir wurde die Besiedlung flacher. Dafür erstreckte sich dort ein halbrunder Platz, auf der sich wacklige Hütten befanden. Sie sahen wie Theken mit Sonnenschutz aus. Ein alter Marktplatz?

Immer mehr Menschen versammelten sich hier. Ich spürte ihre Blicke auf meiner Haut. Vorsichtig schielte ich nach oben und erkannte, wie sie mich düster anfunkelten. Sie besaßen nicht einmal die Höflichkeit, wegzusehen, als ich ihr Starren enttarnte. Mit einem mulmigen Gefühl blickte ich hinter mich. Selbst von dort aus starrten mich die Menschen an, als wäre ich ein Fremdkörper. Einige töteten mich mit ihren Blicken, andere tuschelten sich gegenseitig ins Ohr und wieder andere machten einige Schritte nach hinten, um mich bloß nicht aus Versehen zu berühren. Ich ballte die Hände zu Fäusten, zwang mich, die Blicke zu ignorieren. *Nicht hinsehen. Einfach nicht hinsehen.*

Mit Mühe reckte ich das Kinn und lief weiter. *Du bist hier nicht mehr lange. Gleich kannst du verschwinden und nach Eros reisen.*

Ein alter Mann mit tiefen Falten und buschigen Augenbrauen, giftete mich im Vorbeilaufen derart böse an, dass ich mich noch einmal umdrehte. Nur, um sicherzugehen, dass er mich meinte. Er spuckte angewidert auf den Boden, nuschelte: »Verschwindet dorthin, wo Ihr hergekommen seid«, und verschwand dann in gebückter Haltung hinter einem Haus.

Ich erstarrte, wusste nicht, was ich sagen sollte.

Melia legte ihren Arm auf meinen Rücken und schob mich weiter.

»Was geht hier vor?«, flüsterte ich zu der Blonden, die daraufhin auf dem halbrunden Marktplatz zum Stehen kam.

»Wie viel weißt du noch von dem, was geschehen ist?«

Ich schluckte derart, dass ich den Weg hinab in meinen Magen schmerzhaft spürte. In diesen Momenten schaffte ich es nicht, meinen Blick vom matschigen Boden zu lösen. »Die Wächter haben Experimente an Magiern durchgeführt. Sie gaben uns Blut zu trinken. Dann wurde alles schwarz.« Den Teil mit meiner Schwester ließ ich absichtlich aus. Ich war nicht bereit, darüber zu reden.

»Mehr weißt du nicht?«

»Nein. Das ist alles.«

Melia stöhnte und ich hörte ihre Verzweiflung heraus. Sie fuhr sich mit einem gequälten Blick über die Schläfen. Eine Windbrise erfasste ihr hochgestecktes Haar und wirbelte eine Strähne heraus. Sie setzte zum Sprechen an, blieb dann einige Zeit stumm.

Bei ihrer Reaktion lief es mir eiskalt den Rücken herunter. Ich erahnte, dass sie mir etwas sagen würde, was mir nicht gefallen würde. Meine Finger zuckten, trotzdem fragte ich: »Was ist denn los?«

Melia warf die Arme in die Luft. Ihr Gesicht war schmerzlich verzerrt. »Wir haben dich in den Trümmern von Eros gefunden. Alles brannte und, überall lagen Leichen. Magier, Dämonen …«

»Trümmer?«, unterbrach ich die Blonde entsetzt. Ich schüttelte den Kopf. »Trümmer? Tote? Was soll das heißen?«

Melia antwortete mir nicht, dafür blickte sie mich traurig an. Ich sah sie schlucken, während sie den Kopf nach unten neigte. »Irgendwas muss passiert sein. Die Magierfeste ist in sich zusammengefallen. Alle, die darin waren, starben.«

Tränen schossen aus meinen Augen. Ich sah kaum noch etwas. Das konnte alles einfach nicht wahr sein! Das durfte es nicht. Daralia. Sie konnte nicht auch … »Die Dämonen waren auch tot?«

Melia nickte langsam. »Ja. Wir haben einige von ihnen gefunden. Sie wurden von Steinen erschlagen, so wie der Rest auch. Zum Glück waren sie bereits vorher tot.«

Ich starrte sie fassungslos an. »Wie kannst du so etwas sagen? Der Mensch dort drin lebt noch!«

Jetzt war es Melia, die mich seltsam ansah. Es war eine Mischung aus Mitleid und Verwunderung. »Die Magier sterben durch das verdorbene Blut in ihrem Kreislauf. Sie sind tot und erwachen als ein anderes Wesen, in dem nichts mehr von der Seele des Verstorbenen bleibt. Nichts ist mehr von dem Menschen übrig, Elen.«

»Nein!«, schrie ich sie an. »Nein.« Meine Unterlippe bebte, mein Hals schnürte sich zu und ich bekam keine Luft mehr. Ich drehte mich im Kreis, schlug die Arme über dem Kopf zusammen und versuchte mit aller Macht, nicht zu weinen, aber es gelang mir nicht. »Du willst mir also sagen, dass meine Heimat nicht mehr existiert?«

Melia atmete traurig durch die Nase und schloss die Augen.

»Dass alles und jeder, den ich kannte, tot ist?« Ich fuchtelte mit den Armen in der Luft herum, während die Tränen meine Wörter verschluckten. »Dass die Menschen in den Dämonen tot sind? Sie wurden doch mit Magie erschaffen. Magie könnte das wieder rückgängig machen.« Ich redete und redete, verstand mich selbst kaum. Alles drehte sich, während ich immer weniger Luft bekam.

»Elen, du musst dich beruhigen«, versuchte Melia es vorsichtig, doch ich drehte mich von ihr weg.

»Beruhigen? Du sagst mir, dass mein gesamtes Leben in Trümmern liegt und meinst, ich soll mich beruhigen?« Ich schloss für einen Herzschlag die Augen. Tränen rannen mir die Wange hinab, während ich versuchte, zu atmen. Noch nie in meinem Leben hatte ich körperliche Schmerzen bei Trauer verspürt, aber in diesem Moment hatte ich das Gefühl, zu sterben. »Und warum bin ich dann hier?«, fragte ich sie leise, als ich mich wieder zu ihr umdrehte.

Melias Hand strich liebevoll über meine Wange. Ich hingegen biss mir so fest auf meine Lippe, dass ich Blut schmeckte.

»Das kann nicht sein«, wiederholte ich. Mein Blick hing an meiner Hand, die ich krampfhaft knetete. Der verletzte Arm schmerzte kaum noch, aber diese Tatsache rückte in weite Ferne. Ich sollte die Einzige sein, die überlebt hatte? Das ergab doch überhaupt keinen Sinn!

Melia schluckte. Sie sah kurz zu Boden, dann in meine Augen. »Wir spürten das Beben bis hierher, also ritten wir nach Eros. Ich sah die eingestürzte Feste schon von Weitem. Alles brannte. Dann sah ich dich inmitten von Feuer und Unmengen an Gesteinsbrocken. Du hast noch gelebt, also haben wir dich mitgenommen und versorgt. Wir hatten gehofft, du könntest uns Antworten geben.«

Die Zeit zog ganz langsam an mir vorbei. So viel, was mir mein Kopf sagen wollte und bei dem er sofort durch das Herz abgelöst wurde. Ich meinte, die Welt müsste aufhören sich zu drehen, doch sie ratterte weiter. Ich presste schockiert die Hände vor Nase und Mund, aber es schirmte den Schmerz nicht ab. In diesem Moment drang nichts mehr an mich heran. Weder die Blicke der Bewohner von Del'Nava, noch Melia, noch sonst irgendetwas in meiner Umgebung. Die Blonde redete weiter, aber in meine Ohren drang nur eine unkenntliche Stimme. Bedeutungslose Worte. Geflüsterte Lügen, falsche Wahrheiten. Rein gar nichts war mehr wichtig.

»Ich lag im Feuer?«, fragte ich wimmernd.

Im Augenwinkel sah ich Melia nicken.

»Wie …« Ich stotterte, faselte seltsame Worte, die keinen Sinn ergaben. »Wie ist das möglich?«

»Das versuchen wir herauszufinden, Elen. Du hättest verbrennen müssen.«

Mir wurde schlecht. Alles drehte sich. Mit Mühe japste ich nach Luft, um nicht umzufallen. Ich musste hier weg! So schnell es ging. Alles engte mich ein. Alles!

Ohne Melia zu antworten, rannte ich zum Außentor der Feste.

»Elen! Wo willst du denn hin?«, rief sie.

Ich ignorierte ihre Worte, rannte so schnell ich konnte.

»Du kannst nicht einfach verschwinden!«

»Ich kann tun und lassen, was ich will!«, schrie ich im Sprint. Dann sah ich Melia nicht mehr.

KAPITEL 05

Heiße Tränen rannen mir aus den Augen, während ich immer schneller über die Landschaft hetzte. Ich vergaß Zeit und Raum. Nichts existierte mehr. Mein Körper war nur noch eine Hülle. Ein Nichts. Verloren in einer Welt, in der ich nicht das Geringste zu suchen hatte. Die Äste des Waldes direkt neben der Feste peitschten auf meine Arme. Meine Haut brannte. Dornen bohrten sich in meine Kleidung. Klebrige Blätter blieben an mir hängen.

Meine Brust bebte. Ich war völlig aus der Puste. Meine Lunge zog sich zusammen, als würde sie gleich implodieren. Trotzdem rannte ich weiter. Sollte ich doch sterben. Es war mir egal! Einfach alles war mir egal. Meine Schwester war tot. Meine Heimat. Sie alle existierten nicht mehr, während ich im verdammten Feuer nicht verbrannt war! *Grundan, wieso strafst du mich so?*

Mein Fuß prallte gegen etwas.

»Wah!« Hektisch ruderte ich mit den Armen. Es half nichts. In vollem Tempo krachte ich frontal auf den Waldboden. Der Aufprall presste mir die restliche Luft aus der Lunge. Stöhnend rollte ich mich auf den Rücken. Bei den Göttern, tat das weh. Verzweifelt fuhr ich mir über das Gesicht, als ich eine warme Flüssigkeit spürte. Verwirrt sah ich meine Hände an und erkannte Blut. Die Äste hatten mir die Haut aufgerissen. Auch das noch.

Langsam atmete ich aus, beobachtete die Baumkronen über mir. Der Wind rauschte in ihnen. Der Boden gab eine eisige Kälte ab, während Frost einzelne Blätter überzog. Wälder. Noch nie hatte ich sie in echt gesehen. Es war faszinierend, wie die Tannennadeln aussahen, was für eine satte Farbe das Moos hatte. Die Gerüche, die hier herrschten, waren unglaublich. Gierig sog ich sie ein. Mein Brustkorb bebte und doch meinte ich, dieser Anblick könnte meine Trauer etwas heilen.

Mit einem tiefen Seufzer setzte ich mich auf und lehnte mich gegen einen Baumstamm. Die Rinde war zu meinem Erstaunen hart. Dennoch genoss ich die Natur. Ich hob ein Blatt auf und drehte es in einem Lichtstrahl, der durch die Kronen fiel.

»Womit habe ich das verdient, Grundan?«, fragte ich in den Himmel.

Statt des Gottvaters der Magier antwortete mir Melia. »Niemand hat so etwas verdient.«

Die Blonde setzte sich neben mich.

Ich sah sie kurz an, blickte dann aber wieder geradeaus. »Ich habe meine Schwester in Eros verloren.« Kurz musste ich schlucken, um nicht wieder weinen zu müssen. »Sie wurde zu einem Dämon und wollte mich töten. Dann wurde ich ohnmächtig.«

»Mein Gott«, krächzte Melia entsetzt. Ich hörte die Traurigkeit in ihrer Stimme. »Es tut mir unendlich leid.«

Der Wind brauste erbarmungslos um mich herum. Das erste Mal in meinem Leben wurde mir klar, wie schmerzhaft Kälte sein konnte. Gleichzeitig hatte ich das Gefühl, der eisige Wind ließe mich viele Dinge klarer sehen, während Melias Körperwärme mich davon ablenkte, dass meine Beine langsam einfroren. »Meine Schwester könnte geflohen sein. Vielleicht lebt sie noch.«

»Dämonen haben keinen Fluchtinstinkt.«

Ich drückte mich etwas weg und sah Melia an. Ihr Kiefer zuckte leicht, während sie einen imaginären Punkt anstarrte. »Dämonen haben keine Gefühle und empfinden keine Angst. Es gibt nichts, was sie dazu bringen würde, zu fliehen. Das liegt nicht in ihrer Natur.«

»Vielleicht gibt es Ausnahmen!«, fuhr ich sie an.

Melia schien nichts zu verstehen, denn sie verengte die Augen und schüttelte leicht den Kopf.

»Meine Schwester wollte mich umbringen. Ich habe nach ihr geschrien und sie hat aufgehört, und du willst mir sagen, dass nicht noch ein Teil von ihr lebt?«

Die Augen der Blonden fuhren so schnell meine Gesichtszüge ab, dass mir schwindlig wurde. Sie schien irgendetwas zu suchen, was sie nicht fand. »Möglicherweise war gleich nach der Verwandlung noch etwas von ihr übrig«, sprach sie so leise, als wolle sie verhindern, dass ihre Worte mich noch tiefer in den Abgrund zogen. »Ich will dir nicht die Hoffnung nehmen, aber alle starben bei dem Fall der Magierfeste. Selbst, wenn deine Schwester nicht ganz zum Dämon wurde, ist sie jetzt tot.«

»Dann muss ich sie wenigstens salben und beerdigen. Ich muss ihre Seele an Grundan übergeben, sonst wird sie für immer im Nichts gefangen sein und wir werden uns im Götterreich nicht wiedersehen.«

Mit einer Hand stützte ich mich vom Boden hoch. Meine Brust hob und senkte sich viel zu schnell.

»Soll ich dir etwas erzählen, Melia?«

Die Blonde sah mich mit feuchten Augen an.

»Ich bin in das Arbeitszimmer des Obermagiers eingebrochen, weil *ich* etwas über *mich* erfahren wollte. Deshalb ist meine Schwester tot.«

»Du kannst nichts für den Fall der Magierfeste, Elen«, hörte ich Melia, als wäre ich in einer anderen Welt.

Meine Seele war vollkommen ausgebrannt. Mein Körper schwach. Wie eine Hülle, deren Innerstes schon längst nicht mehr in dieser Welt war.

Melia beugte sich zu mir herüber. »Eros wäre auch untergegangen, wenn du nicht in das Arbeitszimmer eingebrochen wärst.« Sie nickte traurig, dann öffnete sie ihre Hand. Darin befand sich ein filigraner silberner Ring mit einem fliederfarbenen Stein. Meine Unterlippe bebte, als ich das Stück Metall sah. Ich traute mich kaum, es entgegenzunehmen. Hatte irgendwie Angst, ich könnte mich daran verletzen, ich wäre ihm nicht würdig. Dennoch nahm ich den Ring zögernd an. Einige Zeit blickte ich auf ihn, dann steckte ich ihn in meine Hosentasche. Ermüdet brachte ich ein erbärmlich klingendes »Danke« heraus.

Melia nickte, wagte es aber nicht, mich anzufassen. Dafür war ich im Moment dankbar.

»Was ist mit Del'Nava geschehen?«, fragte ich die Blonde leise.

»Die Bewohner sind abtrünnige Magier oder Menschen.« Sie knetete die Hände, ließ die Schultern hängen. »Es sind Bauern, Schmiede und Schneider, die kein Zuhause mehr haben. Sie sind rastlos, vor dem Krieg geflohen und fanden hier ein neues Zuhause.«

Irritiert rieb ich mir über die Schläfe. Ich musste aussehen wie ein kleines Mädchen, dem man das Leben erklärte. Als ich vor einiger Zeit die Wächter belauscht hatte, hatte ich von einem Krieg gehört. Dass er jedoch so nah an der Magierfeste tobte, wusste ich nicht. Das war alles zu viel für mich. Die Magierfeste war kein Ausbildungslager. Zumindest nicht mehr. Es war ein Vernichtungslager. Für einen kurzen Moment schloss ich die Augen, doch die Bilder hinter den Lidern waren unerträglich. Ich war ein Mittel zum Zweck. Eine Nummer. Ein Experiment. Alles, was ich geglaubt hatte, dort zu haben, hatte in Wahrheit nie existiert.

Als ich meinte, Melia schniefen zu hören, drehte ich mich zu ihr um. Sie atmete kurz ein, bevor sie sprach: »Die Magierfesten sind seit einigen Jahren in der Hand von König Frekkon. Seither hat sich viel verändert. Sie bilden die Schüler aus, um sich die Stärksten unter ihnen zu eigen zu machen. Der Rest wird ausgelöscht.«

Ich runzelte die Stirn, als sie sich von mir wegdrehte und sich eine Träne wegwischte.

»Hast du auch jemanden in der Feste verloren?«

Die Blonde atmete hörbar aus, dann sah sie mich mit einer Mischung aus Traurigkeit und Kampfeslust an. »Wir haben alle Menschen verloren, die wir lieben.«

Ich nickte gedankenverloren und einige Herzschläge herrschte Stille zwischen uns. »Wenn doch jeder Mensch hier jemanden verloren hat und sie alle vor dem Krieg geflohen sind, wieso gaffen sie mich dann so an?«

Melia verzog den Mund. Sie blickte zur Seite, als ob sie sich für das Nachfolgende schämen müsste. »Weil sie Angst vor dir haben.«

Ich stutzte und schüttelte den Kopf. »Warum sollten sie Angst vor mir haben? Sehe ich so schlimm aus?«

Das erste Mal sah ich die Blonde lächeln. Sie entblößte perfekte Zähne, die von einem hellen Weiß waren. »So dreck- und blutverschmiert, wie du gerade aussiehst, machst du einem schon Angst.«

Erschrocken fuhr ich mir über das Gesicht und hatte eine rötlichbraune Masse auf meinen Fingern. Es sah nicht sonderlich appetitlich aus.

»Viele machen dich für den Fall der Magierfeste von Eros verantwortlich«, sprach Melia ernster. »Sie sagen, in dir wohne etwas aus der Unterwelt, weil du im Feuer nicht verbrannt bist. Andere wiederum feiern dich als Heldin, die ihnen geschickt worden sei, um die Unterdrückung der Magier zu beenden. Was davon der Wahrheit entspricht, wird die Zeit zeigen.«

Ein Teil der Unterwelt in mir? Bei Grundan! Was sind das für Menschen? Wenn sie nur ansatzweise wüssten, was ich durchmachen musste, würden sie anders denken!

Melia machte eine kurze Pause, bevor sie noch leiser weitersprach: »Deine Geschichte hat sich schnell herumgesprochen. Mittlerweile weiß halb Irolas davon.«

Halb Irolas? Bei den Göttern! Diese Ländereien waren riesig. Dutzende Städte und Dörfer befanden sich darauf und alle wussten Bescheid?

Ich runzelte die Stirn, als mir der nächste Gedanke kam: »Wie viele Tage sind seit dem Fall der Magierfeste vergangen?«

»Du warst vier Nächte und drei Tage ohne Bewusstsein. Genauso lange ist es her. Aber jetzt komm, lass uns zurückgehen sonst werden wir noch zu Eis«, versuchte mich Melia aufzumuntern. Es gelang ihr für einen kurzen Augenblick. Die Aussicht auf ein warmes Feuer und eine Decke waren verführerisch, also hievte ich mich auf die Beine und wir liefen zum mächtigen Eingangstor.

Von der untersten Ebene sah die Feste gigantisch aus. Insgesamt hatte sie drei Ebenen. Ich stand auf der untersten. Hier befand sich eine Stallung für die Pferde, der Wall und das Eingangstor. Ich schielte kurz zu den Rössern. Es waren nur vier Stück, aber sie sahen miserabel aus. Dreckverschmiert, mit zerzausten Mähnen, als wären sie erst heute angekommen. Es lag kaum noch Stroh auf dem Boden. Ein schwarzer Riese wieherte und scharrte ungeduldig mit den Hufen. Er sah mich mit dunklen Augen an, als wollte er mir etwas sagen. Ich schluckte und machte einen Schritt zurück. Dieses Tier jagte mir Angst ein. Alles an ihm war schwarz. Wie der Unterweltherrscher auf vier Beinen. Ich wandte schnell den Blick ab und sah nach rechts. Hier stand eine wacklige Hütte, die dem Stallmeister gehörte. Er könnte sich definitiv besser um die Pferde kümmern. Dann würde mich der schwarze Hengst vielleicht nicht so böse anstarren.

Ich lief an Melias Seite die Treppen hinauf zur Marktplatzebene. Der Boden unter meinen Füßen schmatzte. Ich versank einen Fingerbreit im Matsch. Trampelpfade führten zu den einzelnen Hütten. Hier standen die Häuser der Bewohner. Egal, wohin ich sah, sie wirkten größtenteils verfallen. Bei einigen sackte der Dachstuhl ein. Bei anderen fehlten ganze Holzdielen. Ich konnte nichts sagen, nur meine Augen wanderten die Behausungen ab, bis sie an einer Frau hängenblieben. Ein durchlöchertes Kleid hing an ihren ausgemergelten Schultern. Sie war nicht mehr als Haut und Knochen und trotzdem packte sie sich Holzscheide auf die Arme und wankte zu einem Lagerfeuer, an dem sich einige Menschen aufwärmten und eine andere Frau etwas kochte. Was immer sich in dem Kessel befand, stank erbärmlich. Ich konnte den Geruch beim besten Willen nicht beschreiben, aber mir stieg Galle in den Hals. Dennoch schielten die Menschen sehnsüchtig auf den Kessel. Sie hielten sich die Bäuche und ich meinte, bereits aus der Ferne die leeren Mägen knurren zu hören. Jeder zweite hatte irgendwo einen Verband. Andere humpelten, ein paar Männern fehlte ein Arm oder ein Bein. Ich sah einen Alten, der nur noch ein Auge hatte. Im Vergleich zu dem Zustand der Bewohner sah die Feste von Del'Nava noch ganz stattlich aus. Und das, obwohl überall Steine fehlten, die Mauern bröcklig waren und der Außenwall alles andere als Schutz bot.

»Ruh dich aus«, riss mich Melia aus meinen Beobachtungen. »Es war ein harter Tag für dich. Dein Zimmer findest du im Westflügel der Feste. Weißt du noch, wie du dort hinkommst?«

»Ich denke schon.« Mein Körper schrie nach Ruhe. Bei dem Gedanken an ein Bett schlief ich regelrecht ein.

»Gut. Dann sehen wir uns morgen.« Die Blonde streichelte mir liebevoll über den Kopf. »Und hab keine Angst vor den Bewohnern. Wenn sie dir etwas anhaben wollen, müssen sie erst an mir vorbei.«

»Danke«, sprach ich mit einem bedrückten Lächeln.

Melia war viel zu schmal, um es mit irgendjemanden aufnehmen zu können. Trotzdem entlockte mir ihr Satz ein Schmunzeln. »Bis morgen.« Dann machte ich mich auf den Weg.

KAPITEL 06

Einige Zeit erkundete ich das Innere der Festung. Sie war riesig, während die Hütten der Bewohner eher überschaubar waren. Noch dazu war sie verwinkelt, was dazu führte, dass ich mich verlaufen hatte. Seit einer kleinen Ewigkeit irrte ich durch die langen Gänge.

Nach einer Weile blieb ich stehen und rieb mir erschöpft über die Stirn. Ich hatte mir die Welt anders vorgestellt. Farbenfroher und irgendwie glücklicher. Doch das, was ich bisher gesehen hatte, nahm mir jede Illusion. Es war eine grausame Welt voller Leid und Missgunst. Die Menschen waren teuflisch. Als ich die Feste erkundet hatte, wurde ich von Kindern mit Steinen beworfen! Ein Magier versuchte, mich mit Gedankenkontrolle zum Gehen zu bewegen. Frauen rannten bei meinem Anblick weg.

Ich war hier nicht willkommen und auch nicht im Rest der Welt. Wie Melia sagte: Mittlerweile wusste der gesamte Landstrich von mir.

Beinahe jeder schien mich zu kennen. Was würde es also bringen, von hier wegzurennen?

Erschöpft lehnte ich meinen Rücken gegen die kalte Steinmauer. Ich hämmerte mit dem Hinterkopf dagegen und versuchte, herauszufinden, was nach Daralias Angriff geschehen war. Wieso die Magierfeste eingestürzt war. Ich suchte nach irgendetwas, woran ich mich erinnern konnte. Doch da war nichts. Rein gar nichts außer tiefer Dunkelheit. Dieser Umstand brannte in mir. Nicht zu wissen, was geschehen war, war einfach nur schrecklich.

Stöhnend drückte ich mich wieder von der Mauer weg und lief weiter. Nach kräftezehrenden Momenten fand ich endlich den Westflügel. Mit trägen Beinen trottete ich in mein Zimmer und ließ mich auf das Bett fallen. Die Nacht war mittlerweile angebrochen. Der Mond schien in silbernem Licht durch mein Fenster. Weshalb ich derartigen Luxus erfuhr, während die anderen in verfallenen Hütten wohnten, konnte ich nur erahnen. Vielleicht, weil ich unter den hasserfüllten Blicken nicht lange überleben würde.

Das Kaminfeuer knisterte. Irgendeine gute Seele hatte es neu entfacht. Auf meinem Nachttisch stand eine Schale Wasser und ein Becher. Schlotternd murmelte ich mich in die Decke ein, setzte mich auf den Bettrand und starrte eine Ewigkeit auf meine Tür. Vor meinen Augen trat meine Schwester lächelnd ein und erzählte mir von ihrem Tag. Egal, wie sehr mein Herz nach ihr schrie, es kam niemand und sie würde auch niemals wiederkommen.

Die einzige Überlebende. Bei diesem Gedanken zischte ein Schauder wie ein eisiger Winterhauch über meine Haut. Wie konnte all dies sein? Die Magierfeste war Schutt und Asche. Ausgelöscht von einer Explosion, die die Grundsteine zum Wanken gebracht hatte. Alle Bewohner mussten entweder verbrannt oder verschüttet worden sein. Einer der schrecklichsten Tode, die ich mir vorstellen konnte. Aber ich lebte. Was für eine unfaire Welt.

Erschöpft sah ich auf meine Arme. An ihnen klebte Blut und Dreck. Ich verkrampfte sie, rubbelte verzweifelt darüber, aber es blieb an mir haften. Zähneknirschend stemmte ich mich hoch und starrte auf den Verband. Melias Worte geisterten durch meinen Kopf. *Du heilst unmenschlich schnell.*

Mit einem langen Atemzug öffnete ich den Knoten des Verbands und zog ihn herunter. Als ich nichts als eingetrocknetes Blut erkannte, hielt ich für einen Moment die Luft an. Mein Herz pochte, dennoch strich ich mit meinen Fingern über die Stelle. Ich rechnete damit, vor Schmerz zusammenzuzucken, doch da war nichts außer dem Schorf einer einstigen Wunde. In diesem Moment wusste ich nicht, was ich denken sollte. Alles verschwamm vor meinen Augen. Entkräftet vergrub ich mein Gesicht in den Händen und presste die Lider aufeinander. Vielleicht war ich bereits tot? Befand mich ebenfalls im Nichts? Die Obermagier erzählten, es wäre eine Welt voller Sinnestäuschungen und Leid. Das würde zumindest einiges erklären, denn kein Magier konnte sich selbst heilen. Das war nicht möglich.

Als ich schwerfällig den Kopf hob, blickte ich noch einmal zu der Wasserschale und bekam das Bedürfnis, alles von mir abzuwaschen. Ich tauchte die Hände ein und begann, über meine Haut zu rubbeln. Die Flüssigkeit färbte sich rötlichbraun. Als ich mit den Armen fertig war, spritzte ich mir einen Schwall ins Gesicht.

Danach atmete ich tief aus und starrte lange zu dem Kamin. An der Wand hingen zwei gekreuzte Kurzschwerter, die an einer Holzplatte befestigt waren.

Träumte ich etwa, oder grinsten die Klingen mich an? Ich legte den Kopf schief und verengte die Augen. Das konnte doch nicht … Doch! Tatsächlich! Sie lächelten mich an, gruben sich tief in meine Gefühlswelt. Ich hörte sie flüstern. Sie versprachen mir ein Ende des Schmerzes und der Trauer. Sie riefen meinen Namen und winkten mich zu sich. Es wäre so einfach. So schnell, mich von all dem zu befreien. Nur ein

Schnitt … Ich würde langsam einschlafen, während mein Körper ausblutete und starb. Es würde lediglich kurz wehtun. *Ein Schnitt …*

Wie magisch davon angezogen lief ich darauf zu. Ich konnte mich nicht dagegen wehren. Die Klingen flüsterten meinen Namen, wie Engel, die mich danach empfangen würden. Meine Gedanken waren nicht mehr in dieser Welt. All meine Träume befanden sich fernab von alldem. An einem besseren Ort. In einer schöneren Welt. Ich würde meine Schwester wiedersehen, wenn ich mir das Leben nehmen würde. Dann wären wir beide im Nichts. Lieber eine Welt voller Sinnestäuschungen und Leid, als ohne sie zu leben. Dieser Gedanke zischte durch meinen Körper, während mein Herz vor Freude wild schlug. Ich lächelte, hörte Stimmen, die nach mir riefen. Gesichter meiner Freunde und meiner Eltern tauchten vor mir auf. Arme, die mir entgegengestreckt wurden, um mich zu ihnen zu ziehen. Ich konnte alles wiederhaben, wenn ich das hier beenden würde. Hier hatte ich keine Zukunft. Kein Leben. Ich würde Daralia in der Zwischenwelt finden und gemeinsam könnten wir irgendwie in die Götterwelt emporsteigen. Es musste so sein.

Ein letztes Mal erklangen die wunderschönen Rufe der Menschen, die ich liebte. Mit einem Ruck stellte ich mich auf die Zehen und fischte nach dem Schaft. Verdammt, ich war nicht groß genug! Ich zog mich noch höher. *Komm schon!* Ich hatte es fast! Nur noch ein kleines Bisschen! Meine Fingerkuppe berührte eisiges Metall.

Schlagartig durchzog ein stechender Schmerz meinen gesamten Körper. Meine Lider flatterten. Sogar meine Augäpfel vibrierten. Es fühlte sich an, als hätte mich ein Blitz quer durchtrennt. Taumelnd versuchte ich, irgendwo Halt zu finden. Schwankte nach links, dann nach rechts. Meine Augen brannten. Ich schwankte heftiger, ruderte mit den Armen. Es half nichts. Ich knallte gerade wie eine Kerze auf den Boden. Dann wurde alles schwarz.

Das nächste Mal öffnete ich die Augen, als eine unsagbare Hitze mich regelrecht kochte. Benommen rieb ich mir über die Augen, schüttelte den Kopf, aber es wurde nicht kühler. Panisch fuhr ich herum, setzte mich auf, sah unter mich. Ich lag auf einer Wiese. *Wie bei allen …* Mit verzerrtem Gesicht drückte ich mich etwas weg. Es war so heiß. Schweiß rann mir die Schläfen hinab, tropfte mir das Kinn herunter. Der Boden unter mir schien zu brodeln. Stöhnend drückte ich mich weiter von der Erde weg. Da erkannte ich einen Schatten. Ich kniff die Augen zusammen, drehte mich um. Grundan, da stand auf einem Hügel ein Mann in Rüstung. Verwirrt rieb ich mir über die Augen. Die Luft flimmerte vor Hitze und verschleierte mir die Sicht, aber er war immer noch da! Dieser Mann starrte mich einfach nur an und dieser durchdringende Blick ließ meine Zähne klappern. Eine Gänsehaut legte sich auf mich, obwohl es sengend heiß war. Mein Herz schlug so schnell, dass ich nur die peitschenden Flammen und das Rauschen meines Blutes hörte. Als ich Schatten im Augenwinkel erkannte, löste ich mit aller Kraft meinen Blick von dem Krieger und blickte über den Boden. Als ich sah, was weit verteilt dort lag, hielt ich die Luft an. Ich meinte, mein Herz könnte nicht schneller schlagen, aber es tat es. Schluckend erkannte ich dutzende Tote. Überall waren Blut und Feuer. Meine Finger zitterten, ich zitterte. Mit bebendem Kiefer lief ich zwei Schritte rückwärts, versuchte, den Mann auf dem Hügel zu ignorieren, aber ich konnte es nicht. Ganz gleich, wie sehr ich mich dagegen wehrte, seine Aura zog mich an. Ich wollte verschwinden, wollte ihn anschreien, was er von mir verlangte, doch nichts war mir möglich. Es war, als hätte mir jemand meine Stimme genommen und mich gezwungen, hier zu sein.

Vor Angst begann ich zu keuchen. Ich taumelte, als der Mann einen Schritt auf mich zuging. Er verstärkte seinen Griff um sein Schwert und meine Finger bewegten sich mit! Schockiert starrte ich meine Hand an. Ich schüttelte sie, aber nichts passierte. Egal, wie sehr ich mich anstrengte, ich hatte das Gefühl, der Krieger zu sein.

Der Mann fixierte mich immer stärker, als wäre ich die einzige Person, die er noch töten wollte. Mit jedem Schritt, den er auf mich zu machte, fühlte ich mich trauriger. Eine riesige Last schien auf meinen Schultern zu liegen. Sie drückte mich nieder, zog mich in irgendeinen Abgrund. Aber es war nicht meine Trauer. Sondern seine. Ich spürte seine Angst, seine Hoffnung. Als wäre ich … als wäre ich er. Ich keuchte, bekam kaum noch Luft. Hatte das Gefühl, er würde mir verwehren, zu atmen. Ich legte die Hand auf meinen Hals. Japste nach Luft, während ich begann, zu schwanken. Ich wollte mich irgendwo festhalten, doch hier war nichts. Nichts außer der mit Toten übersäten Wiese und diesem Feuer.

Dann erhob der Krieger seine Hand genau in meine Richtung! In Sekundenschnelle raste eine Feuerwalze auf mich zu. So schnell, dass ich nur noch schützend meine Arme vor das Gesicht heben und kreischend die Augen zusammenpressen konnte.

Doch die Hitze blieb aus. Der Schmerz, verursacht vom Feuer, erreichte mich nicht. Vorsichtig senkte ich die Arme und blinzelte. Es war dunkel. Und ich war … Verwirrt fuhr ich herum. Ich war in meinem Zimmer im Westflügel und niemand war hier. Hier war keine Wiese, keine Leichen, kein Krieger. *Was bei allen Göttern?* Stöhnend rieb ich mir über die schweißnasse Schläfe. *Was war das denn?*

Das war bestimmt das Gesöff, dass mir Melia gegeben hatte. Darin waren sicherlich irgendwelche Kräuter enthalten, die Halluzinationen hervorgerufen hatten. Oder mein Kopf spielte durch all die Trauer vollkommen verrückt. Ich fühlte mich schwach und ausgelaugt.

Erschöpft fiel mein Kopf in den Nacken. Überall roch ich verbranntes Fleisch. Ich brauchte dringend frische Luft. Meine Knochen knarzten, als ich mich stöhnend auf die Beine stemmte. Mit einem Ruck öffnete ich die Tür und trottete auf die große Terrasse. Mein Weg führte mich an den Kriegerstatuen vorbei bis zum Geländer, an dem ich rastete. Ich lehnte mich daran und presste krampfhaft die Fingernägel in den bröckligen Stein. Die Nacht war eisig aber sternenklar. Die Kälte des Steins zog in meine Hände, kroch meine Arme hinauf und kühlte meine innere Hitze ab.

Ich seufzte und pustete die angesammelte Luft in den Nachthimmel. Wölkchen bildeten sich und lösten sich im Wind auf. Was war los mit mir? Bisher war ich mit meinem Leben halbwegs zufrieden. Es war nicht perfekt, aber es war in Ordnung. Was würde ich gerade dafür geben, mein altes Ich zurückzubekommen.

Verzweifelt schüttelte ich den Kopf und dachte an meine Schwester. Sie hätte gewollt, dass ich lebte. Das ich stark war und kämpfte. Ganz gleich, wie aussichtslos die Situation schien. Und genau das wollte ich jetzt sein.

»Ich werde für dich kämpfen, Daralia«, flüsterte ich zu den Sternen. Ich wünschte, meine Schwester würde meine Worte hören.

»Die Sterne werden dir kaum antworten.«

Ich wirbelte herum und sah einen Mann, der auf mich zukam. Abweisend verschränkte ich die Arme und beobachtete, wie er sich unaufgefordert und lässig an die Brüstung lehnte und mir zuzwinkerte. Einen Teil der dunkelblonden, etwa schulterlangen Haare hatte er zu einem Zopf zusammengebunden, was das offene Haar darunter betonte. Er war kleiner als ich und mehr breit als hoch. Jedoch eher muskulös als dick. Irgendwie seltsam eben.

»Du musst die berühmte Lady Elen sein?« Er machte einen übertriebenen Knicks. »Mein Name ist Iltras.«

Bei der Vorstellung wedelte er mit der Hand herum und erwischte mich fast damit. Das konnte ich nur vermeiden, da ich in letzter Sekunde seinem Arm auswich.

»Was seid ihr denn für ein komischer Kauz?«, pustete ich los. Auf mich wirkte er eher wie ein Hofnarr. Dafür war er aber eindeutig zu muskulös. Und zu breit. Hmm … Dieser Mann war auf jeden Fall eigenartig. Aber auf eine lustige Art.

»Komischer Kauz?« Iltras verschränkte ebenfalls die Arme und setzte einen geknickten Gesichtsausdruck auf. »Das ist ja regelrecht verletzend!«

»Entschuldigt, ich wollte nicht …«

Der Mann tätschelte mir so stark die Schulter, dass ich ins Taumeln geriet.

»War'n Spaß. Mich verletzt so schnell nichts.«

»Ähm.« Ich kratzte mich am Nacken. »Ähm, das ist schön.« Meine Güte. Was plapperte ich denn da? Iltras brachte mich mit seinem Auftreten vollkommen aus der Fassung. Er war so fröhlich, gut gelaunt. Seine positive Ausstrahlung war ansteckend.

»Wie gefällt dir dein neues Heim?«

»Ich denke eher darüber nach, wie es den Bewohnern von Del'Nava gefällt, das *ich* hier bin.« Leichter Sarkasmus schwang in meinen Worten mit. Erstaunlich. Ich hatte ihn also doch nicht verloren.

Der Mond spiegelte sich in Iltras' hellbraunen Augen. Sie hatten eine erstaunlich schöne Farbe. Der dunkle Ring um die Iris ließen sie mysteriös aussehen. Er hatte einige Lachfältchen und auch auf seiner Stirn waren erste Furchen zu sehen. Ich schätzte ihn auf Mitte dreißig. Vielleicht auch älter. »Mach dir nichts draus, die beruhigen sich schon wieder.« Er lachte so übertrieben, dass ich mitlachen musste. Auf irgendeine Weise lockte er die alte Elen aus ihrem Verlies. »Diese Menschen sind vor Kurzem hier gestrandet und haben viel verloren. Da kommt 'ne Unterweltbrut gerade recht, um all den Verlusten 'n Namen zu geben. Ist nicht deine Schuld.«

Ich verstand zwar nicht, was er mit *gestrandet* meinte, da ich nirgendwo ein Meer sah, jedoch beließ ich es dabei. Es würde schon irgendeinen Sinn ergeben.

»Und was denkst du über mich?«, fragte ich kleinlaut.

Seine braunen Augen blickten in meine. Iltras lächelte verschmitzt und ich war mir sicher, dass er sich seiner Wirkung auf Frauen durchaus bewusst war.

»Ich denke nicht, dass du die Ausgeburt der Unterwelt bist. Ich denke aber auch nicht, dass du 'ne Heldin oder sowas bist.« Er zuckte entschuldigend mit den Schultern. »Wahrscheinlich hattest du nur Glück. Das ist, was ich denke. Nicht mehr und nicht weniger.«

»Wenigstens einer, der mich nicht für den Unterweltherrscher hält«, gab ich schmunzelnd zurück.

Er stupste mir freundschaftlich in die Seite. »Solltest dich ausruhen. Hier braucht man seine Kräfte. Wir sehen uns morgen. Und mach dir eher Gedanken um dich als über Menschen, die dich nich' kennen.«

Ich nickte und Iltras verabschiedete sich.

Belustigt schüttelte ich den Kopf und bemerkte gleichzeitig, wie müde ich war. Es waren genügend Ereignisse für einen Tag gewesen, also setzte ich mich in Bewegung. Die hölzerne Tür meines Zimmers knarzte beim Öffnen. Träge sank ich auf das Bett. Ein weiterer mit Medizin gefüllter Becher stand auf dem Nachttisch. Melia musste ihn mir dagelassen haben. Zumindest hassten mich nicht alle hier.

Egal wie schwer die Reise werden würde, ich würde es überleben. Ich würde kämpfen. Für mich, doch hauptsächlich für meine Schwester.

Entschlossen kippte ich die Flüssigkeit herunter. Dieses Mal schmeckte sie anders. Herber und weniger süß. Hätte ich in Pflanzenkunde besser aufgepasst, würde ich wissen, was sich darin befand.

Behutsam stellte ich den Becher wieder ab, kuschelte mich in die Decke und war sofort eingeschlafen.

KAPITEL 07

Eine sanfte Brise wehte durch mein Fenster herein und riss mich aus meinen Träumen. Es roch nach Frühling. Ich öffnete die Augen und mir strahlte ein so blauer Himmel entgegen, als wollte er mir sagen: »Die Welt ist nicht nur schwarz.« Und tatsächlich, ich fühlte mich besser. Mein Körper schmerzte nicht mehr und mein Herz war etwas leichter.

Ich rieb mir über die Augen und dachte an die Nacht zurück, in der ich von Rauch, Flammen und toten Menschen geträumt hatte. Irgendwelche Personen, die wild einen Namen riefen. *Igna* … oder so ähnlich. Was auch immer das zu bedeuten hatte. Dann wieder Flammen, bis alles von ihnen verschluckt wurde. Immer wieder sah ich Dämonen. Die toten Augen, die aufgeplatzte Haut. Ihr Geruch hing in der Luft. Der Gestank nach verbranntem Fleisch und Verdammnis. Nach ewigem Feuer und Tod.

Ächzend schlug ich die Decke zurück und stemmte mich auf die Beine. Sie waren noch nicht so wach wie ich. Mit trägen Schritten schlürfte ich zum Fenster und öffnete es. Zuerst blendete mich die Helligkeit, dann gewöhnten sich meine Augen daran. Draußen waren die meisten Menschen bereits unterwegs. Sie hämmerten neue Holzdielen an die Hütten, dichteten die Ritzen mit Moos ab und schlugen erneut Holz darüber. Andere Männer ließen ihre Schwerter bei einem dicken, glatzköpfigen Mann schleifen, der wohl bald der Haus- und Hofschmied werden würde. Wenn er es nicht schon war.

Am Außenwall herrschte reges Treiben. Männer machten eine Reihe und reichten sich gegenseitig Steine, um die Löcher in der Mauer zu stopfen. Zwei weitere schienen Magie einzusetzen, denn kleinere Gesteinsbrocken wurden damit nach oben befördert. Ich sah bereits von hier, wie die Muskeln der Magier unter der Last zitterten. So ungeschickt, wie diese beiden Männer sich anstellten, mussten sie einen grauenhaften Ausbilder in der Magiefeste gehabt haben. Wie die beiden überhaupt die Prüfung bestanden hatten? Weder waren ihre Körper durchtrainiert, noch konnten sie mit ihrer Magie umgehen. Der eine war mehr als nur schlaksig, was die Frage aufkommen ließ, wie seine Muskeln überhaupt das Gewicht tragen konnten. Der andere konnte eine Kugel als Bauch sein Eigen nennen. Immer wieder entglitten ihnen die Steine aus ihrer Magie und krachten mit dumpfem Aufprall zu Boden.

Ich verzog den Mund zu einem Lächeln. Das erste Mal pulsierte wieder Entschlossenheit durch meinen Körper. Mit einem Satz hetzte ich zum Bett, zwang mich in die enge Hose, schnürte die kniehohen Stiefel zu und warf mir die erstbeste Jacke über.

Gerade wollte ich aus dem Zimmer eilen, da entdeckte ich zwei Scheiben Brot mit Zwiebelschmalz und Wasser auf dem Nachttisch. Sofort knurrte mein Magen. Ich schnappte mir eins davon und futterte es auf dem Weg nach draußen.

Das große Eingangstor der Feste stand offen. Mit langsamen Schritten lief ich zum Marktplatz und atmete die frische Luft ein. Eine Windbrise strich an mir vorbei. Das war ein Gefühl, das ich nicht einmal im Ansatz beschreiben konnte. Am liebsten hätte ich meine Arme ausgestreckt und mich mit ihr gedreht. Da mich aber schon wieder dutzende Augenpaare angafften, straffte ich die Schultern und lief entschlossen weiter.

Alles, was ich wollte, war Ablenkung. So konnte es nicht weitergehen. Ich war noch nie ein Mensch gewesen, der sich versteckte. Und das würde sich auch jetzt nicht ändern! Wenn die Einwohner nicht auf mich zukämen, dann musste ich eben auf sie zukommen. Ich war überrascht, wie gut es funktionierte, mir Mut zuzusprechen. Als ich die unterste Ebene erreichte, änderte sich das jedoch wieder. Hölzerne Schubkarren versperrten mir den Weg. Immer wieder musste ich maulenden Männern ausweichen. Einige von ihnen rempelten mich mit Absicht an. Natürlich folgte keine Entschuldigung.

Ich versuchte sie, soweit es ging, zu ignorieren, denn ich stand endlich vor meinem Ziel. Die Sonne blendete mich, also schirmte ich die Strahlen mit meiner Hand ab und schielte hinauf zum Wall. Oben erkannte ich Seilzüge, die nach unten reichten. Etwa zwanzig Männer schufteten hier. Auf dem Boden banden sie dicke Steine daran. Weitere zehn Männer befanden sich auf dem Wall und zogen sie in die Höhe. Je weiter ich lief, desto mehr roch ich den Schweiß. Es war so intensiv, dass mir schlecht wurde.

»Los Männer!«, brüllte ein bulliger Mann mittleren Alters. »Hoch damit.« Er packte mit an und zerrte am Tau. Im selben Moment schien er mich in der Menge entdeckt zu haben. Sein Unterkiefer klappte nach unten, während seine Augen sich weiteten. Er war durch meine Anwesenheit anscheinend so perplex, dass ihm das Seil entglitt. Wie in Zeitlupe fiel der Stein in die Tiefe. *Oh nein!* Ich verfolgte atemlos den Flug, bis der Brocken einem Mann am Boden auf den Fuß knallte. Das Geräusch würde ich nie vergessen. Es knackste, als würde jemand einen Ast in der Mitte durchbrechen. Blut spritzte. Ein ohrenbetäubender Schrei schallte durch die Luft.

Bewegungslos stand ich auf der Wiese und gaffte den Verletzten an. Bei Grundan! Alles geschah so schnell, dass sich erst jetzt wieder mein Gehirn einschaltete. *Großartig. Das fängt ja gut an.* Ich musste den jungen Mann heilen, sonst würde er verbluten! Ich straffte mich, reckte das Kinn und lief entschlossen los. Weit kam ich nicht. Ein dürrer Mann quetschte sich vor mich und breitete die Hände aus.

»Kein Schritt näher, du widerwärtiges Weib.« Er entblößte gelblich verfaulte Zähne hinter den schmalen Lippen. Seine Brauen verengten sich so sehr, dass ich meinte, er hätte nur eine. Sein schwarzes Haar hing in wilden, fettigen Strähnen von seinem Kopf.

Ich ballte meine Fäuste, versuchte, mich zu erinnern. Wieso kam mir seine Stimme so bekannt vor? Woher? Was auch immer es war, es löste Mordgelüste in mir aus.

»Schleich dich!«, zischte er erneut. Mit einer Hand wedelte er in der Luft herum. »Niemand will dich hier!« Der Widerling spuckte mir die Worte vor die Füße.

Da fiel es mir ein! Es war dieselbe Stimme, die ich gestern gehört hatte. Die Stimme der Person, die mich am liebsten tot sehen würde. *Ramor!*

Ich kniff die Augen zusammen. »Geht mir aus dem Weg«, fauchte ich und schlängelte mich an ihm vorbei.

»Moment!«, sprach er langgezogen und hechtete erneut vor mich.

Genervt blickte ich in die gelben Augen des Mannes. Sie hatten einen Senfton. Ich meinte sogar, einige Senfkörner als Punkte darin zu sehen. Demonstrativ verschränkte ich die Arme und setzte den gefährlichsten Gesichtsausdruck auf, den ich zu bieten hatte. Wenn er sich mit mir anlegen wollte, dann sollte er es ruhig versuchen. So schnell ließ ich mich nicht niedermachen.

Ramor rammte mir seinen Zeigefinger gegen die Brust, sah aber auf die nächst höher gelegene Ebene. »Das ist sie, Bewohner von Del'Nava!«, begann er zu rufen. »Die Tochter der Unterwelt. Die Frau, die die Magierfeste von Eros zu Fall brachte! Mit der schwarzen Magie des Unterweltherrschers. Schlimmer als jeder Blutseher!«

Nervös sah ich zu der Menge hinauf, die sich langsam versammelte. Das hatte ich davon, ohne Melia nach draußen zu gehen. Das Zimmer in der Feste hatte sie mir wohl nicht ohne Grund gegeben. Wie Motten vom Licht wurden die Menschen von Ramors Worten angezogen. Es wurden immer mehr. Langsam bekam ich es mit der Angst zu tun. Vielleicht sollte ich nicht so vorlaut sein. Das würde mir einige Probleme ersparen.

»Wir müssen sie vernichten. Sonst vernichtet sie uns!«, schrie Ramor lauthals weiter.

Gejubel erklang bei seiner Hetzrede. Die Menschen erhoben die Fäuste, schrien herum. Ich verstand kein Wort, aber sie klangen unglaublich aufgebracht. Dann ein Schlag, der mich an der Schläfe traf. Ich fuhr herum und erkannte eine Frau, die einen Pferdeapfel auf mich geworfen hatte. Mist! Als Erde und dreckige Lumpen folgten, hob ich schützend die Arme, aber es half nichts. Binnen kürzester Zeit war alles um mich herum feucht und dreckig. Mir taten die Arme weh aber schlimmer war, dass ich mich selten so ausgeliefert und erniedrigt gefühlt hatte. Am liebsten wäre ich davongerannt, aber diese Genugtuung würde ich ihnen nicht geben. Angeekelt wischte ich mir den Dreck von der Wange und schüttelte ihn vom Handrücken.

»Diese Frau wird uns alle in den Abgrund stürzen! Vernichtet sie!«

Jetzt reichte es ganz gewaltig! Ich schubste Ramor, der ins Rudern geriet, und schrie selbst: »Bewohner von Del'Nava! Denkt von mir, was ihr wollt. Es ist mir egal! Aber dieser Mann dort ist schwer verletzt.« Ich zeigte auf den Jüngling am Boden. »Und wenn ich ihn nicht heile, wird er verbluten. Und dies ist dann nicht die Schuld *der Tochter der Unterwelt,* sondern ganz allein eure!«

Es wurde still. Beinahe zu still. Hatte ich ins Schwarze getroffen oder wussten die Menschen nicht mit der Wahrheit umzugehen?

Melia und Iltras, gefolgt von einem gutaussehenden Mann, tauchten auf der oberen Ebene auf und blickten zu mir herunter. Iltras lächelte mich stolz an, nickte und verschränkte die Arme. Melia hingegen sah entsetzt aus. Na toll. Jetzt hatte ich auch noch Zuschauer, von denen ich mir nachher eine Standpauke anhören musste. Das machte diesen perfekten Tag zu einem unvergesslichen.

Ramor machte einen Satz auf mich zu. Er kam mir so nah, dass sich unsere Nasenspitzen fast berührten. Er roch nach ungewaschenen Klamotten und verfaulten Zähnen.

»Ihr werdet ihn nicht anfassen!«, giftete er mir mitten ins Gesicht. Er spuckte derart beim Reden, das einzelne Spritzer auf meinen Wangen landeten. Mein Magen bäumte sich auf. Mit aller Kraft unterdrückte ich den Drang, mir wie eine Irre mit dem Ärmel über das Gesicht zu rubbeln. Stattdessen atmete ich gefährlich aus. Versuchte, stark zu wirken, obwohl ich innerlich zerbrach.

»Dann seid Ihr für seinen Tod verantwortlich.« Mit diesen Worten drehte ich mich um und ließ ihn stehen. Ich hatte für heute genug gesehen! *Was ist mit den Menschen los?* Wie auch immer ich mir die Außenwelt vorgestellt hatte, es entsprach nicht meinen Träumen. Die Bewohner stellten ihr eigenes Wohl über das der anderen. Wie kaltherzig musste eine Seele sein! Wütend stampfte ich über den matschigen Boden und ignorierte die Blicke, die mir folgten. Am liebsten hätte ich wild mit den Armen gefuchtelt und wütend herumgebrüllt. Waren alle Menschen in der Außenwelt so? So arrogant, leichtgläubig, herablassend?

Ich trampelte weiter, als eine alte Stimme mir nachrief.

»Ich bitte Euch, lasst ihn nicht sterben«, flehte eine gebrechliche Person mit Gehstock. Lange, graue Haare fielen in Strähnen von seinem

Kopf und gingen lückenlos in den Bart über. »Er ist mein Enkel. Ich bitte euch«, fügte der Mann keuchend hinzu. Selbst mit dem Stock konnte er kaum noch stehen. Er tat mir leid. Genauso wie sein Enkel, der nichts dafür konnte.

Ich blieb vor dem Alten stehen, senkte den Kopf und wusste nicht, was ich tun sollte. Die Menschen verdienten es nicht. Aber wenn ich den Jüngling nicht heilte, hätten die Bewohner genau das, was sie sehen wollten. Eine kaltblütige Frau. Oder Tochter der Unterwelt? Ich konnte mir meine Spitznamen schon gar nicht mehr merken.

»Das tue ich nur für Euch«, sprach ich zu dem Alten und sah ihm dabei tief in die Augen.

Mein Gegenüber brachte ein erbärmliches Lächeln zustande. »Ich danke Euch.«

Dann drehte ich mich seufzend um. Sofort sah ich die Menschenmasse. Es waren noch ein paar dazu gekommen. Wie sie mich anstarrten. Ihre hasserfüllten Blicke. *Jetzt bloß nicht schwach wirken!* Ich zog die Schultern nach hinten und schritt zielstrebig auf Ramor zu, der demonstrativ den Weg versperrte. Seine senfgelben Augen wirkten gefährlich. *Tief durchatmen. Weiterlaufen.* Ich ließ ihn links liegen, als ein Schmerz durch mein Handgelenk fuhr. Bevor ich zu meinem Arm sehen konnte, zog mich Ramor dicht an sich heran. Sein Mundgeruch lähmte meine Reaktionsgeschwindigkeit.

»Fasst den Jungen an und Ihr seid tot«, zischte er und Spritzer flogen erneut durch seine faulen Zähne.

»Lasst mich sofort los!« Ich kämpfte gegen seinen Griff an, doch Ramor ließ nicht locker. Im Gegenteil. Er drückte fester zu. Er schnürte damit meine Blutzufuhr ab und ich erahnte bereits, wie meine Haut blau anlief. Seine Augen suchten meine und ich erkannte die Wut in ihnen. Da war nichts als Finsternis. Gerade wollte ich mich aus seiner Umklammerung winden, da hörte ich eine dunkle Stimme hinter mir. Sie war so tief und rau, dass es mir eiskalt den Rücken herunterlief.

Gleichzeitig melodisch und weich. Ein seltsamer Mischmasch, den ich nicht so ganz zuordnen konnte.

Dann zischte etwas durch die Luft. Reflexartig presste ich die Lider zusammen und fiepte leise.

»Lasst die Frau los«, verlangte der Mann.

Vorsichtig öffnete ich die Augen und blickte den Krieger an. Mir blieb kurz die Luft weg, als ich den gutaussehenden Mann erkannte, der eben noch neben Melia gestanden hatte.

»Ich sagte, loslassen«, sprach er im Befehlston, der keine Widerworte zuließ.

Wäre ich Ramor, wäre ich bei dieser bedrohlichen Stimme sofort weggerannt. Er hingegen beäugte fassungslos meinen Retter. Ich sah Ramor schwer schlucken. Er verkrampfte die Hände, was ich schmerzlich zu spüren bekam. Verbissen knabberte er an seiner Lippe herum, dann ließ er mich langsam los.

Ohne mich bei meinem Retter in der Not zu bedanken, rannte ich zu dem verletzten Mann. Der Brocken, der ihm auf das Bein gefallen war, musste aufgeprallt und etwas weggerollt sein, denn er lag neben ihm. Überall benetzte Blut den Boden. Bei Grundan! Eine Hauptader war verletzt. Der Knochen ragte aus dem Fleisch. Bei diesem Anblick beschloss mein Bewusstsein, spazieren zu gehen. Mir wurde schwindlig. Und schlecht. Viel zu schlecht. Taumelnd versuchte ich, nicht umzukippen.

Der Jüngling hatte nicht mehr lange zu leben. Wenn ich mich nicht beeilte, hatten die Einwohner genau das, was sie sehen wollten. Sie wollten doch, dass ich vor allen versagte. Dass sich herausstellte, wie sinnlos meine Anwesenheit in Del'Nava war. Sie warteten auf eine Gelegenheit, mich zu vernichten. Das durfte nicht geschehen! Jetzt hatte ich solche Reden geschwungen. Wenn denen keine Taten folgen würden, wäre ich verloren. *Grundan, stehe mir bei. Bitte …*

Mit Knien, die weicher als Brotteig waren, setzte ich mich auf den rot verfärbten Boden. Ich atmete kräftig ein. Irgendwie hoffte ich, dass es mich beruhigen würde. Leider half es kaum. Stattdessen begann ich, zu keuchen. Meine Hände waren schmierig. Trotzdem konzentrierte ich mich, legte beide Hände übereinander und ein heller Schein erstrahlte darunter. Vorsichtig legte ich diesen über die Wunde des Mannes. Ich musste das hinbekommen! Bisher war ich nie gut in der Magieheilung. Meine Schwester war besser in solchen Dingen.

Ich schloss die Augen, fühlte nach meiner Magie, wanderte jeden Punkt in meinem Körper ab, doch sie war nicht da. In diesem Moment setzte mein Herz aus. Mein gesamter Körper erstarrte. *Nein, nein, nein!* Entschlossen versuchte ich es nochmal. Ich biss die Zähne so stark aufeinander, dass sie knirschten. Hinter mir ertönte lautes Gelächter. Irgendjemand beleidigte mich. *Komm schon, Elen!* Mir ging die Puste aus. *Komm schon!* Erschöpft sackte ich in mich zusammen. Nichts. Als wäre meine Magie in den Flammen der Magierfeste gestorben.

Kraftlos fiel ich auf meinen Hintern, beobachtete meine Hände. Wieso funktionierte es nicht? Ich war schon immer eine miserable Magiekünstlerin gewesen. Bisher konnte ich aber zumindest ein wenig Heilmagie wirken. Was war in den Momenten zwischen dem Fall der Magierfeste und dem Aufwachen in Del'Nava geschehen? Wenn ich mich doch wenigstens an irgendetwas erinnern könnte.

Der Mann unter mir bewegte sich nicht mehr. Sein Herz schlug unter meiner Hand langsamer.

»Was habe ich euch gesagt?«, fauchte Ramor. »Diese Ausgeburt der Unterwelt wird uns alle in den Abgrund stürzen!«

Ich ballte die Fäuste. *Elen, einatmen, ausatmen,* mahnte ich mich. *Ruhig bleiben. Entspann dich.*

Mit einem Ruck richtete ich mich wieder auf und legte meine Hände über den leblosen Körper. Dass Ramor Reden schwang und mich beschimpfte, versuchte ich zu ignorieren. *Komm schon! Komm schon!*

Mit aller Macht fühlte ich in mein Inneres, zog an den Magiesträngen. Mir wurde immer schwindliger. Schweiß perlte mir von der Stirn. Meine Hände begannen zu zittern und ich spürte den Kampf in meinem Inneren. Es fühlte sich an, als würde ich ein ganzes Haus verrücken. Niemand musste mir sagen, dass ich kurz vor der Ohnmacht stand. Mir war heiß und kalt zugleich.

Dann geschah etwas, das ich schlecht beschreiben konnte. Es war, als würde sich ein Schalter umlegen und eine neue Welt öffnen. Eine, zu der ich bisher keinen Zugang hatte.

Und ohne, dass ich weiter darüber nachdachte, rückte sich der Knochen des verletzten Jungen gerade, die Wunden schlossen sich langsam und er stöhnte auf. Seine Augenlider flatterten. Kurz darauf öffnete er sie und starrte mich an, als hätte er einen Geist gesehen. Er runzelte die Stirn, streckte einen Finger nach mir aus, brachte aber keinen Ton heraus.

Als er verdattert hinter mich starrte, drehte ich mich ebenfalls um. Die Menschen. Ich hatte sie komplett vergessen. Vorsichtig rappelte ich mich auf. Warum, bei Grundan, funkelten sie mich so böse an? Ich hatte gerade einem Menschen das Leben gerettet. Wäre es da nicht Zeit für ein bisschen Dankbarkeit? Wo, zur Unterwelt, war ich hier gelandet? Die Magierfeste war schon grausam, aber die Bewohner in der freien Welt waren abartig. Der Junge hätte sterben können und es hätte sie nicht interessiert! Wohin war die Alte Welt verschwunden? Die Welt, in der die Menschen angeblich friedlich miteinander lebten. In der es keine Kriege gab? Wahrscheinlich hatte es nie eine Alte Welt gegeben, sondern sie war schon immer so gewesen.

Müde streckte ich den Rücken gerade und lief los. Ich wollte nur von hier verschwinden.

»Sie hat den Jungen mit Blutseherei gerettet«, brüllte Ramor wieder durch die Stille. »Das ist schwarze Magie!«

Bei diesen Worten blieb ich stehen. Das durfte doch nicht wahr sein!

»Wollt Ihr nichts zu dieser Anklage sagen?«, rief er mir hinterher.

Meine Wangen brannten. Mir wurde unglaublich heiß. Am liebsten hätte ich ihm alles, was ich dachte, an den Kopf geworfen. Stattdessen stampfte ich entschlossen auf Ramor zu. Als ich beim ihm ankam, schlug ich ihm einen Zeigefinger gegen die Schulter. »Ihr hättet den Jungen sterben lassen, nur damit Ihr recht behaltet. Ist Euch denn Eure Meinung mehr Wert, als ein Menschenleben?« Zu meinem Erstaunen sprach ich vollkommen ruhig. Meine Stimme bebte nicht, klang nicht eingeschüchtert, sondern kühl und abweisend.

Ramor legte den Kopf schief. Er presste die Lippen so stark aufeinander, dass nur noch eine weiße Linie übrig blieb. Ich hatte es wohl geschafft, denn er sagte nichts mehr.

Dann trampelte ich wütend los. Das hier war das Schlimmste, was ich neben der Wandlung jemals erlebt hatte!

Der breite Krieger stand noch dort, wo er die Klinge an Ramors Hals gehalten hatte. Im Vorbeigehen sprach ich leise zu ihm: »Das hätte ich auch allein geschafft.«

Sein Schmunzeln ging in leises Lachen über und ein unausgesprochenes *aber natürlich* schwebte zwischen uns.

Entschlossen stiefelte ich eine Etage höher, schlängelte mich durch die dutzenden Menschen, die mich angafften, und stand endlich vor Melia und Iltras. »Erzählt mir alles über die Welt, in der ihr lebt!«

»Willst du dich nicht erst einmal waschen?«, fragte Melia angewidert und fuchtelte seltsam mit ihrer Hand durch die Luft. Es sah aus, als würde sie nach einer Fliege schlagen. »Ich meine, sieh dich an. An dir hängt sogar noch Heu.« Mit ihrem Kopf deutete sie auf meine Haare.

»Ach, ich finde, sie sieht selbst dreckverschmiert noch wunderschön aus«, lachte Iltras und zwinkerte mir zu.

»Ich kann mich waschen, nachdem ich alles weiß«, beharrte ich und ignorierte Iltras. »Ich will wissen, wie es zum Krieg gekommen ist, warum normale Menschen fliehen, warum sie so gehässig sind und so viel mehr. Und ich will es jetzt erfahren.«

KAPITEL 08

Durch meinen Kopf schwirrten hunderte Gedankenfetzen, als ich zusammen mit den anderen in das Innere der Festung lief.

Geistesabwesend drehte ich an meinem Ring herum. Heute Morgen hatte ich ihn mir sicherheitshalber auf den Finger gesteckt. Irgendwie fürchtete ich, ihn zu verlieren.

Die immense Kälte hier drin lenkte mich von meinen düsteren Gedanken ab. Gigantische Kronleuchter hingen in dem langen Raum von der Decke. Immer wieder ging eine große Tür in Gemächer ab. Das Holz war mit Schnitzereien versehen, während die wenigen vergoldeten Knäufe der Tore mich regelrecht blendeten. Daran änderte auch die dicke Staubschicht nichts. Dieser Teil wirkte ganz anders als der Westflügel, in dem sich mein Zimmer befand. Hier wurde eindeutig mehr Wert darauf gelegt, andere Menschen zu beeindrucken. Ich konnte nicht anders, als staunen. Diese Vorhalle war gigantisch und wirkte trotz des heruntergekommenen Zustandes prunkvoll. Ich ließ den Blick über die grauen Steinwände wandern und konnte keine Wappen des einstigen Königreiches erkennen, von denen ich in Büchern viel gelesen hatte. Alles wirkte verlassen, ausgeraubt und kalt. Der Widerhall meiner Schritte flog durch den Raum. Ich rubbelte über meine Arme, drehte mich dabei vorsichtshalber einmal um. Da war jedoch nur Iltras, der mich anlächelte. Gut, wenn er keine Angst hatte, sollte ich mich nicht so anstellen.

Am Ende des Ganges erkannte ich einen prunkvollen, aus Gold gefertigten Stuhl auf einem Podest, zu dem drei Stufen hinaufführten. Wenn mich nicht alles täuschte, dann war selbst die kleine Treppe mit Edelmetall überzogen. Zumindest glitzerte es unter einer dicken Dreckschicht anmutig. Dahinter fielen durch das Buntglasfenster Lichtstrahlen in verschiedenen Orange- und Rottönen ins Innere. Ich legte den Kopf schief, als ich mir die bemalten Wände ansah.»Was ist das?«

Melia stellte sich neben mich und ich spürte ihre Körperwärme auf meinem Arm. »Das ist der Thron des ehemaligen Königs von Del'Nava. Und das hier«, sie drehte sich um und zeigte auf die riesige Eingangshalle, durch die wir eben gelaufen waren, »ist der Ort, an dem die Gäste, Gefolgsleute und Befehlshaber empfangen wurden.«

Langsam drehte ich mich wieder zu dem Thron um. Dieser eine Stuhl strahlte etwas aus. Ihn umgab etwas, was ich nicht verstand. Wer würde ganz allein auf einem Podest sitzen wollen?

»Weshalb ist die Festung leer? Wo sind der König und all die Menschen?« Die Frage war an Melia gerichtet, dennoch konnte ich den Blick nicht davon abwenden. Im Augenwinkel erkannte ich aber, dass sie mich beobachtete.

»Es gab viele Kriege um Del'Nava. Der einstige König hatte beachtliche Handelsrouten erbaut und andere wollten genau das erobern.«

Ich blickte zu der Blonden auf, die mich kurz anlächelte, dann aber zum Thron aufsah.

»Letztendlich hatten sie es geschafft und Del'Nava mit vielen Toten erobert. Nur hatten sie beinahe das gesamte Volk damit ermordet. Die Handelsrouten brachen ein, niemand belieferte dieses Königreich mehr und am Ende wurde es aufgegeben. Seither steht die Feste leer.«

Ich ließ Melias Worte auf mich wirkten. So viele Menschen wurden damals getötet für ein Königreich, dass danach aufgegeben wurde? Die Außenwelt war ein einziges Mysterium an Ungereimtheiten und Lügen für mich. Voller Intrigen und Nöte.

Iltras' leises Pfeifen riss mich zurück in die Wirklichkeit. Erschrocken fuhr ich herum, erkannte aber nur Melia, die mich in einen Raum rechts neben diesem prächtigen Stuhl winkte. Mein Retter in der Not lief ebenfalls in das Zimmer und schloss hinter sich die Tür.

»Wir haben uns einander noch nicht vorgestellt«, sprach er mit seiner dunklen Stimme. Dieser Mann faszinierte mich auf eine magische Weise. Seine Unterarme waren dicker als meine Oberschenkel. Das Becken war schmal aber sicherlich ebenso durchtrainiert wie der Rest von ihm. Die bernsteinfarbenen Augen passten perfekt zu der leicht gebräunten Haut und den mittelbraunen, halblangen Haaren. Die hohen Wangenknochen gaben ihm einen sehr männlichen Ausdruck. »Mein Name ist Gale.«

Peinlich berührt starrte ich die Hand an, die er mir hinhielt. Erst jetzt fiel mir auf, dass ich ihn komplett gemustert hatte. Und das ziemlich lange. Das war sicherlich nicht nur mir aufgefallen. Meine Wangen wurden heiß. Ohne Gale anzusehen, ließ ich zu, dass er meine Hand kräftig durchschüttelte.

»Elen«, gab ich knapp zurück und versuchte, meinen glühenden Kopf zu verstecken. Klappte scheinbar nicht so ganz, denn im Augenwinkel erkannte ich, wie dieser Gale ein überhebliches Grinsen auflegte. *Mist.*

Gut. Elen, konzentriere dich. Du hast die Krisensitzung einberufen. Ich räusperte mich, straffte die Schultern.

»Gegen wen kämpft ihr?«, sprach ich gespielt betont. Innerlich war ich nicht größer als eine Maus.

»Gegen die Wächter des Höchsten«, antwortete mir Iltras mit ernster Miene. Da war nichts mehr von dem Scherzkeks. Ganz im Gegenteil. Sein starrer Ausdruck jagte mir Angst ein. Seine Augen waren leer. Er schniefte, verzog den Mund. »Einigen der Wächter bist du garantiert schon in der Magierfeste begegnet. Sie dienen dem werten König Frekkon.« Er machte eine angewiderte Grimasse. Ich hätte ihm genauso gut eine schimmlige Wurst unter die Nase halten können.

»Melia erwähnte diesen Namen bereits.« Ich runzelte die Stirn, sah kurz zu der Blonden.

Iltras nickte kaum merklich und verkrampfte dabei seine Hände. Er tat mir leid. Irgendwas war da, was sein Herz in Stücke riss. Ich konnte es beinahe spüren.

»Frekkon herrscht seit einigen Jahren als König. Er ist als Bauernjunge aufgewachsen, hat es durch seine Taten zum Edelmann gebracht und schließlich zum König. Er hat viele Verbündete und hat sich über die Jahre ein beachtliches Reich aufgebaut. Seine Finger stecken überall drin. In jedem Reich, jeder Stadt. Mittlerweile hat er alles unter Kontrolle. Die Wächter des Höchsten unterstehen allein seinem Befehl.«

Stutzend verengte ich die Augen und legte den Kopf leicht schief. »Wie hat es ein Bauernjunge zu einem König geschafft?«

Er schwieg kurz, als wäre jedes nachfolgende Wort wie Säure auf seiner Zunge. »In dem er 'n alten König, dem das Reich gehörte, umgebracht und sich dann selbst auf den Thron gesetzt hat. Die Menschen haben zu viel Angst vor ihm, als dass sie sich trauen würden, ihn zu stürzen.«

Ich schwieg einen Moment, da ich nicht wusste, was ich sagen sollte. Die Wächter hatten die Magierfeste von Eros unter Kontrolle. Das wusste ich damals schon. Sie beobachteten uns, unsere Magie, unser

Verhalten und griffen ein, wenn sie Veränderungen bemerkten. Nur dachte ich nicht, dass sie so weit gingen. Ich verstand, dass Magie gefährlich war und dass sie kontrolliert werden musste. Aber das, was ich erlebt hatte, war etwas ganz anderes. Mein Atem ging flach, als ich wieder in Iltras' Gesicht sah.

»Die Wächter töteten meine Freunde. Sie nannten es die Wandlung.«

Er nickte traurig, gleichzeitig hörte ich Melia schlucken und selbst Gale sah zu Boden.

Kurz schloss ich die Augen, biss mir auf die Lippe, dann wagte ich die Frage, die ich schon lange stellen wollte: »War das schon immer so?«

Als mir niemand antwortete, schob ich nach: »Die Wandlungen. Die Tötung der Lehrlinge?«

Melia schob sich leicht vor Iltras und sah mich traurig an. Mit diesem Blick nahm sie mir jede Hoffnung. Ich hatte das Gefühl, nicht richtig atmen zu können.

»Früher waren die Magierfesten tatsächlich reine Ausbildungsstätten. Jeder, der die Prüfung bestanden hatte, durfte in die Außenwelt. Die Wächter hingegen waren früher ein unabhängiger Orden. Sie wurden ausgebildet, um die Magier und eine mögliche Blutseherei zu kontrollieren. Als Frekkon an die Macht kam, gewann er schnell an Zuspruch, dass die Magie ausgelöscht werden müsse. Mittlerweile glaubt die halbe Welt an seine Ideale und der mächtige Wächterorden gehört ihm.«

»Er verachtet die Magie und tut alles, um sie für immer zu zerstören. Er tötet alles und jeden, der sich gegen ihn stellt. Dabei ist es ihm egal, ob man magiebegabt ist oder nicht. Seine Anhänger sind überall. Ihr Wahn nach einer magielosen Welt hat bereits hunderte Menschen das Leben gekostet«, schob Iltras nach. Bei diesen Worten rümpfte er die breite Nase, als würden ihn die Sätze anekeln. Fehlte nur noch, dass er auf den Boden spuckte, um sie loszuwerden. »Es existiert keine Stadt, kein Dorf mehr ohne die Gewalt der Höchsten.«

Einige Herzschläge herrschte Stille zwischen uns. Meine Gedanken überschlugen sich. Mit gesenktem Kopf blickte ich auf den grauen Boden, ohne ihn wirklich sehen zu können. Ich atmete schwer, wusste gleichzeitig nicht, was ich sagen sollte. Das war dann wohl der Krieg, den die Wächter in der Magierfeste erwähnt hatten.

»Eins verstehe ich nicht.« Ich hob den Kopf, ließ den Blick einmal über alle wandern und verharrte bei Melias traurigem Gesichtsausdruck. »Wenn Frekkon die Magier so hasst, wieso bringt er uns nicht gleich alle um? Seine Wächter sind immun gegen unsere Macht. Wieso bildet er uns aus, wenn er den Großteil sowieso umbringt?«

Ich fixierte Melia, die nervös ihre Hände rieb. Sie kaute auf ihrer Lippe herum und schien mich nicht ansehen zu können. »Das sollten wir ein anderes Mal besprechen«, presste sie heraus. Ihre Stimme war nicht viel mehr als ein Fiepen.

»Ich möchte es aber jetzt wissen«, konterte ich.

Die Blonde sah hilflos zu Iltras, der ebenfalls schnaufte.

Verwirrt sah ich zwischen beiden hin und her. »Könntet ihr mich bitte aufklären?«

»Frekkon braucht die Dämonen für seine Armee«, warf mir nun Gale vor die Füße.

Ich erstarrte, sah ihn einfach nur an und schüttelte den Kopf. »Wie meint Ihr das?«

Der Krieger schritt auf mich zu und blieb so dicht vor mir stehen, dass ich seinen Duft nach Eisen, frischem Wald und etwas Herbem riechen konnte. Ich musste den Kopf leicht in den Nacken legen, um in seine Augen blicken zu können. »Frekkon baut sich eine Armee auf, die letztendlich alle Magie vernichten wird, und Dämonen sind eine beinahe unbesiegbare Kraft. Sie fühlen nichts, haben keine Magie, denken nicht. Sie handeln nur. Die meisten Magier sterben bei der Wandlung, schaffen es nicht, zu einem Dämon zu werden - aber das nimmt er gern in Kauf. Frekkon hat die Ausbildungsstätte für Magier in eine Erschaffungsstätte für Dämonen umgewandelt.«

Meine Unterlippe begann bei Gales Worten zu beben. Er sprach so bestimmt, so hart, als wäre er bei allem dabei gewesen. Ich hingegen konnte ihn einfach nur ansehen und versuchen, nicht zu zittern. Seine Worte waren wie eine Ohrfeige für mich. Schlimmer, es fühlte sich so an, als rammte mir jemand eine Klinge zwischen die Rippen.

»Einige der stärksten Lehrlinge dürfen tatsächlich die Abschlussprüfung ablegen. Diese armen Hunde denken, sie dürften endlich in die Außenwelt. Stattdessen werden sie an Frekkon übergeben. Er foltert sie, bricht sie, bis nichts mehr von ihnen übrig ist und sie einwilligen, die Dämonen im Kampf anzuführen. Dämonen wurden mit Magie erschaffen und nur Magier können diese Wesen lenken. Deshalb muss Frekkon die Lehrlinge ausbilden, damit die wirklich Starken auch wissen, wie sie ihre Magie wirken können. Außerdem kann bei den zu jungen Magiern die Wandlung nicht vollzogen werden. Sie würden allesamt sterben. Er ist praktisch gezwungen, die Lehrlinge auszubilden. Ohne Lehrlinge keine Dämonen.« Gale schwieg einen Moment und ich musste blinzeln, um zu verstehen, was er gerade gesagt hatte.

»Frekkon verachtet die Magie und ich bin mir sicher, er hasst es, überhaupt Magier in seinen Truppen zu haben. Dennoch muss er es in Kauf nehmen, wenn er die Dämonen halten will«, fügte Melia mit bebender Stimme hinzu.

Ich begann zu zittern, schüttelte den Kopf und hätte mir am liebsten die Hände auf die Ohren gepresst. Mir wurde schwindlig. Hart vergrub ich meine Finger in die Steinauskerbungen der Wand, um nicht umzufallen.

»Alles in Ordnung?«, fragte Melia.

Nur mühsam schaffte ich es, sie anzusehen. Ihre braunen Augen blickten mich sorgenvoll an. Ihre Stirn war in tiefe Falten gelegt.

Mit gerümpfter Nase schüttelte ich den Kopf. Gar nichts war gut. Ich japste nach Luft, atmete so heftig, dass ich zu keuchen begann.

Verzweifelt fuhr ich mir über die Stirn, legte die Hände in den Nacken und sah zur Decke. Meine Brust bebte, mein Herz hämmerte. Seit der Wandlung fühlte ich mich nur ausgelaugt und verloren. Ich senkte den Kopf, dann drehte ich mich langsam um. »Wie lange geht das schon so?«

»Was meinst du?«

»Das Morden«, sprach ich abgehackter, als ich es beabsichtigte. »Der Krieg, die Wandlungen. Einfach alles.«

»Frekkon sitzt seit fünfzehn Jahren auf dem Thron. Damals begannen bereits die Höchsten in seinem Namen die Magierfesten zu belagern. Der große Krieg des Westens startete vor etwa acht Jahren«, antwortete mir Gale anstelle von Melia. »Seither ist niemand mehr sicher. Die Menschen fliehen aus ihrer Heimat, überall ist Krieg. Wegelagerer nehmen die letzten Verbliebenen aus. Die, die keine Magie besitzen, müssen sich fügen, sonst werden sie ebenfalls ermordet. Niemand hat in dieser Zeit noch Rechte.« Der Krieger sah mich mit seinen bernsteinfarbenen Augen an. Erst jetzt fiel mir seine Narbe auf der Schläfe auf. Bevor ich ihn länger begutachten konnte, sprach er weiter. »Die restlichen Magiebegabten werden immer weniger. Deshalb fliehen sie oder geben sich als Menschen aus. Die meisten Abtrünnigen, die nie in einer Magierfeste waren, besitzen kaum nennenswerte Kräfte, weshalb sie Euch auch so seltsam ansahen, als Ihr den Jungen geheilt habt. Die Heilungen sieht man eher selten.« Gale hielt kurz inne, sah mich an, als suchte er etwas in mir. »All diese Umstände trieben viele Magier in ihrer Verzweiflung dazu, Blutseherei zu vollziehen. Meistens, um geliebte Verstorbene zurückzuholen, aber auch, um gegen die Höchsten zu kämpfen. Für unausgebildete Magier gibt es viele Gründe, diese Kraft zu nutzen. Leider richten sie damit nicht nur Gutes an.«

»Ganz im Gegenteil«, warf Melia ein.

Gale nickte. »Blutseherei ist gefährlich, unberechenbar und tödlich. Es beginnt mit einem Mord und endet mit vielen.«

»Moment mal!«, stieß ich hervor. Ich stotterte vor lauter Verwirrtheit. »Ihr sagtet, es gibt viele Magier, die nie ausgebildet wurden?«

Gale nickte. »Natürlich. Es gibt wahrscheinlich mehr abtrünnige Magier als jene, die tatsächlich ausgebildet wurden. Selbstverständlich widerstrebt das König Frekkon zutiefst. Schließlich waren es seine Regeln, alle Kinder in die Festen zu stecken. Er rechnete wohl nicht damit, dass sich so viele Magier widersetzen würden.«

Mir fehlte die Luft. Tausende Wörter lagen auf meiner Zunge, aber ich brachte kein einziges heraus. Wie konnte das alles sein? Niemals hätte ich gedacht, dass es tatsächlich Magier ohne Ausbildung gab. Ich war so schockiert, dass ich nur ein leises »Wie«, herausbrachte.

»Es war nie ein Geheimnis, dass die Höchsten berechtigt waren, die Schüler bei den kleinsten Anzeichen von Blutseherei zu töten. Deshalb zogen es viele Familien vor, sich mit ihren Kindern zu verstecken. Sie lebten abgeschottet in Wäldern oder auf den Bergen, damit man ihnen nicht die Kinder nahm.«

»Natürlich fanden die Höchsten die Verstecke, entrissen die Kinder den Eltern und töteten diese wegen Gesetzesbruchs«, fügte Melia mit bebender Stimme hinzu.

Bei den Göttern! Sofort schlugen meine Träume wieder auf mich ein. Sie drohten mich unter sich zu begraben. Das war es also. Die Wahrheit hinter diesen Bildern. Es konnte nur so sein. Meine Stirn wurde schweißnass, meine Augen wurden feucht. Meine Eltern wurden von den Höchsten ermordet! Ich ballte die Fäuste. Meine Unterlippe zitterte.

Melia kam mir näher und streichelte mir über die Haare. Ich schaffte es nicht, sie dabei anzusehen. In diesem Moment fühlte es sich so an, als wäre jegliche Kraft in meinem Körper versiegt.

Eine seltsame Stille breitete sich zwischen uns aus. Sie war beinahe greifbar. Mir war bis zu jenem Augenblick nicht klar, wie erdrückend Unausgesprochenes sein konnte. Ich spürte deutlich, wie jeder von ihnen etwas sagen wollte, es aber nicht tat.

»Wissen die Wächter von Del'Nava?«, platzte es aus mir heraus. Ich dachte nicht einmal groß darüber nach. Mir war jede Konversation recht, solange es die Stille durchbrach.

Iltras trat einen Schritt vor. »Die Feste is' seit Jahrzehnten verlassen. Bisher hat sich nich' ein einziger Wächter hierher verirrt.« Er verschränkte die Arme und sah mich von oben herab an. »Aber das wird sich mit Sicherheit ändern. Die Mistkerle hab'n überall Spione!«

»Also kann es sein, dass die Höchsten auch bald hierherkommen und uns alle umbringen?«

»Da bin ich mir ziemlich sicher.«

Großartig. Ich dachte schon, dieser Tag könnte nicht besser werden. Ich atmete laut aus, ließ dabei die Schultern nach vorn sacken. Die Flut an Informationen drohte mich zu überrollen. »Das bedeutet also, Del'Nava ist nur eine Sicherheit auf Zeit?«

Gale nickte.

Lange Zeit dachte ich über die gesprochenen Worte nach. Über den Krieg, das Sterben. Doch ganz gleich, wie sehr ich mich auch anstrengte, ich konnte das Leid und die Not nicht sehen. Ich konnte mir nicht vorstellen, wie es sein musste, in ewiger Angst zu leben. Zu kämpfen, bis man starb. Immer zu hoffen, den nächsten Tag noch erleben zu können, und von jemandem gezwungen zu werden, an etwas zu glauben, was man nicht vertrat. Niemals hätte ich mir vorstellen können, meiner alten Welt nachzutrauern, doch sie war so viel besser als das. Trotz der Kontrolle der Höchsten.

»Ich will es mit eigenen Augen sehen«, presste ich hervor, ohne den Kopf zu heben.

»Was willst du sehen?«, fragte Melia entsetzt. Als ahnte sie bereits, was ich sagen wollte. Ihre sonst so faltenfreie Haut war tief zerfurcht.

»Die Welt. Ich will sie sehen. Ich will den Krieg sehen. Die Wächter, die Menschen. Wie sie leben und ...« Ich hielt kurz inne, bevor ich hinzufügte: »… wie sie sterben.«

»Wie stellt Ihr Euch das vor?«, fuhr mich Gale an. Er stampfte zu mir, stellte sich breitbeinig vor mich und verschränkte die Arme.

Als ich nichts sagte, warf er die Arme in die Luft. »Ihr könnt nicht in die Welt hinausspazieren und zuschauen, was dort geschieht.« Seine aufgebrachte Stimme bohrte sich regelrecht in mich hinein. Fehlte noch, dass Rauch aus seinen Ohren stieg. Eingeschüchtert riss ich die Augen auf und wagte es, einen Schritt zurückzuweichen. Irgendwie hatte ich das starke Bedürfnis, Abstand zwischen uns zu bringen.

»Die Welt ist abartig.« Seine Tonlage wurde immer kratziger. »Das, was Ihr hier seht, ist nichts im Vergleich zu den Grausamkeiten da draußen. Wenn die Höchsten Euch sehen, werden sie Euch umbringen und alle Bewohner Del'Navas.«

»Dann werden wir sie eben zuerst töten!«

Gale schüttelte den Kopf und schob sich genervt eine Strähne aus der Stirn. »Euren Mut in allen Ehren, aber so einfach ist es nicht.«

»Und was tut Ihr stattdessen?« Ich plusterte mich mutig auf. Trotzdem reichte mein Kopf gerade mal bis zu seiner Brust. »Ihr versteckt euch hinter Mauern, während die Welt da draußen stirbt?«

»Elen!«, begann er energisch von neuem und hielt wieder inne. Einige Male schritt er wirr hin und her und stöhnte vor sich hin. »Wie gut könnt Ihr kämpfen?«, fragte er so plötzlich, dass mir meine Gesichtszüge entglitten.

»Im Unterricht der Magierfeste war ich eine gute Kämpferin.«

»Dort lernt ihr auch nicht, zu töten!«

Bei Grundan! Seine harte Stimme schüchterte mich ein. Ich kam mir seltsam ausgeliefert vor, wenn er mich so anschrie.

Dann veränderte sich sein Ausdruck. Leider konnte ich nicht deuten, in welche Richtung. »Bei Anbruch der Dunkelheit treffen wir uns auf dem Übungsplatz außerhalb der Mauern. Bevor ich nicht weiß, wie Ihr kämpft, lasse ich Euch nicht in die Welt.« Dann schritt er zur Tür, öffnete sie und stampfte hinaus.

***

Die Nachmittagssonne sank tiefer und tauchte die Siedlung in ein goldenes Licht. Es wurde rapide kälter, sobald die Strahlen verschwanden. Trotzdem half ich den Bewohnern fleißig beim Wiederaufbau. Immer wieder schleppte ich Holzbretter durch die Gegend und stapelte sie neben den Häusern, damit die Männer ihre Hütten aufbauen konnten.

Natürlich töteten mich die Menschen mit ihren Blicken, aber ich brauchte Ablenkung. Die Worte der drei schwirrten durch meinen Kopf. All die Dinge, die ich erfahren hatte. Nachdenklich strich ich mir mit dem Ärmel über die nasse Stirn. Wie die Welt dort draußen wohl war? Die Beschreibungen der drei riefen ein Bild des Grauens vor meinen Augen hervor. Täler voller Leichen. Eine Herrschaft der Höchsten, die alles vernichtete. Ein Leben ohne Liebe. Es musste schrecklich sein.

Mit trägen Beinen trottete ich wieder zum Sägewerk. Zerstreut häufte ich mir Holz auf die Arme, als ich etwas Fauliges roch. Ich rümpfte die Nase. Wieso kam mir das so bekannt vor? Misstrauisch verengte ich die Augen. Als ich mich aufrichtete, erkannte ich einen Schatten, dann knallte etwas hart gegen meine Schulter. Der Aufprall war so unerwartet, dass mir der Holzstapel aus den Armen fiel und ein stechender Schmerz in meiner Handinnenfläche pochte. Ich taumelte, sah zu meiner Hand. Bei Grundan! Blut tropfte aus der Wunde und ein nageldicker Splitter steckte in meiner Haut.

»Könnt Ihr nicht aufpassen?«, blaffte Ramor und verschwand hinter der nächsten Hauswand.

Mit hasserfülltem Blick sah ich ihm hinterher, doch der Schmerz in meiner Hand zog meine Aufmerksamkeit dorthin. Ich spürte das

Pochen meines Herzens in der Wunde. Mutig packte ich den Splitter. *Stark bleiben!* Mit einem Ruck zog ich ihn heraus. Ein stummer Schrei dröhnte in meinem Brustkorb. Keuchend schnappte ich nach Luft. Speichel tropfte mir aus dem Mund. *Verflucht, tat das weh.*

Schwer atmend fuhr ich mir durch das Haar, zog vor Schreck sofort meine verletzte Hand zurück und betrachtete die Innenfläche. Das Blut war eingetrocknet, doch eine Wunde konnte ich nicht sehen. *Wie ist das möglich?* Tausende Gedanken vermischten sich mit meinen Gefühlen. Täuschte ich mich nur? Um sicherzugehen, leckte ich meinen Zeigefinger ab und rubbelte das Blut weg. Die Haut war verheilt. Nur eine kleine, helle Narbe zeugte von der tiefen Wunde. Ich hatte mich vor nicht einmal zwanzig Herzschlägen verletzt. Verwirrt drehte und wendete ich meine Hand, doch nichts war zu sehen. Dann nahm ich vorsichtshalber die rechte in Augenschein und auch hier war keine Wunde. *Was war los mit mir?*

Der Himmel nahm ein tiefes Rot an und zeigte mir, dass es Zeit wurde, mich mit Gale zu treffen. Ich versuchte das, was gerade geschehen war, zu verdrängen, und lief los.

KAPITEL 09

Gale stand mit grimmiger Miene auf einem Hang außerhalb der Mauern. Auf dem Boden erkannte ich zwei Holzschwerter. Eines links und eines rechts von ihm. Er bückte sich, hob das linke auf und warf es mir zu.

Woah! Jetzt lass es bloß nicht fallen!

Ich ruderte mit den Armen und bekam es gerade rechtzeitig am Schaft zu fassen. Nochmal Glück gehabt. Das wäre peinlich gewesen!

»Ich würde echte Schwerter bevorzugen«, versuchte ich, die Stimmung aufzulockern, doch Gales Gesicht blieb regungslos.

»Wenn ich sehe, dass Ihr mit Holzschwertern umgehen könnt, werden wir zu echten wechseln.«

Ungewollt verdrehte ich die Augen. Lachte dieser Mann auch mal?

Dann rannte er ohne Vorwarnung los. Er hob das Holzschwert in die Luft.

Oohh! Was sollte ich denn jetzt tun? Ausweichen? Angreifen? Blocken? Bei Grundan! Ich duckte mich und hörte den Windstoß seines Schwertes über mir. Er hatte mich verfehlt! Das war meine Chance. Mit voller Wucht schlug ich meinen Fuß gegen sein Schienbein. Er machte einige große Ausfallschritte und kämpfte dagegen an, hinzufallen. Das war mein Moment. Ich erhob das Schwert. Bevor ich den Todesschlag ausführen konnte, blockte er so heftig meinen Angriff, dass ich herumwirbelte und auf dem Boden landete.

Autsch! Entkräftet stöhnte ich. Der Mistkerl spielte mit mir. Er könnte mich sofort besiegen, wenn er wollte. Aber er tat es nicht.

Gale ließ die Klinge anmutig die Luft zerschneiden. »War das schon alles?« Dabei zog er eine Braue herausfordernd hoch.

Seufzend rollte ich mich auf die Seite und rappelte mich auf. Mit aller Kraft umklammerte ich mein Holzschwert. Ich würde ihm zeigen, dass ich kämpfen konnte. Schließlich war es das Einzige, was ich in der Magierfeste beherrscht hatte. So leicht ließ ich mich nicht besiegen!

Gale winkte mir auffordernd zu und gab mir damit das Zeichen, ihn anzugreifen.

Er war unglaublich stark, also brauchte ich eine andere Taktik. In diesem Moment wünschte ich mir meine zwei Kurzschwerter herbei. Langschwerter hatte ich noch nie beherrscht. Aber gut. Im Kampf konnte ich mir nicht immer meine Waffe aussuchen. Ich würde es auch so schaffen. Hoffentlich.

Gale blinzelte mich herausfordernd an. »Wird das heute noch was?«

Pff! Ich nahm Anlauf und rannte mit erhobenem Schwert los. Bevor ich ihn annähernd erreichen konnte, zischte seine Klinge auf mich zu. Wie schnell war dieser Mann bitte? Kraftvoll bog ich den Rücken weit nach hinten und die Klinge flog knapp über meinem Oberkörper vorbei. Mit einem Ruck richtete ich mich auf und verpasste ihm einen Tritt in die Magengrube. Na also!

Gale krümmte sich für einen winzigen Herzschlag. Danach hatte er sich sofort wieder gefangen. Viel zu kurz, um mir die Chance für einen Angriff zu geben.

Seine Arme griffen um mein Becken. Dann wurde ich um meine eigene Achse gedreht und knallte hart mit dem Rücken auf die Wiese. Der Aufprall presste mir die Luft aus der Lunge. Sterne tanzten vor meinen Augen. Kurzzeitig war mir speiübel. Stöhnend schob ich mich vom Boden weg, doch Gale erschien über mir und drückte meinen Rücken wieder tief in die Erde. Seine Hand umklammerte mein Gelenk und ich spürte das Heben und Senken seiner Brust auf mir. Als wäre das nicht schon siegreich genug, hielt er mir die Klinge an die Kehle und lächelte mich böse an.

Verdammt. Er war gut. Zu gut. Gale war nicht nur schnell und wendig. Er war unglaublich kraftvoll und stark.

»Ich hätte mehr erwartet«, flüsterte er provokant und ließ von mir ab. Schwungvoll rollte er sich zur Seite und stand in einem Satz auf.

»Ihr seid ein Großkotz!«, sprach ich noch nach Luft schnappend.

Er lächelte für einen Herzschlag. »Wie schmeichelhaft.«

Unglaublich …

Ohne ein weiteres Wort rannte er erneut auf mich zu. So schnell, dass es mir nicht mehr möglich war, auszuweichen. Er traf mich im Magen. Schwarze Punkte tauchten vor meinen Augen auf, bevor ich den Schmerz spüren konnte und keuchend auf die Knie sackte. Wieder lag die Klinge auf meiner Kehle, mit der er demonstrativ mein Kinn nach oben zwang. Ein genervter Seufzer entfuhr mir.

»So überlebt Ihr keinen Augenblick.« Seine Stimmlage war kalt und berechnend. Seine Augen kühl. Ich meinte, den Krieg in ihnen sehen zu können. Den Tod und so viel Leid. Ganz gleich, wie warm die Farbe seiner Iris war.

Mittlerweile war die Sonne längst untergegangen, ohne dass ich vorankam. Er blockte meine Angriffe oder warf mich zu Boden. Meine

Kehle kannte mittlerweile die Spitze des Holzschwertes auswendig. Er hatte eine unmenschliche Selbstbeherrschung und schluckte Schmerz herunter, als spürte er ihn überhaupt nicht.

Keuchend stützte ich die Arme auf die Knie. Meine Brust bebte, jede Faser meines Körpers jammerte. Mir tat alles weh. Ich war kurz davor, mich weinend zurückzuziehen. Als ich Gale vorher bat, sanfter mit mir umzugehen, blaffte er mich an. Die Welt da draußen würde auch nicht sanft mit mir umgehen. Als er noch nicht mit mir Kämpfen wollte, kam er mir um einiges netter vor.

Ein eisiger Wind peitschte um meinen Körper, während heißer Schweiß meinen Rücken herunterlief. Ich war vollkommen ausgebrannt. Atemlos blickte ich auf die dunkle Wiese. Nur wenige Fackeln erhellten den Übungsplatz, aber *ihn* konnte ich nicht sehen. Misstrauisch kniff ich die Augen zusammen und durchsuchte die Dunkelheit. Er war weg! Wie unhöflich war das denn? Einfach gehen, ohne etwas zu sagen, während ich kaum noch Luft bekam? Unglaublich! Was wäre gewesen, wenn ich gestorben wäre?

Bevor ich mich ganz aufrichtete, spürte ich eine Wärme hinter mir. Jemand packte mich so schnell am Hals, dass ich nur japsen konnte. Dann drückte sich die altbekannte Klinge gegen meine Kehle. Das durfte doch nicht wahr sein! Zwei Herzschläge Verschnaufpause und ich war schon wieder tot.

»Heutige Lektion: Wende dich niemals von deinem Gegner ab.« Der Hauch seines Atems strich über meine Wange.

Ich wollte ihn anschreien, aber seine Körperwärme tat auf eine erschreckende Weise gut. Sein Herz klopfte gegen meinen Rücken. Er ließ die Hand locker und legte sie zärtlich auf meinen Nacken. Er war mir so nah, dass ich die Luft anhielt und mich kein Stück bewegte. Eine Gänsehaut bildete sich auf meiner Haut, obwohl mir warm war. Sein Duft nach Kiefernwald zog in meine Nase. Er roch nach Krieg und gleichzeitig nach der Natur, die ich erst vor Kurzem kennengelernt hatte. Eine eigenartige Mischung und dennoch angenehm.

Länger als nötig hielt er mich in seinen Armen. Mein Pulsschlag verlangsamte sich. Mein Kopf sackte immer weiter zu seiner Brust. Noch bevor er seine Rüstung berührte, schaltete sich mein Gehirn wieder ein und vermittelte mir unmissverständlich den Schwachsinn meines Vorhabens. Ich kannte diesen Mann überhaupt nicht. Was dachte ich mir nur dabei?

War das nicht die letzte Möglichkeit, ihm zu zeigen, dass ich kämpfen konnte? Er sollte es sehen! Erkennen, dass ich bereit war. Dass in mir mehr steckte, und genau das würde ich ihm jetzt beweisen!

Im Schatten der Dunkelheit umklammerte ich den Schaft meines Schwertes. Dann flutschte ich unter seinem Arm hindurch und trat ihm fest gegen das Schienbein. Er jaulte auf, als ich seine Schultern packte und mein Knie in seinen Bauch rammte. Der Krieger keuchte und sackte zu Boden. Ehe er sich wieder aufrichten konnte, presste ich ihm mein Schwert an die Kehle.

Bei Grundan, war ich in diesem Moment stolz auf mich. Gespielt süß neigte ich den Kopf und grinste ihn an. »Heutige Lektion: Behalte jede Taktik deines Feindes im Auge.« Mit diesem Satz zuckte meine Augenbraue herausfordernd nach oben.

»Nicht übel. Wenn auch richtig hinterhältig.«

»Das war mehr als nur nicht übel!« Geknickt verschränkte ich die Arme. Konnte man diesem Mann überhaupt etwas recht machen?

Er nickte mir zu und klopfte mir auf die Schulter. »Das war genug für heute. Lasst uns zurückgehen.« Mit diesem Satz nahm er mir das Schwert aus der Hand und lief los.

Ich hatte Mühe, mit ihm Schritt zu halten.

»Das nächste Mal will ich mehr sehen«, übertönte Gales Stimme das Knarren des Tores, das hinter uns geschlossen wurde.

»Euch stellt wohl nichts zufrieden!«

Gale lächelte. Tatsächlich. Ich sah ein kleines Schmunzeln auf seinem

Gesicht. »Wir sehen uns morgen. Gute Nacht.« Ohne auf meine Antwort zu warten, verschwand er hinter den Häusern.

Als ich ihn nicht mehr sah, setzte ich mich auch in Bewegung. Es war stockdunkel in dieser sternenlosen Nacht. Lediglich vereinzelte Fackeln erhellten den matschigen Weg. Dicker Qualm waberte aus den Schornsteinen der Häuser. Es war still. Schlagartig fühlte ich wieder diese unsagbare Einsamkeit in meinem Herzen. Ziellos irrte ich durch die Gassen, während eisige Böen über die Mauern peitschten.

Seufzend ging ich zur Außenmauer und schritt langsam die vielen Stufen zum Wehrgang hinauf. Die Aussicht, die sich mir hier bot, entschädigte mich kurzzeitig für vieles. Hohe Berge schirmten das Reich von hinten ab. Die weißen Spitzen leuchteten aus der Dunkelheit. Frische Luft zog an mir vorbei. Es roch eisig, gleichzeitig unglaublich sauerstoffreich. Neben dem Wunsch, die Natur berühren zu können, wollte ich schon immer Berge sehen. Sie faszinierten mich, seit ich klein war. Sie waren so hoch, dass ich meinte, ihre Spitzen würden die Wolken aufspießen. Ob ein Mensch von ihnen in den Himmel gelangen konnte, sobald er sich auf dem höchsten Punkt befand? Vielleicht waren sie das Tor zu den Wolken, hinein in eine bessere Welt.

Nur mit Mühe schaffte ich es, mich von den Bergriesen abzuwenden. Gedankenverloren lief ich über den Wall und fuhr mit meinen Fingern die Unebenheiten der Brüstung ab.

Schlagartig wurde mir schwindlig. Schweiß perlte von meiner Stirn und die schwarzen Punkte vor meinen Augen wurden größer! Hechelnd japste ich nach Luft. Die Schwere meiner Glieder zwang mich auf die Knie. Alles wurde schwarz. Ein Schmerz zog von meiner Brust bis zum Hinterkopf. Ein ohrenbetäubendes Quietschen hallte durch meine Ohren. Dann wurde es gleißend hell. Reflexartig duckte ich mich, hob meine Hand vor das Gesicht. *Oh bitte, was geht hier vor? Nicht schon wieder eine Vision.* Vorsichtig blinzelte ich. Meine Augen gewöhnten sich langsam an das orangefarbene Licht. Geblendet sah ich eine Siedlung mit nicht mehr als zehn Hütten.

Eine junge Mutter tauchte vor mir auf. Sie schrie verzweifelt. Vor ihr ein brennendes Haus. Kindergeschrei erklang derart laut in meinen Ohren, dass ich meinte, mein Trommelfell würde platzen. Mit zusammengebissenen Zähnen presste ich die Hände darauf, aber ich hörte es immer noch. Herzzerreißend, sodass es mir jede Lebensenergie entzog. Zitternd sackte ich auf die Seite. Ich wollte nichts mehr davon hören. Nichts mehr sehen!

Die Mutter schrie: »Es tut mir so leid. Ich war es. Ich war es!« Immer und immer wieder der gleiche Satz. Er brannte sich in mich ein. Ihre verzerrte Stimme. Ihr Weinen. Ihre Qual. Ich spürte den Schmerz der Frau. Er war so schrecklich, dass mein eigenes Herz zersplitterte. Wieder fühlte ich diese unbeschreibliche Verbundenheit.

Es reichte! Ich presste meine Hände stärker gegen die Ohren, aber es half nichts. Ein Kind weinte so laut, dass ich die Augen öffnen musste. Die Stimme kam aus dem Inneren des brennenden Hauses! Oh nein! Es würde sterben. Ich musste etwas unternehmen! Mutig stellte ich mich auf meine zitternden Beine. Vielleicht würden die Visionen aufhören, wenn ich aktiv eingreifen würde. Ich musste es versuchen. Tapfer lief ich über die Wiese. Die Hitze des Feuers schlug mir entgegen.

Wieder schrie die Mutter: »Ich war es! Ich kann es nicht kontrollieren. Es tut mir so leid!«

Die Hütte stürzte langsam ein. Mein Herz raste so schnell, dass ich zu keuchen begann. Ich musste der Frau helfen. Ich musste einfach! Entschlossen rannte ich los, streckte meine Hand nach ihr aus. Dann ein Geräusch, als würde sich die Unterwelt auftun. Es war ein unglaublich tiefes Jaulen. Ich riss erschrocken die Augen auf. Es war zu spät. Die Flammen verschlangen das Haus. Ein Moment später krachte es in sich zusammen. Von den Kindern war nichts mehr zu hören.

Mir wurde schwarz vor Augen. Nur noch leicht spürte ich, wie mein Kopf hart auf dem Boden aufschlug.

Eisige Kälte weckte mich auf. Ich blinzelte mehrmals, sah aber nichts als tiefe Dunkelheit. Stöhnend starrte ich in den Nachthimmel. Gerade noch war alles so hell. Voller Flammen und Glut. Es war real, so als wäre ich mit dem Schicksal der Frau verbunden. Ich hatte alles gefühlt. Als wäre ich … als wäre ich sie.

Müde setzte ich mich und vergrub das Gesicht in den Händen. Als ich eine unmenschliche Wärme spürte, zog ich sie erschrocken zurück. Meine Augen fuhren meine Adern ab, mein Herz donnerte bei diesem Anblick gegen meine Brust, während ich die Luft anhielt. Selbst mein Hals bebte. Meine Innenflächen – sie glommen wie Glut! Ich meinte, in ein langsam erlöschendes Lagerfeuer zu blicken und nicht auf meine Hände.

Das war sicher alles Einbildung. Die Visionen, die glühenden Adern. Die rasante Heilung meines Körpers. Alles nicht real … Diesen Satz wiederholte ich dutzende Male in meinem Kopf und dennoch verfestigte er sich nicht in mir, während meine Haut wieder einen menschlichen Farbton annahm, als wäre nie etwas passiert.

Alles, was ich brauchte, war Schlaf. Wahrscheinlich war ich übermüdet. Schwerfällig erhob ich mich und taumelte die Stufen hinab. Der Weg in mein Zimmer kam mir wie eine Ewigkeit vor. Bevor ich meine Schuhe ausziehen konnte, fiel ich auf die Matratze und schlief ein.

KAPITEL 10

»Elen!«, raunte jemand. Es war nicht viel mehr als ein Flüstern, dennoch zog es an meinem Schlaf wie ein Marionettenspieler an seinen Puppen. Die Tonlage war so grauenhaft, dass ich Gänsehaut bekam. Mit schweißbedeckter Stirn wälzte ich mich hin und her. Ich wollte aufwachen, aber konnte es nicht.

Jemand schrie meinen Namen. So verzerrt, dass meine eigene Seele zersplitterte. Flammen entzündeten die Dunkelheit und erhellten das schwarze Loch der Stimmen. Es war unerträglich heiß. Vor Schmerz krallte ich die Fingernägel in die Matratze, bog den Rücken zu einem Hohlkreuz. Ein Schatten bewegte sich auf mich zu. Langsam erkannte ich, dass es sich um einen Menschen handelte, der durch die Flammen lief. Die Haut schälte sich von dem Gesicht. Es roch so widerlich, dass ich mich am liebsten übergeben hätte. Das Geräusch von verbrennendem Fleisch würde ich nie wieder vergessen können.

»Elen«, jaulte die Kreatur leidvoll. Die Stimme veränderte sich. Sie wurde dunkel, krächzte. So tief wie aus der Unterwelt. Wie … Wie die Dämonen in der Magierfeste.

Das Feuer fraß der Gestalt die Haare vom Kopf. Statt einer braunen Mähne war nur noch eine Glatze übrig.

Ich wollte mir die Nase zuhalten, aber ich konnte mich nicht bewegen. Als wäre ich an mein Bett gefesselt, dazu verdammt, mir alles mit ansehen zu müssen.

Ich wälzte mich immer heftiger. Schlug mit meinen Armen auf das Bett, spürte, dass meine Stirn schweißbedeckt war. Die Gestalt lief weiter auf mich zu, während allmählich die ersten Knochen zu sehen waren. Fleisch hing dem Wesen in Fetzen von den Armen.

Ich musste ihm helfen! Zu dem Menschen gehen! Kraftvoll warf ich den Kopf nach links. *Wach endlich auf!* Nichts geschah.

Die Flammen stiegen höher. Tränen rannen mir an den Wangen hinab. Vor Angst, vor Furcht.

Mittlerweile war der Mensch so nah, dass ich das Gesicht erkennen konnte. Es war heruntergebrannt, aber diese Augen würde ich auf der ganzen Welt wiedererkennen. In diesem Moment stockte mein Herz. Ich hörte auf zu atmen, schüttelte den Kopf, als wollte ich es nicht wahrhaben. Das Schattenwesen … Es war meine Schwester. Daralia. Sie blieb vor mir stehen, starrte mich mit toten Augen an. Ihre Iris war schwarz eingefärbt. Ihr Körper war so stark verbrannt, dass dicke Rauchschwaden aus ihren Verbrennungen waberten. Sie streckte hilfesuchend ihre Hand nach mir aus. Ihre Mimik war verzerrt, als hätte sie Schmerzen. »Rette mich!«

Kreischend sprang ich aus dem Bett, fiel über meine eigenen Beine und knallte mit dem Kopf auf dem Boden auf. Autsch. Bei Grundans Atem … Ich japste stärker nach Luft, als bei jedem Kampftraining. Einige Zeit blieb ich so liegen, starrte die Decke über mir an. Ich atmete gegen den Schmerz an, war unfähig, mich zu bewegen. Meine Hände glühten und es fühlte sich so an, als hätte ich sie in ein Lagerfeuer gehalten. Schwermütig erhob ich sie und starrte sie an. Bei diesem Anblick begann ich, heftig zu schlucken. Meine Adern glommen wieder! Es sah so aus, als liefe durch sie kein Blut, sondern Feuer. Müde stemmte ich mich vom Boden weg, lehnte mich an die kalte Mauer und starrte sie an. Meine Augen fuhren jeden Winkel meiner Hände ab, bis der helle Schein immer schwächer wurde und letztendlich ganz erlosch.

Das alles konnte keine Einbildung sein. Ich verbrannte nicht im Feuer, konnte Visionen vom Leben anderer Menschen sehen, meine Hände glühten. Mit geschlossenen Augen hämmerte ich meinen Hinterkopf gegen den Stein. Jetzt reichte es! Mit mir stimmte etwas nicht und es wurde Zeit, dass ich herausfand, was.

Ich schlürfte zum Schrank, starrte mit leeren Augen die ranzigen Kleider darin an, entschied mich aber für eine Hose, in die ich schlüpfte. Irgendwie hatte ich das Bedürfnis, zu rennen. Egal, wohin, Hauptsache rennen. Träge ging ich zur Tür, schloss sie hinter mir und wankte die Gänge entlang. In diesem Moment spürte ich nicht einmal die immense Kälte oder die Windböen, die durch die Festung wehten. Ich lief und lief, hatte dabei keine Ahnung, wohin ich wollte. Meine Beine führten mich am Thron vorbei, bis ich die letzte Tür rechts nahm und die endlosen Stufen nach oben lief. Erst, als ich das einzige Tor vor mir aufstieß und sich eine gigantische Bibliothek vor mir erstreckte, hielt ich inne. Mit offenstehendem Mund starrte ich die Regale an, die sich in dem kreisrunden Raum erstreckten. Durch das schummrige Mondlicht, das durch die milchigen Fenster schien, wirkte dieser Raum gespenstisch. Das Chaos, das hier herrschte, verstärkte den Eindruck noch weiter. Hunderte Bücher lagen auf dem Boden verstreut. Einige Regale schienen umgeworfen worden zu sein. Es machte den Eindruck, als hätte hier eine Armee nach etwas gesucht. Mir schmerzte das Herz bei diesem Anblick. So viel altes Wissen. So viel Zerstörung. Vorsichtig machte ich einige Schritte vorwärts und sah mich ängstlich um. Das Mobiliar war alt und in einem Braunton gehalten. Ich roch altes Pergament und verwittertes Holz.

Mein Herz pochte, als ich beim ersten Wandgestell stehen blieb und meinen Blick über die Einbände wandern ließ. Am liebsten würde ich jedes einzelne davon lesen, zwischen all den Seiten blättern und alten Sagen nachhängen. Doch ich war aus einem Grund hier: herauszufinden, was mit mir los war. Wenn ich eine Antwort darauf finden würde, dann hier. In all den Büchern musste es irgendwo einen Hinweis darauf geben.

Mutig zog ich den ersten Wälzer heraus, strich die Staubschicht darauf weg und überflog die Seiten. Es handelte von einem mutigen Prinzen und einer schönen Bauerntochter. Nichts, was mir weiterhalf.

Leider brachten die nächsten Bücher mich ebenfalls keinen Schritt näher an mein Ziel. Ich fand Schriften von alten Herrschern, Baupläne von Festungen, dutzende Mythengeschichten aber nichts über Magier. Erst recht nichts über Visionen und Schnellheilung.

Ausgelaugt ließ ich mich auf dem dreckigen Boden nieder und starrte traurig an die Decke, deren Gemälde im Mondlicht strahlten.

Als ich Schritte hörte, stockte mein Herz. Meine Augen wurden groß. Ich musste mich verstecken! Hastig sprang ich auf die Beine, da öffnete sich bereits die Tür und Melia trat herein. Auf ihren Armen lagen drei dicke Bände, während sie stehenblieb und mich ansah.

»Wusste ich doch, dass ich oben jemanden gehört habe«, sprach sie lachend und verstaute die Bücher in einem der Regale.

Verlegen kratzte ich mir am Hals. »Ich wollte nirgendwo einbrechen.«

Die Blonde lachte. »Du kannst nirgendwo einbrechen. Wir wohnen alle hier.« Dann versteinerte sich ihr Blick, während sie langsam auf mich zukam. Sie musterte mich, blieb vor mir stehen. »Wonach hast du gesucht?«

Ich atmete durch die Nase ein, blickte zu Boden. »Du sagst, ich kann im Feuer nicht verbrennen. Außerdem heile ich viel zu schnell.« Die Tatsache mit den Visionen ließ ich aus, da ich nicht wusste, wie sie darauf reagieren würde. Die Menschen in Del'Nava hielten mich für etwas Böses. Das wollte ich nicht noch weiter anstacheln. »Ich muss einfach wissen, was mit mir los ist.«

Melia lächelte leicht, wirkte aber traurig. »Hier wirst du keine Antworten finden. Alle nützlichen Bücher wurden damals geplündert. Außerdem gibt es keine Bände über die Kräfte der Magier. Wenn es Aufzeichnungen geben sollte, dann in den Magierfesten.«

Ihre Worte waren wenig aufmunternd für mich. Für einen Moment schloss ich die Augen und roch nur die alte Bibliothek, was mich so sehr an Daralia erinnerte. Als ich sie wieder öffnete, sah mich Melia immer noch an. Ich kaute auf meiner Lippe, dann traute ich mich, sie zu fragen: »Was denkst du, was mit mir los ist?«

Die Blonde presste die Lippen zu einer schmalen Linie zusammen, dann sah sie über mich hinweg. »Ich denke, das werden wir herausfinden müssen. Dir wird die Suche nach Antworten in Büchern nicht weiterhelfen.«

»Wie kannst du dir da so sicher sein?«

Sie lachte, reckte die Arme in die Höhe und drehte sich. »Weil ich jedes davon mindestens einmal angelesen habe.«

Ihre Heiterkeit kam nicht bei mir an. Im Gegenteil. Die Unwissenheit brachte mich um den Verstand und Geduld war keine meiner Eigenschaften. »Du sagst also, ich soll einfach so weitermachen, bis irgendwann einmal die Erleuchtung kommt, warum ich Dinge kann, die kein anderer Magier kann?«

Melia blieb mit dem Rücken zu mir stehen und senkte ihre Arme. Sie drehte sich für meinen Geschmack viel zu langsam zu mir um. »Ich meinte nur, dass wir momentan nichts an deiner Situation ändern können. Aber wir werden herausfinden, was mit dir los ist. Das verspreche ich dir.«

Ich biss mir hart auf die Innenseite meiner Wange und der Wunsch, zurück nach Eros zu gehen, brannte in mir. Ich ballte so hart die Fäuste, dass Daralias Ring sich schmerzhaft in meinen Finger drückte. Mit schwerem Herzen hob ich die Hand und sah ihn an. Sofort drang wieder der Traum in meinen Kopf. So real und so qualvoll. Ich hörte ihre Stimme in meinen Ohren. Ihr Anblick engte mich ein und auf einmal fühlte sich die riesige Bibliothek winzig an. Ich meinte, die Wände würden sich auf mich zu bewegen. »Danke«, nuschelte ich hastig zu Melia, quetschte mich an ihr vorbei und hastete die Stufen hinunter. Panisch rannte ich durch den Thronsaal, drückte das Eingangstor auf und inhalierte die frische Luft. Für einen Moment schloss ich die Augen, dann lief ich erschöpft auf den Marktplatz.

Kurze Zeit später entdeckte ich einen armseligen Übungsplatz, links neben den Behausungen der Bewohner. Drei Strohpuppen, befestigt an einem Stock, hingen vor mir. Sie baumelten im Wind. Dieser Platz war neu. Er war viel kleiner als Gales. Und stiller. Niemand in Del'Nava war wach, außer meiner rastlosen Seele. Ein eisiger Luftzug peitschte an mir vorbei. Frost legte sich auf den Hausdächern nieder. Mystisch glitzerte und funkelte er. Ich musste traurig schniefen, als ich feststellte, dass selbst dieser schöne Anblick mir keine Ruhe schenkte. Ganz im Gegenteil. Ich brauchte dringend etwas, auf das ich einschlagen konnte.

Ich lief einige Schritte weiter und knallte mit dem Fuß gegen etwas Hartes. Als ich nach unten sah, lachte ich trocken. Die Männer, die hier übten, hatten tatsächlich ihre Holzschwerter auf der Wiese liegenlassen. Umso besser für mich. Entschlossen beugte ich mich herunter, umfasste es kampfeslustig und stellte mich in Angriffsposition.

Heftig schlug ich auf die erste Strohpuppe ein. So hart ich konnte. Der Aufprall zog bis in mein Schulterblatt. Murrend taumelte ich einen Schritt zurück, knetete meine verletzte Schulter. Ich hätte mich aufwärmen sollen. Es tat höllisch weh, aber genau diesen Schmerz brauchte ich. Wütend atmete ich ein, drosch weiter. Immer heftiger, immer mehr. Solange, bis nur noch Tränen aus meinen Augen schossen, mir die Sicht vernebelten. Ich wollte lauthals schreien, brüllen. Stattdessen wurde ich immer schneller, meine Schläge immer heftiger. Meine Lunge rasselte, mein Herz raste, aber ich hörte nicht auf. Erst, als sich der Himmel erhellte und nichts mehr von der Strohpuppe übrig war, senkte ich meine Arme.

Entkräftet schwankte ich hin und her. Das Holzschwert wurde schwerer als ein Fels. Es fiel mir aus der Hand und schlug dumpf auf den Boden. Erschöpft kippte ich auf die Knie. Nur meine Hände verhinderten, dass ich vollständig auf der nassen Wiese lag. Ich atmete tief ein und viel zu schnell aus.

»Ihr habt trainiert, wie ich sehe«, sprach jemand hinter mir. Eine raue Stimme, die mir allzu bekannt vorkam. Auch das noch!

»Verschwindet!«, rief ich Gale zu, der hinter mir stand. Hastig wischte ich mir die Tränen von den Wangen. Der Krieger sollte mich nicht so sehen. Niemand sollte das. Warum musste gerade er hinter mir stehen? Iltras oder Melia wären mir in diesem Moment deutlich lieber gewesen. Auch wenn es nur der selbstsüchtige Grund war, ihnen mehr von meiner Schwäche zeigen zu können.

Als er sich neben mich setzte, drehte ich meinen Kopf von ihm weg, doch er packte sanft mein Kinn und zwang mich so, ihn kurzzeitig anzusehen. Einen Herzschlag später zog er mich in seine Arme. Seine Nähe engte mich ein. Auf einen Schlag fühlte ich mich unwohl.

»Lasst mich los!«, sprach ich mit schwacher Stimme und versuchte, aus seiner Umklammerung zu fliehen. Doch er hielt mich weiter fest.

»Ihr könnt nichts für das, was Euch in Eros passiert ist.« Jedes Wort schien bei seiner tiefen Stimme in seinem Brustkorb widerzuhallen. Es war ein Brummen, das mich beruhigte.

Ich schloss kurz die Augen, zwang mich, meinen schnellen Atem zu beruhigen, aber es gelang mir nicht. »Vielleicht kann ich nichts für den Fall der Magierfeste. Aber ich kann sehr wohl etwas für den Tod meiner

Schwester.«

Er sagte nichts darauf und auch ich wusste nicht, was ich noch hinzufügen sollte. In diesem Moment lag ich einfach nur in seinen Armen und ließ zu, dass er bei mir war. Er streichelte mir über die Haare, während ich dem gleichmäßigen Schlagen seines Herzens zuhörte.

Ein Knirschen ließ mich zusammenfahren. Hinter uns öffneten sich die ersten Fensterläden. Bei Grundan! Die Scharniere mussten dringend einmal geölt werden. Vorsichtig drückte ich mich von Gale weg. Er hingegen sah mich an, streichelte mir kurz über die Haare, dann hievte er sich auf die Beine und half mir ebenfalls hoch.

»Den Kopf hängen zu lassen, steht Euch nicht.«

»Wie einfühlsam«, gab ich mit einem Lächeln zurück.

Er schmunzelte, beobachtete dann aber die ersten Menschen, die aus ihren Hütten kamen.

»Darf ich Euch eine Frage stellen?«

Er verschränkte die Arme und sah mich dabei neugierig an. Ganz so, als erwartete er etwas von mir, dass ich nicht verstand. »Nur zu.«

»Ihr scheint viel über die Magier zu wissen.« Ich stoppte kurz, schaute auf seine hohen Wangenknochen und die schönen Lippen. »Seid Ihr ebenfalls ein Magier?«

Er wandte sich leicht von mir ab, sodass ich sein Profil sehen konnte. »Nein. Ich bin kein Magier, aber ich weiß, dass ihr eure Magie von Geburt an besitzt. Ihr könnt sie nicht mehr wirken, wenn ihr krank oder schwach seid. Außer ihr gleitet zur Blutseherei über. Dann benutzt ihr das Blut eures ersten Mordopfers, um dunkle und mächtige Zauber zu sprechen. Ihr glaubt an Grundan, den Gottvater und an die Himmelswelt. Außerdem habt ihr Angst, dass eure Seele im der Zwischenwelt gefangen sein könnte. Ihr habt Angst vor dem Nichts und seinen immerwährenden Sinnestäuschungen.«

»Woher wisst Ihr das alles?«

Gale sah über mich hinweg, als wäre ich nicht hier. »Ich war früher ein Wächter.«

Bei diesen Worten taumelte ich zwei Schritte zurück. Meine Welt blieb für einen Moment stehen. »Wie bitte?«, haspelte ich.

Gale atmete schwer, als schmerzten ihn die nachfolgenden Worte. Dennoch sprach er weiter. »Vor vielen Jahren war ich einer von ihnen und wurde in einer der Magierfesten positioniert. Ich war ein junger Mann und ging an die Aufgaben sehr naiv heran. Wie Ihr jetzt wisst, waren die Magierfesten früher wirklich nur Ausbildungsstätten und wir mussten die Blutseherei kontrollieren. Es war ein einfacher Beruf, der gut bezahlt wurde. Die Wächter waren hoch angesehen und ich war stolz, einer von ihnen zu sein.«

Ich blinzelte, weil ich nicht wusste, was ich sagen sollte. Gale war ein Wächter? Einer der Männer, die meine Schwester umgebracht hatten? Die die gesamte Welt mit ihrer Macht zu verschlingen drohten?

»Und was geschah dann?« Meine Stimme war nur ein Hauch. So leise, dass ich mich fragte, ob er mich überhaupt gehört hatte. Als er sich vollends zu mir umdrehte und mir in die Augen sah, hielt ich die Luft an.

»Dann kam Frekkon an die Macht. Er zwang uns, die Magier zur Wandlung zu schicken, und es wäre gelogen, wenn damals nicht schon viele Wächter Gefallen an diesem Gedanken gefunden hätten.« Gale presste die Augenlider zusammen, als schmerzte ihn der Gedanke daran. »Wir erschufen die ersten Dämonen. Damals ging alles schief. Die Dämonen töteten den Großteil meiner Männer und auch der Magier. Ich habe in dieser Zeit viele schreckliche Dinge getan. Das alles war zu viel für mich. Ich bin aus dem Orden ausgetreten und habe jahrelang gegen die Sucht nach dem Lobiom gekämpft.«

Ich gaffte ihn an, versuchte, ihn normal anzusehen, aber ich konnte es nicht. Mein Herz schlug schneller und ich atmete viel zu schwer. Es war, als röche ich das Verließ erneut und sähe, wie die Wächter das Blut hereintrugen. Trotzdem fragte ich geistesabwesend: »Was ist Lobiom?«

»Das Mittel, das die Wächter nehmen, um gegen die Magie immun zu werden. Im Grunde ist es so etwas wie das Blut von Magiern. Ein Teil der Magie fließt in uns selbst. Es ist genauso hilfreich wie tödlich. Die Wächter werden süchtig danach, verändern sich und werden gefühllos. Irgendwann treibt es sie in den Wahn und sie werden selbst zu schrecklichen Wesen.«

Ich schüttelte den Kopf, wollte nichts davon wahrhaben. Krampfhaft biss ich mir auf die Innenseite meiner Wange, blickte zu Boden und starrte den Matsch an.

»Bisher hat es niemand geschafft, vom Lobiom wegzukommen. Es löst ein so großes Verlangen in einem aus, dass man das Gefühl hat, zu sterben, wenn man es nicht nimmt.«

Mit pochendem Herzen sah ich zu Gale auf. Er wirkte zerknirscht, rieb sich angestrengt die Schläfe und suchte sich einen imaginieren Punkt, um mich nicht ansehen zu müssen. Seine breite Statur sackte ein, als er mich von unten nach oben ansah.

»Aber Ihr habt es geschafft?«

Er nickte. »Ich war nur eine kurze Zeit bei den Wächtern. Somit habe ich das Lobiom nicht allzu lange genommen. Nachdem ich viele Jahre auf der Flucht vor den Höchsten war, habe ich mich selbst in einem Verlies eingeschlossen und so lange gewartet, bis ich kein Verlangen mehr danach hatte. Aber die Höchsten suchen heute noch nach mir. Sie dulden keine Männer, die austreten. Sie könnten Geheimnisse verraten.«

»So wie Ihr es gerade tut?«, neckte ich ihn und entlockte ihm damit ein kleines Lächeln.

»So wie ich.« Er verschränkte die Arme hinter dem Rücken und ging einige Schritte. »Es ist sehr viel geschehen in dieser Zeit. Damals war ich dumm und wollte etwas erreichen. Heute sehen die Dinge anders aus. Ich bin ein anderer Mann, habe viel erlebt und viele Menschen sterben sehen.« Er sah mich kurz an, um dann wieder wegzusehen.

»Frekkon muss gestoppt werden.«

Da stimmte ich ihm zu. Gleichzeitig sah ich das erste Mal den wahren Gale. Er war verletzlich wie alle hier auch. Er war nicht der gnadenlose Krieger, der er vorgab zu sein. »Wie wird ein Mann zu einem Wächter?«

Gale sah mich kurz an. »Die meisten Knaben werden dem Wächterorden im jungen Alter übergeben. Sie werden ausgebildet und erhalten ihr erstes Lobiom. Sobald sie ausgebildet sind, werden sie in den Magierfesten oder als Teil der Armee zur Verfügung gestellt.«

»Und ihr glaubt an den Höchsten?«, wollte ich wissen.

Er nickte. »Ja. Der Höchste ist der einzig wahre Gott. Es gibt nur ihn.« Dabei sah er mich kurz an, als wüsste er ganz genau, dass wir Magier viele Gottheiten hatten.

Bevor ich etwas sagen konnte, rief jemand von hinten: »Elen!«

Ich sah hinter mich und erkannte Melia, die heute ihr Haar offen trug. Verspielt wehte es mit einer milden Brise durch die Luft und sank dann auf ihre Schultern hinab.

Gale verabschiedete sich von mir und war verschwunden, bevor die Blonde bei mir ankam.

Zuerst sah mich Melia mit einem Lächeln an. Dann wurde es schmaler, bis sie einen mitleidigen Ausdruck aufsetzte. Ich musste ein schreckliches Bild abgegeben haben. Meine Augen brannten wie Feuer und mussten ebenso aussehen. Ich erahnte bereits, wie sich dicke Augenringe auf meiner Haut abzeichneten. Liebevoll strich Melia mir über meine zerzausten Haare.

»Was kann ich für dich tun?«, fragte ich schnell, bevor die Blonde ihr Mitgefühl aussprechen konnte.

Sie senkte den Blick, lächelte, als wäre sie über den Themenwechsel dankbar, und sah mich dann an. »Du bist jetzt ein Teil von Del'Nava. Du solltest sehen, wie es den Bewohnern hier geht.«

Melia lief einige Schritte und gab mir mit einer Handbewegung zu verstehen, ihr zu folgen. Musste das sein? Meine Muskeln zitterten von meiner Strohpuppen-Metzelei. Außerdem vermied ich es gern, mich unter die Menschen, die mich nicht leiden konnten, zu mischen. In den letzten Tagen hatte ich es geschafft, ihnen, so gut es ging, aus dem Weg zu gehen. Meine Bedenken schienen Melia jedoch wenig zu interessieren, also schnaubte ich und trottete ihr mit einem unguten Gefühl hinterher. Mein Herz schlug schneller, als mir die ersten Menschen begegneten. Ich presste den Mund zu einer schmalen Linie, blickte in die Augenpaare, die mich angifteten und senkte den Kopf. In diesem Moment hatte ich das Bedürfnis, mich unsichtbar zu machen. Ich atmete tief ein und konzentrierte mich auf den blonden Schopf vor mir. Trotzdem fühlte ich ihre Blicke in meinem Rücken. *Einfach nicht hinsehen.*

Melia blieb stehen und ich war so vertieft in meine Gedanken, dass ich fast in ihren Rücken gerannt wäre. Sie lächelte mich an und deutete mit dem Kopf zu den klapprigen Hütten. »Del'Nava wächst.«

Ich folgte ihrem Blick. Überall liefen Menschen trotz der frühen Stunde durch die Gegend. Wände wurden abgedichtet, Fensterläden verstärkt. Selbst der modrige Gestank nahm ab. Erstaunlich, was Menschen in Notlagen erbauen konnten. Auch wenn es an allen Ecken und Kanten an Material und kräftigen Männern fehlte.

Als ich mich umdrehte, erkannte ich den Wall, in dem immer noch große Löcher klafften, und bis der Ackerbau Erträge bringen würde, würde es noch lange dauern. Ganz gleich, ob die Magier ihre spärlichen Kräfte auf die Samen richteten und hofften, sie würden dadurch schneller sprießen. Bei mir hatte es zumindest nie funktioniert. Was vielleicht nicht unbedingt ein Wunder war. Schließlich war ich miserabel in solchen Dingen.

Als wir schweigend weiterliefen, beobachtete ich einige Menschen, die sich eine spärliche Portion Reis teilten. Es war nicht mehr als eine Handvoll für eine komplette Familie. Ich blieb stehen, konnte nicht anders, als zuzusehen. Die Kinder schrien. Die Mütter sahen mehr als nur abgemagert aus. Einige trugen dreckige Kleider. Andere waren in Hosen geschlüpft, die unten ausgefranst waren und viel zu locker saßen. Eine Gruppe junger Männer lief an mir vorbei. An ihren Körpern hingen ranzige Lumpen, die mit alten Gürteln befestigt waren. Frauen weinten und die Gebrechlichen waren dünner als noch vor drei Tagen. Der Boden war matschig und die Feuchtigkeit musste sich auch die Wände der Hütten hinaufschlängeln.

»Die Menschen brauchen Essen«, sprach Melia geistesabwesend.

Ich brachte nicht mehr als ein Nicken zustande. Auch mir knurrte der Magen. Wenn wir nicht bald etwas zu essen auftreiben können, werden wir alle verhungern.

»Ich werde gehen und Nahrung beschaffen«, sprach ich entschlossen.

»Das werde ich Euch nicht erlauben«, hörte ich eine Stimme hinter mir.

Ich legte die Stirn in Falten, drehte mich um und blickte in karamellfarbene Augen. Dieser Mann war unglaublich.

»Habt ihr uns etwa belauscht?«

Gale ignorierte meine Worte, löste seine verschränkten Arme und warf Melia einen bösen Blick zu. »Ihr seid nicht bereit, Euch mit den Höchsten anzulegen.« Diese Aussage war an mich gerichtet und dennoch erdolchte er Melia mit seinen Blicken. Sie hielt ihm stand und ich kam mir vor, als wäre ich nicht anwesend.

Fassungslos blickte ich zwischen ihm und der Blonden hin und her und konnte ein sarkastisches Lachen nicht unterdrücken. »Entschuldigt, aber ich muss Euch nicht um Erlaubnis bitten.«

Er drehte sich so langsam zu mir um, dass ich ängstlich die Luft anhielt. »Entschuldigt, aber das müsst Ihr doch! Habt Ihr schon vergessen, dass Ihr die einzige Überlebende von Eros seid und ganz zufälligerweise im Feuer nicht verbrannt seid? Ihr könnt nicht einfach in die Welt hinausspazieren und so tun, als wärt Ihr normal, denn das seid Ihr nicht!«

Seine Worte trafen mich wie eine Ohrfeige. Dumpf hörte ich, wie Melia Gale konterte, aber in diesem Moment konnte ich nicht denken. Ich schüttelte den Kopf, schluckte meinen Kloß herunter und funkelte den Krieger an. Mit meinem letzten Stolz verschränkte ich die Arme und reckte das Kinn. *Bleib stark.* »Was, bei Grundan, wollt Ihr damit sagen?«

Gale schien genervt, dennoch antwortete er mir: »Das Ihr gefährlich sein könntet und deshalb unter Beobachtung steht. Ganz einfach.«

»Ich bin also eine Gefangene?«

»Bist du nicht«, warf Melia ein.

Der Krieger wedelte abwiegelnd mit der Hand, dann verschränkte er wieder die Arme und sah gen Himmel. »Nennt es, wie Ihr wollt, aber Ihr werdet nicht mitkommen.«

Jetzt reichte es. Ich war weder eine Gefangene noch eine Gefahr. Das würde ich ihm beweisen! Nur leider kam ich mit Trotz nicht weiter, also versuchte ich es mit Necken. Irgendwie musste man diesen Eisbrocken doch brechen können. »Habt Ihr etwa Angst vor mir?« Meine Worte klangen erstaunlich süßlich.

»Vor Euch?« Er lachte trocken. »Das Training gestern hat doch gezeigt, wer vor wem Angst haben sollte.« Gale setzte einen starren Blick auf. Ich konnte nichts in seinem Gesicht lesen.

Wut rann durch meine Adern. Meine Hände ballten sich von allein zu einer Faust. »Ihr wagt es?« Meine Stimme nahm einen kratzigen Ton an. Dieser Mistkerl! Am liebsten hätte ich ihn geschlagen. Ich würde mit meinem Holzschwert so lange auf ihn eindreschen, bis er wimmernd um Verzeihung bitten würde.

Gale kam mir näher. Ich musste mich zwingen, einen gleichgültigen Blick aufzulegen. »Ihr wisst nichts von der Welt und wärt schneller tot, als Ihr dieses Wort aussprechen könnt!«

Ich verengte die Augen, plusterte mich auf, um nicht ganz so klein zu wirken. »Die Menschen brauchen Essen und ich werde ihnen etwas bringen!« Genervt drehte ich mich um und setzte mich in Bewegung. Keine drei Schritte später spürte ich eine harte Umklammerung an der Hand.

Gale zog mich zurück und ich landete in seinen Armen. Er funkelte mich wenig freundlich an. »Ihr werdet nicht gehen.«

»Oh doch, ich werde gehen«, presste ich zwischen den Zähnen hervor, während ich mich aus seiner Umklammerung löste. »Und wenn ich mich aus Del'Nava schleichen muss.«

Er schlug die Arme über dem Kopf zusammen, murmelte irgendwas, was verdächtig nach einer Beleidigung klang, und wirkte komplett aufgelöst. Ich schien ihn wohl den letzten Nerv zu kosten.

Melia hingegen verbarg ihr Lächeln hinter ihrer Hand. Es war eine kleine Geste und dennoch musste ich grinsen. Sie nickte strahlend, doch als Gale auf mich zu stampfte, verging mir meine Freude sofort wieder. Er blickte grimmig über mich hinweg. »Wartet hier, ich bin gleich zurück.«

KAPITEL 11

Als Gale gegangen war, kam Melia mit einem Lächeln auf mich zu. »Nimm es ihm nicht übel. Er macht sich nur Sorgen.«

»Sorgen?« Ich versuchte zu Lachen, aber es klang erbärmlich. »Ich glaube kaum, dass er sich um mich sorgt. Er ist ein unausstehlicher Großkotz.« Wütend stemmte ich die Arme in die Hüfte und atmete genervt aus.

Als ein schrilles Gackern ertönte, gaffte ich Melia verwirrt an.

»Ja, er ist ein Großkotz. Und auch unausstehlich. Aber doch irgendwie liebenswert, findest du nicht?« Sie zwinkerte mir zu und ich spürte, wie mir Hitze in den Kopf stieg.

»Was?« Mir entgleisten sämtliche Gesichtszüge. »Natürlich nicht!«

Melia setzte ein wissendes Lächeln auf, das so viel hieß wie: »Aber natürlich.«

Ich murrte, presste die Lippen so stark aufeinander, dass nur noch eine schmale Linie übrig blieb. Was würde ich geben, um aus dieser Situation fliehen zu können. Gereizt tippte ich mit dem Fuß auf den Boden, sah auffällig zur Feste. Warum brauchte Gale denn so lange? Was tat er überhaupt? Egal, was es war, es war mir lieber, als diese Unterhaltung zu führen.

Melia schob sich in mein Sichtfeld, umklammerte meine Schultern. Dabei sah sie mir erstaunlich ernst in die Augen. Bei Grundan, sie konnte ihre Stimmungen schnell ändern.

»Du bist nicht allein, Elen. Es gibt genügend Menschen, die dich nicht für das Böse halten. Und du bist sicherlich nicht gefährlich oder eine Gefangene. Lass dir von Gale nichts einreden. Er hasst Dinge, für die es keine Erklärung gibt.« Sie zuckte entschuldigend mit den Schultern. »Männer eben.« Beim letzten Satz zwinkerte sie mir zu, was mir ein Lächeln entlockte.

Bevor ich etwas sagen konnte, stiefelte besagter Großkotz in Rüstung auf mich zu. Allein sein fieser Gesichtsausdruck ließ mich seufzten. Was hatte ich mir da eingebrockt. Er setzte die altbekannte starre Miene auf und machte kurz vor mir Halt. Unsanft zog er meinen Arm in die Höhe und legte mir eine braune Armschiene aus Leder an. Dann nahm er den anderen und band sie ebenfalls viel zu fest zu.

Danach presste er mir einen einfachen Brustpanzer aus Metall gegen die Brust. Er war wohl für einen Mann gefertigt, denn er war mir viel zu groß. Das schien Gale jedoch wenig zu beunruhigen, denn er drehte mich ruckartig zur Seite und schnürte ihn mir zu. Wahrscheinlich ging er davon aus, dass ich sowieso nicht kämpfen würde und dass er das verrückte, arme Mädchen retten musste. Bei diesem Gedanken verdrehte ich ungewollt die Augen. Vielleicht war ich nicht ganz normal. Schließlich konnte ich träumen, sah seltsame Visionen und konnte angeblich im Feuer nicht verbrennen, aber dafür würde ich Antworten finden. Und die würde ich ihm dann gegen den Kopf knallen!

Ungeduldig tippte ich mit den Fingern gegen meine Hose, da der

Krieger eine Ewigkeit für meine Panzerung brauchte. Er warf mir einen wütenden Blick zu, der mich scharf einatmen ließ. Um ihn nicht weiter zu nerven, versuchte ich, ruhig da zu stehen. Nachdem er mir Dolche an den Stiefeln befestigt hatte, straffte er den Rücken und drückte mir halbherzig zwei Kurzschwerter in die Hände. Ich konnte nicht anders, als zu lächeln. Liebevoll strich ich darüber, als würde ich einen alten Freund begrüßen. Zwei Kurzschwerter waren schon immer meine Lieblingswaffe. Ein Jammer, dass die Kampfkünste in der Magierfeste nur ein Wahlfach gewesen waren. Wären sie prüfungsrelevant, hätte ich den Abschluss auf jeden Fall geschafft. Nun ja, falls. Also wenn … Entschlossen schob ich den Gedanken an meine Vergangenheit beiseite und schlüpfte in die Ledermanschetten.

Als die Schwerter fest an meinem Rücken geschnürt waren, zog ein aufgeregtes Kribbeln durch meinen Körper. Wie es außerhalb wohl aussehen mochte? Die Städte und Dörfer. Die Wiesen und Täler. Ob das Leben sich von dem in Del'Nava unterschied? All das waren Bilder, die ich nur von Zeichnungen kannte. In den Büchern der Magierfeste wurde ein einfaches Leben beschrieben. Männer übten Handwerksberufe aus, während Frauen zuhause die Kinder versorgten. Es würde spannend werden, zu sehen, was davon stimmte.

Als Iltras in einer Kettenrüstung um die Ecke schritt, riss er mich damit aus meinen Gedanken. Er sah ausgesprochen gut und muskulös aus. Die Haare hatte er streng nach hinten gebunden, was ihm durchaus stand, jedoch den Blick noch mehr auf die breite Nase lenkte. Triumphierend lief er mit großen Schritten und einem gewaltigen Grinsen auf mich zu. Ich musste bei dem Anblick lachen. Dieser Mann schaffte es in kürzester Zeit, mir gute Laune zu schenken. Wie auch immer er es anstellte.

»Ich hörte, wir gehen ein paar Höchste jagen. Das kann ich mir nicht entgehen lassen«, grinste er und schwang dabei sein Langschwert auf die Schulter.

Gale grummelte auffällig, was Iltras noch mehr zum Lachen brachte. »Was denn, Herr Schwertmeister? Habt Ihr etwa Angst?«, neckte Iltras.

»Angst?«, schnaubte Gale. Er bäumte sich vor Iltras auf. Dabei überragte er ihn um eine Kopflänge. Iltras reckte seine Brust vor. Oh weh … Eine Schlägerei war das Letzte, was ich jetzt gebrauchen konnte! Ich wollte hinaus in die Welt!

»Natürlich habe ich Angst, Iltras, und Ihr solltet das auch. Da draußen herrscht Krieg, die Höchsten nehmen jede Stadt ein.« Gale fuchtelte wütend mit den Händen durch die Luft. »Wir sind lediglich ein Haufen Abtrünniger, die weder ordentliche Waffen noch Essen besitzen. Jetzt ziehen wir zu dritt los und eine kann nicht kämpfen.« Mit den letzten Worten zeigte er mit dem Finger auf mich, ohne mich dabei anzusehen.

»Nicht kämpfen?«, japste ich. Ich war viel zu schockiert, um mit mehr Kraft in der Stimme zu antworten. *Nicht kämpfen?* Ich konnte kämpfen! Sehr gut sogar. Nur weil er ein Fels war, hieß das nicht, dass ich nicht kämpfen konnte! Was bildete er sich ein? Ich hatte ihn gestern besiegt. Zwar mit einer List, aber das war nebensächlich. Ich hatte gesiegt. Eingebildeter Idiot.

»Gegen Euch kann selbst der größte Krieger aller Zeiten nicht kämpfen, Gale. Das wisst Ihr!«

Der Großkotz ignorierte Iltras, lief auf mich zu und überprüfte meine Waffenbefestigung.

Säuerlich schlug ich seine Hände weg. »Das ist fest genug!«

»Schluss jetzt!«, schrie Melia in einer Tonlage, die mich zusammenfahren ließ. »Hört auf, euch zu bekriegen.«

Iltras murrte. Gale entfernte sich von mir und legte gespielt konzentriert sein Schwert an. Unglaublich. In was für einen verrückten Haufen war ich hier hineingeraten? Fassungslos schüttelte ich den Kopf.

Niemand sagte mehr etwas. Auch ich nicht. Aber in diesem Moment schwor ich mir, so lange zu trainieren, bis ich Gale ehrenhaft schlagen konnte. Auch wenn meine Hände bluten oder meine Muskeln brennen würden. Ich würde es ihm beweisen!

Wenig später liefen wir zum Stallmeister. Gale nahm einen schwarzen Riesen und drückte mir die Zügel in die Hand.

»Kann … kann ich nicht bei einem von euch mitreiten?« Ich pulte dabei angespannt an meinen Fingernägeln herum.

»Nein«, spuckte mir Gale vor die Füße und schwang sich in den Sattel seines Pferdes.

Das war eine Ansage …

Eingeschüchtert starrte ich auf das ranzige Leder des Geschirrs. Mein Pferd wieherte und stupste mich mit seiner Nase an. Oh Himmel! Bevor ich mich versah, katapultierten mich starke Arme nach oben. Ich saß auf dem Rücken eines Kaltblutes! »Muss das sein, Iltras?«

Ich hörte nur ein Lachen. Na toll.

Gut. Diese Frage hätte ich mir auch sparen können. »Und wie geht das?« Von meiner eigenen Unsicherheit genervt, verdrehte ich die Augen, aber hier hätte wohl auch Grundan, der Gottvater der Magiegötter, Angst. Zumindest hoffte ich das. Das riesige Tier scharrte mit den Hufen und schien es nicht zu mögen, dass jemand wie ich auf ihm saß. Ich konnte es ihm nicht verübeln.

»Mit den Zügeln lenkst du das Tier. Mit deinen Fersen trittst du ihm in die Flanken.«

Erschrocken sah ich zu Iltras auf. »Ich soll dieses schwarze Monster auch noch *treten*?«

Gale schnaufte genervt. »Schau zu.« Er zeigte mir genau das, was Iltras mir gerade erklärt hatte.

Sah nicht so schwierig aus, also probierte ich es auch. Als das Pferd tatsächlich loslief, schrie ich wie ein Kleinkind. Natürlich gaffte mich daraufhin die halbe Siedlung an. Großartig gemacht. Ich kratzte meinen letzten Stolz im Dreck zusammen und probierte es erneut. Dieses Mal klappte es schon besser.

»Gut. Lasst uns aufbrechen«, sprach Gale genervt, nachdem er die Zügel eines weiteren Pferdes in die Hand genommen hatte und sein Pferd zum Traben brachte.

Ich sah ihm hinterher. »Wofür brauchen wir ein zusätzliches Pferd?«

»Wir werden jagen gehen«, rief er mir zu, als wäre das die einzige Antwort, die ich gebraucht hätte. Mit einem Seufzer trat ich dem armen Tier in die Flanken und wir verließen Del'Nava.

Eine ganze Weile waren wir schon unterwegs, während ich mit großen Augen die Gegend betrachtete. Um Del'Nava waren keine Siedlungen erbaut. Nur leere Hütten und zerfallene Häuser. Alles wirkte verlassen und zerstört. »Was ist hier passiert?«

»Viele Einwohner sind in die Städte gewandert. Andere wurden dazu gezwungen, damit man sie besser kontrollieren konnte«, antwortete mir Gale, der bisher mehr als schweigsam war. Durch und durch der Krieger. Aber in diesem Moment störte mich seine Art nicht, denn die Natur war atemberaubend.

Verträumt ließ ich den Blick über die Hügel schweifen. Es roch so frisch, auch wenn der Frühling noch nicht über den Winter siegen konnte. Aber kleine Blumen mit weißen Köpfen ragten schon aus dem Boden. Hätte ich in Pflanzenkunde besser aufgepasst, hätte ich gewusst, um welche Blume es sich handelte. Aber sie kündigten den Frühling an. So viel wusste ich noch.

»Isses nicht seltsam für dich?«

Ich sah Iltras fragend an.

»Das alles zu sehen. Kennst ja nicht, oder?«

»Nein«, gab ich kleinlaut zu. »Es ist seltsam, aber auch aufregend.« Ich blickte Iltras eine Spur zu lange an, als mir auffiel, dass ich nichts über ihn wusste. Also fragte ich: »Aber was ist mit dir?«

Jetzt sah er mich fragend an. Er verlangsamte das weiße Pferd, um näher bei mir reiten zu können. »Was meinst du damit?«

»Na ja, wo bist du aufgewachsen? Wo hast du vor Del'Nava gelebt? Wie bist du da hingekommen?«

Er lachte. »Welche Antwort zuerst?«

Als mir auffiel, wie viele Fragen ich gerade gestellt hatte, musste ich ebenfalls lachen.

»Aufgewachsen bin ich in Arknar«, begann er, ohne auf eine Antwort von mir zu warten. »Ein trostloser Landstrich mit mehr Eis als Einwohnern. Dort isses arschkalt und nass. Ziemlich eklig. Als meine Frau zum zweiten Mal schwanger wurde, verließen wir Arknar und reisten gen Süden, wo die Höchsten damals noch nicht waren.« Iltras stockte und schluckte hart.

Ich sah ihm an, wie schwer ihm die nachfolgenden Worte fielen: »Wir lebten einige Jahre in Silbstedt, doch dann überrannten die Höchsten die Stadt und töteten jeden Magieverdächtigen.«

»Deine Frau war eine Magierin?«

Iltras nickte traurig. »Ja. Eine Abtrünnige.« Schmerzerfüllt schloss er die Augen und fuhr mit der Hand durch sein Haar. Seine andere Hand krallte er in die Zügel. So stark, dass es ihn schmerzen musste. »Meine Familie hatte es nicht geschafft.«

»Das tut mir unendlich leid.« Ich schluckte und wusste nicht, was ich sagen sollte. Was konnte man auf so etwas überhaupt antworten? Einige Herzschläge konnte ich ihn einfach nur ansehen. Es war, als könnte ich sein Leid sehen, und dennoch war da die Freude, die er immer wieder verströmte. »Wie kannst du nach all dem so fröhlich sein?«

Er schien von der Frage überrascht zu sein. Das sagten auf jeden Fall die Stirnfalten und die hochgezogenen Augenbrauen.

»Ist lange her«, antwortete er knapp und ich wollte nicht weiter nachfragen. Dass ihm dieses Gespräch unangenehm war, sah ich, ohne fragen zu müssen.

Ich biss mir auf meine Lippe. Was die Menschen und die Magier erlebt hatten, musste schrecklich gewesen sein. So viele verloren jene, die sie liebten, und ich war mir sicher, dass auch Gale jemanden verloren hatte. Niemand war ohne Grund so kalt. Und so konnte es doch nicht weitergehen. »Gibt es niemanden, der sich gegen König Frekkon erhebt?«, fragte ich geistesabwesend.

Gale fuhr herum, sah mich abwertend an und blickte dann wieder nach vorn, als hätte ich die dümmste Frage aller Zeiten gestellt. Auch Iltras sah mich kurz an. »Wer soll's denn tun? Die Magier, die noch leben, haben zu große Angst vor Frekkon und diejenigen, die es versucht haben, leben heute nicht mehr. Du hast keine Ahnung, wie mächtig er is'.«

Ich schwieg, weil ich nicht wusste, was ich sagen sollte. Egal, wie sehr ich mich anstrengte, ich konnte mir einen derartig machtvollen König nicht vorstellen. Jeder schien bei seinem Namen zu erzittern und allein das war seltsam für mich.

Bei all diesen Gedanken in meinem Kopf bemerkte ich erst jetzt, dass es dunkler wurde. Der Geruch nach Tannen und Kiefern empfing mich und es wurde kühler. Vorsichtig sah ich nach oben. Dicke Baumkronen schirmten das Sonnenlicht ab und auch die Hufe der Pferde klangen jetzt sehr viel gedämpfter.

»Was habt ihr vor?«, fragte ich Gale, der wachsam in die Dunkelheit des Waldes blickte.

»Wir werden Rehe jagen und eines in der nächsten Stadt gegen Reis und Gemüse tauschen.« Seine Stimme klang forsch. Vorsichtig glitt er von dem Rücken des Pferdes und band das Geschirr am nächsten Baum fest. Bei mir sah der Abstieg vom Hengst weniger grazil aus. Mit Mühe landete ich auf meinen Beinen.

Lautlos zog Gale seinen Bogen, setzte einen Fuß vor den anderen.

»Seid vorsichtig. Wälder sind gefährliche Orte«, warnte er.

Das hätte er mir nicht sagen müssen, denn mir lief es jetzt schon eisig den Rücken runter.

KAPITEL 12

Jeder Schritt in den Wald hinein brachte mich meiner Angst näher. Vor lauter Panik ließ ich meine Hände permanent an den Schwertern. Auch wenn Gale ein hervorragender Kämpfer war, ein besseres Gefühl gab es mir nicht. Ich war mir nicht einmal sicher, was mir so Angst machte. Vielleicht war es die Dunkelheit, die hier herrschte, oder das ständige Knacken von Ästen, als wäre jemand hinter mir her. Oder aber das Moos, das meine Stiefel festzuhalten versuchte.

Unheil erwartend schielte ich nach oben. Der Wind zischte um mich herum und heulte durch die toten Baumstämme. Es klang wie Hilferufe. Nach Schreien in der Finsternis. Die eisige Kälte verbesserte meinen Gefühlszustand auch nicht. Ich fröstelte so stark, dass ich über meine Oberarme reiben musste, um nicht zu erfrieren. Gale blickte mich bei diesem Geräusch so erbost an, dass ich lieber fror, als mich noch einmal so ansehen zu lassen.

Bedacht lief ich weiter. Der Wald wucherte wild. Immer wieder blieben klebrige Äste an mir hängen, als würden sie mich bei sich behalten wollen. Ein leichter Nebel schwappte mit der Mittagssonne und verursachte eine unheimliche Stimmung. Kahle Äste schoben sich an den gesunden vorbei, als wären es die Hände verlorener Seelen. Sie griffen nach etwas Leben und blieben dennoch tot.

Ich schluckte und lief an Iltras' Seite weiter. Selbst er sah wenig begeistert aus und das gefiel mir nicht.

Ein plätscherndes Geräusch zog meine Aufmerksamkeit auf sich. Vorsichtig blickte ich nach rechts und sah einen schmalen Bach, gefüllt mit kristallklarem Wasser. Wasser ... Meine Lider schossen in die Höhe. Eiskalter Schweiß rann mir den Rücken herunter. Meine Beine verweigerten mir den Dienst. Ich stand kurz vor einem Nervenzusammenbruch. Die kalten Wiedergänger! Das war eine der gruseligsten Geschichten, die ich in der Feste gelernt hatte. Ertrunkene Magier, die auferstanden und den ungeliebten Hinterbliebenen die Seelen aussaugten. Mit aller Kraft zwang ich mich, ruhig zu atmen. Ein ... Aus ... Ich schloss die Augen, lief einige Male blind durch das Dickicht. Es waren nur Geschichten. Nur Geschichten!

Eine lange Zeit liefen wir durch den Wald, ohne dass ich ein Reh sah. Ich wollte mich gerade lautstark bemerkbar machen, als Gale stoppte und die Hand zur Seite schlug, als wollte er eine Fliege erwischen. Dann führte er den Zeigefinger auf die Lippen und vermittelte mir, still zu stehen. Ich sah weder etwas, noch hörte ich irgendein Geräusch.

Mit einer kaum hörbaren Bewegung zog Gale zwei Pfeile aus dem Köcher und legte sie leicht versetzt an den Bogen. Er spannte die Sehne. Dabei traten seine Muskeln deutlich hervor. Dann ließ er los. Die Pfeile sirrten von der Sehne.

Kurz darauf hallte ein dumpfer Aufprall durch den Wald. Gale sprintete los und ich hinterher. Einen Moment später erkannte ich zwei Hirsche auf dem grasbedeckten Boden. Sie waren nicht sonderlich groß. Dennoch würden sie viele Menschen ernähren können. Beide hatte ein Pfeil genau in den Kopf getroffen. *Zwei Pfeile, zwei tödliche Treffer … Unglaublich …* Und ziemlich unheimlich. Ich sollte es mir mit dem Krieger nicht unbedingt verscherzen, sonst wäre ich der nächste Hirsch.

Ohne innezuhalten, rammte Gale gezielt eine Klinge in den Bauch des toten Tieres. Er schien genau zu wissen, wohin er stechen musste, bevor er den Hirsch ausweidete.

Doch ich japste, drehte mich würgend zur Seite und versuchte, die ekelhaften Geräusche zu ignorieren. Als ich ein zweites Mal hörte, wie die Klinge einen Bauch aufschnitt, musste ich mich an der Rinde eines Baumes festkrallen. Erst, als ich nichts mehr hörte, wagte ich es, mich umzudrehen. Die Männer packten je einen ausgeweideten Hirsch an den Hufen und zerrten sie schwer schnaufend durch den Wald bis zu unseren Pferden.

Gale warf zuerst sein totes Tier über den Rücken des zusätzlichen Pferdes, band es stramm, dann tat Iltras dasselbe.

Die Sonne stand nicht mehr am höchsten Punkt. Kurz sah ich zum Horizont, dann blickte ich Gale an: »Wir sollten los.«

»Dann steigt mal auf Euer Pferd«, brachte er mit steinerner Miene heraus.

Idiot! Die Männer saßen bereits auf ihren Pferden, aber ich schaffte es kurz nach ihnen. Es war gar nicht so schwer, wie es aussah. Es war, als würde man sich breitbeinig auf einen Stuhl setzen. Nur etwas höher. Und … lebendiger.

»Los jetzt«, stänkerte Gale.

»Ist ja gut«, maulte ich zurück. Bei Grundan, dieser Mann nervte mich mehr als alles andere.

Ich rechnete damit, dass wir lange unterwegs sein würden, aber ich erkannte ein Dorf nur wenig später.

Als Gale sein Pferd stoppte und die nahe Siedlung anblickte, beobachtete ich ihn dabei. Er mahlte mit dem Kiefer, was ihn auf abstoßende Weise ziemlich attraktiv aussehen ließ. Das Grüblerische gefiel mir an ihm. Dennoch wirkte er angespannt.

»Kennt Ihr dieses Dorf?«

Er nickte nichtssagend und kalt.

Seufzend umklammerte ich die Zügel fester. Gut. Dann eben nicht!

Ohne Vorwarnung ritt Gale weiter und galoppierte über die Wiese. Als wir ankamen, hievte er sich aus dem Sattel und schulterte den Hirsch. Er würdigte uns keines Blickes, als er samt dem Tier durch das Eingangstor trampelte und Iltras anwies, den zweiten Hirsch noch einmal fest an den Hengst zu knoten.

Ich konnte nicht anders, als entnervt den Kopf zu schütteln. Zum Glück ging es Iltras nicht anders, denn er kicherte in sich hinein.

»Ist der immer so?«

Iltras klopfte mir hart auf die Schulter. »Ich fand eigentlich, dass er seit deinem Eintreffen umgänglicher geworden ist.«

»Hört auf, zu plaudern, und bindet die Pferde fest. Wir sind nicht hier, um Freundschaften zu schließen.«

»Uh, der Heerführer hat gesprochen«, schrie Iltras ihm hinterher und schwang sich aus dem Sattel.

Wenn Blicke töten könnten, wäre Herr Breitnase jetzt umgefallen.

Kopfschüttelnd hievte ich mich ebenfalls aus dem Sattel, gab Iltras die Zügel, die er an der Stallung der Siedlung festmachte und gemeinsam liefen wir Gale hinterher.

Ich war überrascht, wie anders die Häuser hier aussahen. Der Baustil war mir durch die Bücher in der Magierfeste bekannt. Es waren Fachwerkhäuser in verschiedenen Farben. Alle etwa zwei bis drei Stockwerke hoch. Meine Füße liefen über ein Kopfsteinpflaster, das durch den ganzen Matsch kaum noch als solches zu bezeichnen war.

Außerdem könnte es einmal erneuert werden. Überall fehlten Steine, was es nicht unbedingt erleichterte, darauf zu laufen. Trotz des schwierigen Weges konnte ich den Blick nicht von dem Dorf lassen. Dutzende Eindrücke prasselten auf mich ein. Der Geruch nach alter Wäsche und Urin lag in der Luft. Das Schild einer einzigen Taverne schwang im Wind. Die Schrift war längst verblasst aber ich erkannte vage einen Bären darauf.

Je weiter wir durch die Gassen schritten, umso mehr mischte sich ein modriger Geruch dazu. In jeder Ecke lag Dreck. Löchrige Körbe ruhten verwahrlost auf den Straßen, Stofffetzen hingen an Türen oder Hauswänden. Ein schmutziger Ort, der nicht besser roch, als er aussah.

»Sind alle Dörfer so heruntergekommen?«, fragte ich Iltras, konnte den Blick jedoch nicht von den verwahrlosten Straßen wenden.

»Nicht alle. Die Reiche von Frekkons Anhängern werden von ihm mit Ruhm und Gold beschenkt. Arme Siedlungen, wie diese hier …«, Iltras sah nun ebenfalls über die Menge, »bekommen jedoch kaum etwas davon zu sehen. Sie dürfen leben und ihm dienen. Das ist genug. Lediglich die Wächter, die hier stationiert sind, um die Menschen zu bewachen, haben ein schönes Leben.«

Was war das hier nur für eine unfaire Welt? Die Menschen hatten nichts, wurden von den Wächtern kontrolliert, während diese im Reichtum und Wohlstand lebten. Einzig und allein, weil sie Frekkon Dienste leisteten.

Als dutzende Gerüche gleichzeitig auf mich einprasselten, schaute ich auf. Wir erreichten einen kreisrunden Platz. Viele Marktbuden reihten sich nebeneinander auf. Jede dieser Buden schien ein anderes Angebot zu haben. So etwas hatte ich noch nie gesehen. Wie magisch davon angezogen lief ich zu den Ständen, schlängelte mich zwischen den Massen hindurch und schaute mir die Waren an. Einige hatten Gewürze im Angebot. Andere so etwas, das wie getrockneter Fisch aussah. Bei jedem Schritt roch es nach etwas anderem. Irgendwas Zimtiges lag in der Luft und ich bekam Lust auf süße Teigwaren. Dann wurde der Duft von dem Geruch nach Gemüsesuppe mit Fleisch abgelöst. Mein Magen knurrte so laut, dass Gale, der inzwischen neben mir lief, es hätte hören müssen. Vielleicht hatte er es sogar mitbekommen. Ihn interessierte es nur nicht. Mit mürrischem Blick drängelte er sich durch die dichter werdende Menschenmasse.

Gale blieb so ruckartig vor einer Marktbude stehen, dass ich an seinen Rücken prallte. Irgendetwas knackste bei dem Aufprall in meiner Schulter. Eine Stahlrüstung war nicht das Weicheste, auf das man krachen konnte. Mir tat alles weh, während mich Gale gar nicht beachtete.

Als würde der Hirsch nichts wiegen, legte er das tote Tier vor einen Marktstand, der Reis in großen Säcken anbot.

Ich staunte nicht schlecht, als ich dutzend verschiedene Reissorten sah. Mal weiß wie der Wolkenhimmel, mal beigefarben. Mal kurz, mal lang, mal dünn. Ich hatte keine Ahnung, worin sie sich unterschieden, aber Gale würde schon wissen, was er tat. Er und der Verkäufer waren in ein langes Gespräch vertieft, das mich langweilte. Über einen Reispreis zu diskutieren, gehörte nicht zu meinen Lieblingsbeschäftigungen, also schlenderte ich zu Iltras.

»Wird ganz schön leer hier, was?«

Ich stutzte und sah mich um. Tatsächlich. Die Menschen drängelten sich zur anderen Seite des Marktplatzes und verbanden sich zu einer Masse aus braunen Lumpen. Es schien irgendetwas zu sehen zu geben. Ich machte mich lang, konnte aber nichts erkennen. Noch bevor ich mich in Bewegung setzen konnte, um meine Neugierde zu stillen, brüllte ein Mann durch die Menge: »Diese Abtrünnigen werden im Namen des Höchsten gehängt!«

Gehängt? Mein Herz schlug für einige Sekunden nicht mehr. Ich stand da, als wären meine Füße mit dem Dreck unter mir verwachsen und mein Geist nicht hier. *Im Namen des Höchsten.* Mir wurde speiübel.

Hass kroch meine Brust hinauf und setzte sich am Herzen fest. Er verband sich mit meinem Puls und pochte in jeder Vene. Das durfte nicht passieren. Das durfte es einfach nicht! Ich pustete Luft aus der Nase, verkrampfte die Hände.

Im Augenwinkel sah ich Iltras, der beschwichtigend die Arme hob und versuchte, mir etwas zu sagen. Seine Worte klangen dumpf. Genauso wie das Gejubel der Zuschauer. Einige Herzschläge stand ich da und gaffte die Menschenmasse an. Doch mit einem Mal prallte alles auf mich zurück. Alle Gefühle, alle Trauer, all der Schmerz. Die Höchsten. Die Art von Menschen, die mir alles genommen hatten! Die mir meine Schwester und mein Zuhause genommen hatten, mir mein Gedächtnis gelöscht hatten.

Meine Beine liefen los, ohne dass ich ihnen den Befehl dazu erteilte. Dann schwang ich die Arme in die Luft und sprintete los. Weit kam ich nicht. Eine harte Umklammerung an meinem Arm hielt mich auf und zerrte mich grob zurück. Gale zog mich ganz dicht an sich. Sein aufgebrachter Atem flog über mein Gesicht. Ich drehte mich von ihm weg, wollte aus seiner Umklammerung fliehen, aber es gelang mir nicht. Stattdessen drückte er noch fester zu. Ich verzog schmerzlich das Gesicht. »Ihr tut mir weh.« Flehend presste ich die Augen zusammen, als er mich noch dichter zu sich zog.

»Wenn Ihr einmal das tun würdet, was man Euch sagt, müsste ich Euch nicht wehtun!« Seine Worte waren hart wie Stahl.

»Lasst mich los«, schrie ich ihn wutentbrannt an. »Ihr habt kein recht, mich aufzuhalten.« Ich schüttelte grimmig den Kopf. »Kein recht!« Mit aller Kraft zerrte ich an seinem Griff. Leider tat ich mir dadurch nur selbst weh.

»Ihr könnt die Abtrünnigen nicht retten«, zischte er mir ins Gesicht. Seine Stimme war kälter, als der Wald, durch den wir gekommen waren. Er zog die Brauen zusammen. Tiefe Furchen bildeten sich dazwischen. Er sah angsteinflößend aus. Ich war mir nicht einmal sicher, ob er mich nicht vorsichtshalber bewusstlos schlagen würde, um endlich Ruhe zu haben.

»Ich warne Euch!«, sprach er mit einem derartigen Nachdruck, dass ich kurzzeitig erstarrte. Nur sein Mund bewegte sich. Der Rest von seinem Gesicht war eingefroren.

Egal was der Krieger jetzt von mir hielt, ich würde nicht zulassen, dass noch mehr Menschen im Namen des Höchsten starben. Bei Grundan! Wenn die Menschen in Del'Nava zu feige waren, um sich aufzulehnen, dann musste ich es eben tun! Mit all meiner Kraft rammte ich ihm meine Ferse auf den Fuß. Er ließ kurz locker. Mit einer schnellen Drehung befreite ich mein Handgelenk und rannte los, bevor Gale mir folgen konnte. Ich schlängelte mich flink durch die Masse und zog einen Dolch aus meinem Gürtel.

Der Sprecher wurde lauter. Ich konnte ihn nicht sehen, aber die Stimme passte zu einem fetten Mann ohne Sorgen im Leben. Jemand, der sich sicher fühlte durch die Macht eines anderen.

»Betet! Betet für euer Leben! Vergesst euren nicht existierenden Gottvater Grundan. Betet zu dem Höchsten. Dem einzigen Erlöser. Vielleicht gibt er euren schandhaften Seelen Frieden«, schrie er.

Mein Herz pochte. Es blieb beinahe stehen, um dann noch schneller zu schlagen. Ich musste ihn aufhalten. Ich musste! Noch zwei Reihen, dann war ich vor dem Podest.

Wieder ertönte die Stimme: »Und nun sterbt, ihr widerwärtigen Ungläubigen.« Eine kurze Stille folgte, bevor er vollendete: »Im Namen des Höchsten!«

Gehetzt quetschte ich mich durch die vorderste Reihe und schob grob die letzten Menschen zur Seite. Dann sah ich den Sprecher. Ein Mann, wie ich ihn mir vorgestellt hatte. Beschützt von zwei Wächtern in eiserner Rüstung. Verdammter Feigling! Mein Verstand setzte aus. Ohne darüber nachzudenken, rannte ich los, hastete über die Treppenstufen und sprang in die Höhe. Mit aller Kraft umklammerte ich den Dolch.

Die Augen des dicken Mannes weiteten sich, als er mich sah. Schützend hob er den Arm vor sich, taumelte zurück, aber es war zu spät. Mit voller Geschwindigkeit landete ich auf ihm und riss ihn zu Boden. Erst als er röchelte, ließ ich von ihm ab. Verwirrt sah ich zu seinem Hals. Mein Dolch steckte darin! Oh verdammt. Was hatte ich getan? Verzweifelt sah ich zu meiner linken Hand. Dann wieder zur rechten. Sie waren voller Blut! Alles geschah so schnell, dass ich erst jetzt begriff, was ich getan hatte. Schockiert sprang ich auf die Beine.

»Jetzt stirbst du!«

Ich fuhr herum, erkannte einen breiten Wächter, der mit gezogenem Langschwert auf mich zustampfte.

»Ruft Verstärkung!«, schrie der andere Mann auf dem Podest, aber der Wächter vor mir lachte nur.

»Wir brauchen keine Verstärkung, oder kommen wir nicht gegen ein kleines Mädchen an?«

Der andere schwieg, kam aber ebenfalls auf mich zu.

Die Dielen auf dem Podest schrien unter ihren Schritten. Die Augen hinter den Helmen waren voller Hass.

»Was bist du, Kind?«, fragte mich einer der beiden. »Bist ’ne Hure von dem Burschen?«

Verwirrt sah ich zu dem Galgen und erkannte zwei Jünglinge, die mich mit riesigen Augen anstarrten. Ich schluckte, fixierte dann wieder die zwei Wächter.

In Verteidigungshaltung ging ich einige Schritte zurück. *Du musst etwas unternehmen!* Sofort ratterte ich alle Überlebensszenarien durch. Die schwere Rüstung machte sie langsam. Ich musste schneller sein. Das war das Einzige, was mir blieb. *Denk an dein Training. List und Schnelligkeit!* Verzweifelt wiederholte ich diese Wörter immer wieder. *Schnelligkeit! List.*

Mein Blut rauschte in den Ohren. Ich hatte mich durch meine Blödheit selbst in diese Situation gebracht, also musste ich auch allein wieder herauskommen. Ich klaubte meine restliche Kampfeslust zusammen, zog meine Kurzschwerter aus der Scheide und stellte mich breitbeinig hin. Dann umkreisten wir uns. Dabei ließen wir uns nicht aus den Augen. Die eisernen Rüstungen klapperten bei jedem Schritt.

»Eine Schande um Euer schönes Gesicht, meine Liebe«, grinste der Rechte hämisch.

»Eine Schande um Eure schöne Rüstung«, grinste ich gespielt selbstsicher zurück und rannte auf den Ersten los.

Unsere Schwerter trafen sich, schleiften übereinander. Mir brannten die Zähne bei diesem Geräusch. Bevor ich zum ersten Streich ausholen konnte, flog seine Klinge bereits zu mir hinab! In letzter Sekunde blockte ich den Angriff vor meinem Gesicht. Meine Muskeln zitterten unter seiner Kraft. Ich konnte nicht länger standhalten. Er schob mich über den Boden! Meine Stiefel schleiften knirschend darüber. Ich musste mir etwas einfallen lassen. Und zwar schnell! Mist, Mist, Mist! Die Magie loderte in mir. Ich spürte sie in jeder Faser meines Körpers. Kreischend vor Schmerz zog ich an ihrem Strang und ließ sie in Form einer Druckwelle los. Mein Angreifer starrte mich an, aber nichts geschah.

Mit einem Mal löste der Wächter sein Schwert, packte mich, zog mich zu sich. Er drückte fest gegen meinen Hals, aber das war nicht der schlimmste Schmerz. Es war, als könnte er mit einer Berührung die Magie aus mir ziehen. Meine Adern brannten wie Feuer, meine Finger verkrampften sich. Ich schrie, wandte mich, da holte er mit seiner Faust aus. Meine Augen weiteten sich, ich wollte mich wegdrehen, aber es war zu spät. Der Schlag traf mit voller Wucht meine Nase. Der Aufprall donnerte bis an meine Schädeldecke. Schwarze Punkte tauchten vor mir auf. Mir wurde schwindlig. Taumelnd versuchte ich, irgendwo Halt zu finden. Suchte nach irgendetwas, um nicht umzufallen. Aber da war nichts. Dann krachte ich auf den Boden. Meine Welt verdunkelte sich.

»Schon vergessen, Miststück? Wir Wächter sind gegen Magie immun, du dreckiges Stück Abschaum!«

Seine Worte klangen in meinem Kopf unendlich langgezogen. Ich hörte die Menge tuscheln. Der andere Wächter lachte. »Eine Magierin weniger.« Dann folgte Stille.

Es war vorbei. Das war es also. Ich starb als ein Nichts. Als jemand, der dachte, gegen die Höchsten kämpfen zu können, und verlor.

Benommen spürte ich einen harten Griff um meine Schulter und wie ich rücksichtslos herumgedreht wurde. Über mir tauchte der Wächter auf. Er erhob das Schwert. Ich konnte nicht anders, als ihm dabei zuzusehen. Eine Träne rann mir die Wange hinab.

»Elen, komm zu dir«, schrie mich eine vertraute Stimme an. Es war so laut, dass ich zusammenzuckte. Aber diese Stimme, ich kannte sie! Es war Daralia! *Wie konnte es … Wie …* »Wach auf.«

Mit einem Schlag klärte sich mein Bild. Ich rollte mich zur Seite, sprang auf die Knie und trieb meinen Fuß in die Genitalien meines Angreifers. Er jaulte auf, sein Schwert klirrte dabei zu Boden und mir schmerzte der Fuß höllisch von der Rüstung, die sich dort befand. Aber ich schluckte ihn herunter, drehte mich und rammte ihm einen Dolch in den Hals.

Ich röchelte nach Luft, da zischte etwas hinter mir. Etwas unfassbar Schnelles! Panisch fuhr ich herum und blickte in die Augen des zweiten Wächters. Seine Klinge war hoch erhoben und auf meinen Kopf gerichtet. Es war zu spät, um auszuweichen. Nicht einmal mein Herz schaffte es, schneller zu schlagen. Es blieb stehen. Genauso wie die Welt. Nur die Klinge kam näher. Ich schrie, hob schützend meine Hände vor das Gesicht. Presste die Lider aufeinander und wartete, bis es vorbei war. Als nach einer Weile immer noch nichts passierte, wagte ich es, zwischen meinen Fingern hindurchzusehen. Ein zweites Schwert tauchte vor mir auf, blockte den Angriff und riss dem Wächter mit dem Aufprall die Waffe aus der Hand. Bevor ich auch nur japsen konnte, lag der Wächter tot am Boden.

Grundan … Ich schüttelte den Kopf. Versuchte, wieder klar denken zu können.

»Habt Ihr jetzt das, was Ihr wolltet«, giftete mich Gale an. Er packte mich an der Rüstung und zog mich daran hoch. »Was habt Ihr Euch dabei gedacht, verflucht?« Seine Stimme dröhnte in mir nach. Ich stotterte unverständliche Wörter, während Gale mich mit seinem Blick erdolchte. Seine Bernsteinaugen verfärbten sich zu einem tiefen Braunton. So wütend hatte ich ihn noch nie gesehen. Ohne auf meine Antwort zu warten, packte er meinen Arm und zerrte mich vom Podest herunter.

»Es war richtig!«, protestierte ich. Meine Stimme krächzte und klang weinerlicher, als ich wollte.

»Nichts davon war richtig! Und jetzt kommt endlich!«

Ein kurzer Blick hinter mich verriet mir, dass Iltras die Stricke gelöst hatte. Die zwei Buben waren höchstens fünfzehn Jahre. Was mussten Kinder getan haben, um so etwas zu verdienen? Beim Gottvater, was waren die Höchsten nur für Menschen?

»Kommt jetzt!«

»Lasst das«, maulte ich, aber Gale ignorierte mich. »Nur weil Ihr zu feige wart, ihnen zu helfen, ist das nicht mein Problem!« Als ich diesen Satz gesprochen hatte, bereute ich ihn bereits. Es war keine sonderlich gute Idee, einen rasenden Krieger noch wütender zu machen, indem man seine Männlichkeit infrage stellte.

Ich spürte, wie Gale meine Hand losließ, bevor ich es sah. Er kam mir so nah, dass ich ängstlich drei Schritte zurückwich, doch er folgte mir. Sein Gesicht war zu Stein geworden. Wenn ich nicht endlich ruhig sein würde, würde er mich umbringen!

»Verdammt, Gale! Das war meine Entscheidung«, quietschte ich verzweifelt. *Ah!* Wieso konnte ich nicht still sein?

»Eure Entscheidung?« Seine Stimme ging in ein totes Lachen über.

»Eure Entscheidung, Elen?« Er ballte so sehr die Fäuste, dass ich dicke Adern erkannte. Mit jedem Wort lief er einen Schritt auf mich zu. Ich fühlte mich zurückgedrängt und bedroht. »Ihr seid egoistisch und naiv. Ihr habt unser Leben bei dieser total überstürzten Aktion gefährdet. Wenn Ihr nicht lernt, als Einheit zu handeln, sterben wir womöglich das nächste Mal alle!« Wieder schlug er seinen Zeigefinger gegen meine Schulter. »Und das ist dann eure schuld!«

Ich schluckte. Verdammt, er hatte recht. Was hatte ich mir dabei gedacht? Ich hätte sterben können. Das wäre nicht das Problem gewesen, doch wenn er oder Iltras wegen meinem Leichtsinn ihr Leben gelassen hätten, wäre ich damit klargekommen?

»Es tut mir leid«, wisperte ich.

»Jetzt lasst uns endlich von hier verschwinden, bevor noch mehr Wächter kommen«, pampte mich Gale an.

Nickend raffte ich mich auf und lief durch die Menschenmenge. Erst jetzt fiel mir auf, wie unglaublich still es geworden war. Niemand sagte ein Wort, dafür starrten sie mich an. Jeder von ihnen. Dann geschah etwas Seltsames. Sie klatschten. Erst einer, dann mehr, bis alle miteinstimmten und jubelten.

»Das muss die Auserwählte sein!«, schrie eine Frau.

»Ja! Das ist sie! Die Frau, die nicht in den Flammen verbrannte!«

»Nein, nein, nein«, sprach ich schneller, als ich denken konnte. Ich schob schützend die Arme vor mich. »Ich bin keine Auserwählte. Ihr liegt da völlig falsch.«

»Doch! Das ist sie!«

Schlagartig kamen dutzende Menschen auf mich zu und wollten mich berühren. Gales harter Griff zog mich rechtzeitig zurück. »Was soll der Unfug?«

»Unfug? Ich kann doch nichts dafür!« Mit einem Arm zeigte ich demonstrativ auf die feiernde Menge.

»Wachen!«, hörte ich jemanden schreien.

Oh nein!

»Verstärkung. Eine Abtrünnige wurde gesichtet!« Ich sah die Wächter nicht, aber ich hörte, wie einige aus weiterer Entfernung auf uns zurannten. Ein Horn wurde geblasen. Ich hielt die Luft an, sah mich ängstlich um.

Gale blähte die Nasenlöcher. »Toll gemacht.« Er zog mich durch die Siedlung. Uns machten die Menschen freiwillig Platz und schienen sich hinter uns wieder zu verdichten, um die Wächter abzuschirmen.

»Holt die Bogenschützen!«

Bogenschützen? Das klang gar nicht gut! Ich hastete über das Kopfsteinpflaster, während mein Blut in den Ohren rauschte. Mein Herz schlug so heftig gegen meine Brust, dass ich keuchte. Schweißperlen rannen meine Wange hinab.

»Schließt das Tor!«, schrie wieder ein Mann.

Bitte nicht! Ich konnte es bereits sehen! Es stand offen, aber ich hörte die Wächter, die darauf zurannten. *Schneller, schneller, schneller. Du schaffst das!*

Hektisch sah ich hinter mich, über die Menschenmenge, die sich noch weiter zu verdichten schien. »Wo ist Iltras?«

Ohne mir zu antworten, schubste mich Gale aus dem Tor der Siedlung, bevor die Wächter bei uns ankamen. Er hob mich in den Sattel und gab meinem Hengst einen harten Schlag auf den Hintern.

»Wir gehen nicht ohne Iltras!«, schrie ich ihn an, doch das Pferd ritt so schnell davon, dass ich nur noch einen Schatten erkennen konnte, der aus der Siedlung rannte. Dann konnte ich sie nicht mehr sehen.

KAPITEL 13

König Frekkon

König Frekkon wanderte mit nach hinten verschränkten Armen seinen Thronsaal auf und ab. Die Ereignisse entwickelten sich großartig. Jede einzelne Magierstadt war nun in fester Hand der Höchsten und die Wandlungen zeigten immer bessere Ergebnisse, nachdem das Blut mit Dämonensaft vermengt worden war. Sie verwandelten sich schneller, besser und immer weniger starben dabei. Bald schon hatte er seine Armee, die sich alles und jedem stellen konnte.

Frekkon atmete gefährlich aus und schloss die Augen. Er würde jeden einzelnen Magier finden und ihn umbringen. Angewidert rümpfte er die Nase. *Magie* … erklang es in seinen Gedanken und Wut rann durch seine Adern. Magie war nicht menschlich. Es war eine Laune der Natur, ein Schreckgespenst, das so viele Menschen das Leben gekostet hatte. Blutseherei und all die schrecklichen Dinge, die diese

Wesen hervorgerufen hatten. Niemand sollte solch eine Kraft besitzen. Niemand, außer ihm. Denn er war der Einzige, der mit ihr umgehen konnte. Der Einzige, der sie für den richtigen Zweck einsetzen würde. Eine Wahrheit, die er niemandem anvertrauen würde. Nicht, bevor jeder Magier außer ihm gefallen war.

Die Welt hatte sich verändert durch diese widerwärtigen Geschöpfe. Sie war schon lange nicht mehr das, was sie mal gewesen war, doch er würde sie zurückholen. Er würde das Leben der Alten Welt wieder auf die Erde holen.

Er blickte über die hohen Decken, die mit kunstvollen Schnitzereien verziert waren, und lächelte gezwungen, um nicht in Raserei zu verfallen.

Als es an dem Tor zum Thronsaal klopfte, drehte er sich genervt um. »Herein.«

Zwei Wächter in Rüstung schoben die schweren Türen zur Seite und herein kam ein weiterer. Er hastete vor ihn, verbeugte sich tief und sprach: »König Frekkon.«

Der König lief zu einem Tisch, als hätte er ihn gar nicht bemerkt, und schenkte sich einen großen Becher Wein ein. »Sprecht, wie laufen die Säuberungen?«

Als der Mann schwieg, drehte sich der König um und hob eine Braue. »Na los!«

»Wir haben Mühe, alle Magier zu erkennen, Eure Exzellenz. Viele tarnen sich als normale Menschen und verstecken sich unter ihnen.«

Der König kam näher. Er legte die Stirn in Falten und funkelte den Wächter mit seinen tiefblauen Augen an.

»Ihr spürt die Magie«, spie ihm der König vor die Füße. »Ihr seid Wächter und dank mir gegen die Magie immun. Ihr fühlt das Knistern in der Luft, falls sich einer von ihnen in Eurer Nähe befindet und nun wollt Ihr mir sagen, Ihr habt Probleme, die Magier zu finden?«

Der Mann vor dem König hielt die Luft an, senkte den Blick. »Sobald sie unter vielen anderen Menschen sind, spüren wir sie kaum.«

»Dann gebt Euch mehr Mühe«, schrie Frekkon in so einem schrillen Ton, dass der Wächter zusammenzuckte.

»Jawohl, König.« Er verbeugte sich erneut. »In einer dringenden Angelegenheit muss ich noch mit euch sprechen.« Seine Worte waren schwach und dünn. Der Wächter fürchtete den König, so wie es viele taten.

Frekkon nippte an seinem Wein, sah über ihn hinweg. »Dann sprecht.«

»Eine Siedlung wurde von einer Magierin überfallen. Sie rettete zwei magiebegabte Jungen, indem sie unsere Männer beim Galgen tötete.«

Der König verschluckte sich an seinem Wein, hustete und stützte sich auf den Tisch. »Ihr wollt mir sagen, dass es eine einzige Magierin geschafft hat, eine Hinrichtung zu verhindern?«

Der Wächter nickte, während der König in lautes Gelächter ausbrach.

»Niemand lehnt sich gegen uns auf.« Er räusperte sich, klopfte sich gegen die Brust.

»Wir denken, sie gehört zu dem Gesindel, das sich in Del'Nava eingenistet hat.«

Frekkon lachte. »Ich bitte Euch. In Del'Nava verstecken sich nur die Schwachen und Armen. Dort gibt es niemanden, der gefährlich werden könnte. Außerdem haben wir jemanden, der dort alles im Blick behält.«

»Euer Gnaden, bei allem Respekt, aber Ihr solltet Del'Nava nicht unterschätzen. Noch ist es klein, aber ich bin mir sicher, sie werden bald wachsen. Sie haben eine Frau bei sich. Einige beginnen, sie als Auserwählte zu bezeichnen. Wir befürchten, dass es dieselbe Magierin ist, die vor wenigen Stunden die Hinrichtung verhindert hat.« Der Wächter schluckte. »Sie werden mehr Anhänger bekommen und sich auflehnen. Bereits jetzt sammeln sie erste Verfechter.«

Frekkons Augen wurden eisig, während sein Kiefer zu zucken begann. Der blasse Teint strahlte im Mondlicht. Ein halbes Lächeln schlich sich in sein Gesicht. Es war kalt und ohne Gefühle. »Dann vernichtet sie alle. Gebt unserem Spitzel in Del'Nava Bescheid und er wird das tun, wozu er da ist.«

»Natürlich«, gab der Wächter zurück. »Ich werde mich sofort auf den Weg machen und das alte Königreich in drei Tagen erreichen.«

Der König leckte sich die vollen Lippen, bis sie feucht glänzten, dann lächelte er. Schlagartig spürte der Wächter eine feste Umklammerung an seinem Kinn. Die feingliedrigen Finger des Königs pressten sich in sein Fleisch. »Was wollt Ihr dann noch hier?«

»Entschuldigt, eure Exzellenz, aber bekomme ich kein Heer zur Seite gestellt?«

Frekkon grinste tot. »Ihr sollt Del'Nava nicht selbst auslöschen, Ihr Idiot. Ihr gebt unserem Spitzel Bescheid und er wird die Drecksarbeit erledigen.« Mit diesen Worten ließ er den Wächter los.

Er taumelte kurz, fand dann aber wieder festen Stand. »Ihr könnt Euch auf mich verlassen.« Er schlug mit seiner Faust gegen sein Herz, nickte und ritt kurz darauf los.

KAPITEL 14

Nachdem ich eine Ewigkeit in der Dunkelheit geritten war, stoppte ich das Pferd und hoffte, Gale und Iltras zu entdecken. Mein Herz schlug so heftig, dass mir vor Angst der Magen schmerzte. Keuchend wendete ich den Hengst, blickte in die Nacht und meinte, jemanden zu sehen. Es war nicht viel mehr als ein winziger Schatten. Ängstlich biss ich mir auf die Lippe. Es könnten Wächter sein, doch keine silbernen Rüstungen blitzten in der Nacht auf. Als sie näherkamen, konnte ich tatsächlich Gale und Iltras erkennen. Erleichterung breitete sich in mir aus und ich seufzte tief.

Gale ritt im Galopp an mir vorbei, als hätte er mich nicht gesehen. Lediglich Iltras verlangsamte sein Pferd auf meiner Höhe. Hinter ihm bewegte sich eine kleine Gestalt und auch auf dem Zusatzpferd hinter dem Hirsch saß eine. Es waren die zwei Jünglinge, die wir vor dem Tod bewahrt hatten! Ich lächelte Iltras an, der die Geste kurz erwiderte, dann ritten wir schweigend den restlichen Weg.

Als wir in Del'Nava ankamen, war es tiefe Nacht. Trotzdem kam Melia angesprungen und sah uns an. Ihr Blick wechselte von Freude zu Misstrauen. »Was ist passiert?«

»Was passiert ist?«, blaffte Gale, bevor ich ihr antworten konnte. »Sie hat diese zwei Kinder vom Galgen befreit. In einer Siedlung voller Höchsten!«

Ich konnte ihn nicht ansehen. Seine scharfen Worte reichten mir bereits, um mir einen Stich durch mein Herz zu jagen. Im Augenwinkel erkannte ich, wie Melia mich verwirrt ansah. Schuldbewusst sah ich zu Boden.

»Wir mussten fliehen und konnten die Säcke Reis, die wir gegen einen erlegten Hirsch getauscht hatten, nicht mitnehmen. Jetzt bleibt uns nur noch einer!« Er ballte die Fäuste und sah so wütend zu dem zweiten Hirsch, dass ich schlucken musste. »Nun müssen wir in zwei Tagen wieder los, unser Leben für die Nahrungsbeschaffung riskieren, und zu allem Überfluss hat Iltras einigen Bewohnern aus der Siedlung erzählt, wo sie Zuflucht finden können!«

Ich schloss die Augen, wusste nicht, was ich sagen sollte. Er hatte recht. Die Aktion war völlig unüberlegt und leichtsinnig von mir. Mir das einzugestehen, war beinahe noch schlimmer als Gales scharfe Worte. Allein seine Nähe und die Gewissheit, wie sehr er mich gerade hasste, legte sich schwer auf meine Schultern. Ich wagte es nicht, zu ihm aufzusehen.

Iltras schob mich etwas weg und baute sich vor Gale auf. Er trat so nah an ihn heran, dass sich ihre Nasenspitzen beinahe berühren konnten. Ich hielt die Luft an.

»Was gibt Euch das recht, Del'Nava für Euch zu beanspruchen? Die Menschen in anderen Städten dürfen hier genauso Zuflucht suchen, wie wir es getan haben.«

Gale trat ebenfalls näher an Iltras heran, rümpfte die Nase, als wollte er ihm gleich ins Gesicht schlagen. »Was mir das Recht gibt? Die Bewohner dieser Siedlung werden den Höchsten sagen, wo sie uns finden können. Wenn sie es nicht freiwillig tun, dann unter Folter, und dann werden sie kommen und uns alle töten. Ist es das, was Ihr wolltet?« Dann entfernte er sich etwas von Iltras. »Wenn es das war, habt Ihr Euer Ziel erreicht.« Einmal sah er mir noch hasserfüllt in die Augen, dann stampfte er davon.

Erst jetzt konnte ich wieder atmen. Es war, als hätte er mir mit seinen Worten die Luft abgedrückt.

Entkräftet sackten meine Schultern nach vorn. Als Melia vor mich trat, hob ich den Kopf. Sie lächelte mich an, strich mir sanft über die Wange. »Es war richtig, was du getan hast. An Essen kommen wir wieder. Menschenleben sind wichtiger.«

Ich lächelte traurig, wollte wieder den Kopf senken, doch sie hielt mich davon ab.

»Johnatan? Rivandun?«, rief eine weibliche Stimme fragend. Ich runzelte die Stirn, sah über Melias Schulter hinweg zu den Häusern der Bewohner und erkannte eine Frau, die fassungslos die Jünglinge neben Iltras anstarrte.

»Mutter?«, fragte einer der beiden. Dann brachen sie in Tränen aus. »Mutter!« Sie rannten der Frau in die Arme, die ebenfalls weinte.

»Ich danke Euch«, rief sie mir zu. »Ich danke Euch so sehr.« Schluchzend vergrub sie ihr Gesicht in den Haaren ihrer Söhne und ich musste lächeln.

»Jetzt leg dich schlafen«, riss mich Melia aus meiner Freude. »Du siehst schrecklich aus.«

Ich sah die Blonde kurz an, nickte und verabschiedete mich von ihr und Iltras.

Seit meiner Wiederankunft in Del'Nava vermied ich den Kontakt zu den anderen und verkroch mich immer wieder in die Bibliothek.

Leider hatte Melia recht. Ich konnte dort rein gar nichts über mich und meine *Gaben* herausfinden. Es laugte mich aus, die unzähligen Seiten zu lesen und dennoch unwissend zu sein. Mit geschlossenen Augen lag ich auf meinem Bett und dachte über alles nach. Mittlerweile wusste ich nicht einmal, wie viele Tage seit meiner überstürzten Aktion vergangen waren. Vielleicht war es einer. Oder drei. Gale vermied jeden Kontakt zu mir. Er sah mich nicht an und redete nur, wenn es sein musste.

Müde hievte ich mich aus dem Bett, lief auf die Terrasse und sah lange auf die Ebene darunter. Ich erkannte einige Magier, die ihre Kraft auf Samen richteten. Andere verstärkten die Abdichtung ihrer Häuser, indem sie das Wachstum anregten. Eine Frau brachte mit ihrer Magie die Wippe ihres Kindes zum Schwingen. Es waren alles sehr schwache Zauber. So etwas, wie eine Druckwelle erzeugen, konnten nur die wenigsten.

Ein leckerer Geruch lenkte mich von den Beobachtungen ab. Auf einigen Lagerfeuern brutzelte das Fleisch des Hirsches und andere kochten Reis, den Gale gestern besorgt hatte. Diese Portionen würden nicht lange reichen, aber es war zumindest ein Anfang.

»Traust du dich wieder aus deinem Zimmer?«, erklang die wärmende Stimme von Melia. Ich musste schmunzeln. Fast hatte ich sie vermisst. Ihre Vertrautheit, ihre Ansagen, ihr Mitgefühl.

Die Blonde lehnte sich an die Brüstung. Ihre braunen Augen sahen mich liebevoll an. »Geht es dir gut?«

»Ging mir nie besser«, log ich. Es war sowieso egal. Melia wusste, wie es mir ging, ohne mich fragen zu müssen.

»Du könntest ruhig stolz auf dich sein.«

Verwirrt sah ich sie an. »Stolz? Worauf denn?«

»Sei doch nicht so bescheiden. Die Menschen hier danken dir. Sie verehren dich und einige bezeichnen dich als Herold, der ihnen geschickt wurde, um die Unterdrückung zu beenden. Was du in der

Siedlung getan hast, hat sich schnell herumgesprochen.«

Egal wie sehr ich mich anstrengte, ich konnte mir ein sarkastisches Lachen nicht verkneifen. Ich blickte dabei zum Himmel, als würde mich Grundan auslachen.

Melia hingegen blieb ernst, verschränkte die Arme, zog eine Braue nach oben und funkelte mich an.

»Es war nicht so, wie du denkst.« Auf meiner Lippe knabbernd senkte ich den Blick. »Gale hat dir bestimmt erzählt, wie es abgelaufen ist. Ohne ihn wäre ich verloren gewesen. Es ist nicht so heldenhaft, wie du es vielleicht gern hättest.«

Erst, als ich warme Hände an meinen Schultern spürte, sah ich auf.

»Das spielt keine Rolle. Du hast Mut bewiesen und dich gegen die Höchsten aufgelehnt. Das hat seit Ewigkeiten niemand mehr gewagt und deshalb bewundern dich die Menschen. Nicht nur außerhalb. Auch in Del'Nava. Das wäre dir aufgefallen, hättest du einmal das Zimmer verlassen.« Mit diesem Satz setzte sie ein Grinsen auf. »Wie auch immer, du kannst stolz darauf sein. Auch, wenn es ganz schön dumm war, dich den Höchsten allein zu stellen.« Melias Stimme ging in ein Lachen über und mir blieb nichts anderes übrig, als leise zu kichern, doch es verlosch viel zu schnell. Ich fühlte mich schäbig wegen all dem und noch dazu machte es mich wahnsinnig, nicht zu wissen, was mit mir los war.

»Melia?« Ich hob den Kopf und sah sie ernst an. Es widerstrebte mir, aber ich musste sie fragen. Wenn ich mich jemandem hier anvertrauen konnte, dann ihr.

Die Blonde blickte mich besorgt an.

»Ich weiß nicht, ob du etwas darüber weißt, aber …« Verlegen kratzte ich mich am Nacken, suchte mir einen Punkt, den ich anstarren konnte.

»Ich soll worüber etwas wissen? Spuck es schon aus!«

Grummelnd redete ich weiter. »Ich habe in der Magierfeste über die

Alte Welt gelesen. Es hieß, damals wäre die Welt friedlich gewesen, und ich fühle mich so zu ihr hingezogen.« Angestrengt atmete ich durch die Nase ein. »Ich kann es nicht erklären, aber mit der Sehnsucht nach ihr fingen damals auch meine Träume an und ich habe das Gefühl, irgendwie mit ihr verbunden zu sein. Ich weiß, wie verrückt das klingt.« Ich schlug die Hände über dem Kopf zusammen, dann senkte ich sie und blickte Melia von unten hinweg an. »Weißt du etwas darüber?«

Dass Melias Gesicht erstarrt war, bemerkte ich erst jetzt. Sie schien sich zu zwingen, mich wieder freundlich anzusehen, doch ihr Auge begann zu zucken. »Ich weiß nur, dass früher die Welt im Einklang lebte. Ohne Kriege und ohne Hass. Aber das ist eine alte Sage. Nichts weiter«, sagte sie viel zu schnell. Immer wieder wich sie meinem Blick aus. Gleichzeitig knetete sie sich die Hände.

Demonstrativ verschränkte ich die Arme. »Was geht hier vor?«

»Was hier vorgeht? Nichts.« Melia sah mich kein einziges Mal an. »Komm, du musst Hunger haben. Und … ähm … Wir haben viel zu besprechen.«

Ich zog eine Braue in die Höhe. »Zu besprechen?«

»Ja. Na los, lass uns gehen.« Ihr Blick ließ keine Widerworte zu, also folgte ich ihr stöhnend durch die kalten Gänge in eines der letzten Zimmer auf der rechten Seite. Fackeln erhellten die Steine und strahlten eine wohltuende Wärme ab. Kurze Zeit später erstreckte sich eine Art Rittersaal mit einem endlos langen Tisch vor mir.

»Da bist du ja endlich. Wir ham alle auf dich gewartet«, pflaumte mich Iltras mit einem Lächeln an. So zuckersüß, dass ich nicht böse auf ihn sein konnte.

Als ich Gale neben ihm entdeckte, zog ich scharf die Luft ein. Seine bernsteinfarbenen Augen kreuzten kurz meinen Blick. Leider wirkten sie immer noch so wutverzerrt, dass ich mich abwandte und neben Iltras setzte.

Melia nahm gegenüber von mir Platz und schien ein wenig ihrer

Fröhlichkeit verloren zu haben. Sie faltete die Hände ineinander und starrte auf eine Landkarte, die auf dem großen Tisch ausgebreitet war. Zwei Herzschläge sagte niemand etwas und die Stille drückte mich tiefer in den Stuhl.

»Was ist denn los?«, fragte ich leise.

Melia hob kurz den Kopf, als wollte sie etwas sagen, doch Gale kam ihr zuvor. »Uns steht wegen euch beiden ein Krieg bevor. Das ist los.«

»So ´n Schwachsinn«, pampte Iltras zurück. »Die Bewohner dieser Siedlung werden nichts verraten. Im Gegenteil, sie sind froh über eine Zuflucht. Ein paar sind doch schon hier!«

Gale stieß sich vom Tisch ab, zeigte auf Iltras. »Natürlich werden sie unseren Standort verraten. Die Höchsten werden jede Information aus ihnen herausquetschen und dann werden sie wissen, dass Del'Nava wieder bewohnt ist. Vielleicht sind sie sogar schon auf dem Weg. Hättet ihr euch nicht so dämlich verhalten, wären wir jetzt nicht in dieser Situation!«

»Ruhe!«, rief Melia in einem schrillen Ton dazwischen.

Ich zuckte zusammen und sah sie entsetzt an, während sich Gale wieder hinsetzte und den Kopf schüttelte.

Flach atmend blickte ich zu der Blonden. »Klärst du mich auf?«

Ihre braunen Augen wirkten traurig, während ihr lose Strähnen in das Gesicht hingen. »Del'Nava war als Zufluchtsort gedacht. Uns war klar, dass die Höchsten irgendwann herausfinden, dass die alte Festung wieder bewohnt ist, aber wir wollten es so lange geheim halten, wie es geht.« Sie sah mir direkt in die Augen, beugte sich über den Tisch und drückte sanft meine Hand. »Verstehe das bitte nicht falsch. Ich finde deinen Mut immer noch großartig, aber wir müssen davon ausgehen, dass die Höchsten wissen, wo wir sind. Wir sind noch lange nicht bereit für einen Krieg. Wir haben kaum Kämpfer, wenige ausgebildete Magier und erst recht kein Heer.«

Die Bedeutung ihrer Worte hallte in mir nach. Iltras und ich hatten wirklich großen Mist angerichtet und alle anderen in eine Situation gebracht, in der sie nie stecken sollten.

»Dadurch sind wir jetzt gezwungen, alles im Eiltempo aufzubauen«, giftete Gale.

Schwer atmend sah ich ihn an. Sein Blick galt allein mir und mein schlechtes Gewissen brannte mir die Kehle herunter wie Säure. Auf einen Schlag fühlte es sich so an, als hätte ich Asche eingeatmet.

»Und was bedeutet das?«, fragte ich kleinlaut und starrte dabei eine willkürliche Holzmaserung auf dem Tisch an.

»Das bedeutet, dass wir schnellstmöglich wachsen müssen, wenn wir nicht durch die Höchsten gefangengenommen und getötet werden wollen. Wir brauchen Magier und Krieger. Spione und Außenposten. Dafür fehlen uns aber die Leute.« Gales Stimme wurde etwas leiser, dafür sah er mich nun nicht mehr an. Seine aufgepumpten Oberarme und die wild pochende Ader an seinem Hals sprachen dafür Bände.

Ich schluckte, knetete meine Hände und wünschte mir, es würde sich ein Loch im Boden auftun. »Ich habe alles versaut«, flüsterte ich und erschrak, als ich feststellte, dass ich es laut ausgesprochen hatte.

»Das ist nichts Neues.«

Ohne zu atmen sah ich zu Gale, doch er würdigte mich keines Blickes, sondern schüttelte mit geschlossenen Augen den Kopf.

Dafür übernahm Iltras das Wort. »Herr Schwertmeister, die Höchsten wären so oder so gekommen, und egal, wann das gewes´n wär, wir wär´n nie darauf vorbereitet. Außerdem bin ich genauso schuld wie Elen.« Dabei strich er mir über den Rücken. Dennoch fühlte ich mich allein.

»Dann seid nur ihr beide dafür verantwortlich, dass die Bewohner Del'Navas sterben.« Mit diesem Satz erhob Gale sich und schritt zur Tür.

Hektisch sprang ich auf und hastete vor ihn. Mit seiner bloßen Hand schob er mich zur Seite, doch ich schnappte mir seinen Arm und zog ihn zurück. »Gale, bitte. Lasst mich das wiedergutmachen.«

Er sah über mich hinweg. »Dann geht in die Welt und spielt weiter die Heldin.«

Seine Worte waren wie Nadelstiche in mein Herz. Sie schmerzten und ich meinte, es würde bluten.

»Ich habe drei Späher losgeschickt. Sie berichten, dass heute Nacht einige Magier hingerichtet werden sollen. Bringt sie zu uns.«

»Und diesen Spähern können wir vertrauen?«, sprach mein Mund schneller, als ich denken konnte. Sofort bereute ich diese Aussage und biss mir auf die Lippe.

»Zumindest können wir ihnen mehr vertrauen, als manchen, die schon länger in Del'Nava sind.«

Mit diesen Worten riss er die Tür auf und verschwand. Es war nur ein Augenblick, bis sie ins Schloss fiel, und dennoch kam er mir wie eine Ewigkeit vor.

»Gale hat Recht«, hörte ich Melia von hinten. »Was wir brauchen, sind mehr Menschen. Auch, wenn er es freundlicher hätte sagen können.«

Tonlos drehte ich mich mit hängenden Schultern um und sah die beiden an. Iltras wirkte das erste Mal nicht so lässig wie sonst und Melia blickte mich zermürbt an.

»Die Menschen halten dich für etwas Besonderes. Für die Auserwählte. Für eine Heldin. Wir müssen losziehen und in kürzester Zeit so viele Menschen und Magier zu uns bringen, wie wir können. Leider können wir uns nicht aussuchen, wen.«

Mein Blick wanderte zu Iltras' Bierkrug. Die Schaumkrone zog sich langsam zurück. Ich konnte den Blasen beim Platzen zusehen.

»Ich bin keine Auserwählte. Wie kommt ihr darauf, dass ich eine sein könnte?«, fragte ich eine Spur zu leise.

»Elen«, sprach Melia sachte, lief um den Tisch und kam auf mich zu. »Die Menschen glauben das, weil sie sonst nichts haben. Die Höchsten haben ihnen alles genommen. Lass sie in dem Glauben, dass du etwas Besonderes bist.«

Ich schluckte hart. »Es tut mir leid«, flüsterte ich. »Das alles wollte ich nicht.«

»Ach, papperlapapp!«, warf Iltras dazwischen. »Is´ jetzt doof gelaufen, aber ich habe da jemanden, der uns helfen könnte.«

Misstrauisch schüttelte ich den Kopf. Auch Melia ließ von mir ab und sah Iltras an.

»Er is´ n großer Krieger mit vielen Gefolgsleuten und der einzige, der unseren Arsch retten könnte. Ich habe ihn eingeladen. Müsste in paar Tagen hier sein.« Als wäre nichts gewesen, fummelte er unter seinem Umhang und holte eine bauchige Flasche hervor. Mit einem lauten Plopp löste er den Korken und nahm einen kräftigen Schluck. Am Flaschenhals baumelte ein Stück Pergament. Darauf stand: *Selbstgebrannter Teufelsschnaps.* Die blutrote Farbe passte ganz gut zu dem Namen. Ein Wunder, dass er bei diesem Zeug nicht im Sitzen umfiel. Vor zwei Tagen hatte ich einen seiner Brände probiert und es rollte mir die Zehennägel auf. Ziemlich ekelhaftes Zeug!

Mit zusammengekniffenen Augen musterte ich Iltras. Auch Melia setzte sich wortlos wieder auf ihren Stuhl und blickte ihn an. Etwas war faul an dieser Sache. »Und wo ist der Haken?«

Iltras rieb sich übertrieben über den Nacken. »Nun ja«, begann er kleinlaut. »Er ist ´n harter Brocken. Er hat sich geschworen, niemandem mehr zu folgen.«

»Ach, wenn es nur das ist«, witzelte ich. »Du schlägst uns also einen Pakt mit einem Mann vor, der nicht bereit ist, einen einzugehen?«

Iltras zuckte entschuldigend mit den Schultern. »Er kommt wegen mir. Es is an dir, ihn zu überzeugen. Mehr kann ich nicht tun.«

»An mir?«, quietschte ich. »Wieso denn ich?«

»Na weil du diese Rebellion in Gang gesetzt hast. Du bis´ die, die sich gegen die Höchsten auflehnt. Die Leute verehren dich und damit bis´ du das beste Aushängeschild, um meinen alten Freund zu überzeugen.«

Ich seufzte langgezogen, während Iltras verliebt die Wände des Rittersaals anstarrte. »Ich hab ihn seit Jahren nicht gesehn.« Dann packte er seinen Teufelsschnaps und nahm nochmal einen kräftigen Schluck.

»Warum will dieser Mann sich niemandem anschließen?«, fragte Melia.

Iltras stöhnte leise, als sei dies ein Geheimnis, das er mir nur ungern verraten würde. Er rümpfte die breite Nase und presste die Lippen dicht aufeinander. »Vor langer Zeit schloss er sich einem Mann an, der wie sein Vater war. Alridon folgte ihm überall hin. In jede Schlacht, in jeden Abgrund. Aber irgendwann veränderte sich sein Feldherr und wendete sich gegen ihn. Sein Meister lief zu den Höchsten über, begann die Magie zu verachten. Alridon wurde gefoltert, seine Schwester starb dabei. Den Rest der Familie hätte es auch beinahe erwischt.«

»Oh.« Mehr brachte ich nicht heraus und auch Melia schluckte. Unter diesen Umständen konnte ich den Großmeister verstehen. Das waren sehr gute Gründe, niemandem mehr zu folgen und seinen eigenen Weg zu gehen.

»Seither schwor er sich, sich keinem Mann jemals wieder zu verpflichten. Ganz gleich, wie gut die Absichten sein mögen.« Iltras erhob sich vom Stuhl und zuckte mit den Schultern. »Die Einzelheiten kann er dir selbst erzählen. Ich bin nicht hier, um alles auszuplaudern.« Er witzelte wieder und stupste mich in die Seite. Dabei zog er die Augenbrauen mehrmals nach oben. Das sah seltsam aus, brachte mich aber zum Lachen. »Wie könnte er einer solchen Schönheit wie dir nicht folgen wollen? Außerdem kämpft unsere Herrscherin ja für dieselben Ideale, die er hat, ne?«

Zuerst gaffte ich Iltras an, der mich gekonnt ignorierte. Dann verengte ich die Augen. » Herrscherin?«

Als Melia seltsame Töne von sich gab, sah ich abwechselnd zwischen ihr und Iltras hin und her. Die Blonde gackerte, was wie eine Mischung aus Weinen und Lachen klang.

»Wir brauchen eine Anführerin und die Leute verehren dich.«

Melias Worte erreichten mich zwar, schienen aber kaum in mich einzudringen.

Fassungslos schüttelte ich den Kopf. »Ich will keine Anführerin sein!«

Beide sahen mich kurz an, dann blickte Melia zum Tisch. Nur Iltras zog eine Mundseite nach oben. »Denk drüber nach. Vor Alridon werde ich dich aber als Herrscherin vorstell´n.« Er zwinkerte mir zu. »Zieht besser.«

Ich ignorierte seinen kläglichen Versuch, die Stimmung etwas zu lockern.

»Wenn du es als ernannter Herold nicht schaffst, Alridon zu überzeugen, dann kann es niemand.« Mit diesen Worten ging er zur Tür, legte die Hand auf den Knauf und sah ein letztes Mal zu uns. »Die Höchsten werden uns nich´ besiegen. Egal wie, wir schaffen das.« Dann war er verschwunden.

Entkräftet lehnte ich die Arme auf den Tisch und sah flüchtig zu Melia auf. Sie lächelte mich an und nahm meine Hand in ihre. »Das, was wir jetzt tun, wollten wir von Anfang an. Nur geht jetzt alles etwas schneller. Mach dir nichts draus. Aber gleich morgen werden wir in die Siedlung reiten, von der Gale geredet hat.«

Ich nickte ihr zu. »Ja, das werden wir.«

KAPITEL 15

Melia und ich hatten noch bis in die Nacht den Plan gesponnen, wie wir morgen vorgehen würden und ich versprach ihr, nicht unüberlegt zu handeln. Wir würden in der Früh losreiten und weitere Magier vor dem Galgen bewahren. Wenn wir Glück hatten, würden uns auch die restlichen Bewohner aus diesem Dorf folgen. Gale war in der Zwischenzeit zum Hauptmann ernannt worden und verbrachte den Nachmittag damit, seine Rekruten anzuschreien. Die armen Männer taten mir leid. Dennoch hatten sie mit ihm den besten Ausbilder, den sie sich wünschen konnten.

Entkräftet trottete ich durch die Festung. Meine Beine zitterten und ich hatte das Gefühl, keinen Schritt mehr gehen zu können. Das war alles zu viel für mich. Ich war schuld an dem bevorstehenden Krieg, Melia und Iltras wollten, dass ich zur Herrscherin wurde, und Gale hasste mich. Noch dazu stimmte etwas nicht mit mir und ich konnte immer noch nicht herausfinden, was.

Stöhnend öffnete ich eine willkürliche Tür, trat ein und lehnte mich an die Wand. Langsam glitt ich an ihr herunter zu Boden. Das Knistern eines Feuers zog meine Aufmerksamkeit an. Träge hob ich den Kopf und blickte in die Flammen. Sie bildeten bizarre Formen, während ich mir schlotternd über die Arme rieb. Die Kälte im Rittersaal hatte mich ausgelaugt. Mit einem Ruck schob ich mich näher an das Feuer. Als ich hier hereinstürmte, hatte ich im Augenwinkel einen Schreibtisch und ein großes Bett wahrgenommen. Es war das Zimmer von jemandem. Wem es gehörte, war mir im Augenblick egal. Seufzend legte ich den Kopf in den Nacken und schloss meine Augen. Die Wärme tat unglaublich gut. Trotzdem meinte ich, mir würde immer kälter werden. Schweißperlen rannen mir von meiner eisigen Stirn. Sterne tanzten vor meinen Augen. Schlagartig wurde mir schwindlig. Meine Sicht verschwamm und ich spürte ein widerliches Kribbeln unter meiner Haut. Es roch nach Feuer. So viel Rauch, so viele Schreie, die in meinen Ohren erklangen. *Nicht schon wieder!* Bilder flogen vor meinen flatternden Lidern hin und her. Ich presste die Hände auf die Ohren, doch es half nichts. Wieder diese Erinnerungen an Ereignisse, die ich nie erlebt hatte. Der Krieger und die weinende Frau tauchten vor mir auf. Sie riefen einen Namen, während sie verbrannten.

Als ich wieder die Augen öffnete, lag ich rücklings auf dem Boden. Mein Körper war nass, dennoch war mir immer noch kalt. Zitternd setzte ich mich auf. Meine Brust bebte. Keuchend fuhr ich mir über die feuchten Haare. Selbst diese Bewegung war anstrengend. Jede Faser meines Körpers schmerzte, als wären meine Glieder eingeschlafen. Entkräftet sah ich zu meinen Händen hinab. »War klar, dass ihr wieder glüht.«

Vielleicht war es an der Zeit, etwas auszuprobieren. Das würde beweisen, ob ich das war, was die Menschen in mir sehen wollten. Die Frau, die nicht verbrannte. Entschlossen robbte ich noch ein wenig weiter nach vorn, bis ich direkt vor dem Feuer saß. Dann hob ich meine linke Hand. *Jetzt oder nie!* Langsam führte ich die Finger in den Kamin. Sie waren noch eine Handbreit vom Feuer entfernt, aber ich fühlte noch keine Hitze. Ruckartig stieß ich sie hinein und zog sie sofort wieder heraus. Es war nicht heiß.

Skeptisch betrachtete ich meine Hand. Dann schob ich sie wieder in den Kamin. Dieses Mal länger. Jeder Mensch würde sie spätestens jetzt kreischend wegziehen, doch ich spürte keine Schmerzen. Kein Geruch von verbranntem Fleisch waberte durch den Raum und kein Rauch. Noch immer befand sich meine Hand in den Flammen. Um ganz sicherzugehen, ließ ich sie noch eine Weile darin.

Ich atmete schwer, als ich sie herauszog, ansah und nichts erkannte. Keine Hitzeblasen, keine verkohlte Haut. Das änderte sich auch nicht, als ich sie prüfend hin und her drehte.

Schwermütig atmete ich aus, bevor ich zurück auf den Hintern sackte. Ich fühlte nichts, sah in den Flammen aber die ganze Welt. Das Leid, die Liebe und unendlich viel Schmerz. So viele Leben. So viel Tod. Hunderte Kriege und doppelt so viele Hilferufe. Als hätte ich tausende Jahre gelebt. Es war unmöglich, zu beschreiben, aber wenn man durch so viele Augen sah, konnte man nur wahnsinnig werden.

»Habt Ihr Euch verlaufen?«, donnerte eine tiefe Stimme durch den Raum.

Ich fuhr zusammen, starrte erschrocken hinter mich. Bei diesem Anblick hörte mein Herz einen Moment auf zu schlagen. Bernsteinfarbene Augen funkelten mich an. Gale warf sein Langschwert auf das Bett und begann, sich die Armschienen auszuziehen. Dabei tat er so, als wäre ich überhaupt nicht hier.

In diesem Moment hatte ich keine Ahnung, was ich tun sollte. Auf der einen Seite wollte ich aus seinem Zimmer rennen, auf der anderen Seite quälte es mich, dass er mich so hasste.

»Entschuldigt, mir war nicht klar, dass das Euer Raum ist.« Mühselig drückte ich mich auf die Beine.

Gale sah mich dabei flüchtig an. Das war wohl mein Zeichen, zu gehen. Ich atmete tief ein, senkte den Blick und lief an ihm vorbei, als ich eine Umklammerung an meiner Hand spürte, die mich am Gehen hinderte.

»Ich schätze Euch. Das solltet Ihr wissen.«

Mein Herz schlug wild. Dennoch sah ich ihn skeptisch an, während seine raue Hand immer noch auf meiner Haut lag. »Wie bitte?, krächzte ich.

Er verspannte den Kiefer und schien zu schlucken. »Del'Nava ist alles für mich. Es ist ein Zufluchtsort, meine Heimat und ich würde alles dafür tun, es zu verteidigen.« Die Worte schienen ihm schwerzufallen. Noch nie hatte ich ihn so ruhig sprechen gehört. Er war ein Großkotz, der zu viel erlebt hatte, und dennoch fühlte es sich gerade ganz anders an. »Dieses Königreich gab mir in meiner dunkelsten Zeit ein Zuhause und ich möchte es nicht verlieren. Ihr seid mutig und tut Dinge, die kein anderer in dieser Zeit wagt.«

Ein Kloß bildete sich in meinem Hals, während ich ihn einfach nur ansah. Er war mir so nah, dass ich seinen herben Duft riechen konnte.

»Das, was du getan hast, war richtig. Auch, wenn es sehr unüberlegt war und uns vor viele Probleme stellt.«

In diesem Moment hörte ich auf, zu atmen. Er hatte mich das erste Mal mit du angesprochen und mir gleichzeitig etwas gesagt, was ich nie von ihm erwartet hatte. Meine Haut kribbelte seltsam und mein Magen rebellierte. Gale blickte mir tief in die Augen.

»Meint Ihr das ernst?« Ich war unfähig, mich zu bewegen oder die richtigen Worte zu finden. Tausende Fragen rauschten so schnell an mir vorbei, dass ich keine davon fassen konnte.

Er nickte sanft und ließ dabei meinen Arm los. Auf einen Schlag fühlte ich die Kälte, da seine Wärme fehlte. »Das meine ich ernst. Dennoch müssen wir uns auf einen Krieg vorbereiten. Unsere Leben gehören nicht mehr uns. Je eher du das akzeptierst, desto besser.«

Mir fehlten die passenden Worte. Bewegungslos stand ich vor ihm und blickte auf seine Brust.

»Ich bringe Euch zur Tür.«

Und da war es wieder. Die Vertrautheit wich der Oberflächigkeit und er war wieder der eiserne Krieger.

»Natürlich tut Ihr das«, erwiderte ich gekränkt. In diesem Moment wusste ich selbst nicht, was ich mir erhofft hatte. Vielleicht den wirklichen Gale hinter der harten Fassade kennenzulernen? Oder vielleicht auch nur eine Nacht nicht allein zu sein? Was es auch war, es schmerzte, es nicht zu bekommen.

Als er mir gute Nacht wünschte und die Tür hinter mir schloss, wusste ich, dass es sein Ernst war.

In der Morgendämmerung hatte Melia ein letztes Ratsgespräch einberufen, bevor wir in die Siedlung aufbrachen. Müde rieb ich mir den Schlaf aus den Augen, zog mich an und lief die Gänge entlang, als Iltras mir entgegenwankte. In seiner Hand hielt er eine Flasche, während er mich übertrieben angrinste.

»Morgen«, lallte er leicht.

Stirnrunzelnd blieb ich stehen und wartete, bis er vor mir stand. »Morgen«, sprach ich mit einem Lächeln.

Dann sah er mir ernst in die Augen und legte mir die Hand auf die Schulter. Mir wurde mulmig, als er mir noch näherkam. »Magst´n Schluck?«

Ich brach in Lachen aus, während mir gleichzeitig übel von seiner Fahne wurde. Mit vor dem Mund gehaltener Hand stieß ich ihn von mir weg. »Ich habe noch nicht mal gefrühstückt!«

Er zwinkerte mir zu und lief an mir vorbei.

Ich drehte mich zu ihm um und rief ihm hinterher: »Wo willst du denn hin? Wir haben gleich die Ratssitzung und reiten danach los?«

»Hab´ noch was zu erledigen«, rief er.

»Zu erledigen?«

Er wedelte mit seiner Hand durch die Luft. »Ja, muss noch was klären.« Mit diesen Worten war er hinter der nächsten Mauerecke verschwunden.

Mit gerunzelter Stirn sah ich ihm hinterher. Iltras hatte noch nie irgendwas zu erledigen gehabt, von dem er mir nicht erzählte. Und Verschwiegenheit war auch eine Eigenschaft, die nicht zu ihm passte. Es war seltsam, dennoch machte ich mich wieder auf den Weg.

Als ich kurze Zeit später lautes Geschimpfe hörte, blieb ich in dem endlosen Gang stehen. Eine weibliche und eine männliche Stimme, rauchig und dunkel. Gales Stimme. Er schimpfte Melia lautstark aus, die giftig zurückschrie. Was war denn hier los?

Auf leisen Sohlen schlich ich an der Mauer entlang. Je näher ich kam, umso mehr einzelne Wortfetzen hörte ich. Ich meinte, etwas von Gefühlen gehört zu haben. Die beiden stritten über … über mich! Gänsehaut kribbelte über meinen Rücken. Lautlos huschte ich weiter. Mein Herz klopfte dabei rasant. Ich kam mir vor, als würde ich etwas Verbotenes tun.

»Tut doch nicht so, als würde sie Euch nichts bedeuten, Gale. Ihr wisst, dass sie das Richtige getan hat.«

Etwas klirrte zu Boden. Hatte gerade jemand eine Vase geworfen?

»Ich tue nicht so, sie bedeutet mir rein gar nichts!«, brüllte er zurück. »Und meint ihr wirklich, sie wäre eine gute Anführerin? Sie handelt unüberlegt, bringt uns alle in Gefahr.«

»Wollt Ihr lieber Anführer sein?«

»Himmel, nein! Ich sage damit nur, dass es keine gute Idee ist!«

Die beiden stritten weiter, aber ich erstarrte. Ich konnte nichts mehr hören. Eine unendliche Leere breitete sich in meiner Brust aus. Ein schwarzes Loch, dass mich in den Abgrund meiner Seele zerrte.

Gestern hatte er mir noch Mut gemacht. Hatte mir gesagt, dass alles richtig war, dass er hinter mir stand, und jetzt?

Schritte kamen auf mich zu. Hastig wischte ich mir die Tränen von den Wangen und lächelte Iltras entgegen, der wieder aufgetaucht war. Was immer er regeln musste, schien sehr schnell gegangen zu sein. Ein Glück, dass es hier so dunkel war, sonst würden ihm meine roten Augen auffallen. Ich schluckte heftig, ballte die Fäuste und betrat gespielt selbstsicher den Besprechungsraum. Gales Augen wurden riesig, als er mich sah. Gleichzeitig presste er schuldbewusst die Lippen aufeinander. Seine breite Statur wirkte jetzt schmal.

Meine Kehle schnürte sich zu. *Nicht weinen. Nicht hier, nicht jetzt.*

»Was gibt es?«, fragte ich hastig. Ich wollte diese Besprechung, so schnell es ging, hinter mich bringen. Ich musste hier raus. Weg von Gale, weg aus dieser Situation. Unruhig zuckten meine Finger, während mein Herz wie ein Klumpen Blei in der Brust lag. Die Schwere, die im Raum hing, erdrückte mich. Genauso wie das Schweigen.

Im Augenwinkel sah ich Melia, die bereits eine leichte Wanderrüstung trug und mich deprimiert ansah. Ihr war wohl klar, dass ich alles mitangehört hatte.

Die Blonde begann Gale über unseren Plan in Kenntnis zu setzen, während Iltras sich seine Rüstung anlegte. Ich hingegen stand einfach nur da und konnte mich nicht darauf konzentrieren, was gesagt wurde. Nur das Streitgespräch hallte in meinem Kopf wider.

»Können wir dann?«, rief ich in den Raum hinein.

Melia verstummte und Gale blickte auf den Boden. Da niemand etwas erwiderte, fügte ich hinzu: »Gut«, und ging aus dem Raum.

»Elen, bitte wartet«, rief Gale mir nach. Es interessierte mich nicht. Wild schnaufend rannte ich über den Marktplatz, bis zu der Stallung der Pferde. Mein Herz schmerzte mehr, als ich jemals zugeben würde. Ich musste hier weg!

Wieder hörte ich sein Rufen. Er klang gehetzt. Womöglich rannte er mir gerade hinterher. War mir allerlei! Es war mir aber nicht mehr so egal, als er mein Handgelenk packte, und mich zurückzog. Mit wutentbranntem Gesicht wirbelte ich herum. Es musste schrecklich ausgesehen haben, denn er ließ sofort von mir ab.

»Was Ihr da mitbekommen habt«, haspelte er verlegen. Er kratzte sich am Nacken, während er mit der anderen Hand seltsam durch die Luft fuchtelte.

»Lasst es, Gale!«, unterbrach ich ihn forsch.

Melia und Iltras stießen zu uns und störten damit die Privatsphäre. Das war mir aber gerade recht. Nie wieder wollte ich mit diesem Großkotz allein sein und seine Lügen hören. Hören, wie sehr er mich angeblich schätzen würde. Wie angeblich richtig das war, was ich getan hatte. Nie wieder! Er war unausstehlich, arrogant und abwertend.

Ohne den Krieger noch einmal anzusehen, drehte ich mich um und trampelte zum Schmied. Während ich den Armschutz und die Schwerter anlegte, stand Gale wie eine Kerze hinter mir. Ich spürte seine Anwesenheit als ein unangenehmes Prickeln auf meinem Rücken. Ich konnte nichts anderes tun, als ihn zu ignorieren. Sobald ich ihm in die Augen sehen würde, müsste ich ihn erneut anschreien, und diese Genugtuung gönnte ich ihm nicht.

Mit zittrigen Fingern schob ich die Klingen in die Scheide. Meine Hände waren glitschig und glühten leicht in Rottönen, doch das war mir jetzt egal.

Mühsam hob ich mein Haupt und schritt mit steinerner Miene an ihm vorbei.

»Ich werde mitkommen. Es ist zu gefährlich ohne…«

»Ohne was?«, unterbrach ich ihn forsch. »Ohne Euch? Danke, aber ich werde es auch ohne Eure Gesellschaft mit ein paar Höchsten aufnehmen können. Ihr müsst die Männer ausbilden. Das ist jetzt wichtiger.« Ich musterte ihn von oben bis unten. »Ich brauche Euch nicht. Das tat ich nie.«

Natürlich war das gelogen, und das wusste er auch. Dieser Umstand machte mich noch wütender. Verärgert warf ich die Arme in die Luft, lief an Gale vorbei und sprang in den Sattel meines schwarzen Monsters. Netterweise hatte ihn mir Melia aus der Stallung geholt. Im Augenwinkel erkannte ich noch Ramor, der sich mit einem mir unbekannten Reiter unterhielt. Er sah mir hasserfüllt in die Augen. Dann ritt ich an der Seite von Melia und Iltras aus Del'Nava.

KAPITEL 16

Das Dorf nahe Silbstedt war weit entfernt. Den Großteil der Strecke hatten wir jedoch bereits hinter uns gelassen. Allmählich schoben sich dicke Gewitterwolken vor den Himmel und hüllten die Welt in ein düsteres Licht.

Als wäre nur ein Herzschlag vergangen, goss es nun in Strömen. Böen schlugen mir gegen mein Gesicht. Schützend erhob ich den Arm, aber es half nichts. Ich konnte kaum die Augen offenhalten. Zu allem Überfluss hörte sich der Wind wie Todesgesänge an. Wie Hilferufe in der Nacht. Wie Schreie der Sterbenden.

»Wir müssen schnellstmöglich Schutz suchen«, schrie Iltras, aber der Wind trug seine Worte davon. Ich schluckte, beobachtete ihn, wie er hilfesuchend nach irgendeinem Unterschlupf Ausschau hielt. Aber hier war nichts außer weiten Wiesen und vereinzelte Büsche. Jedoch kein Wald, keine Berge und keine Höhlen.

Mein Hengst trieb unruhig seine Hufe in den aufgeweichten Boden. Er wieherte, scharrte und schien sich genauso unwohl zu fühlen wie ich. Unheil ahnend sah ich zu Melia. »Was sollen wir tun?«

Sie sah mich verzweifelt an, kämpfte mit ihrem Pferd, während ihr nasse Strähnen ins Gesicht hingen. »Wir sollten umkehren!«

Obwohl mir unglaublich kalt war, vergas ich bei Melias Worten kurz die Unterwelt, in der wir uns gerade befanden. »Dann sterben die Magier!«, schrie ich zurück, erkannte sie jedoch kaum noch.

»Und wenn wir hier bleiben, sterben wir.« Melia versuchte, ihre Stute näher zu mir zu führen. »Sieh dich doch mal um! Wir sehen nichts. So finden wir niemals das Dorf. Ich weiß nicht einmal mehr, wo wir uns befinden.«

Meine Finger bohrten sich in das glitschige Ledergeschirr. Erst jetzt bemerkte ich, wie stark ich zitterte. Meine Zähne klapperten aufeinander, aber das war nichts im Vergleich zu meinem inneren Konflikt. Ich konnte die Magier nicht sterben lassen. Bibbernd senkte ich den Kopf. Das Wasser rann mir über das Gesicht.

Irgendetwas raschelte. Misstrauisch zog ich mein Pferd nach links und versuchte, in der Dunkelheit etwas zu erkennen, aber da war nichts. Wieder hörte ich ein Geräusch, dass eindeutig nicht vom Gewitter kam. Mein Herz begann schneller zu schlagen. Auf einmal fühlte sich alles falsch an. Der Ort, unsere Aufgabe, meine Entscheidung. Ein ungutes Gefühl kribbelte meinen Rücken herunter. Noch kälter als der Sturm. Dann ein Knacken. Ich fuhr herum. Starrte in die andere Richtung, atmete viel zu flach.

Langsam sah ich zu Melia, die mich ebenfalls ängstlich anblickte.

Wieder ein Geräusch! Wie ein Schmatzen!

»Was war das?«, piepste Melia.

Dann ein Klappern.

Dieses Mal viel lauter als noch vor wenigen Augenblicken.

Panisch drehte ich mich um.

Meine Muskeln verkrampften sich. Hektisch lenkte ich das Pferd im Kreis herum. Versuchte, endlich etwas in der Dunkelheit zu erkennen.

Ein Scheppern von Eisen!

Ehe meine Ohren mich warnen konnten, raste etwas auf mich zu. Die Zeit rann langsam an mir vorbei. Panisch drehte ich den Kopf nach links, doch es war zu spät. Ein stechender Schmerz streifte meine Wange. Ich kreischte, tastete reflexartig die Stelle ab. Etwas Warmes blieb an meinen Fingern kleben. Als ich sie mit pochendem Herzen zurückzog, erkannte ich Blut. Es musste ein Pfeil gewesen sein!

»Runter von den Pferden!«, schrie ich und sprang in den Matsch. »Und bleibt unten, sonst sehen sie euch.« Die beiden antworteten mir nicht. Erschrocken weitete ich die Augen. Bei Grundan, lebten sie noch?

»Spannen!«, schrie irgendjemand.

Oh nein! Verflucht nochmal. Durch das Unwetter hätte die Stimme von überall herkommen können. Ich robbte mich durch den Matsch, versuchte zu fliehen. Aber verdammt, wohin?

»Schießt!«

Ich hörte, wie dutzende Pfeile von den Sehnen sausten. Es klang, als würde der Himmel aufbrechen. Ich wollte noch nicht sterben. Und erst recht nicht so! Mit aller Kraft stemmte ich meine Ellenbogen in den feuchten Boden und zog mich damit voran.

Von allen Seiten schlugen die Geschosse ein. Ich zuckte zusammen und biss mir auf die Lippe. Am liebsten hätte ich mir die Ohren zugehalten und hätte geschrien. Stattdessen schluckte ich mit Tränen in den Augen meine Angst herunter und versuchte, zu entkommen. Nicht so. Ich wiederholte diese Worte stetig, sodass die Pfeileinschläge nur noch gedämpft in meinen Ohren zu hören waren. Dafür rauschte mein Blut umso heftiger. *Komm schon, weiter.*

»Iltras? Melia?«, rief ich und hoffte, meine Angreifer hätten mich inmitten des Geschreis ihres Anführers nicht gehört. Niemand antwortete mir. Kein Fiepen von Melia, kein Fluchen von Iltras. Kein Flüstern und kein Atmen. Sie konnten nicht tot sein. Das durfte nicht wahr sein! Als ein Pfeil direkt neben mir den Schlamm aufspießte, kreischte ich doch. Mein Herz sprang mir beinahe aus der Brust, als ich mich vorsichtig auf die Beine drückte und in gebückter Haltung losrannte. Dutzende Pfeile schlugen unweit von mir ein. Sie durchlöcherten die Erde und, wenn ich mich nicht beeilen würde, bald auch mich! *Schneller, schneller!*

Dann durchzog mich ein Schmerz, der mich betäubte. Ich wollte schreien, doch der Schmerz in meinem Unterarm raubte mir die Stimme. Er war so vereinnahmend, dass ich nicht mehr klar sehen konnte. Benommen blickte ich geradeaus, sah nichts als den Regen und die feuchte Erde. Überall hörte ich sirrende Geschosse, Einschläge und Rufe.

Mein Verstand schaltete sich wieder ein und tötete meine einbrechende Bewusstlosigkeit. Mit einer Hand umklammerte ich meinen verletzten Arm und rannte weiter. Ich rannte und rannte, hatte keine Ahnung, wohin. Einfach nur weg von hier.

Als ich kaum noch Luft bekam, fiel ich keuchend auf die Knie und sah auf meine Wunde. Ich musste den Pfeil loswerden. Und zwar schnell! Ein letztes Mal atmete ich tief ein, dann zog ich ihn heraus. Als ich zu schreien begann, biss ich mir so stark auf die Lippe, bis ich Blut schmeckte. Sterne tanzten vor meinen Augen. Als dann auch noch etwas eisiges meinen Oberarm berührte, war ich mit den Nerven am Ende. Mein Herz setzte aus. Ich hatte nicht einmal die Zeit, nach meinem Dolch zu greifen. Das wars dann wohl …

»Elen, ich bin es«, flüsterte Iltras neben mir. »Melia ist auch hier.«

Ein längst überfälliger Seufzer kroch mir aus dem Brustkorb. »Grundan sei Dank«, sprach ich atemlos und fiel ihm in die Arme. Er drückte mich kurz, deutete dann aber auf einen großen Felsbrocken hinter sich. Ich nickte und folgte ihm.

Zuerst robbte Melia hinter den Stein. Dann ich. Erschöpft lehnte ich mich mit dem Rücken an und versuchte, Luft zu bekommen.

Auf einmal ging ein schmerzverzerrter Schrei durch die Finsternis. Selbst der Regen schien für einen Moment ehrfürchtig innezuhalten, bevor er laut jedes Geräusch verschlang.

»Was war das?«, fiepste Melia.

»Ich war das«, japste Iltras.

Bei allen Göttern! Iltras saß direkt neben mir, aber sein Bein war noch nicht ganz hinter dem Brocken verschwunden. Gehetzt sprang ich auf, packte seinen Arm und zerrte ihn ächzend nach hinten. Meine Muskeln zitterten unter seinem Gewicht. Wie viel wog dieser Krieger denn?

Als Iltras endlich vollständig hinter dem Fels war, sah ich über seinen Körper. Als ich erkannte, weshalb er geschrien hatte, schluckte ich. Ein Pfeil hatte seinen Oberschenkel komplett durchbohrt. Mir wurde schlecht.

»Heile ihn«, flehte Melia, die immer wieder hinter den Stein schielte und sich ruckartig zurückzog, sobald ein Pfeil auf sie zugeschossen kam.

Vorsichtig umklammerte ich das runde Stück Holz und blickte in Iltras' Augen. »Das wird jetzt wehtun.«

Er nickte und biss sich auf seine Lippe.

Dann nahm ich alle Kraft zusammen und zog mit einem Ruck den Pfeil heraus.

Er schrie, verzog so sehr das Gesicht, dass es schmerzen musste und sackte mit dem Hintern wieder zum Boden hinab.

»Beeil dich«, zischte Melia und deutete hinter den Gesteinsbrocken. »Na los.«

»Ich versuche es ja.« Mit geschlossenen Augen suchte ich nach meiner Magie, fand sie und setzte sie ein. Meine Hände leuchteten. Iltras' Wunde begann sich zu schließen. Leider viel zu langsam!

»Elen, was tust du denn da?«

Mit verkrampftem Kiefer blickte ich zu der Blonden auf. »Es dauert. Magie heilt nicht in wenigen Herzschlägen.«

Sie presste die Lippen zu einer schmalen Linie, rümpfte die Nase. »Dann brauchen wir einen anderen Ausweg.« Sie sah mich flüchtig an. »Heile ihn einfach weiter. Ich überlege mir was.«

Ich nickte, schloss die Augen und konzentrierte mich nur auf meine Magie. In diesem Moment war nichts um mich herum. Kein Wind, keine Menschen, die uns töten wollten, kein Regen. Nur meine Kraft, die sich unter meinen Händen warm anfühlte. Sie floss aus mir, aber da war irgendetwas anderes. Ich konnte es unmöglich beschreiben, aber mir wurde eiskalt, während etwas unter meiner Haut kribbelte, was ich noch nie gespürt hatte. Misstrauisch öffnete ich die Augen, da schwoll der Sturm an. Ich schlotterte, als mir der Wind die nassen Haare aus meinem Gesicht fegte. Mit zusammengekniffenen Augen drehte ich mein Gesicht zur Seite, versuchte, mich auf meine Magie zu konzentrieren. Die Böen wurden immer heftiger, schienen mich anheben und davontragen zu wollen. Ich hörte Männer schreien, Bäume krachten entwurzelt zu Boden. Der Sturm peitschte um mich herum. Ich klammerte mich mit einer Hand an den Stein und versuchte gleichzeitig, Iltras zu heilen. Ach, verdammt! Auch das noch. *Komm schon, Elen. Komm schon!*

Dann wurde es ruhiger und der Wind nahm ab.

Perplex schüttelte ich den Kopf. Das war nicht die Natur. Es fühlte sich nach Magie an. Aber, bei den Göttern, kein Magier beherrschte Elementarmagie!

Erst jetzt fiel mir auf, dass keine Pfeile mehr auf uns niederregneten. Als hätte der Wind sie auch davongetragen.

»Ich denke, du kannst jetzt aufhören«, witzelte Iltras und ich zog erschrocken meine Heilmagie zurück. Übrig blieb eine kleine Narbe.

Bevor ich den Kopf wieder heben konnte, stand Melia neben mir.

Sie knetete die Hände und wirkte neben der Spur. Stöhnend hievte ich mich auf die Beine und blickte sie ungläubig an. »Wo sind die Bogenschützen?«

»Weg«, wich sie mir aus.

»Wer waren sie?«

Melia sah zu Boden und es wirkte, als könnte sie mich nicht ansehen. »Ich denke, die Höchsten. Dein Ruf hat sich herumgesprochen. Wie dem auch sei, sie stellen keine Gefahr mehr dar.«

Etwas stimmte hier nicht. »Und was war das für ein Wind?«

»Spielt keine Rolle«, wiegelte sie ab. »Die Angreifer sind fort, das ist alles, was zählt.«

Das war jetzt verdächtig! »Du lenkst vom Thema ab.« Ich verengte die Augen.

»Ich lenke von gar nichts ab. Komm jetzt. Wenn wir den Tod der Abtrünnigen verhindern wollen, müssen wir sofort los!«

Ich funkelte Melia an. Sie log mich doch tatsächlich an! Das sah ich an ihrem zuckenden Auge und der Art, wie sie meinem Blick auswich. Trotzdem beließ ich es dabei. Wir mussten uns beeilen, sonst war alles umsonst gewesen.

Unsere Pferde waren bei dem ganzen Tumult längst verschwunden, aber ich konnte die Siedlung bereits in nicht allzu weiter Ferne erkennen. Wir waren die gesamte Zeit knapp davor gewesen und hatten es nicht gesehen. Hoffentlich waren die Abtrünnigen noch am Leben.

Am Nachmittag erreichten wir das Dorf. Es war kleiner als die Siedlung, die wir vor einigen Tagen besucht hatten. Und stärker heruntergekommen. Nur wenige Menschen liefen durch die Gassen. Aber die, die ich sah, wirkten müde und ausgelaugt. Schlapp und krank. Hunde streunten zwischen den Menschen umher und Tauben pickten den traurigen Rest eines matschigen Maiskolbens auf. Diese Bewohner sahen noch schlimmer aus, als die in der Anfangszeit von Del'Nava.

Mit großen Schritten lief ich weiter. Ich erkannte etwa zwanzig Hütten auf der Wiese. Es gab aber keinen Marktplatz und keine Stände. Keinen Wehrgang und keine Männer, die nach Kriegern aussahen. Das perfekte Volk, um von Frekkon unterdrückt zu werden. Sie hätten nicht einmal den Hauch einer Chance gegen die Wächter. Der Ausweg wäre nur der Tod. Das erste Mal verstand ich, was diese Menschen antrieb. Sie hatten keine andere Wahl, als sich dem König zu unterwerfen.

Mürrisch knirschte ich mit den Zähnen, als ein Mädchen mir vor die Füße rannte. So überraschend, dass ich ins Straucheln geriet und mich hektisch an Iltras festklammerte.

»Ihr müsst gehen«, wimmerte das Kind. Sie sah panisch hinter sich, dann rannte sie weiter.

Was war das denn? Verwirrt legte ich die Stirn in Falten und schaute ihr hinterher. So schnell sie gekommen war, war sie wieder verschwunden. Fassungslos schüttelte ich den Kopf. Im Augenwinkel erkannte ich Melia, die genauso misstrauisch hinterherblickte.

»Lass uns das schnell hinter uns bringen«, riss mich Iltras aus meiner Starre. Seinen Ausdruck konnte man am besten als zerknirscht bezeichnen. Er rümpfte die breite Nase und legte alarmiert die Hand auf sein Langschwert. Ganz der Krieger lief er voran, um Melia und mich vor möglichen Gefahren abzuschirmen.

Nach wenigen Schritten erreichten wir ein Podest. An ihm befestigt waren Galgen, aber niemand war hier. Niemand hing in den Schlaufen und kein Wächter befand sich dort oben. Nicht einmal die Wiese davor war zertrampelt, was darauf schließen lassen würde, dass hier regelmäßig Hinrichtungen stattfanden.

Alarmiert kniff ich die Augen zusammen. Etwas stimmte hier nicht. Eine unbeschreibliche Schwere legte sich auf meine Brust, da spürte ich eine eisige Klinge. Sie war scharf und bohrte sich in meinen Hals. Ich sog die Luft ein, als ich jemanden hinter mir spürte, der mich heftig an sich zog. Es war ein Mann. Das konnte ich deutlich spüren, während er seine Hand über meinen Körper gleiten ließ. Er stank widerlich nach Schweiß.

»Hallo, meine Schöne, wir haben Euch erwartet«, schleimte er mir ins Ohr und ein stinkender Hauch wehte über meine Wange.

Angewidert rümpfte ich die Nase.

Als Melia schrie und Iltras maulte, wusste ich, dass sie auch meine Begleiter hatten. Ich wollte mich zu ihnen umdrehen, aber mein Angreifer ließ nicht zu, dass ich mich bewegte.

»Was wollt Ihr«, zischte ich, soweit es die Klinge an meinem Hals zuließ. Ich reckte das Kinn, um Abstand zwischen mich und das Stück Metall zu bringen.

Der Mann drückte meinen Rücken noch fester an seinen Oberkörper. »Da hat Euch jemand in die Falle gelockt, meine Schöne. Wie schade für Euch.«

Eine Falle? Angestrengt schloss ich für einen Herzschlag die Augen, bevor ich fauchte: »Was wollt ihr?«

Er lachte lüstern und schien sich über die Lippen zu lecken. Es schmatzte dabei derart in meinem Ohr, dass mir noch übler wurde.

»Lasst mich los, verdammter Wächter!«

Ich musste zu Melia und Iltras sehen. Vielleicht konnten wir mit Blicken einen Plan aushecken. Es war die einzige Möglichkeit, hier lebendig herauszukommen. Meine einzige Chance! Mit aller Kraft trat ich meinem Angreifer auf den Fuß, versuchte, zu entkommen.

»Verfluchtes Miststück!«, schnaubte er, während die Klinge schmerzhaft in meine Haut schnitt. Ich spürte, wie sie einzelne Hautschichten durchtrennte und warme Flüssigkeit zwischen meine Brüste lief. Aber ich konnte einen kurzen Blick auf Iltras erhaschen, bevor er mich gewaltsam zurückzog.

»Ihr wart die Männer, die uns angegriffen haben!«

»Oh, nicht nur schön, sondern auch noch schlau. Die perfekte Frau.« In seiner Stimme lag viel zu viel Sarkasmus.

Durch den festen Griff sah ich sein Gesicht nur schemenhaft. Lediglich die buschigen Augenbrauen, die über den dunklen Augen hingen, konnte ich erkennen.

Plötzlich schrie Melia schmerzverzerrt auf. Es klang herzzerreißend, ging gleichzeitig durch Mark und Bein.

Ich erstarrte, musste wissen, was passiert war! Wieder wand ich mich, aber der Mann hinter mir war vorbereitet. Die Klinge schnitt in mein Fleisch ein und Blut rann in meine Halsbeuge. Ich zischte bei dem Schmerz und hoffte nur, meine Selbstheilung würde sich beeilen.

Melia schrie erneut auf.

Ich musste etwas tun. Verdammt, nur was? Wut kochte ihn mir. Der Wächter fuhr mit seiner Hand über meinen Körper, während Melia immer lauter schrie und auch Iltras miteinstimmte.

»Was tut ihr ihnen an?«, schrie ich den Mann hinter mir an, doch er lachte nur. »Verdammt nochmal, was tut ihr mit ihnen?«

»Das, wofür wir angeheuert wurden«, hauchte er mir süßlich ins Ohr. »Wir töten euch.«

Bevor er diesen Satz ganz ausgesprochen hatte, hielt ich die Luft an. Ich zuckte, als könnte mein Körper diese Worte nicht ertragen. Sie töteten gerade Iltras und Melia!

Ich musste es stoppen, musste ihnen helfen!

Schreie.

Unendlich viele Schreie.

Die Wut, die Trauer, der Schmerz.

Wieder Schreie.

Meine Kehle bebte. »Hört auf damit! Lasst sie am Leben. Ihr wollt doch mich!« Meine Worte gingen in ein Wimmern über. Ausgelaugt hing ich in den Armen des Wächters.

Melia schrie so laut, dass mir Tränen in die Augen schossen. Ich sah Daralia vor mir, wie sie sich verwandelte, wie sie meine Hilfe gebraucht hätte, ich ihr aber nicht helfen konnte. Und jetzt würde sich alles wiederholen.

Daralia … Ich spürte Hitze in mir. Sie kroch meine Arme hinauf und umhüllte mein Innerstes. Als beide erneut aufjaulten, wurde alles vor mir schwarz. Ich wachte in einer anderen Welt auf. Hinter mir mein Angreifer. Er schrie, sackte auf die Knie. Seelenlos drehte ich mich um, sah ihn an. Die Flammen leckten an seiner Kleidung, fraßen seine Seele auf. Mit toten Augen beobachtete ich, wie er kreischte. Einen Moment später knallte er bewusstlos auf den Boden.

Meine Hände glühten. Ich glühte.

»Heilige Scheiße, was ist das denn?«, schrie einer der Höchsten und ließ von einer blonden Frau ab.

Ich streckte die Hände nach vorne und die nächsten zwei Männer gingen in Flammen auf. Nicht von außen. Sie verglühten von innen. Es war, als zerdrückte ich ihr Herz mit bloßen Händen. Es war unglaublich berauschend. Mein Bewusstsein war nicht mehr in dieser Welt.

Erbittert lief ich weiter, hob die Hand in die Luft und drückte sie zu einer Faust zusammen. In diesem Moment starben die nächsten. So viel Wut, so viel Leid. Abgestumpft bahnte ich mir den Weg durch die Höchsten und zerstörte ihre Leben, als hätte ich nie etwas anderes getan. Als wäre es meine Bestimmung. Das Feuer, der Tod. Es war ein Teil von mir. Der Boden unter meinen Füßen war weich, mein Körper fühlte sich schwerelos an. Diese Magie, ich spürte sie in jeder meiner Adern.

Sie sollten brennen.

Ihr Fleisch sollte verkohlen.

Ich lief weiter, erhob die Hände, tötete wahllos die Männer. Sie sollten sterben!

Dann sprang jemand vor mich. Eine Frau mit blondem Haar. Ich hielt inne, sah sie fragend an. Woher kannte ich sie? Ihre braunen Augen waren schreckverzerrt und glasig.

»Elen, hör auf!«, flehte diese Frau. »Du musst sofort aufhören, sonst verlierst du dich!«

Gefühllos schob ich sie zur Seite, stieg über einen bewusstlosen Mann, aber sie hechtete wieder vor mich.

»Elen, sieh mich an. Ich weiß, du bist da drin. Schalte es ab!« Wieder hielt ich inne. Wieso bewegte mich ihre Stimme?

»Elen!«, schluchzte sie. Tränen liefen die Wangen hinunter. »Es wird dich töten, wenn du nicht aufhörst. Bitte.«

Etwas geschah. Meine Kraft schwand. Das Brennen in meinen Adern nahm ab. Eine Schwere legte sich auf meinen Körper. Der Boden unter meinen Füßen wurde hart und ich krachte auf dem Stein auf.

»Bei den Göttern!« Melia sprang auf mich und zog mich fest in eine Umarmung.

»Wo bin ich?« Stöhnend drückte ich mich vom Boden weg. Als ich über Melias Schulter hinweg die verkohlten Leichen am Boden sah, stoppte mein Herz. Krampfhaft presste ich die Hand vor den Mund. »Ich … ich war das?« Ich taumelte, fiel über eine Erhöhung im Boden und knallte auf das Steißbein. Ein vereinnahmender Schmerz kroch meine Wirbelsäule hoch, aber es war mir egal. *Was … Wie …*

»Was habe ich getan?«

»Komm schon«, flüsterte Melia liebevoll und bot mir die Hand an.

Als sie mich mühsam nach oben zog, sah ich meine Freundin an. Ich erkannte auch Iltras, der sich stöhnend vom Boden wegdrückte. Als Melias braune Augen in meine blickten, hatte ich das Gefühl, durch sie durchzusehen. Auf einmal hatte ich Zugang zu Erinnerungen, die nicht meine waren. Ich spürte Dinge, die ich keinesfalls verstand. Wimmernd sah ich zu meiner Freundin auf. »Ich war das!«

Sie sah mich zermürbt an. »Du warst was?«

»Die Magierfeste«, stotterte ich und sah dabei auf meine Hände. Mein Hals bebte, während ich vor Verzweiflung schreien wollte. »Ich habe sie zerstört.«

KAPITEL 17

Wutentbrannt sprang ich in der Morgendämmerung von meinem Pferd und sprintete in die Festung von Del'Nava. Jemand hatte uns verraten!

»Elen, warte doch mal«, schnaufte Iltras hinter mir. Ich hatte seine Wunden geheilt, bevor wir zurückgeritten waren. Trotzdem kam er mir kaum hinterher.

Ich ignorierte seine Worte und wurde schneller. Schnaubend stampfte ich mit großen Schritten in den Rittersaal und schlug die Tür hinter uns zu.

Iltras lehnte sich nach Luft ringend gegen die Mauer, während Melia tief einatmete.

»Gale hatte die Nachricht von der Hinrichtung von einem Spion!«

Die Blonde presste die Lippen zu einer schmalen Linie zusammen. »Was willst du damit sagen?« Als sie es scheinbar begriff, fügte sie hastig hinzu: »Gale ist Del'Nava treu ergeben. Er würde niemals etwas tun, was die Festung in Gefahr bringen würde.«

Ich schlug die Hände über dem Kopf zusammen. »Dann bringt uns diesen Spion, von dem diese Information stammt. Und bringt uns Ramor!«

Wenig später saßen wir alle an unserem Beratungstisch, während Iltras zusammen mit Gale Ramor hereinzog.

»Ihr verfluchten Bastarde, lasst mich los!«, fauchte er und wand sich in den harten Griffen der zwei Männer. Als er mich sah, verstummte er, erdolchte mich aber mit seinen Blicken. Er saß auf seinen Knien und funkelte mich von unten her mit seinen senffarbenen Augen an.

»Ihr lebt ja immer noch«, warf er so trocken ein, dass ich die Fäuste ballte und mich vom Stuhl erhob.

»Was soll das heißen«, schrie ihn Gale an, aber Ramor lachte nur.

»Hätte nur nicht gedacht, dass Ihr in unserer Welt überleben könntet. Mehr nicht.«

»Mehr nicht?«, wiederholte ich seine Worte und bückte mich zu ihm. »Wer war der Mann, mit dem ihr vor unserer Abreise geredet habt?«

Er verdrehte seine stechenden Augen und lachte gen Decke. Als er mir wieder ins Gesicht sah, hatte ich das Bedürfnis, ihn zu schlagen. Dieser Mann war definitiv das Hinterlistigste, das ich jemals gesehen hatte. »Ein Freund.«

Iltras zerrte an Ramors Arm, sodass er gezwungen war, ihn anzusehen. »Und wieso wollte dieser Freund nich' bleiben?«

Ramor lachte wieder so trocken, dass sich mir die Nackenhaare aufstellten. »Wer will schon bei einer Frau bleiben, die uns alle in den Abgrund stürzen wird?« Dann sah er zu Melia. »Seht ihr denn nicht, was sie ist? Sie ist ein Monster. Nichts an ihr ist natürlich!«

Ich seufzte mit geschlossenen Augen und erhob mich wieder. »Also gebt ihr zu, dass ihr den Hinterhalt mit den Höchsten geplant habt?«

Er rüttelte an dem Griff der Krieger, doch Gale drückte ihn mit

Leichtigkeit wieder auf den Boden. »Sie hat Euch etwas gefragt. Ihr tut besser daran, ihr zu antworten.«

»Ich habe gar nichts geplant.« Er wurde lauter, fletschte die Zähne. »Aber wenn ich könnte, würde ich alles tun, um Euch zu vernichten. Ich würde jeden Mann gegen Euch hetzen.« Er schlug Iltras Arm weg, stand auf. »Ihr seid unser Untergang. Ihr seid widerlich!« Er wurde immer lauter, schrie mir ins Gesicht und spuckte mir seine Beleidigungen vor die Füße.

Mein Kiefer zuckte, während ich die Tränen mit aller Macht zurückhielt.

»Nehmt mich fest, tötet mich, es ist mir egal!«

Gale und Iltras packten den Unruhestifter und zerrten ihn aus dem Raum.

»Ich werde immer versuchen, Euch zu Fall zu bringen. Immer!« Die restlichen Wortfetzen hallten zwischen den Wänden, dann war er nicht mehr zu hören.

Erst, als er außer Sichtweite war, begann ich zu zittern. Mir wurde kalt und heiß zugleich. Jedes seiner Worte wiederholte sich in meinem Kopf und machten mich müde. Ich fühlte mich ausgelaugt und schwach. Mit hängenden Schultern drehte ich mich zu Melia um. »Sind wir schlauer als vorher?«

»Eher nicht«, antwortete sie mir traurig.

Dann sah ich Gale an, der Ramor an die Wachen übergab und wieder hereinkam.

»Der Spion, der Euch diese Information gab«, ich stoppte kurz, wartete Gales Reaktion ab. Doch er war so undurchschaubar, wie sonst auch. »Woher kennt ihr ihn?«

»Er ist einer meiner alten Männer, die ich herberufen habe, um uns zu unterstützen. Er kämpft schon lange nicht mehr für Frekkon.«

Ich schnaubte und bemerkte, wie sich sein Gesicht verhärtete. »Ihr glaubt, dass ich Euch verraten habe?«

Seine Augen verengten sich, als ich ihn ausdruckslos ansah. »Ich wollte Euch begleiten. Glaubt Ihr ernsthaft, ich würde mein Leben riskieren, um mit Euch zu reiten, wenn ich wüsste, dass ein Hinterhalt geplant ist?« Er schüttelte fassungslos den Kopf und mir taten die Anschuldigungen leid. »Ich war das nicht. Ich würde Del'Nava niemals verraten.« Dann schlug er seine Faust gegen seine flache Hand. »Ich werde herausfinden, wer es war.«

Mein Herz schlug langsamer, dennoch nickte ich. »Wenn Ihr den Spion gefunden habt, dann lasst ihn herbringen.«

Er nickte und verschwand.

Melia und ich waren die Einzigen, die noch im Rittersaal saßen und darüber diskutierten, wer der Verräter sein könnte. Gales Spion war nirgendwo auffindbar. Vielleicht aus gutem Grund. Dennoch plagte mich ein Gedanke, den ich bisher geheim gehalten hatte.

»Melia?«, fragte ich leise.

Sie hatte das Gesicht in ihren Händen vergraben und nuschelte hindurch: »Ja?«

Bevor ich aussprechen konnte, was mir auf dem Herzen lag, schluckte ich. Jedes Wort brannte jetzt schon in meinem Hals. »Iltras hat sich vor der Ratssitzung seltsam verhalten.«

Sofort zog sie ihre Hände weg und starrte mich an. Zuerst überrascht, dann ungläubig. Misstrauisch zog sie die Brauen zusammen und schüttelte den Kopf. »Nein.« Sie stand auf. »Nein! Iltras würde uns nie verraten. Wie kannst du sowas nur denken?«

Mit einem Seufzen erhob ich mich ebenfalls. »Ich denke gar nichts, aber Iltras meinte, er müsste noch etwas Wichtiges erledigen, und er wollte mir nicht erzählen, was.«

Melia schüttelte immer noch den Kopf, als es an der Tür klopfte und einer von Gales Männern eintrat. Er senkte kurz den Kopf, dann sprach er: »Iltras lässt nach Euch suchen. Der Großmeister möchte

Euch sehen.«

Oh Mist! In dem ganzen Tumult hatte ich diesen Mann komplett vergessen. Und ich hatte mich nicht vorbereitet. Trotzdem nickte ich, sah Melia ein letztes Mal an und machte mich auf den Weg.

»Ich denke, du wirst positiv überrascht von unserer Herrscherin sein«, hörte ich Iltras, noch bevor ich oben angekommen war.

»Wie kommst du darauf«, lachte eine männliche Stimme zurück, die so schön und doch so dunkel klang, dass ich eine Gänsehaut bekam. Sie war wohltuend, dennoch rau. Schwer zu beschreiben aber wunderschön anzuhören.

Mit jeder Stufe, die ich nahm, sah ich mehr. Zuerst einen großgewachsenen Mann mit schwarzen, halblangen Haaren. Er stand mit dem Rücken zu mir, schien die Arme zu verschränken, denn sein breites Kreuz verursachte bei mir eine kurze Schnappatmung. Der Krieger trug eine Rüstung, die aus Leder und Eisenketten zusammengestückelt war. Sie lag eng an seinem durchtrainierten Körper. Ich wusste nicht, was mir mehr den Atem raubte. Die endlosen Stufen oder die Rückenansicht eines Mannes, den ich überhaupt nicht kannte.

Vor dem Krieger sah ich Iltras, der mich über seine Schulter hinweg angrinste.

»Sieh hin.« Iltras reckte das Kinn in meine Richtung und der Mann drehte sich langsam um. Blaue, unglaublich tiefe Augen sahen mich überrascht an. Sie waren intensiver als das Meer, das ich auf Zeichnungen gesehen hatte. Ein Dreitagebart umspielte das männliche Kinn und die hohen Wangenknochen blitzten deutlich hervor, was ihm noch mehr Ausdruckskraft verlieh. Einzelne Haarsträhnen strich er sich aus der Stirn. Insgesamt war er wohl der schönste Mann, den ich je gesehen hatte.

Das hätte ich nicht erwartet. Wirklich nicht. Unter einem Großmeister stellte ich mir einen alten Mann vor. Er schien aber nur wenige Jahre älter als ich zu sein. Ein flüchtiger Blick über seinen Körper verriet mir, dass er an einem Arm eine Schulterpanzerung aus dunkelbraunem Leder trug. Sie war in Schichten aufgeteilt, was toll aussah. Der andere Arm war frei, dafür trug er einen braunen Handschuh, der an den Fingerknöcheln mit Eisenplatten verstärkt war und ihm bis unter die Armbeuge reichte. Der nackte Oberarm blitzte heraus. Ohne, dass ich es kontrollieren konnte, gluckste ich laut. Bei Grundan! Wie peinlich!

»Ihr müsst Alridon sein?«, sprach ich eingeschüchtert. Ich sah ihn an, versuchte, mein bebendes Herz zu beruhigen. Was war das denn? Der Mann hatte sich nur umgedreht und mich angesehen. Mehr war nicht geschehen. Trotzdem kam mir dieser Moment wie eine Ewigkeit vor. Es war ein Gefühl, das ich unmöglich beschreiben konnte.

»Und Ihr die Herrin von Del'Nava?« Seine Stimme drang in mich ein, als hätte er mich berührt. Er führte seine Faust zu der Brust und verbeugte sich leicht. Grundan, war er schön.

»Einfach. Elen. Bitte«, haspelte ich. Bei der Verderbnis! Könnte ich bitte aufhören, mich so peinlich zu benehmen? Mit aller Kraft atmete ich aus und straffte mich.

»Dann lass ich die Anführer mal allein.« Iltras Worte gingen in ein Schmunzeln über. Dafür musste ich ihn nicht ansehen. Toll. Jetzt lief ich auch noch rot an.

Herr Breitnase machte sich aus dem Staub und ließ mich mit Alridon allein. Ich konnte nicht anders, als Iltras hinterherzusehen. Am liebsten hätte ich ihn hierbehalten. Er gab mir ein winziges Gefühl von Sicherheit und Vertrautheit. Nun war auch das weg.

»Ihr haltet nichts von Titeln?«, riss mich der Großmeister aus meinem Gestarre. Hoffentlich dachte er jetzt nicht, dass ich in Iltras verliebt war. Ungewollt schnaubte ich.

»Nein, ich halte nichts davon. Es ist nur ein Wort.«

»Das stimmt wohl«, lachte er und entblößte perfekte Zähne. Nur eine Narbe, die von seiner Wange, bis über die Oberlippe reichte, zog meine Aufmerksamkeit noch mehr an. Die Wunde musste einmal tief gewesen sein. Und bis die Lippe wieder zusammengewachsen war, war es bestimmt ein schmerzhafter Prozess gewesen. So wie es aussah, hatte ihn ein Schwert im Gesicht erwischt. Ich würde gern die Geschichte hinter dieser Verletzung hören. Sein Leben war mit Sicherheit alles andere als friedlich gewesen.

»Wollt Ihr die Feste sehen? Ich würde Euch herumführen.« Meine Stimme bebte. Dabei kam ich mir wie die größte Idiotin vor. Er schien entspannt zu sein, während mein Stolz mit meiner Selbstbeherrschung auf dem Marktplatz spazieren ging.

»Natürlich«, antwortete er höflich.

Ich nickte und ging voraus.

Schweigend führte ich ihn in die verschiedenen Räume der Feste. Vom Beratungssaal über die verschiedenen Unterkünfte bis hin zum Thron. Dabei spürte ich seine Blicke auf mir. Er musterte mich. Jede meiner Bewegungen, alles, was ich tat. Mit Adleraugen sah er sich alles ganz genau an. Was auch immer er dachte, zu finden, noch schien er es nicht entdeckt zu haben.

»Der Thron wirkt durch den ganzen Staub nicht so, als würdet Ihr oft darauf sitzen?«

Ich sah zu Alridon auf, der die Arme verschränkte und zuerst den Stuhl, dann mich musterte.

Mist, was sollte ich denn jetzt erwidern? Ich war nicht die Herrscherin von Del'Nava. Ich hatte noch nie auf diesem Stuhl gesessen und hatte keine Ahnung, wie ich glaubhaft bei ihm ankommen sollte. Allein mit einer Lüge einen Mann dazu zu bringen, uns zu helfen, widerte mich an. »Ich sitze nicht sonderlich gern darauf«, log ich. »Meiner Meinung nach macht ein Thron nicht einen Herrscher aus.«

Seine blauen Augen raubten mir beinahe den Verstand. »Schließlich bin ich gewöhnlich und kein …«, ich sah abwertend zu dem Stuhl, »kein König, der sich über alle stellt.«

Alridon sah mich an, als könnte er meine Seele durchleuchten. »Das haben vor Euch schon viele behauptet.«

Mit zusammengekniffenen Augen drehte ich mich zu ihm um und beobachtete seine Gesten. Er wirkte nicht kampfeslustig. Nur ziemlich bestimmend. Ich hatte keinen Zweifel daran, dass er genau wusste, was er tat. Dass er alle Möglichkeiten gegeneinander abwog. Er beäugte jeden Weg, jede Option. Dieser Mann war gefährlich. Ein Großmeister, der mir auf der einen Seite Angst einjagte. Auf der anderen Seite faszinierte er mich. Alles, was er erreicht hatte, was er darstellte. Er war ein großer Mann. Trotzdem verschränkte ich die Arme. »Was wollt Ihr mir damit unterstellen?«

»Ich unterstelle Euch erst einmal nichts. Die Zeit wird zeigen, was von Euren Worten übrig bleibt.« Seine Mimik war ernst. Seine Augen hingegen glänzten. Seine Augen … Bei Grundan! Ich zwang mich mit aller Kraft in die Wirklichkeit zurück.

»Ihr müsst viel erlebt haben, um so abgehärtet zu sein.« Nun war ich die, die ihn resigniert ansah.

Alridon lief weiter und warf einen Blick auf die bemalten Wände im Thronsaal. »Nicht abgehärtet, aber durchaus skeptisch.« Ein Bild musterte er ganz genau. Darauf war ein alter Mann mit Krone zu sehen. »Menschen verändern sich, sobald sie über Macht verfügen.« Der Krieger drehte sich zu mir, sah mich eindringlich an. Seine blauen Augen durchbohrten mich. »Sie werden gierig, grausam und sind bereit, das Leben anderer aufs Spiel zu setzen.«

»Ich bin aber kein Mensch.«

»Ihr seid eine Magierin. Das ist mir bewusst. Auch wenn das sehr erstaunlich ist.«

»Wie meint Ihr das?«

»Del'Nava war einst ein Menschenkönigreich.« Dabei sah er zu den meterhohen Decken hinauf, als würde er sich an etwas erinnern. »So wie jedes dieser Reiche wurde es von Menschen regiert. Es gab noch nie eine Magierin an der Macht. Mit diesem Wissen könnte man als Magier stolz sein, oder vor Scham im Boden versinken.«

Mein Herz schlug schneller bei seiner Aussage. In diesem Moment fühlte ich mich unfassbar schäbig, ihn derart anzulügen. »Warum sollten andere Magier im Boden versinken wollen, weil ich herrsche?« Ich sah ihn von unten weg an und hoffte, er würde meine Scham nicht bemerken.

»Weil die Menschheit so verzweifelt ist, dass sie eine Magierin als ihre Herrin duldet. Die Magier waren schon immer weniger wert als das Menschenvolk. Sie durften nie Königreiche besitzen.« Er lief umher, sah sich die Buntglasfenster hinter dem Thron an. Dann blieb er stehen, legte den Kopf schief und betrachtete mich. »Aber Ihr habt es geschafft. Ihr müsst eine erstaunliche Frau sein, um so etwas zu erreichen.«

»Ihr findet mich erstaunlich?«

Der Krieger lachte. »Natürlich seid Ihr das und das wisst Ihr auch. Ihr habt den Fall der Magierfeste überlebt, seid Herrscherin eines Menschenvolkes geworden.« Er verschränkte die Arme hinter dem Rücken und ging weiter durch den riesigen Saal. Mit kleinen Schritten folgte ich ihm. »Die Menschen feiern Euch als Heldin und Ihr habt Euch gegen die Höchsten gestellt. Das sind beachtliche Erfolge.« Dann blieb er stehen, sah mich fragend an. »Warum wollt Ihr gegen sie kämpfen?«

Ich stutzte, legte die Stirn in Falten. »Weil sie widerwärtig sind, die Menschen versklaven, Abtrünnige töten?« Mit den Schultern zuckend fragte ich mich gleichzeitig, wieso er diese Frage stellte. Er lebte doch schon sein ganzes Leben in dieser Welt. Wenn jemand wusste, warum die Höchsten vernichtet werden müssten, dann er.

Statt zustimmend zu nicken, schüttelte er den Kopf. »Nein. Ich will wissen, warum *Ihr* gegen sie kämpfen wollt. Was sind Eure Gründe?«

Jetzt war mir klar, was er wollte. Nachdenklich sah ich zu dem Ring, den mir meine Schwester geschenkt hatte. Ich drehte ihn hin und her, während sich das Licht im Silber spiegelte. »Die Höchsten nahmen mir mein Leben. Mein Zuhause.« Tief einatmend sah ich den schönen Krieger an. »Sie töteten meine Eltern, löschten unser Gedächtnis und brachten meine Schwester um.« Mir musste niemand sagen, dass meine Augen glasig wurden. Mein Hals schnürte sich zu. Bevor er meine Trauer sehen konnte, starrte ich eine willkürliche Steinplatte an. »Und was sind Eure Gründe?«

Alridon sah mich ernst an. Seine Augen huschten über mein Gesicht, als suchte er die Wahrheit in meinen Worten. Ich sah, wie sich sein Kiefer verkrampfte. Die Buntglasfenster warfen Lichter auf seine Wange. Er hob das Kinn ein Stückweit. »Ich dachte, wir sind hier, damit ich mir ein Bild von Euch machen kann.«

Gespielt selbstsicher blickte ich ihn an. »Es schadet sicher nicht, etwas über die Absichten des *möglichen Verbündeten* zu erfahren.«

Er stieß ein leises Lachen aus. Blickte kurz zu Boden, dann sah er mich wieder an. »Zeigt mir die restliche Feste und ich werde Euch auf dem Weg ein paar Dinge erzählen.«

»Abgemacht.« Ich lächelte ihn kurz an und zu meinem Erstaunen erwiderte er es.

Seite an Seite liefen wir durch den langen Gang.

»Vor vielen Jahren, als die Höchsten nur in den Magierfesten vertreten waren, um die Kinder auszubilden und die Kräfte zu überwachen, gab es Magierarmeen. Ganze Gruppierungen. Es war eine Zeit, in der Magie noch nicht verfolgt wurde«, begann der Großmeister. Leider blickte er mich bei seinen Worten nicht an. Sein Profil war aber nicht weniger schön anzusehen. »Zu dieser Zeit war ich der Hauptmann einer dieser Armeen. Ich diente einem Mann, dem ich vertraute.«

Ich sah ihn schlucken.

»Doch seine Angst vor den Höchsten endete im Wahn. Irgendwann schloss er sich ihnen an. Wenig später überfiel uns eine Armee an Wächtern. Sie brachten alle Magier um, die sich ihnen in den Weg stellten.

Wenige hatten das *Glück,* gefoltert zu werden.«

Wir erreichten den Marktplatz und sofort gafften die ersten Frauen meine Begleitung an. Einige tuschelten sich ins Ohr. Andere starrten ihn mit offenem Mund an. Alridon hingegen beachtete sie nicht. Er war es wohl gewohnt, angeschaut zu werden. Ich hingegen konnte die Damen verstehen. Dieser Mann war schön. Trotzdem versuchte ich, diesen Umstand zu ignorieren. Seine Leute wären die perfekten Verbündeten und so versuchte ich auch mit ihm umzugehen. Herrscherin hin oder her. Wir brauchten ihn.

»Eine meiner beiden Schwestern kam dabei ums Leben und beinahe auch der Rest meiner Familie. Ich kann Eure Wut auf die Höchsten daher gut verstehen.« Auf der untersten Ebene der Feste blieb er stehen.

Ich nickte wortlos. »Das tut mir leid. Ich weiß, wie schwer so ein Verlust ist.«

Das erste Mal wirkte sein männliches Gesicht weicher. »Für Euch tut es mir auch leid. Ihr hattet keinen leichten Start.«

»Nein, das hatte ich wirklich nicht«, sprach ich lachend.

»Die Menschen waren bestimmt nicht erfreut gewesen, dass eine Frau aus den Flammen trat und bei ihnen wohnte.« Er sah mich fragend an. Er wirkte zwar freundlicher, trotzdem strahlte er eine Präsenz aus, die mich zurückdrängte.

Kurz blickte ich in seine Augen, drohte darin zu versinken, also sah ich schnell über die Ebene. Ich stand genau dort, wo Ramor mich damals aufhalten wollte, den Jungen zu retten. »Nein. Die Menschen hassten mich.« Ich sah über die Feste, als spielten sich alle Geschehnisse noch einmal ab. »Ich wurde sogar mit Pferdeäpfeln beworfen.«

»Mit Pferdeäpfeln?«

»Ja.« Ich nickte und machte eine Schnute. »Ein paar faule Salatköpfe waren auch dabei.«

Alridon lachte, schüttelte den Kopf und wurde langsam wieder ernst. »Dafür habt Ihr Euch aber ein beachtliches Reich aufgebaut. Ihr hättet auch fliehen können.« Er strich sich die schwarzen Haare nach hinten.

»Und was hätte das gebracht?«

»Ihr hättet Euch als Mensch ausgeben und in einer Schenke arbeiten können.« Er sah mich wieder mit diesem durchleuchtenden Blick an, zog eine Braue nach oben.

»Und die Machenschaften der Höchsten weiter zulassen?« Ich funkelte den Großmeister an. Er neckte mich. Versuchte, mich aus der Reserve zu locken. Als suchte er regelrecht nach einer Aussage von mir, die ihn zweifeln lassen würde.

»Es ist mutig, sich gegen sie zu stellen.«

»Tut Ihr das nicht auch?« Er wollte spielen. Gut. Dann würden wir spielen.

»Aber ich kenne diese Welt, habe Krieger um mich und kenne die Höchsten seit ihrem Beginn. Ihr nicht.«

Ich verschränkte die Arme. »Was macht das für einen Unterschied? Außer, dass Ihr einen Vorteil gegenüber mir habt?«

Für einen Herzschlag erkannte ich ein winziges Lächeln auf seinen Lippen. »Lasst uns ein wenig nach draußen gehen.«

»Bitte?«, plapperte ich. »Was wollt Ihr denn draußen? Dort gibt es nichts, was ich Euch zeigen könnte.«

»Richtig. Und auch nichts, womit Ihr ablenken könntet. Schließlich würde ich gern mehr über eine Person erfahren, der ich vielleicht folgen werde.«

»Erpresst Ihr mich?«

»Ein bisschen.« Er zwinkerte mir zu. »Kommt Ihr?«

Oh, Grundan. Musste das sein? Dieser Mann brachte mich schon um den Verstand, wenn ich in meiner gewohnten Umgebung war. Aber da draußen gab es nur Gales Übungsplatz. »Nun gut«, gab ich kleinlaut nach und folgte ihm auf die Felder.

Alridon sah sich die Rekruten an, prüfte die Schmiedekunst der Schwerter und ließ sich dann auf einem großen Stein außerhalb nieder.

»Eure Männer sind noch lange nicht bereit für einen Krieg.«

»Ich weiß«, gab ich zu. »Uns fehlen Ausbilder und noch mehr Männer.«

Er sah mich fragend an. »Habt ihr keinen Hauptmann?«

»Doch, aber ein einziger Mann ist zu wenig. Aber glaubt mir, Ihr hättet die Krieger nicht vor dem Training durch den Hauptmann sehen wollen.«

Schwarze Strähnen fielen ihm in die Stirn. Mit einer Hand strich er sie wieder nach hinten, was wirklich erotisch aussah. »Iltras Beschreibungen waren wohl etwas untertrieben.«

»Was hat er denn gesagt?«, fragte ich lachend und setzte mich neben ihn.

»Del'Nava wäre politisch ganz gut aufgestellt. Es würde nur an dem einen oder anderen Krieger mangeln.«

Ich konnte nicht anders, als loszulachen. »Ja, das ist Iltras!«

»Unmöglich dieser Mann.«

»Das liegt bestimmt an seinem Selbstgebrannten!«

Alridon sah mich überrascht an. »Habt Ihr ihn auch probiert? Widerliches Zeug!«

»Ja. Ich dachte, ich würde in einem Gülleloch versinken, so ekelhaft hat es gestunken!«

Der Großmeister sah lachend zum Sonnenuntergang. Er wurde jedoch schnell wieder ernst. Man sah ihm an, wie viel er in seinem Leben durchmachen musste. All die Geschehnisse hatten ihn hart gemacht.

»Wo ist eure Familie jetzt?«, platzte es aus mir heraus.

Er atmete schwer aus, bevor er die Augen schloss und die Lippen zusammenpresste. Diese Frage schien ihm zuzusetzen. »Meine Eltern und meine kleine Schwester leben aktuell in Silbstedt unter falschem Namen. Ich habe sie oft genug gebeten, mir zu folgen, aber dieses Drecksloch ist ihre Heimat, die sie nicht wegen den Höchsten aufgeben wollen. Sie tarnen sich als Menschen. Ich hingegen glaube nicht daran, dass dies ewig gehen wird.«

»Ihr seid also ebenfalls ein Magier?«

Er sah mich kurz an, nickte und schwieg dann wieder.

Kurz wusste ich nicht, was ich sagen sollte, aber die Stille war unangenehm, also fragte ich wieder: »Wie lange leben sie schon in Silbstedt?«

»Zu lange«, stieß er wütend hervor.

Ich schluckte traurig. Es musste schrecklich sein, jeden Tag mit dem Tod der Familie zu rechnen.

»Aber was ist mit Euch?«

Ich sah ihn fragend an.

»Für mich klingt es seltsam, abgeschottet in den Magierfesten aufzuwachsen und dann in eine Welt voller Hass und Krieg hineingeworfen zu werden. Noch dazu mit einem derartigen Auftritt, den Ihr als Feuerfrau hingelegt habt.«

Ich schluckte, da ich dieses Wort hasste. Trotzdem nickte ich. »Es ist seltsam. Mehr als das.«

Im Augenwinkel erkannte ich Gale, der gerade die Anhöhe hinauflief. Er musterte Alridon, als würde er ihn gleich umbringen. Auch das noch. Zu allem Überfluss bemerkte der Großmeister die tödlichen Blicke.

»Ich denke, ich habe für heute genügend erfahren.« Er stand auf und reichte mir die Hand. Als ich sie nahm, spürte ich die Wärme seiner Finger. Am liebsten hätte ich sie nie wieder losgelassen.

Gale kam angestapft. Sein Blick war wie immer kalt wie Stein.

»Hauptmann«, begrüßte ich ihn so süßlich, wie ich konnte.

»Kann ich Euch sprechen?« Wow. Eine Begrüßung fällt heute wohl aus? Was war denn in ihn gefahren?

Im Augenwinkel sah ich, dass der Großmeister die Spannung spürte. Deshalb setzte ich zu einem verzweifelten Versuch an, die Stimmung zu lockern.

»Darf ich vorstellen«, ich sah zu Alridon, zeigte dann mit der Hand zu Gale, »unser Kommandant. Hauptmann, das ist Alridon.«

»Ich weiß, wer er ist«, giftete Gale mich an, ohne den Großmeister anzusehen. Ziemlich unhöflich!

Unglaublich. Entnervt schüttelte ich den Kopf, verdrehte die Augen.

»Ihr dürft es gern persönlich sagen, wenn Ihr ein Problem habt, Hauptmann.« Der Großmeister bäumte sich vor Gale auf. Sie waren beide etwa gleich groß, aber ich meinte, Alridons Muskeln wären definierter.

»In Ordnung«, sprach ich langgezogen und quetschte mich zwischen die beiden Streithähne. »Kein Grund, handgreiflich zu werden. Was auch immer hier gerade los ist.« Ich sah zum Großmeister. »Macht es Euch bei Iltras gemütlich. Ich komme gleich nach.«

Alridon sah kampfeslustig zu Gale, nickte dann aber und machte sich auf den Weg in die Feste. Puh. Erleichtert atmete ich aus. Diese beiden Krieger kämpfen zu sehen, würde ich mir gerne ersparen. Ich konnte mir beim besten Willen nicht vorstellen, wer als Sieger hervorgehen würde. Wahrscheinlich würden sie sich eher gegenseitig umbringen.

Als der Großmeister außer Sichtweite war, schlug ich dem Hauptmann gegen die Schulter.

»Was sollte das denn?« Ich warf Gale einen vorwurfsvollen Blick zu, ballte die Fäuste. Die Wut rann durch meine Adern. Sofort schlängelte sich das Feuer unter meiner Haut. »Habt Ihr eine Ahnung, was Ihr damit angerichtet haben könntet? Dieser Mann hat eine Armee von fähigen Kriegern.« Wutentbrannt stampfte ich auf den Boden. »Wenn Ihr verhindert habt, dass er uns folgt, dann schwöre ich euch …«

Bevor ich den Satz zu Ende sprechen konnte, packte er mich und küsste mich. Alles geschah so schnell, dass ich erstarrte. Die Herzschläge rannen wie Tage an mir vorbei. Ich sah zu, wie dieser Großkotz alles vernichtete, was ich mir gerade mühselig aufbaute, wie er mit meinen Gefühlen spielte, als wären sie ein Ball. Wütend stieß ich ihn von mir weg. »Verdammt noch mal, Gale, was ist los mit Euch?«

Der Hauptmann sah mich enttäuscht an. »Ihr dürft diesem Mann nicht vertrauen.« Gale fuchtelte komisch mit den Händen.

»Was redet Ihr denn da?«, empörte ich mich. Mein Feuer wurde gefährlich entfacht. Am liebsten hätte ich ihn geschlagen.

»Vertraut mir! Er hat viele Männer getötet, um das zu werden, was er heute ist.«

»Und Ihr habt das nicht?«

Gale zog die Lippen wütend zusammen und schnaubte durch die Nase.

Ich nickte bei dieser Gewissheit, funkelte ihn an. »Ihr habt kein Recht, mir zu sagen, wem ich vertrauen soll.« Verärgert lief ich davon und ließ Gale stehen.

KAPITEL 18

Wütend stampfte ich Richtung Feste und lief an Melia vorbei, ohne sie zu beachten. Im Augenwinkel erkannte ich, wie sie mir hinterherrannte. Was war Gale nur für ein dämlicher Idiot? Fassungslos schüttelte ich den Kopf und sah auf meine Füße, die heftig auftraten.

Erst, als ich Iltras und Alridon auf der Ebene über mir sah, konnte ich mich beruhigen. Allein die blauen Augen hatten eine besänftigende Wirkung auf mich. Was der Großmeister jetzt über mich denken würde? Mit Sicherheit, dass ich das Bett mit dem Großkotz geteilt hatte. Na toll … Auf voller Linie versagt. Beide sahen mich an und redeten miteinander. Wahrscheinlich über mich. Ich war zu weit weg, um lauschen zu können, und wusste auch gar nicht, ob ich ihre Worte hören wollte.

»Elen, was ist denn mit dir los?« Melia sah mich entrüstet an. Ihre Stirn war in tiefe Falten gelegt.

»Nichts. Schon gut.« Ich presste die Lippen aufeinander und atmete durch die Nase. »Gale ist ein Idiot. Nichts weiter.«

Melia schmunzelte. Sie entfernte sich von mir und stemmte die Hände in die Hüfte. »Das ist ja nichts Neues.« Dann sah sie zu Alridon hinauf. »Vergiss den Idioten. Der Großmeister ist viel besser.« Sie sah schmachtend zu ihm nach oben.

»Das sind ja ganz neue Töne.« Ich lachte und schüttelte gleichzeitig den Kopf.

Meine Freundin fuchtelte in der Luft herum, als würde sie eine Fliege verscheuchen wollen. »Alridon sieht so gut aus.«

Belustigt sah ich gen Himmel. »Ja, das stimmt. Aber wir sind da, um ihn für unsere Truppen zu gewinnen. Nicht, um ihn ins Bett zu bekommen.«

»Das wäre ja auch furchtbar, ihn mit körperlicher Zuneigung zu überzeugen.« Sie führte gespielt empört ihre Hand auf ihren Hals und schaute entsetzt.

»Melia!«

Sie kicherte, hakte sich bei mir unter und gemeinsam liefen wir zur Marktplatzebene hinauf. Trotz ihres heiteren Zustandes merkte ich, dass etwas Unausgesprochenes zwischen uns lag. Und ich wusste genau, was es war.

Ich blieb stehen und sah über Melia hinweg. Es fiel mir schwer, ihr ins Gesicht zu sehen. »Das, was in der Siedlung passiert ist. Das Feuer«, begann ich zu stottern. »Ich schwöre dir, das war keine Blutseherei!«

Melia packte sanft meine Hände, die ich vor Verzweiflung durch die Luft gewirbelt hatte. Ihre braunen Augen lächelten mich an. »Ich weiß, dass es keine Blutseherei war. Sie sieht ganz anders aus.«

Das erste Mal seit langem war ich erleichtert. »Weißt du, was es dann gewesen sein könnte? Ich meine, ganz offensichtlich kann ich Feuer irgendwie erzeugen, und das macht mir Angst.«

Eine warme Hand umklammerte meine Schulter. »Ich denke, du bist das, was die Menschen in dir sehen. Die Auserwählte.« Dann sah sie einmal an meinem Körper hinab. »Was es auch immer ist, es wird erst einmal niemand erfahren.«

Ich sah sie fragend an. »Hat es Iltras nicht mitbekommen?«

Sie schüttelte den Kopf. »Nein, er war noch bewusstlos.« Dann sah sie zu den beiden Männern.

»Die Ratssitzung findet gleich statt. Meinst du, es wäre eine gute Idee, Alridon daran teilhaben zu lassen?«, fragte ich, als wir oben ankamen.

»Finde ich gut.« Die Blonde zuckte mit den Schultern. »Es zeigt Vertrauen und ich glaube, das braucht der Großmeister. Er ist ziemlich skeptisch.« Dann deutete sie mit dem Kinn hinter mich. »Frag ihn«, schob sie mit einem gewaltigen Grinsen hinterher und verschwand in der Feste.

Na toll. Seufzend drehte ich mich um und erkannte die beiden Männer noch an dem Platz, an dem sie eben schon gestanden hatten. Nur sahen sie jetzt nicht mehr nach unten, sondern zu mir. Sie redeten also definitiv über mich! Großartig. Ich konnte mir nichts Schöneres vorstellen.

Mein Herz klopfte schneller, als ich den Großmeister sah. Er betrachtete mich aus der Ferne, wendete den Blick nicht von mir ab, auch wenn Iltras ihm gerade etwas ins Ohr flüsterte. Seine Augen musterten mich immer noch. Was ich tat, wie ich mich bewegte. Ob er jemals damit aufhören würde?

Ich atmete tief durch, dann lief ich auf die zwei Freunde zu.

»Na, Sonnenschein?« Iltras klopfte mir heftig auf die Schulter. Ich zuckte zusammen, versuchte, mir nichts anmerken zu lassen. Auch, wenn es ganz schön wehgetan hatte und meine Zähne aufeinanderschlugen.

»Die Ratssitzung steht in Kürze an.«

Iltras nickte entschlossen. »Jawohl, Herrin!«

Ich ignorierte ihn und sah zu Alridon. Grundan! Seine Augen machten mich wahnsinnig! Räuspernd versuchte ich, meine Fassung wiederzuerlangen. »Möchtet Ihr dabei sein?«

Kurz wurden seine Augen groß. »Ihr ladet mich in Euer Allerheiligstes ein?«

Entschuldigend zuckte ich mit den Schultern. »Ich denke, wir haben nichts zu verheimlichen. Entweder seid Ihr mit unseren Entscheidungen einverstanden oder eben nicht.«

»Wenn das so ist, folge ich Euch gern.«

Das wäre geschafft. Erleichtert lief ich voran, die beiden kamen mir nach.

Wenig später erreichten wir den Besprechungssaal. Gale beugte sich bereits über die Landkarte, ignorierte uns und starrte weiter auf das Pergament.

»Darf ich Euch vorstellen«, begann ich. »Alridon, das ist Melia. Meine engste Beraterin und Freundin.«

Die Blonde machte einen übertriebenen Knicks und der Großmeister senkte höflich den Kopf.

»Iltras hat mir viel von Euch erzählt. Schön, dass wir uns endlich kennenlernen.«

Ich sah flüchtig zum Kommandanten. »Gale kennt Ihr bereits.«

»Hauptmann«, entgegnete Alridon mit einem scharfen Unterton.

Gale zischte nicht weniger erbost zurück. »Großmeister.«

Oh weh. Die Stimmung war erdrückend, also fragte ich hastig: »Was gibt es Neues?«

Gale verschränkte die Arme hinter dem Rücken, ließ den Blick über uns wandern. »In den letzten Tagen sind neue Rekruten angekommen. Meine Männer weisen ihnen gerade ihre Quartiere zu. Dennoch sind es immer noch zu wenige. Außerdem berichteten meine Spione, dass sich ein Heer der Höchsten gebildet hat.«

Meine Augen wurden groß und ich schluckte. »Wohin wandern sie?«

Gale beugte sich über die Karte und zeigte auf Del'Nava. »Wir sind hier«, sein Finger wanderte über die Berge, einen Fluss und über weite Felder, »und hier wurden sie gesichtet. Sie sind definitiv auf dem Weg zu uns.«

Mein Hals schnürte sich zu. Es war also tatsächlich so weit und sie würden kommen. Eine Befürchtung zu haben und die Gewissheit zu besitzen, dass Del'Nava angegriffen wird - das waren zwei Paar Schuhe. In diesem Moment sagte niemand etwas. Selbst Iltras schwieg und rieb sich die Hände. Die Stimmung erdrückte mich.

Langsam sah ich zu Alridon auf. Er verengte die Augen, ballte die Hand zu einer Faust und starrte auf die Karte. »Ihr seid diesem Heer nicht gewachsen. Dessen seid ihr euch bewusst, oder?«

»Dessen sind wir uns sehr wohl bewusst. Wir verstecken uns nun mal nicht in Wäldern. Wir bereiten uns lieber auf den Krieg vor«, erwiderte Gale abfällig über den Tisch hinweg.

»Das hat nichts mit verstecken, sondern mit Leichtsinn zu tun. Ihr fordert einen Krieg heraus, den ihr nicht gewinnen könnt! Ihr seid noch lange nicht bereit für einen Überfall der Höchsten. Ganz im Gegenteil. Sie werden jeden Einzelnen von euch töten.« Alridon verschränkte die Arme, sah angriffslustig zum Hauptmann. Einen der beiden musste ich nachher fragen, woher sie sich kannten. Eine schöne Vergangenheit schienen sie nicht zu haben.

»Würdet Ihr Euch nicht so anstellen und Euch uns anschließen, dann hätten wir diese Probleme nicht!«, warf Gale ihm gestikulierend vor. Der Großmeister schüttelte den Kopf.

»Es reicht!«, schrie ich auf. Unglaublich! Mit dem strengsten Blick, den ich zu bieten hatte, funkelte ich Gale an. Das durfte doch nicht wahr sein. Hatte er meine Worte vorhin vergessen? Dass ich es ihm niemals verzeihen würde, wenn er es mit Alridon vermasseln würde? Ich seufzte laut. Das war ein tolles Beispiel, wie wunderbar unsere Ratssitzungen ablaufen konnten. Alridon würde uns nie folgen … Nie und nimmer. Es war vorbei, während die Höchsten bereits mit einem riesigen Heer auf dem Weg waren. Eine Schwere legte sich auf meine Brust und die Angst, zu versagen, erdrückte mich. Der Großmeister wäre unsere Chance gewesen. Verdammter Gale! Um die peinliche Stille zu beenden, sah ich entnervt zu Iltras. »Hat sonst noch jemand etwas vorzutragen?« Alle schüttelten den Kopf und ich war heilfroh, dass diese unangenehme Situation ein Ende hatte. Alridon und Gale würden wohl nie Freunde werden. Das spielte keine Rolle, denn der Großmeister hatte seine Entscheidung bereits getroffen. Ich sah es in seinen Augen. Wie er nach allem Ausschau hielt, was seine Entscheidung bekräftigte, sich nicht mit uns zu verbünden. Und hiermit hatte ich ihm gleich eine ganze Handvoll gegeben. Ein Königreich, das zu wenige Krieger vorweisen konnte, dessen Macht kaum ausreichte, um eine Armee aufzustellen, und eine vorgegaukelte Herrscherin, die Frekkon mehr als alles andere verachten musste. Dazu kam auch noch ein Großkotz von Hauptmann, der unseren möglichen Verbündeten beleidigte. Großartige Voraussetzungen, um einen skeptischen Großmeister zu überzeugen.

Nach der katastrophalen Besprechung zog ich mich in mein Zimmer zurück. Erschöpft ließ ich mich auf das Bett fallen. *Was für ein Tag …* Müde rieb ich mir über die Augen. Ich dachte an Alridons Worte. Er hatte mit allem recht. Wenn er sich uns anschließen würde, würde auch er seine Männer verlieren. Ich verstand, warum er es nicht riskieren wollte. Er allein sollte einen Haufen Abtrünniger und Bauern retten. Warum sollte er das tun? Es gab einfach keinen Grund dafür.

Als ich eine fremde Stimme in meinem Kopf hörte, zuckte ich zusammen. Panisch drehte ich mich um, sah zur Seite, aber niemand war hier.

»Elen?«, hörte ich sie wieder. Sie klang männlich, rau und tief. Aber es war, als käme sie direkt aus meinem Kopf.

Verwirrt kniff ich die Augen zusammen und antwortete in Gedanken:

»Ja?« Dabei kam ich mir selten dämlich vor.

Als Antwort kam jedoch: »Wo seid Ihr?«

Ich riss die Augen auf. Jemand war in meinem Kopf! Telepathie war eine unglaublich mächtige Magie und ich hatte sie noch nie gespürt. Gedankenkontrolle war das eine. Sich aber unterhalten zu können, obwohl niemand vor einem stand, war etwas anderes. »Alridon?«, fragte ich zurück und hörte ein sanftes Lachen in meinen Ohren.

»Ich muss mit Euch reden.«

Ich atmete tief ein und verriet ihm, wo er mein Zimmer fand. Kurz darauf klopfte es. Langsam erhob ich mich aus dem Bett und öffnete skeptisch die Tür. Blaue Augen sahen mich an. Schwarze Haare, die wuschelig in der Stirn hingen. Alridons Ausdruck war nichtssagend und ich wusste nicht, was ich tun sollte.

»Ihr wart in meinem Kopf?«, platzte es aus mir heraus.

Er lächelte kurz, sah mich jedoch weiter an. »Ich dachte, ich könnte mit Euch reden. Es dauert auch nicht lang.«

Ich sog scharf die Luft ein. Wahrscheinlich würde er mir jetzt sagen, dass er uns nicht folgen würde. Dass er Del'Nava schon untergehen sah. Dass ich ihm nicht reichte. Es tat mir weh, ihn wahrscheinlich nie wieder zu sehen. Trotzdem nickte ich, zog mir eine dicke Jacke über und ging mit ihm auf die Terrasse. Mittlerweile war es dunkel und die Sterne strahlten hell.

»Ihr seid nicht bereit für einen Krieg. Das wisst Ihr, oder?«, fragte er mich, lief weiter und sah zum Himmel. Seine Haltung wirkte starr. Genauso wie sein Gesichtsausdruck.

Kerzengerade stand ich jetzt vor ihm. Mein Atem ging schnell. Gleichzeitig war ich unendlich traurig. In diesem Moment konnte ich nicht einmal sagen, warum. »Es ist nicht leicht, sich in Rekordzeit eine Armee aufzubauen und gegen einen König zu kämpfen, der mehrere Reiche befehligt.«

»Nein.« Alridon schüttelte den Kopf. »Das ist es nicht und dafür habt

Ihr meinen tiefsten Respekt. Ihr seid stark und unendlich mutig. Ihr hättet so viele Möglichkeiten gehabt, zu fliehen oder aufzugeben, aber Ihr seid immer noch hier.« Er lächelte. »Ich habe viel von Euch gehört. Einige bezeichnen Euch als Herold. Die Menschen brauchen jemanden, an den sie glauben können, und Ihr seid für sie da. Allein deshalb seid Ihr die Hauptzielscheibe von König Frekkon. Den meisten würde das Angst machen. Dennoch wollt Ihr kämpfen, statt Euch zu ergeben, und ersucht nach Hilfe.

»Eine Hilfe, die Ihr uns verwehren werdet?«, fragte ich atemlos.

Der Großmeister antwortete mir nicht, lief zur Brüstung, lehnte sich daran und sah über Del'Nava. »Ich bin mir sicher, Ihr wisst gar nicht, was Ihr für diese Menschen bedeutet. Ihr seid zu bescheiden, um es zu sehen.«

Ich folgte seinem Blick. Er glitt über die Außenmauer, zur Stallung, dann zurück zu mir.

»Ihr seid eine der wenigen, die etwas gegen die Wächter unternehmen wollen. Die meisten verstecken sich aus Angst oder passen sich an. Ihr nicht.« Bei diesen Worten drehte er sich zu mir um. Er stand unweit von mir. Es war, als könnte ich sein Herz schlagen hören. Seinen Gedanken zuhören. Leider blieben sie mir verborgen. »Ihr widersetzt Euch, obwohl Ihr wisst, dass Ihr verlieren werdet. Was gibt Euch diese Kraft?«

Ich wurde stutzig und sah ihn an. »Dieselbe Frage könnte ich Euch doch auch stellen. Die Höchsten nahmen Euch Eure Schwester. Sie jagten Euch quer durch das Land. Setzten ein Kopfgeld auf Euch aus. Es muss schrecklich gewesen sein, niemandem vertrauen zu können. Ständig auf der Flucht zu sein, sich dennoch im Verborgenen ein Heer aufzubauen. Trotzdem hättet Ihr Euch ihnen unterwerfen können. Das tatet Ihr aber nicht. Ihr trotzt ihnen. Eure Männer mögen sicherlich gute Kämpfer sein, aber gegen eine Armee von Wächtern können sie genauso wenig ausrichten wie wir. Ihr seid zu wenige. Genauso wie wir zu wenige sind. Wenn wir etwas erreichen wollen, müssen wir uns zusammenschließen.«

Während meiner Ansprache sah mich Alridon an. Er bewegte sich nicht. Dafür huschten seine Augen von meinem Mund zu meinen Augen, meinen Haaren, um mir dann doch wieder in die Augen zu sehen. »Ihr seid ganz schön wortgewandt.«

»Einer muss es ja sein«, sprach ich ernster als beabsichtigt.

Der Großmeister lachte und ich meinte, er würde sich leicht nervös über den Nacken fahren. Könnte aber auch nur Einbildung gewesen sein. Er war sowieso sehr schlecht zu durchschauen. Das lernte man wohl, wenn man eine Vergangenheit wie er hatte und so viele Menschen, die man liebte, verloren hatte.

»Vertraut Ihr Euren Männern?«

Alridon verengte die Augen zu Schlitzen und sah mich fragend an. »Ich würde ihnen mein Leben anvertrauen.«

»Dann solltet Ihr lernen, auch anderen zu vertrauen. Nicht jeder will Euch ausnutzen oder verändert sich, sobald er über Macht verfügt. Es gibt immer noch gute Menschen, die etwas bewegen wollen. Nicht jeder ist so, wie Ihr denkt.«

Der Großmeister kam mir näher. So nah, dass ich den Kopf in den Nacken legen musste, um ihn ansehen zu können. Seine Mimik war starr, wenngleich seine Augen funkelten. Ich meinte, ich könnte in ihnen die gesamte Welt sehen. Es war atemberaubend und seltsam zugleich. Seine Körperwärme übertrug sich auf mich.

»Und Ihr meint, Ihr würdet nicht irgendwann wahnsinnig werden, wenn die Macht Euch erdrückt?« Er umkreiste mich, wie ein Tier auf der Jagd. »Wenn die Last der Menschen bleischwer auf euren Schultern liegt?«

Er war hinter mir. Ich fühlte seine Anwesenheit als ein gefährliches Kribbeln auf meinem Rücken. »Wenn der Tod Eurer Gefolgsleute Eure Seele auffrisst?« Mit diesem Satz stand er wieder vor mir. »Meint Ihr,

Ihr würdet dieselbe bleiben?«

Ich konnte nicht anders, als den Kloß in meinem Hals herunterzuschlucken. Was dieser Mann mit Worten in mir auslösen konnte, war unbeschreiblich. Mit bebendem Hals sah ich zu ihm auf. War unfähig, die richtige Antwort zu finden. Woher sollte ich wissen, was in einigen Jahren sein würde? Falls ich in dieser Zeit überhaupt noch leben würde. Dann sah ich beherzt auf. »Ich bin jetzt schon nicht mehr dieselbe Person, wie die, die hier ankam. Mit der Zeit bin ich mutiger geworden, habe mir mehr zugetraut, versuchte, die Welt zu verstehen.« Mein Gesicht verhärtete sich. »Ich kann Euch nicht versprechen, dass ich mich nicht verändern werde, aber ich kann Euch versprechen, mich niemals gegen meine Leute zu stellen.«

Alridon blickte mich undurchdringlich an. Kurz wünschte ich mir, etwas aus seinem Gesichtsausdruck ablesen zu können, aber es war reglos. Ich meinte sogar, er wirkte angespannter als noch vor wenigen Augenblicken. Als wollte er meinen Widerspruch überhaupt nicht hören. Wahrscheinlich wäre es ihm lieber gewesen, ich wäre die Art von Herrscher, die er hasste. Warum er mich dennoch nach meinen Absichten fragte, wusste ich nicht. Wo doch seine Antwort auf eine einfache Frage von seinem Gesicht ablesbar war. Vielleicht hatte er tatsächlich Zweifel, ob er die richtige Entscheidung getroffen hatte.

»Ihr kamt, um mir zu sagen, dass Ihr uns nicht helfen werdet, nicht wahr?«

Der Großmeister sagte nichts. Sah mich an, studierte meine Mimik.

»Ihr hattet sicherlich kein einfaches Leben«, begann ich von vorn, da es doch egal war, was ich noch sagte. Mit seinem Schweigen hatte er mir wortlos die Antwort gegeben. »Ich weiß, dass Ihr Euren ehemaligen Anführer getötet habt, ein Leben auf der Flucht verbracht habt und wahrscheinlich mehr Kämpfe ausgefochten habt, als alle Männer in Del'Nava zusammen. Allein die Narbe in eurem Gesicht zeugt davon.« Ich ging einige Schritte auf ihn zu. So nah, dass ich ihn mit Leichtigkeit hätte berühren können. Aber ich tat es nicht. Stattdessen sah ich zu ihm auf. »Ihr seid rastlos und dieses Gefühl lässt Euch kalt werden. Ihr vertraut niemanden, habt bei jedem Menschen das Gefühl, er würde Euch hintergehen.« Ich trat noch einen Schritt näher. Alridon zog sich innerlich zurück. Das konnte ich deutlich spüren. Entweder hatte ich gerade eine Tür aufgestoßen oder sie für immer verschlossen. »Ihr lasst andere für die Fehler Eures ehemaligen Vorgesetzten büßen und das ist nicht fair.« Ich hielt kurz inne, sah ihn scharf einatmen. »Egal, wie Ihr Euch entscheidet, lasst solche Dinge nicht an Menschen aus, die nichts dafür können.« Mit diesen Worten ließ ich ihn stehen und ging zurück in mein Zimmer.

Lange Zeit saß ich auf meinem Bett und starrte in den Kamin, als jemand an meiner Tür klopfte. Bevor ich antworten konnte, trat Melia ein.

Ich seufzte. »Ist Alridon fort?«

Sie nickte bedrückt, während sich eine Schwere auf meine Schultern legte. Mit schwerem Herzen senkte ich den Kopf und dachte an den Krieger zurück. An die Rettung, die wir gebraucht hätten, aber nicht bekommen würden. In diesem Moment wurde mir das erste Mal so richtig bewusst, dass wir niemals gewinnen könnten, und es war ein Gefühl wie Ertrinken. Für einen Herzschlag schloss ich die Augen, dann sah ich Melia an. »Haben wir Neuigkeiten von dem Spion?«

Sie schüttelte den Kopf. »Leider noch nicht, aber wir werden ihn finden.« Melia zog kritisch eine Mundseite nach unten. »Ich muss dir etwas sagen.«

Verwirrt drehte ich mich zu ihr um. »Dann sag es mir.«

»Es ist schwer zu erklären. Du solltest es sehen.« Sie deutete mit dem Kopf in die Gänge. »Komm mit.«

Einige Zeit liefen wir durch die große Eingangshalle der Feste und blieben vor dem Thron stehen.

Ich konnte nicht sagen, warum, aber ich bekam ein ungutes Gefühl. Die Art, wie mich die Blonde erwartungsvoll ansah, gefiel mir gar nicht. »Was sollen wir hier?«

»Nun ja.« Melia begann mit nach hinten verschränkten Armen um mich herum zu laufen. Sie sah dabei nach vorn, als würde sie mit jemand anderen reden. »Iltras, Gale und ich haben uns heute abgestimmt.«

Misstrauisch stemmte ich die Arme in die Hüfte und hob den Blick. »Worüber abgestimmt?«

Mit meiner Frage blieb sie stehen, drehte sich lässig zu mir um. »Du weißt, dass Del'Nava einen Anführer braucht.«

Ich verengte die Augen, verschluckte mich gleichzeitig. »Das kannst du vergessen!«, keuchte ich. »Ich bin doch keine Herrscherin, Melia.«

»Du führst sie doch bereits an. Sie vertrauen dir. Du bist nur zu stur, um es zu sehen.«

Fassungslos schüttelte ich den Kopf. Mir fehlten die Worte. »Du hast gesehen, wozu ich fähig bin. Ich habe irgendetwas in mir, dass ich nicht kontrollieren kann. Du hast mitbekommen, was ich getan habe. Ich bin keine Herrscherin, sondern ein dampfender Kaminofen!«

»Du musst lernen, es zu kontrollieren.«

»Es zu kontrollieren? Ich bitte dich, du besitzt doch keine Magie!«, stieß ich aus.

Melia legte den Kopf schief und musterte mich auffordernd.

»Du …«, ich hielt inne, sah sie vollkommen verdattert an. »Was?«

Sie lief auf mich zu, packte mich sanft an der Schulter. »Sieh her.« Sie schob die Ärmel ihres Kleides nach oben. Wo vor wenigen Stunden noch dicke Wunden klafften, verursacht durch den Angriff, war jetzt nichts mehr zu sehen. Als sie ihre Schulter freilegte, in der eine Klinge gesteckt hatte, sah ich nun nicht mal mehr eine Narbe.

Fassungslos schüttelte ich den Kopf, taumelte einige Schritte zurück. Sie hingegen lief entschlossen auf mich zu.

»Du bist nicht allein. Von uns gibt es vier.«

»Vier«, quietschte ich. »Wovon redest du denn da?« Ich verzerrte das Gesicht, wich vor ihr zurück, doch sie lief weiter auf mich zu. »Melia? Du machst mir Angst.«

Mit diesen Worten blieb sie stehen.

Mein Herz schlug schneller.

»Ich werde dir erklären, warum du so schnell heilen kannst und warum du Visionen siehst. Es ist an der Zeit, dass du die Wahrheit erfährst.«

Mein Mund blieb offenstehen. Gerade wie eine Kerze stand ich vor ihr und gaffte sie an. »Ich habe dir nie von meinen Visionen erzählt.«

Sie senkte den Blick, sah mich von unten her an. »Nein, aber ich habe sie auch und ich werde dir alles erklären, wenn du mir versprichst, dass du über den Herrscherstatus nachdenkst.«

Mit einem Kloß im Hals sah ich zu dem prächtigen Stuhl hinauf. Seine pure Eleganz löste nichts als Groll in mir aus. »Du erpresst mich.«

»Nein, ich lasse dir die Wahl. Du sollst darüber nachdenken. Mehr nicht.«

»Nun gut«, lenkte ich ein, da die Neugierde in mir kribbelte. Ich hatte mich schon gewundert, wie Melia kurz nach dem Angriff bereits wieder so fit wirken konnte. Aber niemals hätte ich gedacht, dass mich so etwas erwarten würde.

»Schön«, antwortete sie mir mit einem Lächeln. »Dann mach dich bereit. Ich werde dir Dinge zeigen, die dich an allem zweifeln lassen werden.«

Fassungslos sah ich dabei zu, wie sie sich von mir entfernte.

»Nur so viel: Die Menschen liegen nicht unbedingt falsch, dich als Auserwählte zu bezeichnen.« Sie drehte den Kopf wieder Richtung Ausgang. »Wir sehen uns morgen früh bei der Stallung!«

KAPITEL 19

Am nächsten Tag quetschte ich mich in eine dicke Lederhose, warf eine weiße Bluse über und schnürte die braune Korsage fest. Darüber zog ich die beiden Kurzschwerter und legte einen Gürtel samt Dolchen an. Wer wusste schon, was Melia vorhatte. Dann lief ich zur Stallung.

Die Blonde erwartete mich sehnsüchtig. Auch sie hatte eine leichte Rüstung angelegt und saß bereits auf ihrer Stute. »Wo warst du so lange?«

Mit einem Lächeln schüttelte ich den Kopf. »Ich musste darüber grübeln, ob du mich nicht heimlich umbringen wirst.«

Jetzt lachte auch sie. »Na komm, wir müssen uns beeilen.«

Ich hasste Überraschungen, dennoch machte sie mich neugierig, also setzte ich mich auf das schwarze Ungetüm. Wenig später ritten wir aus Del'Nava.

Lange Zeit galoppierten wir über die grasbedeckten Wiesen.

Als die Sonne langsam unterging, zügelten wir die Tiere und trabten durch die Landschaft. Wir mussten sehr weit von Del'Nava entfernt sein. Wären wir zu Fuß unterwegs, hätten wir bereits zwei Tage gebraucht. Vielleicht auch drei, bei dem Tempo, das Melia an den Tag legte. Es war, als wäre jemand hinter ihr her. Die Tiere schnauften wild und schienen zu leiden. Ihre Bäuche bebten und der Blonden schien es nicht zu gefallen, dass sie eine Pause brauchten.

»Wieso hetzt du so?«, fragte ich sie, als ich selbst wieder Luft bekam.

»Weil uns nicht viel Zeit bleibt. Es ist ein weiter Weg und wir sollten nicht lange in Del'Nava fehlen.«

Als sie sprach, sah ich sie mir genauer an. Sie wirkte angespannt. Selbst ihre Mähne war heute seltsam zerzaust und das lag nicht an dem wilden Ritt. Sie hatte bereits heute Morgen zerstreut ausgesehen. Die Stimmung zwischen uns war seltsam. Melia war so anders als sonst. Sie redete kaum, ihr Blick war stur geradeaus gerichtet und sie sah mich selten an.

»Wo ist eigentlich deine Familie?«, fragte ich sie, um die Stille, die sich wie ein Schleier über uns gelegt hatte, zu durchbrechen.

Sie lächelte mich kurz an, sah dann aber wieder geradeaus. »Meine Mutter lebt in Thorstein als Einsiedlerin im Wald.«

»Ganz allein?«

»Ja. Meine Familie war schon immer eigen. Der wichtigste Grund, sich zu verstecken, waren aber die Magierfesten. Mein Vater wollte mich um jeden Preis davon fernhalten.« Bei dem letzten Satz sah sie zu Boden.

»Du besitzt also doch Magie und es war keine Einbildung, dass du den Sturm verursacht hast?«

Sie sah mich nicht an aber ich bemerkte, wie sie die Augen zusammenkniff. »Ich besitze Magie, wurde aber nie ausgebildet und eigentlich halte ich es gern zurück.«

»Warum?«

Jetzt schloss sie schmerzverzerrt die Augen, ballte gleichzeitig die Fäuste um die Zügel. »Weil ich meinen Vater als Kind damit getötet habe. Ich konnte es nicht kontrollieren und schwor mir, sie nie wiedereinzusetzen.«

Ich sog scharf die Luft ein und starrte sie an. Erst nach zwei Herzschlägen senkte ich den Kopf. »Das tut mir leid«, flüsterte ich.

Sie schwieg, sah einige Zeit über die weite Landschaft, die immer hügeliger wurde, und flüsterte dann: »Mir auch. Manche Dinge können wir nicht steuern.«

Gedankenverloren knabberte ich an meiner Unterlippe herum. »Das stimmt. Seine Eltern zu verlieren, ist nie leicht.«

Melia beobachtete mich, als studierte sie jede meiner Muskelzuckungen. »Konntest du dich bereits in der Magierfeste an sie erinnern?«

Ich nickte. »Ja, ich hatte schon länger Träume. Kurz vor der Wandlung habe ich erfahren, dass die Magier nur nicht träumen können, weil die Wächter ihnen das Gedächtnis gelöscht hatten und ihnen die Träume nahmen.«

Nun war es Melia, die schwieg. Sie blickte über die Landschaft, aber ich war mir sicher, dass sie vor ihren Augen etwas anderes sah. »Ich kann mir nicht vorstellen, wie es ist, den Großteil seines Lebens nicht träumen zu können.« Dann sah sie mich lange an. »Warst du ohne Träume glücklicher?«

»Hmm«, sprach ich gedankenverloren und versuchte, mich an die Zeit zu erinnern, bevor sie anfingen, mich zu plagen. »Ehrlich gesagt war ich nie sonderlich glücklich in der Magierfeste. Ich habe mich immer nach der Außenwelt gesehnt. Viele der Schüler waren mit dem strukturierten Alltag zufrieden. Ich hingegen sehnte mich immer nach etwas anderem. Also nein, ich würde es nicht als glücklicher bezeichnen. Es war nur … anders.«

Während ich sprach, beobachtete sie mich. Erst, als ich aufhörte, blickte sie wieder nach vorn. Sie wirkte traurig und ich konnte spüren, dass sie irgendetwas belastete. »Warum fragst du mich das?«

»Weil ich mir oft gewünscht habe, nicht träumen zu können. Dann müsste ich nicht jede Nacht aufs Neue erleben, wie ich meinen Vater als Kind getötet habe.«

Ihre Stimme klang brüchig, während sie den Kopf senkte und das Pferd anstachelte, schneller zu laufen. Ich hatte Mühe, wieder auf selber Höhe mit ihr zu reiten, beschloss aber, das Thema ruhen zu lassen. Es tat ihr weh, also versuchte ich sie abzulenken. »Wie bist du eigentlich in Del'Nava gelandet?«

»Was hat Iltras dir erzählt?«, lächelte sie mich mit traurigen Augen an.

»Was hat Iltras damit zu tun?«

Jetzt lachte sie ungläubig. »Er hat ausnahmsweise nichts erzählt?«

Verwirrt schüttelte ich den Kopf. »Nein. Nichts, was mit dir zu tun hätte.«

»Iltras ist mein Schwager.«

»Dein was?«, stieß ich hervor. Nie im Leben hätte ich damit gerechnet. Nie! »Ich fasse es nicht!« Mir klappte der Unterkiefer nach unten.

Melia brachte ein erbärmlich klingendes Gackern zustande. »Kaum zu glauben, was?« Sie schwieg kurz, dann fügte sie hinzu: »Ich kannte ihn damals nicht sonderlich gut. Mutter begrüßte es nicht, dass meine Schwester einen Mann ohne Magiebegabung heiraten wollte. Sie war immer dagegen, also gingen beide nach Arkna und lebten einige Zeit dort, doch es trieb sie zurück. Als meine Schwester ihr zweites Kind erwartete, besuchte ich die beiden in Silbstedt. Es ist eine tolle Stadt! Dort gab es Unmengen an Stoffen.« Verträumt sah sie in den Himmel. Dabei glitzerten ihre Augen. Ganz so, als könnte sie in Gedanken über Seide streicheln. Daran änderte auch die karge Landschaft, die vor uns lag, nichts. Die Hügel wuchsen zu Bergen an und der Boden wurde immer trockener.

»Ich wusste gar nicht, dass du teure Stoffe magst. Meistens sehe ich dich in Waldläuferanzügen und selten in dreckigen Kleidern, die mehr wie Lumpen aussehen.« Ich sah an ihrem Körper herunter und konnte mir ein Schmunzeln nicht verkneifen. »Dass du gern schöne Kleider trägst, hätte ich nie vermutet.«

»Doch. Früher habe ich mich öfter in die Städte geschlichen und mich gerne zurechtgemacht. Es gab Bälle, Feierlichkeiten und am Hofe immer etwas zum Anstoßen. Jetzt sind die Zeiten anders. Für den Krieg muss man nicht schön aussehen.« Dabei zog sie eine beleidigte Schnute.

»Bälle?«, fragte ich. »Mit Masken und Tänzen, die die ganze Nacht dauerten?« Mein Herz schlug schneller, während ich lächeln musste. Ich hatte davon in Büchern gelesen. Noch heute träumte ich davon, mit einer Maske über das Parkett zu fliegen. Nur ein einziges Mal.

»Ja, aber glaub mir. Von dem ganzen Tratsch würde dir schwindlig werden.« Melia verdrehte die Augen. Dann wurde sie ernster. »Ich war nicht lange in Silbstedt, denn dann ...« Ihre Worte brachen ab.

»Den Rest kenne ich von Iltras.«

Melia nickte, froh darüber, nicht weiter erzählen zu müssen. »Ich kenne Iltras bereits viele Jahre. Er ist eine treue Seele und würde uns niemals verraten.«

Ich nickte gedankenverloren. In den letzten Tagen war so viel passiert und wir hatten keine Zeit gehabt, uns noch einmal über den Verrat in der Siedlung zu unterhalten. Dennoch wusste ich, dass Iltras es nicht gewesen war. Er würde so etwas niemals tun. Daran musste ich einfach glauben.

»Wir sind da«, sprach Melia, riss mich damit aus meinen Gedanken und schwang sich aus dem Sattel.

Ich tat es ihr gleich und sprang auf den Boden.

Wir liefen einige Zeit, bis wir am Fuße eines Berges standen. Ich musste den Kopf in den Nacken legen, doch ich erkannte seine Spitze nicht. Es war, als stünde ich vor einem gigantischen Wall, der alles abschirmte. Dieser Anblick war unglaublich. Die Berge! Vielleicht sollte ich probieren, ob ich von ihrem Gipfel in den Himmel wandern konnte. Irgendwie glaubte ich fest daran, dass es so sein würde.

Noch bevor ich fragen konnte, was wir hier sollten, sprach Melia: »Sieh genau hin.«

Sie schloss sanft die Augen. Nach einer Weile atmete sie tief ein und legte die Arme zur Seite. Es geschah nichts und ich fragte mich ernsthaft, ob die Blonde vollkommen verrückt geworden war.

»Was wird denn das?«, quatschte ich dazwischen.

»Du sollst zusehen, nicht meckern!«

Schlagartig peitschten eisige Böen an mir vorbei. Sie heulten wie rastlose Seelen. Schlotternd rieb ich mir über die Arme. Der Wind ging in einen Sturm über. Mir flogen die Haare ins Gesicht. Meine Haut prickelte, während ich wieder diese eine Magie spürte. Es war wie bei dem Angriff der Wächter, als ein ähnlicher Sturm aufgezogen war.

Etwas bewegte sich hoch oben in dem Gipfel. Gefolgt von einem Zerrgeräusch. Ich schielte mit zusammengekniffenen Augen hinauf. Wieder dieses Geräusch. Immer lauter. Immer schneller. Mir wurde verdammt mulmig. Egal, wie sehr ich mich anstrengte, ich konnte nichts sehen. Dafür aber hören. Irgendetwas schoss gerade auf uns herunter.

»Äh, Melia«, sprach ich eingeschüchtert und ging drei Schritte zurück. »Wir sollten besser gehen.«

Da erkannte ich, wie sich Stufen aus dem Stein schälten! Im rasanten Tempo traten sie hervor, bis sie bis zum Boden, auf dem wir standen, reichten. Mit offenem Mund starrte ich Melia an, dann wieder zu der Treppe, die entstanden war. Wieder zu der Blonden. Bei Grundan!

»Karitus«, sprach Melia gedankenverloren. »Der Berg der verlorenen Seelen. Zumindest nenne ich ihn so.«

»Der Berg der was?«

»Komm«, forderte sie mich auf.

Mit einem tiefen Seufzer folgte ich ihr. Was würde ich dafür geben, mich in mein Zimmer zu verkriechen. Das alles war mehr als seltsam. Trotzdem ging ich die endlosen Stufen hinauf. Sie reichten so weit nach oben, dass ich kein Ende erkennen konnte.

Inzwischen nahm die Sonne einen roten Ton an und verschwand immer mehr hinter dem Horizont. Vorsichtig schlich sich Kälte ein. Je höher wir kamen, umso frostiger wurde es. Eine Ewigkeit stampften wir schon die unendlich wirkenden Stufen hinauf. Bei dreihundert hörte ich auf zu zählen.

»Als Silbstedt von den Höchsten überrannt wurde, verlor ich Iltras im Gefecht. Ich sah ihn erst in Del'Nava wieder. Zu jener Zeit lebten wenige Menschen dort. Gale zum Beispiel.«

»Gale war schon vor dir da?«

»Ja«, antwortete sie knapp.

»Er floh ebenfalls und war eine große Stütze für die Menschen dort. Etwa drei Tage nach meinem Eintreffen kam dann auch Iltras nach.«

»Aus welchem Krieg floh Gale? Er ist kein Magier, sondern ein ehemaliger Wächter.«

Sie nickte. »Wenn ein Wächter sich gegen seinen Vorgesetzten wendet, hat er kein schönes Leben. Ihm blieb sicherlich nichts anderes übrig, als zu fliehen.« Sie stoppte kurz. »Hat er dir erzählt, dass die Wächter einen Trank nehmen, der sie süchtig werden lässt und sie gegen Magie immun macht?«

Ich sah Melia einen Moment an, schnappte durch die unzähligen Stufen nach Luft. »Ja, das hat er. Er hat mir aber auch erzählt, dass er es nicht mehr nimmt.«

»Ich glaube ihm. Er ist magieanfällig.«

Misstrauisch musterte ich meine Freundin. »Und woher weißt du das?«

Sie kratzte sich verlegen am Nacken und starrte die Stufen an. »Vielleicht habe ich einmal versucht, in seine Gedanken einzudringen. Also

... womöglich.«

Ich lachte gen Himmel. »Hat es funktioniert?«

»Nicht so wirklich. Die Wächter lernen, sich gegen Gedankenleserei abzuschotten. Ganz ohne dieses Mittel.«

»Weißt du, was zwischen unserem Hauptmann und dem Großmeister passiert ist?«, wechselte ich das Thema.

Melia presste die Lippen zusammen. »Nein. Ich habe wirklich keine Ahnung. Ich bin genauso neugierig wie du. Schade, dass Alridon nicht mehr bei uns ist.«

Ich nickte stumm und dachte an den schönen Großmeister. An die blausten Augen, die ich je gesehen hatte. Ein sein seichtes Lächeln aber auch an seinen misstrauischen Blick. Auch, wenn ich ihn vor meinem geistigen Auge sah, musste ich traurig schlucken. Er war fort und würde uns nicht helfen. Und zu allem Überfluss fehlte er mir auf eine Art, die weit über ein Bündnis zwischen zwei Reichen hinausging. »Dieses Mal war ich zumindest nicht diejenige, die irgendwas vermasselt hat«, sprach ich zu meiner Freundin und versuchte mich damit abzulenken.

Melia lachte und ihre blonden Strähnen fielen in den Nacken, als sie nach oben sah.

Langsam brannten mir die Oberschenkel von dem Aufstieg. Meine Brust wog schwerer als ein Fels. Mein Atem ging stoßweise. Meine Beine waren so auf die Treppe eingespielt, dass ich die flache Ebene nicht bemerkte.

»Ah!«, schrie ich und ruderte mit den Armen. In letzter Sekunde schaffte ich es, mein Gleichgewicht wiederzufinden. Melia hätte auch sagen können, dass wir oben angekommen waren!

»Nur noch hier rein, dann sind wir da.« Dabei zeigte sie mit ihrem Daumen hinter sich. Was ich dort erkannte, forderte mir alles ab.

»Da gehe ich sicher nicht rein!« Mit verschränkten Armen schüttelte ich den Kopf. Eine dunkle Höhle und ich? Das waren zwei Dinge, die nicht zusammenpassten.

»Du wolltest Antworten?« Die Blonde legte den Kopf schief. »Na komm.« Sie nahm mein Handgelenk und zog mich mit sich.

Meine Finger wurden schmierig. Ich wollte das nicht! Es war kalt, dunkel und feucht, doch Melia ließ mir keine Wahl. Sie zerrte mich in die Höhle und lockerte dann zu meinem Entsetzen ihren Griff! Ich konnte ein Fiepen nicht unterdrücken. Hilfesuchend fummelte ich an den Steinwänden herum. »Ich hasse dich. Das ist dir hoffentlich klar.«

»Das wird sich auch wieder legen«, sagte sie mit einem Lachen.

»Jetzt hasse ich dich noch ein Stück mehr.«

Sie kicherte und ich ballte die Fäuste. Wäre es nicht so stockdunkel, würde ich auf sie zulaufen und sie schlagen. Stattdessen versuchte ich, mein klopfendes Herz zu beruhigen. Mit jedem Meter, den ich voranschritt, stank es stärker. Ein süßlicher Geruch verband sich mit etwas Modrigem.

»Das verzeihe ich dir nie!«, giftete ich in die Dunkelheit.

Es erklang ein leises Kichern. *Ganz toll.*

Mittlerweile war es so dunkel, dass ich nur noch winzige Schritte nach vorne wagte. Mit beiden Händen tastete ich die Wände ab, um dann vorsichtig einen Fuß vor den anderen zu setzen. »Warum hast du nicht gesagt, dass wir Fackeln mitnehmen müssen?«

»Ich habe doch dich.«

»Witzig«, erwiderte ich pampig. Wo auch immer sie war. Ich schimpfte einfach in eine Richtung und hoffte, sie würde dort stehen. »Ich werde diese Macht nie wieder einsetzen. Ich kann sie nicht kontrollieren.«

Wütend tapste ich weiter, doch da war kein Boden! Nein, nein, nein. Ich verlor den Halt, schrie, ruderte mit den Armen, mein Magen bäumte sich auf. Es war zu spät. Ich war in der Luft und … fiel!

KAPITEL 20

König Frekkon

»Ihr habt es also nicht geschafft, diese lächerliche Frau trotz eines Hinterhaltes aus dem Weg zu räumen?«

Frekkons Augen verhärteten sich. Sofort wurde es einige Grad kühler und die Nackenhaare des Boten stellten sich auf.

»Nein, mein König«, sprach er mit gesenktem Kopf. Seine Fingernägel bohrten sich schmerzhaft in seine Haut. »Wir haben die Nachricht an Euren Spitzel weitergegeben und der Hinterhalt wurde ausgeführt, aber …«

»Aber was?« Die Stimme des Königs ging in Lachen über. Ein grausames Dröhnen ohne einen Hauch von Gefühlen. »Aber was?«, wiederholte er ruhiger, dafür wesentlich gefährlicher. »Del'Nava ist eine Siedlung voller Abtrünniger und Bauern, richtig?«

Der Bote nickte eifrig.

»Sie besitzen keine nennenswerte Verteidigung, richtig?«

»Unser Spitzel berichtete, dass sie den Wall verstärken und Männer ausbilden.«

Frekkon ließ sich langsam in seinen Thron zurückgleiten. »Ein Wall hält euch davon ab, ein Mädchen zu töten?« Er schüttelte mit geschlossenen Augen den Kopf.

Stille breitete sich zwischen den beiden aus. Der König zerstückelte halbherzig einen Apfel und stopfte sich ein Teil davon in seinen Mund. Dabei behielt er den Boten stets im Blick. Dieser versuchte, standzuhalten, knickte dann aber doch ein.

»Eure Exzellenz, wollt Ihr nicht wissen, warum die Wächter die Frau nicht töten konnten?«

Der König lachte trocken. »Na ganz offensichtlich, weil ihr alle zu dumm dafür seid.«

Der Bote schluckte laut. »Es ist wahr, was die Menschen über sie sagen. Sie ist wahrhaftig die Feuerfrau.«

Frekkons Augen verdunkelten sich. »Was redet Ihr da für einen Unfug. Sie kann kein Feuer beherrschen.«

Mit einer Handbewegung winkte der Bote zwei Wächter heran, deren Haut an vielen Stellen verbrannt war. Sie zerrten einen leblosen Körper über den Boden und ließen ihn vor dem König fallen. »Diese Männer waren an dem Hinterhalt in der Siedlung beteiligt. Sie berichten, dass die Feuerfrau die Männer von innen heraus verbrannt hatte. Jeder, der in ihrer unmittelbaren Nähe stand, starb.«

Die beiden Wächter konnten sich kaum auf den Beinen halten, während Frekkon sich vom Thron wegdrückte und die Leiche begutachtete.

»Seht Ihr das, Eure Exzellenz? Das Feuer kam von innen.«

Der König beugte sich vor, sah über die verbrannten Augen, die verkohlte Stirn bis zu den aufgeplatzten Lippen. Dann stach er mit seiner Klinge in den Bauch des toten Kriegers und blickte ins Innere. Ein widerwärtiger Gestank zog in die Luft. Die Gedärme wirkten verkohlt.

»Bringt das Mädchen zu mir. Lebend. Koste es, was es wolle. Nehmt jedes Opfer in Kauf, das euch angemessen erscheint.« Der König presste die Hand zu einer Faust, als würde er die Feuerfrau im Geiste zerquetschen. »Sie muss leiden, um mit euch zu kommen. Nehmt ihr, was sie am meisten liebt. Bringt sie dazu, ihre Freiheit gegen die Sicherheit der anderen einzutauschen. Ihr muss ihr eigenes Leben weniger wert sein, als das der anderen. Zieht Männer von der Armee ab. Greift Del'Nava an, tötet die Menschen, die ihr etwas bedeuten.« Frekkon trat zurück und setzte sich erhaben auf seinen Thron. Seine Arme lagen locker auf den Lehnen, auch wenn er angespannt wirkte. »Lasst euch etwas einfallen und achtet darauf, dass sie lebend bei mir ankommt. Keine Angst. Wenn sie das ist, was ich denke, dann kann sie nicht so leicht sterben.« Er lächelte gefährlich. »Ich habe Großes mit ihr vor.«

Der Bote nickte. »Dann weiß ich, was zu tun ist.« Mit diesen Worten verließ der Bote Wandore, das Reich der Höchsten, und bereitete etwas vor, das der Feuerfrau das Genick brechen würde.

KAPITEL 21

Stöhnend drückte ich mich von dem kalten Stein weg. Gütiger, tat das weh. Der Aufprall ließ mich all meine Rippen spüren. Ich hätte schwören können, dass ich mir mindestens eine gebrochen hatte.

Als ich die Augen öffnete, hatte ich das Gefühl, tot zu sein. Es war so dunkel, dass ich nichts erkannte. Nichts außer tiefschwarzer Nacht. Hektisch sah ich hinter mich, fuhr nach links, dann nach rechts. Da war nichts, außer absoluter Dunkelheit.

»Melia?«, fiepte ich ängstlich.

»Ich bin hier«, hörte ich sie. Ihre Stimme verursachte ein Echo, sodass sie direkt neben mir hätte stehen können oder am anderen Ende der Welt. Schwer zu sagen.

In der Dunkelheit tastete ich mich am Boden entlang und hievte mich nach oben. So eine Finsternis hatte ich nie zuvor gesehen. Kein einziger Lichtstrahl drang hinein und nichts erhellte auch nur im Ansatz meine Umgebung. Vorsichtig wankte ich einige Schritte vor, als etwas Hartes meinen Kopf begrüßte.

»Aua!«, stieß ich hervor und rubbelte über die schmerzende Stelle. Auch das noch. »Habe ich schon erwähnt, dass ich dich hasse?«

»Ach, nur ein paar Mal.«

Jemand berührte meine Schulter. Kreischend zuckte ich zusammen, taumelte, versuchte irgendwo Halt zu finden. Wie eine Verrückte fuchtelte ich in der Luft herum. »Geh weg!«

»Elen, ich bin es nur.«

Erleichtert pustete ich die angesammelte Luft heraus.

»Du musst die Fackeln anzünden«, flogen Melias Worte über die Steine, zogen über die Wände und hallten zu mir zurück.

»Das kannst du vergessen. Ich werde das Feuer nie wieder herauslassen!« Wäre es hell, würde sie meinen trotzigen Gesichtsausdruck sehen.

»Akzeptiere deine Macht und sie akzeptiert dich. Jetzt konzentriere dich und fühle nach ihr.«

»Nein. Das kann ich nicht. Ich könnte dich töten! Schon vergessen? Ich werde zu einem dampfenden Ofen und bringe jeden um.«

»Du wirst mich nicht umbringen. Versprochen. Stell dir vor, hier im Raum gäbe es überall Feuerkelche. Probiere, sie zu entfachen.« Melias aufgeregte Tonlage erinnerte mich an meinen verrückten Pflanzenkundelehrer. Einer der Gründe, warum ich darin so schlecht war.

Ich seufzte übertrieben laut. Innerlich brodelte es in mir. Ich war wütend, dass Dinge von mir verlangt wurden, die ich hasste, und diese Wut spornte mein Feuer an. Wahrscheinlich war dies ihr Plan. Genervt ballte ich die Fäuste, aber Melia würde solange keine Ruhe geben, bis ich es nicht wenigstens versuchen würde. Also was sollte es. Wenn sie unbedingt sterben wollte. Konzentriert schloss ich die Augen und spürte sofort die Hitze in mir. Sie vernebelte meine Sicht.

»Gut so«, hörte ich Melia. »Akzeptiere es!«

Ich behielt die Augen geschlossen. Kelche? Wo könnten sie sich befinden? Noch ehe ich den Gedanken zu Ende spinnen konnte, ertönte ein lautes *Wusch*. Erschrocken öffnete ich die Augen. Dutzende Fackeln brannten in dem dunklen Raum. Schlagartig wurde es hell und ich erkannte eine Höhle!

»Ich wusste es«, jubelte Melia vor Freude und sprang auf und ab.

Ich konnte sie nicht beachten, da die Schönheit dieses Ortes all meine Aufmerksamkeit forderte. Überall funkelte es auf dem schwarzen Stein. Das Glitzern war heller als die Sterne, schöner als jeder Nachthimmel. Atemberaubend! Das Licht der Fackeln tanzte über die Wände, als hätte es den größten Spaß dabei. Wie von Geisterhand lief ich weiter. Steingebilde hingen teils von der meterhohen Decke, teils nahmen sie bizarre Formen am Boden an. Eigenartige Zeichen befanden sich auf einigen Steinen. Sie wirkten nicht eingeritzt. Eher, als wären sie schon immer dort gewesen. Unendlich alt. Aus einer längst vergessenen Zeit. Niedergeschrieben in einer Sprache, die ich nie gelernt hatte. Sie versprühten eine Magie, die mich anzog. Vorsichtig trat ich näher heran. Bei jedem Schritt kribbelten meine Fingerkuppen mehr. Sie kamen mir bekannt vor. Nur wusste ich nicht, woher.

Mit offenem Mund lief ich weiter. Wenig später erkannte ich vier rechteckige Auskerbungen in einer Felswand. Gerade so groß, dass ein Mensch im Liegen hineinpassen würde. Über jeder von ihnen war eine Rune. Alle waren farblos. Außer einer. Sie leuchtete intensiv in einem Rotton, als würde sie glühen. Ich fühlte etwas in mir, was ich noch nie zuvor gespürt hatte. Es war unmöglich zu beschreiben.

Fassungslos sah ich auf meine Hand, dann wieder zur Wand. Diese Auskerbung, diese Rune. Sie war ein Teil von mir. Entgeistert schüttelte ich den Kopf.

»Es sind Gräber«, flüsterte Melia ehrfürchtig.

Gräber? Fassungslos gaffte ich die Blonde an.

Melia schien es bemerkt zu haben, denn sie fügte hinzu: »Es sind keine normalen Gräber. Es sind die vier Gräber der Götter. Feuer, Wasser, Luft und Erde. Elementgötter, erschaffen vom Gottvater Grundan selbst. Und du bist einer davon.«

Ich lachte verstört. »Wie witzig!« *Götter für jedes Element. Was für ein Schwachsinn!*

Mein Gegenüber sah mich mit einem Blick an, der mich sofort verstummen ließ. Dann verschränkte sie die Arme. »Hast du dich nie gefragt, warum du so schnell heilen kannst?«

Ich verspannte den Kiefer, atmete aus der Nase.

»Warum du träumen kannst, warum du Visionen von Ereignissen siehst, die du nie erlebt hast? Ganz zu schweigen von deinen Feuerhänden.« Dabei zeigte sie demonstrativ auf meine glühenden Hände. »Du glaubst mir nicht, nicht wahr?«

Lautlos schüttelte ich den Kopf.

Die Blonde nickte traurig, schnappte sich mein Handgelenk und führte mich zu einem unterirdischen See. Als wir ankamen, bot sich mir der schönste Anblick, den ich jemals gesehen hatte. Die Decke spiegelte sich im Wasser und ich hatte keine Ahnung, wo oben und wo unten war. Mit jedem Schritt änderte sich etwas in mir. Ich fühlte mich anders. Stärker und ausgeglichener. Als würde sich mein inneres Feuer beruhigen.

Wenig später stand ich vor dem Binnengewässer. Aus dem Wasserspiegel blickten mich meine eigenen Augen an. Eingebettet in ein blasses Gesicht mit vollen Lippen. Lange, dunkelbraune Haare umrandeten dieses. Es war mein Spiegelbild, das mich ängstlich anstarrte.

Melia kam an meine Seite, deutete mit ihrem Kopf auf das Wasser. »Sieh genauer hin.«

Das hätte sie mir nicht sagen müssen. Ich konnte den Blick sowieso nicht abwenden. Es zog mich magisch an. Rief nach mir, lockte mich zu sich. Lange Zeit erkannte ich nur mich selbst. Jede Bewegung ahmte mein zweites Ich nach. Als ich jedoch ein Stück nach vorn ging und mit meinem Schuh das Wasser aufwühlte, bewegte sich mein Spiegelbild in den Wellen. Grundan! Schockiert schwankte ich zurück, aber mein Spiegelbild lief nicht mit. Dafür schlängelten sich Flammen an seinen Beinen nach oben. Es wurde gleißend hell.

Mit pochendem Herzen schob ich die Hand vor meine Augen und blinzelte zwischen den Fingern hindurch. Die Frau in Flammen lief auf mich zu. Jeder Schritt hinterließ ein glühendes Meer. Seltsamerweise spürte ich keine Angst. Es war eine tiefe Vertrautheit. Als würde ich eine alte Freundin empfangen. Das erste Mal fühlte ich mich angenommen. In einer Welt, die ich nicht verstand.

Die flammende Frau hielt inne. Eine andere Gestalt gesellte sich direkt neben sie. Um diese wirbelte ein gewaltiger Sturm. Er wirkte ungestüm, hart und vernichtend. Gleichzeitig so faszinierend, dass ich sie kaum aus den Augen lassen konnte. Entgeistert riss ich meinen Blick davon und starrte zu Melia.

»Verstehst du nun?«

Ich nickte und verstand. Irgendwie. Dennoch hatte ich das Gefühl, mehr Fragen als jemals zuvor in meinem Kopf zu haben. Melia war die Göttin der Luft. Und ich die Göttin des Feuers. Seufzend fiel mein Kopf in den Nacken. *Dieser Mist hört auch nie auf.*

Ein klackendes Geräusch riss mich aus den Gedanken. Ich fuhr herum und sah ein zweites Zeichen über den Gräbern leuchten. Dieses Mal in einem hellen Weiß.

»Das ist mir neu.«

Kurz sah ich zu Melia, dann wieder zu der Rune. »Wieso gefällt mir dieser Umstand nicht?«

Entschuldigend zuckte Melia mit den Schultern.

Plötzlich ein Geräusch, als würde etwas einstürzen. Dann schleifende Geräusche. Wie Stein auf Stein. Das gefiel mir noch weniger! Eingeschüchtert sah ich zu der Luftgöttin.

»Sag mir, dass dir das nicht neu ist.«

Sie biss sich auf die Lippe und verneinte langsam meine Frage. *Großartig.*

Wieder dumpfe Geräusche. So schwer, dass der Stein zu zerbersten schien. Gleich darauf ein Schleifen. Als würde jemand humpeln. Das Geräusch wurde lauter, hallte von den kahlen Wänden. Die Farben der Runen verschwanden. Die Dunkelheit kehrte zurück und es wurde schlagartig kalt. Melia huschte an meine Seite und erhob ihren Bogen. Das war kein gutes Zeichen. Wenn die friedliebende Freundin schon die Waffen anlegte, dann sollte ich das auch tun. Kraftvoll zog ich die Kurzschwerter aus der Scheide und positionierte mich in Angriffsstellung.

Ein Geräusch, als würde eine Tür zufallen, donnerte durch die Höhle. So laut, dass ich mir am liebsten die Ohren zugehalten hätte.

Nervös verlagerte ich das Gewicht. Meine Hände wurden feucht und schmiegten sich nur widerspenstig um den Schaft meiner Waffen. Bitterliche Kälte zog durch die Höhle, die meine Glieder lähmte und mich bewegungslos machte. Der Boden bebte. Von Sekunde zu Sekunde mehr, aber ich konnte mich nicht rühren. Als wäre ich eingefroren! *Himmel! Was war das denn?* Verzweifelt streckte ich die Arme aus, um nicht umzufallen, aber es nützte nichts. Das Erdbeben riss meine Füße vom Boden. Mit vollem Schwung knallte ich mit dem Steißbein auf. Der Schmerz zog bis zum Kopf hinauf und vernebelte mir die Sicht, während ich meine Schwerter verlor.

Ein dumpfer Aufprall, gefolgt von einem langgezogenen Stöhnen, zeigte mir, dass es Melia nicht anders erging. Sie musste hingefallen sein.

Die Erde bebte stärker. Gesteinsbrocken lösten sich von den Wänden. Ohrenbetäubend knallten immer größere Brocken herunter, rollten über den Boden und krachten ineinander. So schnell, so laut, dass ich meinte, die Höhle würde jeden Moment einstürzen. Der erste Brocken erwischte mich am Oberarm. Ich schrie vor Schmerz, als eine tiefe Stimme alles um mich herum übertönte. »Wer wagt es, mich zu wecken?« *Oh, oh, das klingt gar nicht gut.*

Schwere Schritte, direkt vor mir. Bei Grundan, lief dieses Etwas gerade auf mich zu?

Ich musste hier weg! Hektisch drehte ich mich auf den Bauch und suchte nach einem Gegenstand, an dem ich mich hochziehen konnte. Aber da war nichts.

Wieder Schritte. Dann ein Klirren.

Ich fuhr herum, erkannte aber nichts in der Dunkelheit. *Oh, Mist. Nicht gut, gar nicht gut!* Als ich panisch wieder nach vorn sah, erkannte ich wage einen Felsbrocken. Kraftvoll zog ich mich am Boden entlang, krallte mich in den Brocken und zog mich stöhnend daran hoch. Bevor ich auf die Füße kam, zerbröckelte er wie feuchter Sand und ich knallte erneut auf den Boden. Das durfte doch nicht wahr sein! Was war das für ein Wesen?

»Melia«, holperten meine Worte heraus. Der bebende Boden schlug hunderte Male gegen meine Brust.

Niemand antwortete mir. Kein Fiepen, kein Wimmern, kein Flehen.

Mein Herz raste vor Anstrengung. Ich keuchte so stark, dass ich kaum Luft bekam.

»Eindringlinge der Erde, ihr werdet dem Buch nicht zu nahekommen«, brummte diese unglaublich tiefe Stimme durch die Dunkelheit.

Buch? Was für ein Buch? Wovon redete dieser Mann überhaupt?

Ich brauchte drei Anläufe, um mich auf den Rücken zu rollen. Der Boden schlug gegen meine Wirbelsäule und schmerzte bei jedem Aufprall. Die Erschütterungen pressten mir die Luft aus der Lunge.

»Melia«, schrie ich abgehackt.

Wieder nichts. *Verdammt!* Wenn ich sie nicht bald fand, würde uns dieses Wesen umbringen. Mit aller Kraft schob ich meine Arme nach vorne und streckte die Handballen in die Luft. Sofort wurde mir heiß. Schweißperlen rannen die Schläfen hinab, meine Glieder zitterten, meine Unterlippe bebte. Aber ich hatte einen Feuerball in der Hand, den ich sofort vor mich hielt. Hastig robbte ich auf dem Hintern nach hinten und hielt die Flammen schützend vor mich. Als ich aufblickte, entgleisten meine Gesichtszüge. Egal, was ich gedacht hatte, vor mir zu haben, diesen Anblick hätte ich nicht erwartet. Ein großes … Ding starrte mich an. Hüftlange, weiße Haare hingen von dem breiten Kopf. So glatt, dass sie schier mit seiner Schulter verwuchsen. Gekleidet war es in eine mächtige Rüstung, die seltsam glitzerte. Wie der Stein der Höhle und ebenso dick. Das Gesicht dieses Wesens wirkte eingefroren oder zumindest wie mit einer Eisschicht überzogen. Doch am erschreckendsten waren seine Augen. Sie waren komplett weiß, ohne auch nur die Umrisse einer Iris.

Heilige Verdammnis! Ich schluckte heftig. Was auch immer es war, nett sah es nicht aus.

Statt mich anzugreifen, starrte es mich seltsam an. Als musterte es jede einzelne Hautzelle meines Körpers. Langsam ebbte das Beben ab, was mir erlaubte, noch mehr Abstand zwischen uns zu bringen. Nach kurzer Zeit stieß ich gegen etwas Weiches, das leise stöhnte. Ich fuhr herum, leuchtete kurz in diese Richtung und erkannte Melia.

Erschrocken dämmte ich mein Feuer, kroch zu ihr und half ihr auf die Knie. Sie sah mich an, doch dann glitt ihr Blick hinter meine Schulter.

»Rhrondar«, sprach sie schockiert.

»Rho … was?« Ich war vollkommen verwirrt. Desorientiert sah ich zwischen ihr und diesem gefrorenen Monster hin und her. Die beiden schienen sich aber nicht für mich zu interessieren. Sie sahen sich an, als könnten sie ihre Blicke nicht voneinander lassen.

»Was geht hier vor?«, fragte ich Melia, ließ den Eisbrocken aber nicht aus den Augen.

Sie antwortete mir nicht, sondern starrte ihn weiter an.

Voller Verzweiflung rüttelte ich an ihr. »Melia?«

Der Riese schloss die Augen, drehte sich um, als würden wir ihn nicht interessieren und ging. Seinen Stab presste er dabei in den Boden. Die Erde riss auf und bebte erneut.

»Uah, Melia«, schrie ich und zerrte an dem Körper der Blonden. »Wenn du ihn kennst, dann tu doch was!« Mein Herz pochte bis in die Ohren hinauf.

»Euch gebührt es nicht, mich zu wecken. Nur die Vier können es«, donnerte seine Stimme durch die Dunkelheit. Die Wände erzitterten bei seinen Worten. Er drehte sich zu uns um, zeigte bedrohlich mit seinem Stab auf mich.

»Ignaria.« Sein Stab wanderte zu Melia. »Ariala. Nun sagt mir, was ihr von mir wünscht.«

Ich schaute verdattert zu Melia hinüber. »Wollen wir etwas von ihm?«, flüsterte ich.

Ihre Stirn war in tiefe Furchen gelegt. Sie biss sich auf die Lippe, sah mich kurz an und schüttelte verwirrt den Kopf.

Dann schmiegte ich mich an ihr Ohr: »Was geht hier vor?«

»Das ist Rhrondar, der Hüter des Buches und der Wächter des Gottvaters«, flüsterte Melia so leise, sie konnte. Ich hatte Mühe, sie zu verstehen. Der Mann ignorierte uns, auch wenn er ihre Worte durchaus gehört haben musste.

»Und was meint er mit einem Buch?«

Melia schüttelte den Kopf. »Später.«

Stolz stand die Blonde auf, streckte den Rücken und schritt selbstbewusst auf den Riesen zu. Es wunderte mich, wie sie bei diesem Beben halbwegs geradeaus laufen konnte.

Ich zischte sie an: »Bist du verrückt? Komm sofort wieder zurück!« Verzweifelt fuchtelte ich mit den Armen in der Hoffnung, sie noch zu erwischen, aber es war zu spät.

Melia lief weiter, bis sie vor dem Hüter stand, der seinen leuchtenden Stab in die Erde rammte. Mir rutschte bei diesem Anblick das Herz in die Hose. Was bei der Verdammnis tat sie denn da?

»Das Buch ist mein.«, sprach er, ohne sie eines Blickes zu würdigen. »Verlasst mein Reich, oder ich werde Euch von Eurer menschlichen Hülle trennen«, brummte er erneut mit einer so tiefen Stimme, dass ich Gänsehaut bekam. Ich hatte keine Zweifel, dass er dies auch so meinte. Was auch immer er mit menschlicher Hülle ausdrücken wollte. Es klang zumindest nicht gerade angenehm.

»Erzählt uns mehr über das Buch!«, flehte Melia das Wesen an.

Verdattert schüttelte ich den Kopf. Wir mussten sofort verschwinden, sonst würde er uns töten. Das hatte er doch gerade deutlich gemacht!

Das Beben wurde heftiger. Steinbrocken lösten sich, fielen herab.

»Melia, wir müssen hier raus!«, schrie ich, stemmte mich irgendwie auf die Beine und taumelte auf sie zu. »Melia!« Statt mir zu antworten, redete sie auf den Wächter ein. Ich hörte nicht, was sie sagte, aber sie wirkte aufgebracht.

»Melia!«, schrie ich erneut. Als ich sie endlich zu fassen bekam, packte ich ihren Arm und zerrte an ihr.

»Wir müssen mehr wissen! Wir müssen wissen, was mit dem Buch ist!«, giftete sie mich an und schlug meine Hand weg.

Wild schnaufend packte ich sie wieder. »Willst du dafür dein Leben opfern?«, schrie ich gegen die Lautstärke an.

Die Erde bebte so stark, dass die Höhle jeden Moment zusammenkrachen könnte. In wenigen Augenblicken würden wir lebendig begraben werden, wenn wir nicht endlich hinausrannten. Also packte ich Melias Arm und riss sie mit mir. Sie schrie und wandte sich, aber ich ließ sie nicht los. Im Gegenteil! Ich drückte ordentlich zu. Taumelnd rannten wir die Gänge entlang. Ich wurde dutzende Male von herabfallenden Steinen getroffen. Meine Lunge brannte vor Anstrengung. Ich bekam immer weniger Luft. Jedes Glied an meinem Körper tat unendlich weh. Egal, wie am Ende ich war, ich konnte Lichtstrahlen sehen. Der Ausgang war nicht mehr weit!

Melia fiel und riss mich nach hinten. Ich knallte mit dem Kopf auf den Boden auf. Helle Sterne tanzten vor meinen Augen. Mir war schlecht. Erst, als ich verschwommen sah, dass Melia wieder zurückrennen wollte, packte ich ihr Schienbein. Sie fiel bäuchlings auf die Steine, aber es war mir egal. Ich robbte zu ihr und zog sie auf die Beine. »Komm schon, wir haben es fast geschafft.

»Das Buch«, sie sah hektisch hinter sich, »Wir müssen es mitnehmen. Es ist wichtig!«

War sie jetzt von allen Göttern verlassen? Der Weg war verschüttet und von einem eisigen Wächter bewacht. Jemand, der gerade versuchte, uns umzubringen. Ich würde alles tun, aber nicht ein weiteres Mal dort hineingehen, um zu sterben.

»Vergiss das Buch«, schrie ich sie an, zerrte an ihrem Arm und wenig später stolperten wir aus der Höhle.

KAPITEL 22

Ich flog über die Steine, überschlug mich dutzende Male, bis ich mit dem Rücken gegen einen Brocken knallte, und stöhnend zum Liegen kam. Bei den Göttern … Jeder einzelne Knochen fühlte sich gebrochen an. Jede Faser meines Körpers schmerzte. Bereits jetzt konnte ich meine blauen Flecken spüren.

Jammernd rappelte ich mich auf und lehnte mich mit dem Rücken an einen Felsbrocken an. Meine Lider fielen ständig zu und ich hatte mich selten so kaputt gefühlt. Nicht einen Muskel konnte ich bewegen und so saß ich da und starrte die Felswände hinauf. Wir mussten tief gefallen sein, denn die Bergspitze befand sich in schwindelerregender Höhe. Aber vielleicht war auch das nur eine Sinnestäuschung.

Erst jetzt fiel mir die vereinnahmende Stille auf. Der Berg war ruhig und wirkte, als wäre rein gar nichts passiert. Kein Beben, keine einstürzenden Höhlen. Ich lachte verzweifelt. Mit Sicherheit sah es im

Inneren der Höhle auch so aus, als wäre nie etwas geschehen. Unglaublich. Einfach viel zu unwirklich, um wahr zu sein.

Als ich Melia stöhnen hörte, drehte ich meinen Kopf und erkannte sie, wie sie sich ächzend auf die Beine erhob. Sie taumelte zu mir und setzte sich neben mich. Ihr Gesicht war blut- und dreckverschmiert und ich war mir sicher, dass ich genauso aussah.

Ich hielt mir den schmerzenden Bauch, sah wieder zum Berg und fragte: »Was war das?«

»Das war der Hüter ...«

»Nein«, unterbrach ich sie. Mit Mühe krallte ich mich an den Stein und zerrte mich zu ihr, damit ich sie ansehen konnte. »Die Götter, ein Hüter, irgendein seltsames Buch, die Vier! Dann belästigst du diesen Riesen auch noch und riskierst damit unseren Tod.« Meine Stimme wurde immer kratziger. »Du bist mir eine Erklärung schuldig.«

»Das war so nicht geplant«, jammerte sie, knetete sich die Hände und sah bedrückt an mir vorbei.

Ich seufzte, versuchte es etwas mitfühlender. »Bitte, kläre mich auf.«

Sie sah mich flüchtig an, schob sich dann einige Strähnen aus der Stirn. »Vor wenigen Jahren war ich das erste Mal hier. Ich hatte Visionen, so wie du. Sie wurden immer schlimmer und irgendwann konnte ich sie nicht mehr ignorieren und folgte ihnen. Sie führten mich hierher. Zu diesem Berg.« Ehrfürchtig sah sie die Felswände hinauf. »Damals verstand ich genauso wenig wie du und ehrlich gesagt, verstehe ich immer noch nicht alles.« Sie schwieg für einen Moment, als müsste sie überlegen, was sie sagen sollte. Ich sah sie schlucken. Ihre Schultern waren nach vorn gesackt und sie blickte auf ihre Hände. »Du hast mich vor einigen Tagen nach der alten Welt gefragt.«

Ich nickte tonlos. Das musste sie im Augenwinkel erkannt haben, denn sie fuhr fort: »Scheinbar lebte die Welt damals in Frieden, bis irgendetwas passiert ist. Die Menschen veränderten sich. Wurden grausam, töteten einander. Ich denke, das hatte mit den Göttern zu tun.«

»Woher weißt du das alles?«

Sie lächelte leicht. »Mein Vater war besessen von den Mythen über die Essenzgötter. Ebenso wie mein Großvater, mein Urgroßvater, dessen Vater und so weiter. Sie studierten die Geschichten, schrieben jede neue Erkenntnis in einem Tagebuch auf. Es geht bis auf die Entstehungsgeschichte zurück.«

Ich rutschte noch etwas näher an sie heran.

Melia lehnte sich gegen den Stein und sah zum Sternenhimmel hinauf. »Soll ich den ersten Eintrag zitieren? Mittlerweile kann ich ihn auswendig.«

Als sie mein Nicken sah, begann sie: *»Heute geschah etwas Seltsames. Die Erde bebte, die Luft wurde dünner. Kurze Zeit darauf leuchteten vier Punkte am Himmel. Heller als die Sonne. In verschiedenen Farben. Dann explodierten sie. So laut, so schnell, dass die Erde zu zerbrechen drohte. Danach wurde es Nacht am Tage.*

Was ich denke?

Ich denke, es waren Götter, die starben.

Falls wir dadurch untergehen sollten – vergesst uns nicht.«

Ich blinzelte mit offenem Mund - brauchte einige Zeit, um die Sätze zu verstehen. In meinem Gehirn ratterte es gewaltig. Als sich der nächste Gedanke einschlich, bekam ich eine Gänsehaut. »Heißt das etwa, die Götter waren tot, krachten irgendwie vom Himmel und zerstörten damit die Alte Welt?« Mein Hals pulsierte.

»Es wird noch besser. Der zweite Eintrag wurde einige Tage danach gemacht. Mein Ahne sah einen weiteren Punkt am Himmel, der auf die Erde krachte. Kurz darauf sah er ein Ungetüm mit weißen Haaren in seinem Dorf. Es hielt ein Buch in der Hand.« Sie seufzte. »Danach berichtet er, dass sich die Menschen in seinem Dorf seltsam verhielten. Ein Kind hatte seinen Vater ermordet und die Menschen stritten sich über Dinge, die nie von Belang gewesen waren.«

Als sie schwieg, ratterten meine Gedanken auf und ab. Es war, als könnte ich keinen von ihnen wirklich fassen. Sie huschten an mir vorbei, ergaben keinen Sinn. »Was meinte der Hüter über die menschlichen Hüllen?« Allein dieses Wort ließ mich frösteln.

»Ich bin mir nicht sicher, aber Götter sollten nicht in Menschen leben, nicht wahr?«

Verwirrt verengte ich die Augen. »Ja?«

»Wenn sie wirklich gestorben sind, also ihre Göttergestalt verloren haben, dann brauchten ihre Seelen einen Ort, an dem sie weiterleben konnten. Und dies über Jahrhunderte.«

Fassungslos gaffte ich sie an. »Du willst mir also gerade erzählen, dass die Götter uns als Wirt benutzen?«

Sie zuckte mit den Schultern. »Das denke ich, ja.«

Als sie sich langsam aufrichtete, zog ich mich ebenfalls am Stein nach oben.

»Dass Götter sterben, ist nicht natürlich. Irgendetwas musste geschehen sein, das sie tötete und zwang, in Menschen weiterzuleben. Deshalb wollte ich Rhondars Buch. Ich war mir so sicher, dass ich darin die Antworten finden würde. Mein Urahne schrieb, dass die vier Götter vermutlich das Gleichgewicht zwischen Gut und Böse hielten. Wenn sie aber wirklich gestorben sind und jetzt irgendwie in uns leben«, Melia stoppte kurz, schluckte und sah mich dann fest an, »dann kann die Welt doch nur durcheinanderkommen.«

Verwirrt lief ich auf und ab. »Das ist doch total verrückt, was du mir da gerade erzählst, Melia! Du hast mir heute nicht weniger erklärt, als das ich ein Gott bin. Noch dazu wurden wir von einem Hüter fast umgebracht. Als wäre das alles nicht schon schlimm genug, erklärst du mir, dass die Seelen der Götter, die wir in uns tragen, eigentlich wandelnde Tote sind! Die scheinbar auch schuld daran sind, dass die Alte Welt verschwunden ist und seither nur Hass herrscht!« Ich fuchtelte durch die Luft. »Bitte sag mir, dass das alles ein Scherz ist.«

Sie kam langsam auf mich zu. »Leider ist es kein Scherz. Komm jetzt, wir sollten nach Del'Nava zurückkehren, bevor Gale einen Suchtrupp losschickt.« Mit diesen Worten sah sie mich kurz an und begann dann, die Felsbrocken herunterzuklettern.

Einige Zeit sah ich ihr hinterher, da mich die neuen Erkenntnisse an den Boden fesselten. In diesem Moment fühlte sich alles falsch an. Meine Magie, die angeblichen Essenzgötter. Ja, selbst Melia fühlte sich falsch an. Meine glühenden Hände, meine Visionen, meine Macht. Am liebsten hätte ich mir über die Haut gerieben, da selbst sie sich nicht richtig anfühlte.

Erst, als eisiger Wind um mich peitschte, begann ich ebenfalls den Abstieg. Meine Gedanken blieben aber in der kalten Höhle, als hätten sie sich darin eingebrannt.

Unten angekommen hievte ich mich schweigend in den Sattel und galoppierte Melia hinterher.

Ich wusste nicht, wie viel Zeit vergangen war, da sie ihr Pferd wieder heftig antrieb. Wir ritten durch die Dunkelheit und jedes Zeitgefühl erlosch. Wir redeten nicht einmal miteinander, was mir gerade ganz recht war. Meine Gedanken überschlugen sich. Da änderte auch der wilde Galopp nichts mehr daran.

Erst, als ich einen hellen Schein entdeckte, verengte ich die Augen und zügelte das Pferd. Wir befanden uns auf einer kleinen Anhöhe verdeckt von Dickicht. Aber da war irgendwas. Ich hatte es gesehen. Ohne einen Ton lenkte ich meinen Hengst näher an die Büsche heran.

Ich schielte in die Dunkelheit, erkannte, dass Melia ihre Stute neben mich führte.

»Siehst du das?«, flüsterte ich und erkannte ihr Nicken.

»Das ist ein Lager.«

»Ein Lager?«, wiederholte ich und sah sie kurz an, ehe ich wieder geradeaus sah.

Sie nickte nicht weniger wachsam als ich. »So viele Lagerfeuer, wie dort brennen, müssen hier hunderte Menschen rasten. Das muss das

Heer sein, von dem Gales Spione berichtet hatten.«

Ich schluckte, wandte den Blick von ihr ab und sah wieder in die Ferne. Sie hatte recht. Mindestens zwanzig Feuer brannten und ich erkannte Schatten, die an ihnen vorbeiliefen. Ein ekliger Schauer schoss mir über den Rücken, als ich den nächsten Satz sprach: »Das ist gar nicht gut.«

Melia ließ endlich den Blick von dem Lager ab, um mich anzusehen. »Nein, absolut nicht gut. Komm, wir müssen sofort zurück!«

KAPITEL 23

Als wir endlich Del'Nava erreichten, sprang ich von meinem Pferd und rannte in die Festung hinauf. Erst, als ich Iltras erkannte, atmete ich erleichtert auf.

»Alles in Ordnung?«, fragte er mich mit gerunzelter Stirn.

Ich schnappte nach Luft. »Nichts ist in Ordnung. Ruf die anderen zusammen. Wir treffen uns im Beratungssaal«, rief ich ihm hinterher und hastete durch das Tor zur Feste.

Erst, als alle da waren, konnte ich etwas ruhiger atmen. Ich schielte zu Melia, die ebenfalls nervös umherblickte. Sie knetete sich die Hände und schaute mich mit zusammengepressten Lippen an.

Gale stampfte als Letzter herein. Er ignorierte mich, was mir mehr als recht war. Ich konnte ihm nach der Aktion und dem überstürzten Kuss sowieso nicht in die Augen sehen.

Einmal atmete ich flach durch, dann sprach ich in die Runde: »Wir haben eine Armee von Höchsten nicht weit von hier entdeckt. Sie haben ein Lager aufgeschlagen und werden wahrscheinlich bald hier sein.«

»Wie viele Tage?«, fragte Gale mit düsterer Stimme. Sein Blick war eisig und ich erkannte, wie sein Kiefer wütend zuckte.

»Wir haben keine Pferde gesehen. Wahrscheinlich sind sie zu Fuß unterwegs. Vielleicht zwei Tage, bis sie uns erreichen.«

»Vielleicht auch weniger.« Melia trat neben mich. »Wir müssen uns sofort auf einen Angriff vorbereiten.«

»Die Männer sind nicht bereit«, warf Gale ein. Jetzt wirkte er wütend, aber genau konnte ich seine Gefühlslage nicht deuten. Er stampfte durch den Raum und rempelte Iltras absichtlich an. »Es sind Bauern und Abtrünnige. Keiner von ihnen kann wirklich kämpfen.« Bei diesen Worten zeigte er mit der Hand Richtung Trainingsplatz. »Wir haben keine Chance gegen sie. Da uns Euer Sternenschweif in der Nacht nicht helfen will.« Er rümpfte die Nase, als würde ihn der Gedanke an Alridon anekeln und spie mir die Worte vor die Füße. Es war, als würde er mich dafür verantwortlich machen und allein dieser Umstand ließ meine Finger wütend zucken. Am liebsten hätte ich ihn angebrüllt, doch ich schwieg wie alle anderen auch.

Eine seltsame Stille machte sich zwischen uns breit. Mein Herz pochte wild und lag schwer in meiner Brust. Ich hatte das Gefühl, immer weniger Luft zu bekommen. Erst, als Gale noch einmal sprach, sah ich ihn entgeistert an. »Wir sollten fliehen. Das ist unsere einzige Chance.«

Iltras schüttelte fassungslos den Kopf. »Und wohin?« Er rümpfte die breite Nase und verzog das Gesicht. »Wir können nirgendwo hin. Del'Nava ist weit und breit der einzige Ort ohne Höchste. Wir müssen es verteidigen.«

»Iltras hat recht.« Melia drängte sich zwischen uns und sah Gale an. »Wir können dieses Reich nicht einfach aufgeben. Gale, Ihr solltet eure

Männer anweisen. Postiert noch mehr Wachen auf dem Wall. Ich sende Späher aus, die sich verteilen. Wir müssen wissen, wann sie kommen. Iltras, du übernimmst die Bogenschützen.« Dann sah sie mich an. »Wir müssen kämpfen.«

Ich nickte, auch wenn ich nicht bereit war.

Der Abend war über Del'Nava hereingebrochen, während ich rastlos durch die Feste lief. Wohin ich auch sah, Männer trainierten noch härter. Dutzende fertigten Pfeile an, viele schliffen ihre Schwerter. Die Bogenschützen liefen den Wall ab und andere verstärkten das Tor mit Magie. Unzählige Lagerfeuer wurden entfacht und die Menschen versammelten sich schweigend um sie. Ich meinte, keine Seele würde heute Nacht Schlaf finden. Die Stimmung war erdrückend und als einige Frauen ein trauriges Lied anstimmten, atmete ich mit gesenktem Kopf schwer ein. Allein dieses Bild ließ mich schlucken. Eine Gänsehaut zog sich über meine Arme. Diese Menschen hatten den Tod nicht verdient.

Meine Finger kribbelten unangenehm. Ich hob eine Hand und erkannte, wie meine Adern glommen. Die Feuergöttin wollte wohl ebenso wenig kämpfen. Alles, was heute geschehen war, ließ mich ratlos zurück. Ich dachte schon, mein Leben wäre aus den Fugen geraten, als ich hier angekommen war. Doch dieser Tag war noch einmal eine Nummer größer. Ein Gott war man schließlich nicht alle Tage. Oder der Wirt für eine tote Wiedergängergötterseele. Durch die Höchsten, den bevorstehenden Krieg und alles, was passiert war, hatte ich kaum Zeit gehabt, darüber nachzudenken. Doch jetzt fiel alles auf mich zurück.

Die Alte Welt. Ehrfürchtig sah ich zum Himmel hinauf. Es hatte sie also tatsächlich gegeben und die Götter waren schuld daran, dass sie zerstört wurde. Zumindest war es eine naheliegende Vermutung. Und einer von ihnen lebte in mir, um nicht … um nicht zu sterben? Es war eine skurrile Vorstellung. Wer sollte die Elementargötter töten, um sie danach wieder auferstehen zu lassen? Statt Antworten kamen die nächsten Fragen, deshalb beschloss ich, für heute meinem Kopf eine Pause zu gönnen. An Schlaf war trotzdem nicht zu denken, also irrte ich noch eine Weile ziellos umher, bevor ich die Stufen hinauf zum Wehrgang nahm.

Bevor ich oben ankam, erkannte ich einen Mann mit breiten Schultern und hellbraunen Haaren. Er ignorierte mich und starrte in die Ferne, als hätte er mich nicht gehört. Bei seinen Sinnen glaubte ich das aber nicht.

»Überlasst Ihr den Wehrgang nicht Euren Männern?«, witzelte ich, doch Gale fand es weniger belustigend.

»Verlangt nichts von Euren Männern, was Ihr nicht selbst bereit seid, zu geben.«

Beste Laune, der Herr.

Ich schluckte meinen Ärger herunter und gesellte mich neben ihn an die Brüstung. Ein Seitenblick verriet mir, dass sein Gesichtsausdruck eisig war. Genauso wie seine Augen. Tot und gefühllos.

»Die Höchsten hätten schon weit früher hier sein können und Ihr hattet nichts Besseres zu tun, als ohne ein Wort mit Melia zu verschwinden?« Obwohl er mir nicht in die Augen sah, erkannte ich das wütende Zucken an seiner Schläfe. Er atmete durch die Nase und erdolchte die dunkle Landschaft vor sich mit Blicken.

Seine harten Worte drangen tief in mich ein. Für einen Moment schloss ich die Augen. Ich spürte die Distanz zwischen uns und die unausgesprochenen Sätze. All das schwebte über uns wie ein Geist. Sie entzweite uns vollständig und genau dieser Umstand drückte schwer auf meine Schultern. Ich wollte so gern mehr über ihn erfahren. So gern wissen, was in seinem Kopf vorging.

»Wollt Ihr nicht darüber reden?«, fragte ich eine Spur zu leise.

Gale sah mich fragend an.

»Darüber, wie Ihr euch Alridon gegenüber verhalten habt?« Ich sah ihn auffordernd an. »Über den Kuss? Oder über das, was im Beratungssaal passiert ist? Ich denke, es gibt vieles, worüber wir reden sollten.«

Der Hauptmann sah wieder in die Ferne, als würde ich nicht neben ihm stehen. Wütend biss ich mir auf die Lippe.

»Es gibt nichts, über das wir reden müssten.«

Mir klappte der Mund auf. War das sein Ernst? Seine Worte waren so kalt, als würde er mit einem seiner Männer sprechen und nicht mit mir. Hunderte Sätze lagen mir auf der Zunge, aber ich brachte keinen Ton heraus. Immer wieder setzte ich an, blieb dann fassungslos stumm. Tränen bildeten sich in meinen Augen, während die Stille mich erdrückte. Es war, als presste sie mich in den Stein des Wehrgangs, so viel Druck lag auf meinen Schultern. Am liebsten hätte ich mich an der Brüstung festgeklammert, da ich das Gefühl hatte, gleich umzufallen.

»Ihr solltet die Herrscherin von Del'Nava werden. Das ist das einzige Thema, über das wir reden sollten. Gerade jetzt, so kurz vor dem Krieg, brauchen die Menschen Euch.«

Ich schluckte und blinzelte meine Tränen weg. Mit zusammengekniffenen Augen funkelte ich ihn an. Heute war ein anstrengender Tag, an dem ich zu viel erfahren hatte, was mir nicht gefiel. Dummerweise hatte ich gehofft, bei Gale Ablenkung zu finden, doch das Gegenteil war der Fall. Wie konnte ich auch denken, dass es anders sein könnte.

»Noch einer, der mir Dinge aufzwingt, die ich nicht will.« Meine Stimme klang fad. Beinahe nicht von dieser Welt. In diesem Moment wünschte ich mir, dass sich ein Loch im Boden auftun würde, in das ich verschwinden konnte.

»Es geht nicht ums Aufzwingen, sondern um das, was die Menschen von Euch verlangen. Sie brauchen Euch.«

»Was ist los mit Euch?«

»Nichts«, wich er mir aus und schritt den Wall ab.

»Nichts sieht für mich anders aus«, rief ich ihm nach, verschränkte die Arme und blieb breitbeinig stehen.

»Ihr solltet schlafen gehen. Ihr wart lange unterwegs und müsst bereit für den Kampf sein«, sprach sein Rücken zu mir.

Ernsthaft? »Verdammt noch mal«, schimpfte ich, stampfte los und zog seine Schulter nach hinten, damit er mich ansehen musste. »Sagt mir doch einfach, was mit Euch los ist!«

»Verhaltet Euch nur einmal, wie man es von Euch erwartet«, schrie er mich an. Seine Augen verhärteten sich. Die Stirn legte sich in wütende Falten. So wütend, dass ich eingeschüchtert einen Schritt zurückging. Es brachte nichts, denn er lief diese Schritte wieder auf mich zu. »Ich habe nie etwas für Euch empfunden. Der Kuss war ein schwacher Moment. Ihr wisst, wie schön Ihr seid, und Eure Schönheit hat mich geblendet.« Er wurde immer wütender, stampfte die Schritte auf mich zu, die ich zurückwich. Mit jedem Herzschlag engte er mich mehr ein. Ich kam mir ausgeliefert und weinerlich vor. »Ich habe nichts für Euch empfunden und ich werde nie etwas für Euch empfinden. Ihr seid mir zu kindlich, leichtsinnig und Euer Dickschädel bringt mich zur Weißglut!« Ich spürte seinen schnellen Herzschlag, seinen aufgebrachten Atem. Sah die aufgeblähten Nasenlöcher. Der harte Blick ging durch Mark und Bein. »Ihr denkt, Ihr wärt stark. Ihr könntet es mit der gesamten Welt aufnehmen. Aber das seid Ihr nicht!«

»Ihr habt keine Ahnung, was ich durchmachen muss«, blaffte ich ihn mit Tränen in den Augen an. Mein Herz fühlte sich wie ein Stein an, der schwer in meiner Brust lag.

»Ihr müsst nicht mehr oder weniger durchmachen, als wir alle im Krieg.« Diese Worte spuckte er mir vor die Füße. Dann verschränkte er die Arme und wandte sich ab.

»Ihr seid ein widerwärtiges Scheusal, wisst Ihr das?« Ich konnte nur den Kopf schütteln, während mein Stolz in Stücke brach. Wie konnte ich glauben, dass er etwas für mich empfand? Wieso hatte ich dieses Thema überhaupt angesprochen? Verflucht, wie dumm war ich?

Gale bewegte sich nicht ein Stück. Seine Augen galten der Ferne, als würden ihn meine Worte überhaupt nicht treffen. »Das habe ich schon oft gehört.«

Ich erschrak vor der Kälte in seiner Stimme. Nicht einmal seine Mimik veränderte sich. Gleichzeitig wusste ich nicht, was ich darauf noch sagen sollte. Was konnte man auf so eine Aussage überhaupt erwidern?

Ich hätte gehen sollen, doch ich stand wie angewurzelt da und starrte auf den Boden. Mir wurde kalt und heiß zugleich und die Stimmen der Menschen verstummten. In diesem Moment hörte und sah ich nichts mehr. Erst, als ein Schrei durch die Nacht schallte, schüttelte ich den Kopf und sah mich um.

Gale, ganz der Krieger, zog sein Schwert, lief an mir vorbei und hastete die Treppen hinunter.

Ich kratzte den restlichen Stolz zusammen, bog den Rücken gerade und nahm mehrere Stufen auf einmal. Unten angekommen sah ich einige Frauen, die sich zu einem Haufen zusammenfanden und etwas auf dem Boden vor sich anstarrten. Einige hielten sich schockiert den Mund zu. Andere hatten Tränen in den Augen.

»Darf ich mal?« Ohne auf eine Antwort zu warten, quetschte ich mich zwischen sie. Als ich einen toten Mann am Boden sah, erstarrte ich. In seiner Brust steckte ein verrosteter Dolch. Vorsichtig kniete ich mich hinab und sah ihn mir genauer an. Es war der Jüngling, dem vor einiger Zeit der Stein auf den Fuß gefallen war. Der Junge, den ich mit meiner Magie gerettet hatte. Mit zittrigen Fingern berührte ich seine Wunde. Sein Blut, es war noch warm!

Wütend ballte ich die Fäuste. Ich hatte ihm nicht das Leben gerettet, damit er danach umgebracht wurde! Noch im Knien sah ich mir mit Adleraugen die Frauen um mich herum an. Leider fand ich an keiner von ihnen Blutspritzer oder Anzeichen eines Kampfes. Niemand wirkte verdächtig. Der entsetzte Blick der Bewohner war unverstellt. Der Vater des Jungen war noch nicht eingetroffen und ich hoffte, seine Augen müssten dies nicht sehen. Dieser Gedanke zerriss mir jetzt schon meine

Seele.

»Die Braut der Unterwelt war es«, schrie ein Mann hinter mir.

Zermürbt schüttelte ich den Kopf und stemmte mich auf die Beine. Ich kannte diese Stimme. Sah jetzt schon die senffarbenen Augen vor mir, die verfaulten Zähne und den Blick, als würde er mir am liebsten eine Klinge zwischen die Rippen jagen.

»Ich habe gesehen, wie sie dem armen Jungen den Dolch in das Herz rammte.«

Mit voller Wucht stieß er zwei Frauen zur Seite, damit er vor mir stehen und den Zeigefinger auf mich richten konnte. »Was habt Ihr dem Jungen angetan, Ihr Monster!« Seine gelben Augen verhärteten sich. Die Damen, die jetzt auf dem Boden lagen, starrten ihn giftig an.

Einatmen, ausatmen. Nicht ausrasten. Mit aller Mühe zwang ich mich, ruhig zu bleiben. Dieser Mann kostete mich mehr Selbstbeherrschung, als ich besaß. Einatmen. Ramor wollte mich toben sehen, aber diese Genugtuung gönnte ich ihm nicht. Ich biss mir auf meine Unterlippe und schloss kurz die Augen, um zur Besinnung zu kommen. Als ich sie wieder öffnete, drehte er sich zur Menge.

»Was habe ich euch von Anfang an gesagt? Ihr könnt ihr nicht trauen. Habt ihr vergessen, dass sie eine ausgebildete Magierin ist? Das macht sie gefährlich! Sie darf niemals Herrscherin werden. Wählt mich!«

Dieser elende Mistkerl. Das war also, was er wollte. Er wollte regieren. Mit ihm an der Macht wären wir alle verloren. Ramor würde Del'Nava in den Abgrund stürzen, und das wohlwollend mit einem Lächeln auf den Lippen. Das durfte unter keinen Umständen passieren! Verdammt! Jetzt war ich in einer ganz schönen Zwickmühle.

»Elen war die ganze Zeit mit mir oben auf dem Wall. Ich kann es bezeugen. Sie hat den Jungen nicht umgebracht.« Perplex sah ich zu Gale. Ich hatte ihn in dem ganzen Tumult vollkommen vergessen.

Ramor erstarrte augenblicklich. Er erhob die Hand und ging in Verteidigungshaltung.

»Ihr schreckt nicht einmal vor einem Mord zurück, nur um mich fallen zu sehen?«, fuhr ich Ramor an. Er war ein kaltherziger Idiot, aber dass er so weit gehen würde?

»Ich … ich …« Ramor sah zu Gale, dann zu mir. Und das in einer Geschwindigkeit, dass mir schwindlig wurde. Wutentbrannt erhob er den Finger. »Ihr wart es! Ich hab es gesehen!«, stotterte er. Er starrte in dutzende Richtungen, drehte sich, als suchte er nach einem neuen Schuldigen. »Ich habe gesehen, wie Ihr in diese Richtung gelaufen seid.«

Bei diesen Worten konnte ich nur den Kopf schütteln. Mir war unbegreiflich, wie ein Mensch so sein konnte. Auf irgendeine Weise war ich mir sicher, dass er hinter dem Hinterhalt in der Siedlung steckte. Vorsichtig sah ich zu Gale hinüber und stellte ihm eine unausgesprochene Frage. Als er nickte, sah ich Ramor noch einmal an.

»Sperrt ihn ein«, entschied ich. Wir hatten so viele Dinge, um die wir uns kümmern mussten. Dieser Widerling gehörte nicht dazu!

Gale winkte zwei seiner Männer heran.

»Nein, das könnt Ihr nicht tun!«, schrie Ramor. Seine Spucke flog durch die Luft.

Die Männer hatten alle Mühe, ihn zu fesseln. Er wand sich in ihrem Griff, zerrte und fluchte.

»Sie wird euch umbringen! Euch in den Abgrund stürzen. Sie wird euch töten!«, schrie er, ohne einmal Luft zu holen.

Kraftlos schüttelte ich den Kopf. Was war das nur für ein Tag? Ich brauchte dringend Ruhe.

Als er abgeführt worden war und seine Stimme dumpf in den Gemäuern widerhallte, drehte ich mich wieder um. Dieser Anblick ließ mich zwei Schritte zurückweichen. Beinahe ganz Del'Nava versammelte sich vor mir. Es wurde still. Viel zu still! Und wieso blickte mich jeder erwartungsvoll an? Nach einer Fluchtmöglichkeit suchend studierte ich die Hütten. Ich könnte schnell wegrennen. Das wäre doch eine tolle Idee! Ängstlich schluckend entschied ich mich dennoch, stehen zu bleiben. Mein Körper verfiel in eine Starre. Ich musste aussehen, wie ein ängstliches Reh, das nicht wusste, was es tun sollte. Das traf meinen momentanen Gefühlszustand ziemlich gut.

Oh, oh. Langsam wurde mir bewusst, dass es kein Zurück mehr gab. Jetzt zu verschwinden, wäre mehr als nur peinlich. Und hatte Gale nicht gesagt, ich wäre kindlich? Hätte keine Ahnung von der Welt und würde zu wenig geben? Sollte ich ihm nicht beweisen, was ich bereit war, zu geben?

»Zum Thron!«, schrie ein Mann und die Menge jubelte. »Zum Thron«, wiederholten sie und da spürte ich schon, wie jemand seine Hand auf meinen Rücken legte und mich voranschob.

Erschrocken fuhr ich herum und erkannte Iltras, der mich anlächelte. »Danach sauf'n wir.«

Ich musste so laut lachen, dass ich für einen Moment meine Angst vergas. Doch als wir an diesem prunkvollen Stuhl ankamen, bekam ich kaum noch Luft. Ich atmete flach, hob den Kopf und sah mir den Thron genau an. Ich wollte darauf nicht sitzen. Es fühlte sich falsch an, doch das schien Iltras nicht zu interessieren. Er gab mir einen Stoß und ich taumelte auf ihn zu.

Die Menge jubelte, als ich mich mit einem zerknirschten Blick zu ihr umdrehte. Die Menschen sahen glücklich aus. In ihren Augen meinte ich, Hoffnung zu erkennen. Hoffnung, den bevorstehenden Krieg vielleicht doch gewinnen zu können. Sie sahen etwas in mir, was ich nicht erkannte. Aber vielleicht hatten Melia und Iltras recht. Die Menschen brauchten jemanden, an den sie glauben konnten. *Es ist das Einzige, was ihnen bleibt.* Dieser Satz hallte in mir nach und übertönte die Rufe der Bewohner. Ein letztes Mal nickte ich mir selbst zu, dann kraftvoller, sodass es jeder sehen konnte. »Ich führe euch an und wir werden bei dem Angriff nicht sterben. Wir werden sie zurückschlagen!«

Die Menge schrie meinen Namen und stemmte die Fäuste in die Luft. Was ich in diesem Moment fühlte, war schwer zu beschreiben.

Einerseits war ich zuversichtlich, andererseits hatte ich riesige Angst und wollte einfach nur davonlaufen. Hinter zwei Männern erkannte ich Gale, der die Arme verschränkte und mich auffordernd ansah. Mir fiel das Atmen schwer, dennoch erhob ich mein Schwert. Dann stieß ich einen Kampfschrei aus, der aus meiner tiefsten Seele kam.

Die Menge schrie dreimal mit mir. Dann senkte ich die Klinge, setzte mich auf den Thron und sah, wie sich die Menschen vor mir verbeugten. Iltras grinste mich an, während Melia sich ebenfalls verbeugte und Gale das erste Mal seit langer Zeit ein winziges Lächeln auf den Lippen hatte. Er senkte für einen Herzschlag den Kopf und sah mich dann wieder an. Sie alle glaubten an mich. An eine Magierin, die sie noch vor einiger Zeit verachteten. Es war ein Bild, das mich tief berührte.

KAPITEL 29

Nachdem wir den Jungen, den Ramor getötet hatte, begraben hatten, brach der Morgen herein und tauchte die Welt in ein warmes Licht. Ich hatte nicht geschlafen und der Rest von Del'Nava sicherlich auch nicht.

Unruhig liefen Gales Krieger auf und ab. Jeder, der kämpfen konnte, trug eine Rüstung. Eine seltsame Stille schwebte über der Feste, die mich traurig einatmen ließ. Ich stand auf dem Marktplatz und blickte zu den dicken Mauern, die Del'Nava von der Außenwelt abschirmten. Doch waren sie dick genug, um unser Überleben zu sichern? War es die richtige Entscheidung, zu kämpfen, oder hätte ich die Bewohner in eine andere Zuflucht führen sollen? Der Rang als Herrscherin war mit so viel mehr Verantwortung verbunden, als ich mir hätte jemals vorstellen können. Vor allem die Schuldgefühle und die permanente Angst, etwas Falsches zu tun, nagte an mir. Die Menschen vertrauten mir und genau das schenkte mir einen eisigen Schauer über meinen

Rücken.

»Ich muss mit dir reden«, riss mich eine weibliche Stimme aus meinen Gedanken. Langsam drehte ich mich zu Melia um, die eine Wanderrüstung trug. Ihr Brustkorb war allerdings, wie bei mir, mit einer Eisenpanzerung verstärkt.

Melias schönes Gesicht wurde ernst. Sie sah kurz zu Boden, dann in meine Augen. »Wir haben nicht viel Zeit. Komm mit.«

Ich nickte und folgte ihr in die Festung, die Treppen hinauf, bis in die Bibliothek. Kaum betraten wir den Raum, knisterte etwas hinter mir. Skeptisch drehte ich mich um und erhaschte noch einen Blick auf die Tür, die kurz aufleuchtete.

»Du sprichst einen Zauber, damit die Tür verschlossen bleibt?«

Sie nickte. »Und, damit uns niemand belauschen kann.«

Ich kniff die Augen zusammen, da hob sie ihre Hand und irgendetwas raste in gewaltiger Geschwindigkeit auf mich zu. Panisch erhob ich meine Arme, aber es war zu spät. Ein gewaltiger Luftzug hob mich an und schmetterte mich gegen ein Bücherregal. Meine Rippen brannten, als ich danach bauchlinks auf den Boden knallte. Bei Grundan, tat das weh! Stöhnend rollte ich mich auf den Rücken.

»Was sollte das denn?« Meine Stimme war nicht viel mehr als ein Krächzen, als ich mich wieder auf die Beine stemmte.

»Die Höchsten sind bald hier und du beherrscht deine Göttergabe nicht.« Sie begann mich zu umkreisen. Ihr Gesicht wurde zu Stein und ich erkannte keinen ihrer Gedanken. Jeder ihrer Schritte schien wohlüberlegt zu sein, während ich es mit der Angst zu tun bekam.

Ich rümpfte die Nase. »Kannst du mir das nicht schonender beibr…« Bevor ich den Satz ganz zu Ende sprechen konnte, donnerte wieder ein Windstoß gegen meine Arme und schob mich über den Boden. Bücher wurden aus den Regalen gerissen und zerfledderten in der Luft. Dieser Anblick tat mir mehr weh, als die immense Kraft, gegen die ich gerade ankämpfte.

Meine Sohlen brannten vor Hitze, während ich am anderen Ende der Bibliothek ankam und mein Rücken gegen die Wand gepresst wurde. Noch immer waren meine Arme erhoben, um mein Gesicht vor ihrer Magie zu schützen, aber es half nichts.

»Setz dein Feuer ein!«, schrie sie mich an. Obwohl sie nicht in meiner direkten Nähe war, hörte es sich so an, als schreie sie mir direkt ins Ohr.

Meine Zähne schlugen aufeinander, ich jaulte auf, meine Arme zitterten vor Anstrengung. Ich konnte ihrem Wind nicht länger standhalten.

»Wehre dich!«, schrie sie wieder so laut, dass mir die Augäpfel schmerzten.

Ich kreischte, ging einen Schritt vorwärts, doch es half nichts. Sofort wurde ich wieder gegen die Wand gedrückt.

»Wann hast du das letzte Mal Magie gewirkt?«, rief sie über den tosenden Wind hinweg.

Kurz zwang ich mich, die Augen zu öffnen, aber ich sah nichts außer einem Wirbelsturm und hunderten Büchern, die durch die Gegend flogen wie Wurfgeschosse. Verzerrt hörte ich, wie Bücherregale in sich zusammenkrachten. Sie zerstörte den einzigen Ort, an dem ich immer gern allein war!

»Das weißt du genau«, giftete ich zurück und hatte dabei das Gefühl, die Wand hinter mir würde gleich einstürzen.

»Dann konzentriere dich! Im Berg konntest du auch die Feuerkelche entzünden.«

Ich kreischte vor Schmerz. Meine Knochen fühlten sich so an, als würden sie gleich brechen, während ich das Gefühl hatte, gegen einen Berg zu kämpfen. »Ich könnte dich töten! Du weißt, was in der Siedlung passiert ist!«

»Das war, bevor du wusstest, was mit dir los ist. Bevor du die Feuergöttin in dir akzeptiert hast.«

Jedes ihrer Worte gab mir das Gefühl, mein Trommelfell würde platzen. Ich biss mir so hart auf die Lippe, dass ich Blut schmeckte.

»Bei Grundan! Uns bleibt nicht viel Zeit und unsere einzige Überlebenschance sind unsere Götterseelen. Wenn du es nicht für dich tust, dann tue es für Del'Nava.«

Für Del'Nava ... Für Iltras, für sie, ja sogar für den Großkotz Gale. Ich wollte niemanden von ihnen verlieren. Mutig schloss ich die Augen, fühlte in diesem Moment keinen Wind und keinen Druck auf mir. Nur Wärme und das Kribbeln unter meiner Haut. Es wuchs an, verband sich mit meinen Adern. Ich fühlte Ignaria mit all ihrer Macht. Ich spürte ihre Wut, ihre Angst und ihre unmenschliche Magie. Ein letztes Mal sah ich ihre Gestalt vor mir, als hätte ich erneut in den See geblickt, dann breitete ich die Hände aus und schrie.

Mein Feuer verband sich mit dem Wind zu einer Flammenwalze, die über die Bibliothek raste. In nur einem Herzschlag fingen die Seiten Feuer, die Regale begannen zu kokeln und selbst der Holzboden glühte. Dieser Anblick brach mir das Herz. Melia zwang mich, eine Welt voller alter Geschichten zu zerstören. Mit schwerem Herzen sah ich über die Bücher, die verbrannten, als hätte es sie nie gegeben.

»Gut, jetzt nimm es zurück.«

Verwirrt sah ich zu Melia auf, die mich auffordernd anlächelte.

»Zurücknehmen? So etwas kann ich nicht.«

Meine Freundin stoppte den Wind, kam auf mich zu und wich dabei den brennenden Büchern auf dem Boden aus. »Doch, kannst du. Du bist das Feuer.« Sie stellte sich neben mich, während die Flammen rasant das Holz fraßen und schwarzer Qualm nach oben stieg. »Ich würde mich beeilen. Im Gegensatz zu dir kann ich verbrennen.« Sie zuckte auffordernd mit ihren Brauen und zeigte mit dem Kopf zu den Flammen.

Gut, wie sie wollte. Das Feuer kam aus meinen Händen. Irgendwie schaffte ich es, die Magie darin zu bündeln und sie herauszulassen.

Das müsste auch rückwärts funktionieren.

Wieder schloss ich die Augen, hörte die einstürzenden Regale und roch den dichter werdenden Qualm. Ich stellte mir die Flammen vor, wie sie die Seiten auffraßen, die ich so gern gelesen hätte. Wie das alles durch mich entstanden war. Durch meine Magie. Ich atmete flach, konzentrierte mich auf die Hitze, die langsam um mich schlug, hörte sogar Melias wilden Herzschlag. Fühlte, wie ihr Angstschweiß die Schläfe herunterlief.

»Elen?«, fragte sie mit zittriger Stimme, doch ich hörte sie wie durch eine Wand. »Du solltest dich beeilen.« Sie keuchte, begann von dem Rauch zu husten.

Hochkonzentriert stellte ich mir vor, wie die Flammen zurück zu mir peitschten. Wie die Glut in meine Hände floss. Und dann befahl ich dem Feuer, zurück zu ihrer Herrin zu kommen. Ich zog die Kraft in mich hinein, hielt den Atem an, während ich meinte, die gewaltige Walze würde auf mich eindreschen. Es würde nur für mich lodern und nur für seine Göttin sterben. Als ich keine Hitze mehr spürte, wagte ich es, die Lider zu öffnen.

Ich musste gegen die Dunkelheit, die jetzt herrschte, anblinzeln.

»Du hast es geschafft«, rief Melia und hüpfte auf und ab. »Ich wusste, dass du es kannst.« Als sie zum Stehen kam, umklammerte sie meine Schultern und umarmte mich danach.

»Das war leichter als gedacht«, sprach ich irritiert, obwohl mir vor Anstrengung der Schweiß von der Stirn perlte. Ich zitterte und erkannte im Augenwinkel, wie sich der Raum veränderte. Wo gerade noch in der Bibliothek das Grauen geherrscht hatte, meinte ich, die Bücher würden sich wieder zusammenfügen und in die Regale wandern. Vorsichtig stieß ich Melia von mir weg und starrte mit offenem Mund das Geschehen an. Nach wenigen Herzschlägen war wieder alles so, wie bei meinem ersten Besuch. Fassungslos schüttelte ich den Kopf und drehte mich zu ihr um.

»Eine Illusion. Ich weiß, dass du es mir nicht verziehen hättest, hätte ich die Bibliothek zerstört.« Sie zuckte mit den Schultern und ließ sich auf dem Boden nieder.

Zuerst lachte ich, doch ihr zermürbter Blick ließ mich verstummen, also setzte ich mich zu ihr.

»Mein ganzes Leben kämpfte ich entweder gegen die Höchsten oder floh vor ihnen«, begann sie leise zu erzählen. »Und seit einigen Jahren war ich auf der Suche nach den anderen Elementen. Als ich dich dort im Feuer sah, da wusste ich es.«

Ich schluckte. »Du wusstest die ganze Zeit, dass ich die Feuergöttin in mir trage?«

Melias braune Augen sahen kurz in meine, bevor sie nickte. »Verzeih mir bitte, dass ich dir alles erst so spät erzählt habe. Aber ich musste sichergehen, dass ich dir vertrauen kann und«, sie blickte schuldbewusst zu Boden, »dass du bereit dafür bist. Es ist schließlich nicht einfach, das alles zu verstehen.«

Mit einem Lächeln nahm ich ihre Hand in meine. »Ehrlich gesagt, verstehe ich von alldem immer noch nicht viel. In den letzten Tagen ist so viel passiert, dass ich nichts davon wirklich verarbeiten konnte. Geschweige denn, die Zeit dafür gehabt hätte, darüber nachzudenken.«

»Willkommen in unserer Welt«, witzelte sie. Dann lehnte sie sich mit dem Rücken gegen ein Regal und stöhnte leise. »Möchtest du irgendwann zurück nach Eros?«

Bei diesen Worten sog ich scharf die Luft ein und hielt sie an. Die Magierfeste von Eros, die ich selbst durch meine Feuermagie zerstört hatte. »Ich verbinde mit ihr außer schlimmen Erinnerungen nicht mehr viel.«

Melia zog eine Mundseite nach oben und nickte bedrückt.

»Aber, ja. Auch, wenn dort nur noch Trümmer sind, möchte ich es sehen.«

Melia stieß sich etwas vom Regal weg. »Dann werde ich dir etwas versprechen. Sollten wir den heutigen Tag überstehen, werde ich dich nach Eros begleiten. Das solltest du nicht allein durchstehen.«

Mit ihren Worten entlockte sie mir ein kleines Lächeln. »Danke.«

Sie nickte. »Für dich immer.«

Die Sonne stand hoch oben und schien durch die bunten Fenster der Bibliothek. Blinzelnd schob ich meine Hand vor die Augen. »Wir haben nicht mehr über die Götter geredet seit dem Berg.«

»Wir hatten auch kaum Zeit dafür«, sprach sie mit einem traurigen Unterton. Sie senkte den Blick und popelte an ihren Fingernägeln herum. »Die Götter starben und dann kamen sie wieder. Zur selben Zeit war Rhondar mit dem Buch aufgetaucht und die Neue Welt begann.« Einmal atmete sie tief ein und ich sah die Ader an ihrem Hals, die schwerfällig pumpte. »Was immer darin steht, könnte alles verändern. Es muss wichtig sein, wenn der Gottwächter es unter Verschluss hält.«

»Ja«, stimmte ich ihr kleinlaut zu. »Es ist schließlich nicht normal, dass ein Gott in einem Menschen wohnt und ihn als Wirt benutzt, oder?« Beim letzten Satz wackelte ich mit den Brauen, was ihr ein Lachen entlockte.

»Was ist schon normal in dieser Welt.«

Ich fuhr mir über die Haare und strich einige Strähnen nach hinten. »Mittlerweile glaube ich, der Fall von Eros war noch das Normalste.«

Sie zuckte mit den Schultern. »Traurig, oder? Es ist keine schöne Zeit, in der wir leben.«

Entschlossen rückte ich etwas näher zu ihr und umfasste ihre Hand. »Wenn wir heute überleben sollten, dann gehen wir auf die Suche. Es kann kein Zufall sein, dass wir uns getroffen und von dem Buch erfahren haben. Wenn wir dadurch die Alte Welt zurückholen können, müssen wir es versuchen!«

Melia nickte kaum merklich. Sie wirkte angespannt und weniger glücklich als sonst. »Reisende erzählten von einem golemartigen Wesen, das in Uranda leben soll.

»Du meinst, es könnte ein Gott sein?«, fragte ich ungläubig.

»Es könnte alles sein.«

»Dann werden wir es suchen.«

Melia nickte und sah ebenfalls zu einem der Fenster. Ich blickte zur Sonne, während ich an Alridon dachte. An seine Stimme und seine ganze Art. Er wäre unsere Rettung gewesen. Und auf eine seltsame Art gehörte ihm ein Stück von mir. Aber er würde heute nicht kommen und wahrscheinlich auch nie wieder. Wir waren allein.

»Darf ich dich etwas fragen?«

Melia schluckte, nickte aber.

»Wie lange lebt die Luftgöttin schon in dir?«

Sie seufzte, sah mich aber direkt an. »Seitdem Tod meines Vaters. Damals hatte ich keine Kontrolle über mich oder über die Magie. Wir hatten uns gestritten und durch die Wut kam etwas heraus, was ich davor nie gespürt hatte. Die Luftgöttin musste in diesem Moment in meinen Körper gekommen sein. Ab diesem Zeitpunkt sah ich Visionen.«

Als auf dem Marktplatz ein wildes Geschrei erklang, sahen Melia und ich uns skeptisch an. Es wurde immer lauter und mein Herz begann wild zu schlagen. Hektisch sprang ich auf die Beine, Melia löste den Zauber an der Tür und gemeinsam rannten wir nach unten.

»Alle Bogenschützen auf ihre Posten!«, schrie Gale im Befehlston. »Die Krieger zu mir an das Tor!«

Keuchend blieb ich auf dem Marktplatz stehen. Frauen riefen nach ihren Kindern. Sie packten sie panisch und schützten sie mit ihrem eigenen Körper. Die Schützen rannten den Wall hinauf, während sich die ersten Krieger vor Gale aufreiten.

Ich musste sehen, was hier los war! Ohne noch einmal mit Melia zu reden, quetschte ich mich durch die wilde Menge den Wall hinauf. Ich hetzte zur Brüstung und hielt bei diesem Anblick den Atem an. Ein Meer aus Fackeln erhellte die einbrechende Dunkelheit. Sie marschierten direkt auf das Tor zu. Mein Kiefer zuckte. Es waren noch viel mehr, als wir erwartet hatten. So viel mehr. Ohne es zu wollen, taumelte ich einen Schritt zurück, hielt mir den Mund zu und kämpfte gegen die Tränen an. Es gab kein Zurück mehr. Heute Nacht würden wir alle sterben.

KAPITEL 25

Das feindliche Heer blieb kurz vor unseren Toren stehen, während eisiger Wind über den Wall brauste und den einbrechenden Regen gegen die kalte Außenmauer warf. Ich roch Eisen und den bevorstehenden Tod, spürte, wie die Schützen neben mir zitterten. Sie reckten die Köpfe, umklammerten hart ihre Bögen und es war, als hörte ich ihren rasenden Puls.

Ich schloss die Augen und sog die kalte Luft ein. Das Wetter passte perfekt zu meinem Gemütszustand. Alles in mir schrie beim Anblick dieses riesigen Heeres nach Flucht. Ich wollte rennen, wollte schreien, wollte fliehen. Doch ich konnte es nicht. Ich war hier mit den Männern Del'Navas in meinem Rücken. Sie glaubten an mich und ich musste an sie glauben.

Dennoch hatte ich das Gefühl dass jede Fackel, die dort unten schien, mich selbst verbrennen könnte. Ich meinte, die Flammen auf meiner Haut spüren zu können. In diesem Moment, in dem niemand etwas sagte, perlte mir der Angstschweiß vom Nacken. Meine Finger zuckten. Nur mit Mühe konnte ich eine Faust ballen und keuchend einatmen.

Der Feldherr vor den Mauern blickte einmal zu mir hoch, dann sprach er mit seinen Männern.

Iltras trat an meine Seite, sah mich schwermütig an. »Ich denke, es wird Zeit für ´ne Ansprache.«

Nur kurz konnte ich den Blick von den Höchsten abwenden. »Ansprache?«

Er zuckte mit den Schultern. »Eine Rede. Mach deinen Leuten Mut.« Seine Stimme war brüchig und, für seine Verhältnisse, viel zu leise. Seine Augen wirkten leer. Ich erkannte in ihnen, dass er sich Alridon herbeiwünschte. Und ich sah, wie sehr er ihn gerade hasste, weil er nicht da war.

»Wir schaffen das auch ohne ihn.«

Iltras atmete durch die breite Nase ein und kaute kurz auf seiner Lippe. »Ich versteh´ warum er uns nicht helfen kann.«

Ich nickte, umfasste kurz seine Schulter. »Ich auch.« Dann drehte ich mich um, sodass mich alle Bewohner Del'Navas auf der darunterliegenden Ebene sehen konnten. Gale stand unten, seine Männer in Formation vor dem Tor.

Mutig atmete ich ein. »Krieger von Del'Nava!«, schrie ich über die Festung.

Die Männer sahen mich an. In ihren Augen war Trauer. Wahrscheinlich sahen sie diese auch in meinen. Dennoch war ich ihre Anführerin. Sie bauten auf mich, also musste ich ihnen etwas davon zurückgeben. »Ich will ehrlich sein, dass wird kein leichter Kampf. Vielleicht werden wir heute sterben, vielleicht werden wir überleben, aber was auch immer geschieht, wir werden uns nicht ergeben. Die Höchsten nahmen jedem Einzelnen von uns so viel. Lasst uns ihnen alles nehmen! Lasst uns für die Freiheit kämpfen. Wir werden nicht kampflos aufgeben!« Ich erhob die Faust. »Nie wieder!«

Die Menge erhob ebenfalls ihre Fäuste und stieß einen Kampfschrei aus.

Als vor den Toren ebenfalls gebrüllt wurde, wandte ich mich ab und sah nach unten. Der Feldherr lief vor seinen Männern auf und ab und starrte mir dabei direkt in die Augen. Er erhob sein Langschwert und die scharfe Spitze zeigte direkt auf mein Herz. Dennoch setzte ich einen kampfeslustigen Blick auf und erdolchte ihn damit.

»Ihr werdet heute alle sterben«, brüllte er mit einem Lächeln zu mir hinauf.

Der Mann senkte die Klinge wieder, gestikulierte mit der Hand und schrie: »Die Dämonen!«

Dämonen? Bei Grundan, bitte nicht!

Sofort hörte ich das Kreischen der Unterwelt. Es war so schrill, so rau, dass ich mir am liebsten die Ohren zugehalten hätte. Mir schmerzten sowohl das Trommelfell als auch die Augen, während mein Hals bebte. Keine Dämonen, bitte. Als die schwarzen Wesen aus der Menge rannten, konnte ich nicht anders, als ein Bild vor mir zu sehen, welches ich lange verdrängt hatte. Ich biss die Zähne zusammen, um nicht zu weinen. Die schwarzen Augen, die gräulich verfärbte Haut. Ihre riesigen Klauen würden jeden einzelnen Bewohner Del'Navas zerfetzen. Und dennoch galt mein einziger Gedanke, als ich diese Wesen sah, meiner Schwester. Wie gelähmt stand ich da und gaffte nach unten. Mein Herz schlug träge, während ich gegen die Tränen ankämpfte und ihren Ring an meinem Finger drehte.

Der Feldherr erhob die Hand. »Wartet!«

Die Wesen scharrten mit ihren Füßen wie Pferde. Ich hörte, wie jemand meinen Namen schrie. Ich meinte, etwas wie: »Elen, die Schützen!«, zu hören. Da rannten die Dämonen mit gereckten Köpfen auf das Tor zu. Ein gewaltiger Schlag donnerte dagegen. Ich spürte förmlich, wie das Holz splitterte, merkte, wie der Feldherr mich kampfeslustig ansah. Doch ich stand oben auf dem Wall wie eine Kerze. Eine Kerze, die bald erlosch.

Ich wusste, was in diesem Moment das Richtige gewesen wäre - ich hätte die Bogenschützen anweisen müssen, auf die Dämonen zu schießen, aber ich konnte es nicht. Ich konnte es einfach nicht. Wie benommen sah ich dabei zu, wie die Dämonen wieder zurückrannten, Anlauf nahmen und erneut gegen das Tor prallten. Immer und immer wieder. Von irgendwoher hörte ich wieder meinen Namen. Die Stimme war so laut in meinem Kopf. Ich kannte sie - dennoch konnte ich sie nicht zuordnen. Irgendjemand packte mich an der Schulter. Dann ein Schlag gegen meine Wange. Ich wirbelte herum und knallte mit dem Kopf gegen die Steine der Brüstung. Stöhnend betastete ich die Platzwunde an meinem Kopf und sah Melia an, die mich wütend anfunkelte.

»Was zur Unterwelt tust du da? Die Dämonen brechen gleich durch!«

Meine Unterlippe zitterte, als ich mich auf die Beine stellte und Melia mit tränennassen Augen ansah. »Dort unten könnte Daralia sein!«

Sie packte mich heftig an den Schultern und rüttelte an mir. »Verflucht, Elen! Deine Schwester ist tot! Selbst wenn sie dort unten als Dämon für die Höchsten kämpfen sollte, ist sie nicht mehr deine Schwester.«

Wütend wand ich mich aus ihrer Umklammerung. »Du hast keine Ahnung, wovon du sprichst.«

»Wir haben die Abtrünnigen fast«, hörte ich den Feldherren von unten rufen. Panisch sprang ich zur Brüstung, blickte hinunter und erkannte, dass die Dämonen noch einmal Anlauf nahmen.

Gale schrie von der anderen Seite: »Männer an die Waffen!«

Melia packte meine Hand und drückte sie mir vor das Gesicht. »Der Ring hier ist von deiner Schwester. Ein Teil von ihr wird immer bei dir sein. Denke daran und nicht an das, was aus ihr geworden ist. Du solltest sie rächen, statt zu trauern.«

Das silberne Stück Metall an meinem Finger mit dem violetten Stein blendete mich beinahe in der tiefen Dunkelheit. Dennoch hatte ich das erste Mal seit langem das Gefühl, sie würde auf mich herabsehen. Sie wäre bei mir und würde mir Kraft schenkten. Ich lächelte, fühlte mich stark und senkte die Hand. Für einen Herzschlag schloss ich die Augen, spürte, wie sich die Feuermagie durch meine Adern schlängelte. Sie verband sich mit all meiner Wut, mit dem Hass gegen die Höchsten und all ihre Machtspielchen. Gegen die Unterdrückung und all das, was ich wegen ihnen erleiden musste. Melia hatte recht! Ich würde Daralia rächen. Und wenn der heutige Tag dafür da war, für ein wenig Gerechtigkeit zu sorgen, dann würde ich es tun.

Ich stemmte meine Faust in die Luft und schrie: »Schützen!« Iltras wiederholte den Befehl. Die ersten Pfeile wurden auf die Bögen gespannt. »Schießt!« Mit einem sirrenden Geräusch zischten sie von den Sehnen und erwischten die ersten Dämonen. Der Einschlag klang, als würde man in faules Fleisch stechen. Kampfeslustig sah ich über die Brüstung, doch bei diesem Anblick verschwand jedes Lächeln von meinen Lippen. Kein einziger Dämon war gefallen. Sie humpelten nicht einmal! Mein Herz pochte bis zum Anschlag, als sie wieder gegen das Tor rannten, während die restliche Armee der Höchsten dieses Schauspiel genoss.

Ich hörte Gale schreien. »Das Tor fällt gleich.«

Hektisch blickte ich über Del'Nava, hetzte zu Iltras: »Iltras, übernimm das Kommando!«, rief ich ihm über den Regen zu. Er nickte, erhob die Hand und der nächste Pfeilregen prasselte auf die Dämonen.

Mittlerweile steckten unzählige Pfeile in deren Köpfen, doch sie wankten nicht einmal! Als ich panisch nach unten sah, erkannte ich den Feldherren, der mich hämisch angrinste. Die unzähligen Fackeln, die seine Männer trugen, erhellten sein Gesicht wellenartig mit orangefarbenem Licht. Seine Augen sagten: »Ihr seid erledigt.«. Und er hatte recht damit.

Beim erneuten Einschlag gegen unser Tor spürte ich den Aufprall bis oben auf dem Wall. Sie hatten es jeden Moment geschafft. Gleich würden sie durchbrechen und wir wären tatsächlich verloren. Das durfte nicht passieren. Unter keinen Umständen! Melia hatte mit mir nicht umsonst trainiert.

»Iltras, immer weiter!«, rief ich, rannte dann einige Stufen hinunter und brüllte Gale an: »Haltet unter allen Umständen das Tor!«

Er blickte mich kurz an, nickte und ich rannte wieder hinauf zu Melia.

»Du weißt, was wir jetzt tun?«, fragte ich sie.

Sie nickte. »Geh du auf die andere Seite. Ich bleibe hier. Sag Bescheid, wenn du bereit bist.«

Ich hetzte an den Bogenschützen vorbei, ignorierte den peitschenden Regen und rannte ans andere Ende. Unter Melia und mir war jetzt das Eingangstor. Ich atmete tief durch, gab Melia ein Zeichen, dass ich bereit war, und erhob die Arme. Mein Atem rasselte. Trotzdem schloss ich die Augen, breitete die Hände aus und ließ das Feuer gewähren. Ich fühlte das Kribbeln unter meiner Haut, spürte, wie sich die Glut in meinen Händen bildete.

Mein Kiefer zitterte, obwohl ich die Magie noch nicht einmal losgelassen hatte. Mittlerweile herrschte überall Chaos und dadurch fiel es mir schwer, mich zu konzentrieren. Die Hälfte der Bogenschützen wurde auf Iltras' Befehl zu Gale geschickt, um das Tor zu halten. Trotzdem sausten noch dutzende Pfeile nach unten. Ein erneuter Schlag gegen das Tor ließ mich schwanken.

Jetzt oder nie! Mein Herz pochte, Schweiß perlte meinen Nacken herunter und ich hörte das Rauschen in meinen Ohren. Kraftvoll öffnete ich die Augen, drehte meine Hände zu dem feindlichen Heer und ließ das Feuer nach unten prasseln. Gleichzeitig verstärkte Melia meine Flammen mit ihrem Wind und daraus wurde eine unglaubliche Feuerwalze, die über die Dämonen und die ersten Höchsten wehte. In mir spürte ich, wie ich Haut verbrannte, wie die Flammen in das Innerste eindrangen und sie verschlangen.

»Weicht zurück!«, schrie der Feldherr.

Oh nein! Sie würden nicht zurückweichen!

Das Feuer brannte tief in mir. Ich hatte das Gefühl, meine eigenen Gedärme zu verkokeln. Trotzdem richtete ich schreiend vor Schmerz meine Arme auf die fliehenden Männer. Meine Finger verkrampften sich, dennoch zwang ich mich einen Schritt nach vorn. Jeder winzige Schritt fühlte sich so an, als würde ich einen ganzen Berg von mir drücken. *Komm schon, Elen! Komm schon! Du wirst Del'Nava nicht im Stich lassen!*

»Pfeilhagel!«, befahl der Feldherr seinen Männern.

Ich hörte, wie die Bögen des feindlichen Heeres gespannt wurden, als wären sie direkt neben mir. Ich spürte, wie sie von der Sehne zischten und in Melias Wind untergingen, als wären sie langsam fallende Blätter.

Mit verzerrtem Blick warf ich ihr einen hoffnungsvollen Blick zu. Auch sie sah mich für einen winzigen Augenblick an, lächelte und schaute wieder geradeaus.

»Ihr verdammten Abtrünnigen! Das hier ist Blutmagie!«

Durch die Feuerwalze konnte ich das Heer nicht sehen, dafür umso lauter in meinen Ohren hören.

Keine Blutmagie. Dafür wahre Magie!

Wut rann durch mich hindurch. Ich nahm noch mehr Kraft und feuerte sie nach unten. Meine Arme zitterten immer mehr. Ich hatte das Gefühl, die Flammen würden mir die Luft abschnüren. Mein Kopf begann zu schwanken, mir fielen die Augen zu.

»Elen!«, hörte ich Melia, als wäre sie unendlich weit entfernt. »Hör auf, sonst verlierst du dich!«

Sie hätte mir nicht sagen müssen, dass ich aufhören soll. Meine Magie stoppte von ganz allein, während ich hart auf die Knie fiel. Kaum stoppte das Feuer, befahl der Feldherr seinen Schützen, zu schießen.

Mit verschwommenem Blick schrie ich Iltras und seine Männer an: »Runter!«

Da schlugen die ersten Pfeile gegen die Mauer und zischten über meinem Kopf vorbei.

Kraftlos zwang ich mich in die Hocke, presste mich gegen die Brüstung. *Ignaria, bitte beeile dich mit der Heilung. Bitte!*

»Sie brechen jeden Moment durch!«, schrie Gale und erneut hörte ich das Bersten von Holz, die Pfeileinschläge über meinem Kopf und das Rauschen meines Blutes. Hörte die Männer schreien, spürte ihre Angst, als wäre es meine eigene.

Mit meiner letzten Kraft robbte ich über den Boden, hetzte die Treppenstufen hinunter.

Melia rannte mir hinterher. »Was machen wir denn jetzt?«

Im Sprint drehte ich mich kurz zu ihr. Sie sah genauso mitgenommen aus wie ich. Ihre Haut war leichenblass und sie wankte.

»Männer, an die Speere«, hörte ich erneut Gale rufen.

»Melia, bleib oben! Halte die Pfeile der Höchsten mit deinem Wind auf!«, wies ich sie an, dann hörte ich das Kreischen der Dämonen.

Eine ekelerregende Fratze lugte durch das Holz des Tores. Er hatte es geschafft, eine Klaue in das Holz zu schlagen. Seine Krallen schienen es zerschneiden zu können wie Butter. Ich taumelte zurück, wusste nicht, was ich tun sollte. Trotzdem schrie ich den Bogenschützen, die mittlerweile vor den Toren waren, zu: »Spannt die Bögen!«

Mit einer Handbewegung ließ ich ihre Pfeilspitzen brennen. Sie sahen mich schockiert an. Dann rief einer: »Sie ist wahrhaftig die Feuerfrau! Sie wird uns retten!«

»Schießt auf den Kopf!«, brüllte ich und ignorierte ihre Worte. Ein Pfeilhagel landete in dem Gesicht des Wesens. Die Augen wurden durchstochen, während der Dämon so laut kreischte, dass ich mir die Ohren zuhalten musste. Er taumelte und fiel dann endlich um.

Trotz des kurzen Sieges schlug mein Herz so heftig gegen meine

Brust, dass mir das Atmen schwerfiel. Ich keuchte vor Anstrengung, dachte, ich würde jeden Moment umfallen.

Als sich der nächste Dämon durch die Lucke quetschen wollte, entzündete ich wieder die Pfeile. »Schießt!« Die Pfeile landeten in seinem Gesicht, entzündeten es und verbrannten ihm die Augen. Ich rang so stark nach Luft, dass ich zu schwanken begann. Mein Feuer laugte mich aus. Ich spürte, wie es jede Energie aus mir zog, dennoch machte ich weiter. Immer weiter, bis ich ein seltsames Geräusch auf dem Wall hörte. Hektisch sah ich nach oben, entdeckte Iltras und Melia: »Sie erklimmen die Mauern!«

Ich schüttelte panisch den Kopf, fuhr zu Gale herum, der den Befehl für den nächsten Angriff gab. Was sollte ich denn jetzt tun? Normale Pfeile schienen bei den Dämonen nichts ausrichten zu können. Die Schützen brauchten meine Feuermagie. Würde ich gehen, würden die Dämonen durchbrechen. Würde ich hierbleiben, kämen die Höchsten in die Festung.

Ich sah so schnell in verschiedene Richtungen, dass mir schwindlig wurde. Dann entzündete ich ein letztes Mal die Pfeile der Schützen. »Gale!«, rief ich im Sprint. »Sobald der Dämon tot ist, versuche die Lücke irgendwie zu schließen!«

Ich wartete seine Reaktion nicht ab, sondern rannte die Treppen zum Wall hinauf. Melia richtete ihre Luftmagie bereits gegen die Treppen, die die Höchsten an die Mauer gestellt hatten. Sie zitterte so sehr, dass sie sich an der Brüstung festkrallen musste. Ihr Wind nahm ab, während immer mehr Pfeile zu uns durchkamen. Kraftvoll zerrte ich sie weg, erhob die Arme und ließ das Feuer heraus. Ohne Rücksicht ließ ich es auf die Höchsten niederprasseln, während ich im Augenwinkel erkannte, wie Melia ausgelaugt auf die Knie fiel. Iltras hetzte an ihre Seite, gab seinen Schützen dennoch weiter die Befehle.

Meine Brust brannte vor Anstrengung. Ich hatte kaum noch Kraft. Eisige Schweißperlen rannen mir die Schläfe herunter. Meine Beine waren weich wie Brotteig, trotzdem lenkte ich die Flammen wieder vor das Tor. Es durften nicht noch mehr Dämonen durchkommen! Bei der Verdammnis, ich würde Del'Nava beschützen!

In dieser winzigen Verschnaufpause sprintete Melia zu mir. »Halte deinen Zauber aufrecht«, wiederholte sie immer und immer wieder, während sie zittrig versuchte, einen Sturm zu meinem Feuer hinzuzufügen. Wir versteckten uns hinter der Brüstung und wirkten unsere Magie. Doch der erste Dämon hatte es in die Festung geschafft. Ich hörte meine Männer rufen, Kinder schreien und Frauen kreischen. Was diese Wesen anrichten konnten, war Schlimmer, als ein ganzes Heer. Verdammter Frekkon! »Wir müssen ihnen helfen«, presste ich zwischen den Zähnen hervor.

»Gale wird das schaffen. Wenn wir jetzt aufhören, kommen noch mehr durch!«

Ich blickte Melia schmerzverzerrt an. Mittlerweile zitterten meine Finger so sehr, dass sie sich verkrampften. Ich spürte meine Arme nicht mehr. Mein eigenes Feuer schien mich von innen zu verbrennen, während ich dachte, diese Magie würde sich gegen mich wenden. Ich presste mich enger gegen die Brüstung, fühlte nach dem Feuer und konnte mich selbst nicht mehr spüren. Kampfgeräusche erklangen von unten und hallten über die Mauern. Der Regen peitschte unaufhörlich gegen den Stein. Männer brüllten, Stahl auf Stahl erklang, während die Schützen der Höchsten es schafften, wieder einen Pfeilregen auf uns niedergehen zu lassen. Melias Wind wurde schwächer. Iltras schickte all seine Männer nach unten und wir waren allein auf dem Wall. Genauso fühlte es sich in diesem Moment an. Allein.

Als jemand neben mir keuchte, sah ich erschrocken zu Melia. Tränen liefen ihr die Wange hinunter. Sie schien kaum noch Kraft zu haben. Wenn wir beide aufgeben würden, dann wären nicht nur die Dämonen in unserer Festung, sondern das gesamte Heer der Höchsten. Aber ich konnte einfach nicht mehr. Ignaria schien nicht mehr die Kraft zu haben, meinen Körper zu heilen. Es tauchten schwarze Punkte vor meinen Augen auf. Ein Schmerz pochte von meinem Steißbein bis in meinen Kopf. Mir war unmenschlich heiß und ich hatte das Gefühl, meine Augäpfel würden vibrieren.

»Es ist vorbei«, brachte ich heraus. Meine Stimme war nicht viel mehr als ein Hauchen.

Meine Freundin nickte kaum merklich und diese winzige Geste nahm mir den Rest meiner Hoffnung. Ich fühlte mich komplett leer, während mein Feuer immer weiter verlosch. Immer tiefer sank ich hinab und sah kaum noch etwas. Nur tiefe Dunkelheit.

Ich hörte ein lautes Knarren. Ganz so, als wäre das Tor gerade aus den Angeln gerissen worden. In diesem Moment wusste ich, dass es keinen Ausweg mehr gab. Die Höchsten hatten es also wieder geschafft. Sie hatten uns besiegt. Es war vorbei.

Mit Tränen in den Augen blickte ich zu Melia, die mich hoffnungslos ansah. Sie nahm meine Hand und drückte sie leicht. Ich spürte sie kaum und dennoch gab sie mir das Gefühl, nicht allein zu sein. Melia und ich starben mit jedem Herzschlag mehr. Unsere menschlichen Körper waren nicht dafür gemacht, eine derartige Magie lange zu wirken.

»Du warst eine wunderbare Freundin«, flüsterte sie mir zu. »Es tut mir leid, dass ich dich nicht nach Eros begleiten kann.«

Ich gluckste, dann liefen mir Tränen herunter, die es mir unmöglich machten, etwas zu sagen. Mit diesem Herzschlag wurde mir schwarz vor Augen. Ich hörte nichts mehr, sah nichts mehr. Fühlte kein Feuer und keine Magie.

Erst, als ich meinte, die Kampfgeräusche würden versiegen, rüttelte sich mein Unterbewusstsein wach. Meine Augenlider flatterten und ertrugen die aufgehende Sonne nicht. Jemand rief etwas. Die Stimme klang männlich und viel zu nah. Zittrig drehte ich mich zu Melia, die mich schlaftrunken ansah. Vorsichtig rüttelte ich an ihr. Als sie mir ein klägliches Lächeln schenkte, krallte ich mich an die Steine der Brüstung und zog mich nach oben.

Ich sah nach unten und erstarrte. Dort stand jemand, von dem ich gedacht hatte, ihn nie wiederzusehen. Aber er war hier, wie ein Engel aus dem Nichts. Ich schüttelte den Kopf, rieb mir über die Augen, doch er war immer noch da. Alridon! Mit einem riesigen Heer in seinem Rücken. Ich meinte, er hätte kurz zu mir hinaufgesehen. Nur für einen Bruchteil, und dennoch erwärmte er mein Herz. Ich hatte das Gefühl, es würde in diesem Moment einzig und allein für ihn schlagen.

»Angriff«, schrie er und all seine Männer rannten mit gezogenen Schwertern und ihrer Magie auf die Höchsten zu.

Frekkons Männer sahen sich verzweifelt an. Einige wichen zurück. Selbst der Feldheer schien nicht zu wissen, was er tun sollte. Unsere Feuerwalze hatte viele seiner Männer getötet. Zu viele, als das er es mit Alridons Männern aufnehmen könnte. Ich betete, dass ihm das bewusst war.

Der Anführer wankte, sah zu seinen Männern und rief: »Rückzug!«

KAPITEL 26

Mit pochendem Herzen rannte ich den Wall herunter. »Öffnet die Tore!« Dieser Befehl war jedoch überflüssig, da Iltras bereits freudestrahlend die Trümmer weggezerrt hatte. Ich atmete erleichtert aus, als ich ihn lebend sah.

Keinen Moment später betraten dutzende Krieger Del'Nava. So viele, dass es mir unmöglich war, sie zu zählen. Allesamt stark bewaffnet und mehr als nur gut gebaut. Sie trugen schwere Rüstungen und Schwerter waren an ihren Hüften befestigt. Einige trugen sogar Äxte. Fassungslos gesellte ich mich zu Melia, die meine Hand nahm und sie drückte. Ihre Finger zitterten noch genauso stark wie meine. Doch sie grinste breit, sah mich kurz an und blickte dann wieder zu den Kriegern.

»Wir haben es geschafft«, flüsterte sie.

Ich nickte mit einem Lächeln, konnte aber den Blick nicht von den Kriegern abwenden. Dieses Schauspiel war einfach unglaublich. Alridon war gekommen, um uns das Leben zu retten.

»Hast du ihn doch mit Zärtlichkeiten überzeugt? Ich habe gesehen, wie er bei seinem Besuch in Richtung deines Zimmers gelaufen ist.« Sie grinste mich an, konnte sich aber, kaum auf den Beinen halten.

»Was?«, stammelte ich. »Nein, wir haben nur geredet!«

Die Blonde zog eine Schnute und nickte. »Schon klar.«

Genervt und gleichzeitig belustigt schüttelte ich den Kopf. Was sollte man darauf noch antworten. Viel wichtiger waren doch die Männer. Es war unglaublich. Die Schlange hörte immer noch nicht auf. Durch ihren Gleichschritt schien der Boden zu vibrieren. Was war geschehen, dass der Großmeister seine Meinung geändert hatte? Er bestand so sehr auf seiner Anschauung, dass ich gedacht hatte, ihn niemals vom Gegenteil überzeugen zu können. Alridon hatte seine Entscheidung doch bereits getroffen. Und nun? Was war passiert?

Als zwei seiner Männer nicht ganz im Gleichtakt liefen, bildeten sie damit eine Lücke und ich erkannte Alridon, der am Tor stand und sie beobachtete. Als er mich für einen winzigen Herzschlag ebenfalls bemerkte, blickte er mir direkt in die Augen. Ich sog die Luft ein. Es war nur ein Augenblick und trotzdem hatte ich das Gefühl, ein Blitz hätte mich getroffen.

Als die letzten Männer eintrafen, sah ich ihn mit Iltras reden. Dann kam er auf mich zu. Am liebsten hätte ich mich an Melia festgeklammert, aber sie zwinkerte mir zu.

»Ich sehe nach den Verletzten.« Sie blickte kurz verträumt zu Alridon. »Kümmere du dich um unseren Retter.«

Alridon verschränkte die Arme hinter dem Rücken, als er vor mir stand, und blickte mich flüchtig an. Entweder wollte er mich nicht ansehen, oder er konnte es nicht. Zumindest war es auffällig, wie er den Himmel anstarrte. »Das war ganz schön knapp.« Er sah über das zerstörte Tor, den toten Dämon, der es in die Festung geschafft hatte und die Verletzten auf dem Boden. Melia kümmerte sich fleißig um diese und die ersten wurden versorgt, während die Menschen jubelten.

»Iltras wird meinen Männern ihre Quartiere zuweisen«, redete er weiter. »Ich gehe davon aus, dass es den ganzen Tag dauern wird, bis alles geregelt ist. Vielleicht auch länger. Es sind schließlich nicht wenige Männer.« Er sah mich immer noch nicht an, während ich ihn ununterbrochen anblickte. »Sie werden helfen, die Kranken zu versorgen, die Toten zu beerdigen und Del'Nava wieder aufzubauen.«

Für einen Moment wandte ich den Blick von ihm ab und sah über die Festung. Das Außentor war beinahe komplett zerstört. Überall lagen große Holzsplitter und einige Männer wurden weggetragen. Mir tat der Verlust von jedem einzelnen im Herzen weh. Dennoch waren es, bei Grundan, sehr wenige.

Alridon redete immer weiter, aber seine Worte verschwammen in meinen Gedanken. Ich sah ihn an, als könnte ich durch ihn hindurchblicken.

»Warum habt Ihr das getan?«

Er stoppte, senkte den Kopf und sah mir in die Augen. Sein Blick war durchdringend und wirkte gleichzeitig irgendwie traurig. Ich meinte, etwas wie Zuneigung zu sehen. Als er mich immer noch so ansah, begann mein Magen zu rebellieren. Ich atmete flach und wünschte mir, er würde endlich etwas sagen.

»Die letzten Jahre hatte ich immer nur das getan, was mir mein Kopf gesagt hat. Und mein Verstand sagte, dass Del'Nava nicht gerettet werden kann.«

»Und was stimmte Euch um?«, fragte ich eine Spur zu leise.

Ich erkannte ein leichtes Lächeln auf seinen Lippen. »Ihr«, antwortete er mir in Gedanken.

Ich verengte die Augen, musste mir jedoch ein Grinsen verkneifen. »Das ist nicht sonderlich aussagekräftig.«

Er lachte, kratzte sich gleichzeitig am Nacken. »Eure Worte haben etwas in mir ausgelöst.« Kurz senkte er den Blick, um mich von unten nach oben anzusehen. »Ihr habt recht. Nicht jeder Mensch ist schlecht. Irgendetwas an Eurer Person lässt mich an Euch glauben. Da ist etwas, wenn ich Euch ansehe. Es ist nur ein Funke, aber Ihr gebt mir Kraft.« Alridon packte sanft meine Schulter. »Lasst es mich nicht bereuen.« Dann ließ er mich stehen und ging zu seinen Männern.

Fassungslos sah ich ihm hinterher, schüttelte den Kopf und grinste. Langsam drangen seine Worte zu mir durch. Ich gab ihm Kraft? Ich hatte gedacht, dass es andersherum gewesen war.

»Danke«, rief ich ihm in Gedanken hinterher. Ich hatte keine Ahnung, wie diese Magie funktionierte, aber ich hoffte, er könnte mich hören. Er schien irgendein Band aufzubauen, auf dem wir kommunizieren konnten und, mit etwas Glück, war es noch offen.

Als ein leises: »Gern«, in meinen Ohren erklang, blickte ich zu Boden und lachte glücklich.

Am liebsten hätte ich ein weiteres Danke hinterhergeworfen, aber ich entschied mich, zu Melia zu gehen. Ich brauchte dringend Ablenkung, denn mein Kopf glühte und mir musste niemand sagen, wie rot meine Wangen waren.

Nach einer Weile entdeckte ich meine Freundin, die Iltras half, den neuen Männern ihre Quartiere zuzuweisen. Als ich bei ihnen ankam, grinste mich Iltras breit an. »Ich wusste, dass er kommen würde.«

Der Mittag war hereingebrochen und allmählich spürte ich den Schlafentzug der letzten zwei Tage. Ich war hundemüde, dennoch heilte ich die Verletzten im provisorischen Krankenflügel. Wären nicht einige von Alridons Männern hier, die mir dabei halfen, wäre ich wohl bereits umgefallen.

Sie folgten alle einem Mann, der weder König noch irgendein Herrscher war. Alridon war ein ganz normaler Magier. Wie hatte er es geschafft, so viele Männer um sich zu scharen?

»Indem ich viele gerettet habe«, antwortete er mir in Gedanken.

Er las meine Gedanken? Ich fuhr herum und erkannte ihn, wie er auf mich zulief, als wäre nichts gewesen.

»Es ist nicht höflich, die Gedanken anderer zu lesen.« Schlagartig wurde mir bewusst, was er sonst noch gelesen haben könnte. Wusste er, wie gutaussehend ich ihn fand? Oh nein, bitte nicht. Beschämt sah ich ihn an, presste die Zähne aufeinander. Er lachte, was die Situation nicht besser machte.

»Keine Angst, ich kann sie nur lesen, da Ihr Euch nicht vor mir verschließt.«

Ich atmete flach und sah ihn an. In diesem Moment war es, als wären all die Krieger und die Menschen nicht hier. Als gäbe es nur uns.

»Und wie soll das gehen?«, fragte ich leise, wandte den Blick jedoch nicht von seinen Augen ab.

Er kam einen Schritt auf mich zu, sodass nicht mehr viel Abstand zwischen uns herrschte. Seine Körperwärme übertrug sich auf mich, meine Hände wurden feucht. »Indem Ihr Euch vorstellt, ihr wärt an einem sicheren Ort mit hohen Mauern. Niemand kann hinein und nichts kann heraus. Die meisten Magier wissen, wie man sich gegen Gedankenkontrolle schützen kann.«

Ich sah ihn ungläubig an, was ihn zum Schmunzeln brachte. *Bei Grundan, sieht er gut aus. Ach Mist, hat er das auch gehört?* Peinlich berührt schloss ich die Augen und senkte den Blick.

Wenn er es gehört hatte, dann ignorierte er es. »Kommt mit, ich zeige es Euch. Es ist wichtig, dass Ihr steuern könnt, wer in Euren Kopf kann.«

Ich folgte ihm in die Festung hinein in einen dunklen Raum. Nur ein Feuer brannte im Kamin und spendete ein wenig Licht.

»Schließt die Augen«, forderte er mich auf.

Ich stotterte: »Bitte was?«

»Schließen.«

Als er mir näherkam, pochte mein Herz so laut, dass ich ihn fast nicht mehr hörte. Seine Aura nahm den gesamten Raum ein. Ich kam mir ausgeliefert vor und dennoch so sicher, wie noch nie in meinem Leben. Es war ein Zwiespalt, der mich fast umbrachte. Ein Teil von mir wollte fliehen, der andere wollte ihn für immer nur ansehen.

»Vertraut mir. Schließt die Augen«, sprach er in Gedanken zu mir.

Allein seine Stimme in meinem Kopf zu hören, ließ mich die Luft anhalten. Ein letztes Mal sah ich in dieses männliche Gesicht, dann tat ich das, was er von mir verlangte. Ich hörte Schritte. Er schien mich zu umkreisen. Als er hinter mir stand, spürte ich seine Magie als ein Kribbeln auf meiner Haut.

»Jetzt versucht, an etwas zu denken, was Euch Sicherheit schenkt.«

Bei dieser Aussage musste ich lachen. »In meinem Leben gibt es nicht viel, was mir das Gefühl davon gegeben hat«, sprach ich mit geschlossenen Augen.

»Was ist mit der Magierfeste?«

Es dauerte lange, bis ich herausgefunden hatte, dass ich mich auch hier nie richtig sicher gefühlt hatte. Die Wächter, die uns immer beobachteten. Mein Drang, in die Außenwelt zu gelangen. Nein, dort gab es nur Daralia. Daralia! Mit aller Kraft hielt ich den Gedanken an sie fest, verstärkte ihn. Dachte an all die schönen Momente mit ihr. Daran, wie wir uns in ihr Zimmer eingeschlossen und uns alte Geschichten vorgelesen hatten. An ihre Vertrautheit, ihr Lächeln und all die Kraft, die sie mir geschenkt hatte.

»Sehr gut«, sprach eine Stimme in meinem Kopf. »Jetzt denkt an etwas, was ich nicht wissen sollte.«

Ich presste die Augen aufeinander und suchte nach einem Ereignis. Es war nicht so leicht, an etwas zu denken, wenn man den Befehl dazu bekam. Dennoch rückten der Berg und Rhondar in meinen Kopf. Ich sah die weißen Haare, die leeren Augen. Meine Feuermagie, Melia. Und an den Umstand, dass ich Alridon vor einigen Tagen wegen meines Herrscherstatus angelogen hatte. Wobei er das sicherlich bereits wusste.

Als Alridon nichts sagte, öffnete ich die Lider. »Und?«
Er lächelte mich an. »Nichts.«
»Ihr konntet nichts sehen?«
Er schüttelte leicht den Kopf. »Nein.«
Zwei Herzschläge herrschte Stille zwischen uns, aber sie war nicht unangenehm. Dennoch hatte ich das Bedürfnis, etwas zu sagen. »Können wir dennoch weiter über Gedanken kommunizieren?«
Ich erkannte, wie er für einen Moment die Luft anhielt. Seine blauen Augen hingen an meinen und ließen nicht davon ab. Am liebsten wäre ich einen Schritt auf ihn zugegangen, hätte ihn berührt. Ich wollte wissen, wie sich seine Haut unter meiner anfühlen würde.
»Wenn ihr das möchtet«, hauchte er und schien nicht in der Lage zu sein, kraftvoller zu sprechen.
Ich lächelte. »Ja, das wäre schön.«

Es dauerte bis in die Nacht hinein, bis Alridons Krieger einquartiert und die Verletzten versorgt waren. Dank der mächtigen Magie seiner Männer waren die meisten Verwundeten bereits wieder auf den Beinen. Einige hatten wir begraben müssen – dennoch hatten wir Glück. Es waren wenige, die nicht mehr unter uns weilten, und die Menschen feierten den Sieg. Von der Terrasse konnte ich sehen, wie sie johlten, meinen Namen riefen und alle restlichen Essens- und Alkoholvorräte in ein Haus trugen.
»Elen?«, riss mich Melias Stimme aus meinen Gedanken.
Ich fuhr herum und sah in ein sauberes Gesicht mit schön gemachten Haaren. Stirnrunzelnd blickte ich an ihrem Körper und dem Kleid hinab, das sie heute gegen ihre Hose getauscht hatte. Sie strich darüber und ich erinnerte mich, wie sie mir erzählt hatte, dass sie früher gern schöne Dinge getragen hatte.
»Du siehst aus, als würdest du auf einen Ball gehen.«
Sie grinste mich an. »Kein Ball, aber wir haben große Dinge zu feiern.«

Ihre Augen waren so voller Freude, dass ich lächeln musste und den Kopf schüttelte.

Melia umkreiste mich elegant, als trüge sie gerade die teuerste Robe und würde bald einen Edelmann heiraten. »Ein Sieg muss gefeiert werden. Ein Großmeister mit einer Armee hilft uns. Noch dazu scheint er Gefallen an dir gefunden zu haben. Du kannst sowieso den Blick nicht von ihm lassen. Das sind so großartige Gründe zu feiern, findest du nicht?«

»Melia!«, mit diesem Wort schlug ich ihr leicht gegen die Schulter.

Sie lachte. »Die Menschen haben seit Monaten keine Freude mehr erlebt. Wir weihen die Schenke ein.« Sie zeigte mit dem Kopf hinunter. »Komm später auch. Es wird dir guttun.«

Sie wollte gerade gehen, da rief ich ihr hinterher: »Wundern sich die Menschen nicht über die Magie, die wir beide beim Angriff gewirkt haben?«

Melia zuckte mit den Schultern. »Wenn du einen Krieg gewinnst, überlebst und deine Lieben nicht sterben siehst, fragst du dich dann, mit welchen Mitteln gewonnen wurde? Oder freust du dich einfach, dass du überlebt hast? In unserer Welt ist vieles möglich. Nun haben sie das bekommen, was sie schon lange in dir sehen. Irgendwann wird der Tag einbrechen, an dem du etwas dazu sagen musst. Genauso wie ich – aber der ist nicht heute.« Damit entfernte sie sich von mir und schwebte wie ein Engel die Stufen zum Marktplatz hinab.

Einige Zeit sah ich ihr hinterher. Hörte, wie immer mehr Lärm aus der Taverne bis zu der Terrasse, auf der ich stand, schallte. Der Geruch von schalem Bier zog über Del'Nava. Trotz der frühen Abendstunde sah ich einige Krieger, die aus der Tür schwankten und sich übergaben. Andere grölten durch die Nacht. Alridons Männer hatten schreckliche Manieren. Das hielt die ledigen Frauen in Del'Nava jedoch nicht davon ab, den Kriegern schöne Augen zu machen. Ich war mir sicher, dass heute die wenigsten allein nach Hause gehen würden, und das war auch in Ordnung. Die Menschen hatten die letzten Wochen genügend mitmachen müssen.

»Da seid ihr ja«, dröhnte eine dunkle Stimme.

Ich bekam eine Gänsehaut, denn ich wusste, wer hinter mir stand. Als ich mich umdrehte, sah ich Alridon, der langsam auf mich zulief.

»Das klingt, als hättet ihr mich gesucht?«

»Das habe ich.« Er lächelte mich an, aber da war noch etwas anderes. Sein Blick fuhr über mein Gesicht, blieb einen Moment zu lange an meinen Lippen hängen, bis er mich wieder ansah. Ich hatte das Gefühl, er könne sich nicht entscheiden, was er von mir betrachten wollte, und damit brachte er mich um den Verstand. Ich konnte nicht anders, als ihn mit pochendem Herzen anzusehen.

»Ich wollte mich bei Euch bedanken.«

Ich hauchte ein leises: »Weshalb?«, heraus. Am liebsten wäre ich weggerannt aber seine Aura fesselte mich. Es war, als könnte er mich rein mit seinen Augen in Ketten legen.

»Ihr habt mir Hoffnung gegeben.« Er kam näher. »Und einen Glauben, den ich lange verloren geglaubt hatte.«

Mein Magen rebellierte. Ich atmete flach, als ich seine Körperwärme spürte, obwohl wir uns nicht berührten. Er roch nach eisigem Schneeregen und nach dem Meer. Zumindest stellte ich mir so das Meer vor. Rau, ungezähmt und wild. Seine Ader am Hals pochte, als er den Blick von meinen Augen abwandte und meine Lippen ansah. Bei Grundan, ich fühlte mich vollkommen ausgeliefert und gleichzeitig war das das schönste Gefühl, das ich jemals gehabt hatte.

»Vielleicht war doch am Ende ich derjenige, der Beistand brauchte. Zumindest hat mir Eure Ansage vor einigen Tagen den Kopf gewaschen. Ihr hattet recht.« Ich sah ihn schlucken, dann blickte er mir so tief in die Augen, dass ich scharf die Luft einsog. »Nicht jeder ist so, wie ich es erlebt habe. Es gibt noch gute Menschen und dieser eine schaffte es, mich daran zu erinnern, wer ich wirklich bin.«

Mein Herz setzte aus, als sein Gesicht näherkam. Atemlos sah ich auf, spürte dabei, wie sich unsere Nasenspitzen berührten.

»In unserer Zeit gibt es hunderte Gründe, zu sterben«, flüsterte er. Der Hauch seines Atems flog über meine Wangen. Mir wurde heiß und kalt zugleich. Jede Zelle meines Körpers kribbelte. »Aber einen Grund, zu leben …« Seine Finger streichelten meinen Nacken. Er sah mich mit einem Blick an, der mich sprachlos machte. Alles in mir kochte. Dann senkte er den Kopf und küsste mich. Zuerst zärtlich, dann fordernd. Mir wurde schwindlig vor Gefühlen. Alridon zog mich enger zu sich. Der Kuss war verlangend, beanspruchend und dennoch unendlich liebevoll. Ich fühlte sein Herz wild schlagen, als wäre es meins. Es war unbeschreiblich.

Eine gefühlte Ewigkeit küssten wir uns, bevor wir uns minimal voneinander lösten. Er blickte mich an, lächelte, als wäre ich alles für ihn. Dann legte er die Hand auf meinen Rücken, zog mich eng an sich.

Bevor wir uns auf der Terrasse die Kleider vom Leib rissen, nahm ich seine Hand und wir taumelten betrunken vor Begierde in mein Zimmer. Wir liefen blind nach hinten. So lange, bis meine Ferse am Bettrand angekommen war. Ohne die Küsse zu beenden, glitt ich rücklings auf das Bett und er war über mir. Ich streifte sein Oberteil herunter, während er sich zuerst seiner, dann meiner Hose entledigte.

Ich wollte ihn - wollte ihn so sehr, dass es mich wahnsinnig machte. Das Ziehen in meinem Schritt war unerträglich. Stöhnend krallte ich meine Fingernägel in seinen Rücken, als wir uns vereinten. Alridon küsste meinen Nacken, fuhr mit seiner Hand meine Brust und dann mein Becken ab. Jede seiner Berührungen kribbelte auf meiner Haut. Ich keuchte seinen Namen, als er fester zustieß. Fester und immer fester, bis wir beide ineinander versanken.

Mir war, als hätten wir die ganze Nacht miteinander geschlafen. Irgendwie stimmte das auch. Die Lautstärke der Taverne nahm ab.

Demnach musste es tief in der Nacht sein. Vorsichtig stützte ich mich auf dem Bauch liegend etwas auf und sah mir den schönsten Mann der Welt an.

Alridon lächelte, streichelte mir über die Wange. »Was ist?«, fragte er strahlend, nach dem er mir einen Kuss gegeben hatte.

»Nichts. Du machst mich nur glücklich. Das hatte ich schon lange nicht mehr.«

Er drehte sich zu mir, legte den Arm um mich und streichelte meine Schulter. Dabei sah er auf seine Finger, dann in meine Augen. »Das geht mir genauso. Du hast etwas in meinem Inneren geöffnet, was lange verschlossen war.«

»Und was war das?«

»Vertrauen«, begann er. »Zuversicht.« Dann sah er mir direkt in die Augen. Es war, als könnte er mir damit in die Seele schauen. »Liebe. In dieser Zeit findet man so etwas sehr selten. Es fühlt sich richtig an und egal, wie sehr ich mich dagegen gewehrt habe, ich konnte dich nicht sterben lassen.«

»Du hast das nur für mich getan?«

Alridon lachte, drehte sich auf den Rücken. »Für dich. Und für Iltras. Er hätte mir das nie verziehen. Na ja, und für alle anderen auch. Aber wärst du nicht gewesen, wäre ich nicht hier.« Ich folgte ihm und kuschelte mich in seinen Arm. Trotz dieser turbulenten Zeit, dem Krieg, der Unterdrückung der Magier und meiner Götterseele sorgte er dafür, dass irgendwie alles in Ordnung war. Das erste Mal hatte ich das Gefühl, alles schaffen zu können, und das war unbeschreiblich. Ich fand keine Worte dafür.

»Die Männer erzählen sich, du hättest eine Feuerwalze auf die Höchsten geschickt und die Flammen kamen aus deinen Händen?«

Ich sah in diese blauen Augen und konnte nichts sagen. Wie sollte ich ihm das alles beibringen, wenn ich es selbst kaum verstand? Mein Herz pochte hart, doch er lächelte mich nur an und strich mir sanft über die Wange.

»Irgendwann musst du mir das erklären.«

Ich nickte. »Das werde ich.« Ich war dankbar, dass er nicht weiter nachbohrte. Dennoch hatte sich eine Frage in mein Gehirn eingefressen. Vorsichtig sah ich zu ihm hoch. »Woher kennst du Gale?«

Schlagartig verkrampfte sich sein Unterkiefer. Er schloss für einen Moment die Augen. »Wir sind uns vor vielen Jahren begegnet, als er noch bei den Wächtern war.«

Ich runzelte die Stirn und stemmte mich etwas von ihm weg, damit ich ihn ansehen konnte. »Was ist geschehen?«

Alridon sah zur Decke, schwieg für viele Herzschläge, dann sah er mir wieder ins Gesicht. »Ich habe dir erzählt, dass ich und meine Schwester gefoltert wurden und sie das nicht überlebt hat?«

Ich nickte mit gerunzelter Stirn, verstand nicht, was er mir sagen wollte. Trotzdem pochte mein Herz hart und wild. Nicht vor Begierde, sondern voll schlimmer Vorahnung. Die Art, wie er den Kiefer verspannte, wie er schluckte und angestrengt die Augen schloss. Es war, als fühlte ich seinen Schmerz.

»Damals haben die Wächter uns gefangengenommen und in einem Verließ der Magierfesten eingesperrt. Es war Gale, der uns damals eine Falle stellte, mich tagelang gefoltert hat. Und er war es, der meine Schwester tötete.«

Ich blinzelte gegen seine Worte an. Konnte nicht fassen, was er mir da erzählte. »Gale hat deine Schwester getötet?«

Alridon nickte mit zusammengepressten Lippen. »Soviel ich weiß, trat er kurz darauf aus dem Orden aus. Mir gelang die Flucht. Meine Eltern versteckten sich in Silbstedt und bekamen noch ein Kind.«

Er redete weiter, aber ich konnte nichts mehr hören. Bilder tauchten vor mir auf und mir wurde schlecht.

»Ich fasse es nicht«, sprach ich mehr zu mir, als zu ihm.

Alridon rollte sich zur Seite, sodass ich nun unter ihm lag. »Es ist sehr viele Jahre her. Ich werde ihn dafür irgendwann umbringen, aber dich sollte es nicht betreffen.«

Er gab mir einen Kuss und wenig später hörte ich, wie er eingeschlafen war. Ich hingegen lag noch lange wach. Auch, wenn die Müdigkeit an mir nagte.

Am Morgen blendete mich die Sonne. Murrend zog ich die Decke über mich, als ich spürte, wie jemand meinen Arm streichelte. Schlaftrunken zog ich sie wieder herunter und sah in diese Augen. Es war also doch kein Traum.

»Guten Morgen«, hauchte Alridon in mein Ohr und küsste meinen Hals.

»Guten Morgen.« Lächelnd kuschelte ich mich enger an ihn. Neben jemandem aufzuwachen, verursachte mir Schmetterlinge im Bauch.

»Es ist schon Mittag. Dein Gefolge wird sich sicher fragen, wo du bleibst.«

Er grinste mich so verführerisch an, dass es mir schwerfiel, mich von ihm zu lösen. Letztendlich nickte ich und er schob sich zum Bettrand. Als er seine Hose geschlossen hatte und nun mit freiem Oberkörper vor mir stand, sah er umwerfend gut aus. Sein durchtrainierter Bauch, seine Arme, sein breites Kreuz und dann dieses traumhaft schöne, männliche Gesicht. Ich konnte nicht anders, als mir den Bund zu schnappen und ihn zurückzuziehen.

Nach einem zwecklosen Widerstand seinerseits schliefen wir noch einmal miteinander.

»Jetzt sollten wir aber wirklich aufstehen!«

Ich lachte, sackte in mein Kissen. »Das sollten wir.«

»Ich glaube, es ist besser, wenn ich aus dem Fenster klettere.«

»Bitte was?«, stieß ich belustigt aus.

»Nicht wegen mir, sondern wegen dir. Das Reich ist nicht allzu groß. Die Leute werden reden, wenn die Herrscherin mit dem Großmeister ihrer neuen Krieger schläft«, witzelte er und gab mir einen Kuss auf die Stirn.

»Ich behaupte einfach, du hättest mich verführt!« Ich verschränkte die Arme und setzte einen entsetzten Blick auf.

Er kam mir nahe. »Ich glaube eher, du hast mich verführt.« Alridon zwinkerte, zog sich seine Sachen an und lief zum Fenster. »Bis gleich«, sprach er, dann war er verschwunden.

Einige Zeit blieb ich noch auf meinem Bett sitzen. Dabei war mein Grinsen bestimmt nicht zu übersehen.

Nach einigen Herzschlägen hievte ich mich ebenfalls auf die Beine und zog mich an. Ein flüchtiger Blick in den Spiegel zeigte mir, wie gerötet meine Wangen waren.

Als jemand meine Tür aufriss, fuhr ich zusammen. Iltras kam wild schnaufend herein, ruderte mit den Armen, fiel dann doch hin.

»Himmel, Iltras«, japste ich und half ihm auf.

»Alridon«, keuchte er. »Alridon!«

»Was ist mit ihm?«

Iltras rüttelte an mir. »Er ist weg!«

Mein Herz blieb stehen. »Was redest du denn da? Er war vor Kurzem noch hier.«

»Silbstedt«, stieß er hervor. »Seine Eltern. Schwester …« Er stützte sich auf die Knie. »Brief!« Er rang nach Luft, fuchtelte mit der Hand, als hätte er ein Stück Pergament darin. »Gehängt. Heute.«

Meine Welt blieb stehen.

KAPITEL 27

»Silbstedt wird von Dutzenden Höchsten unter Kontrolle gehalten. Er wird niemals lebend wieder herauskommen.« Mit Tränen in den Augen fuchtelte ich durch die Luft.

»Deshalb müssen wir ihm helfen!«, schnaufte Iltras neben mir. Er hatte Mühe, mit mir Schritt zu halten. Als wäre Rhondar hinter mir her, rannte ich über den Marktplatz.

»Seit wann ist er weg?«

»Noch nicht so lange!«

Grundan! »Hilf mir, die Rüstung anzulegen«, wies ich Iltras forsch an. Ich machte beim Schmied halt, zerrte meine Waffengürtel aus dem Schrank und warf sie ihm entgegen. Ohne Widerworte packte er sich den ersten und schnallte die Dolche an mein Bein, während ich in die Schlaufen meiner Kurzschwerter schlüpfte und sie viel zu fest zuzog. Ein letztes Mal hastete ich zu dem Schrank, zog einen Bogen inklusive

Köcher heraus und rannte zu den Stallungen.

Einer von Alridons Männern eilte mir hinterher. »Ihr reitet nach Silbstedt?«

Ich nickte gehetzt, schwang mich in den Sattel.

Der Krieger blickte mich kurz an. »Wir werden Euch jeden Moment folgen. Wir werden nicht zulassen, dass Alridon uns genommen wird, und wir sind bereit, für ihn in den Tod zu gehen und Euch zu beschützen. Ihr werdet nicht allein sein.«

»Danke«, presste ich hastig hervor.

Iltras hatte sich ebenfalls in den Sattel geschwungen.

Melia rannte zu mir und sah mich mit riesigen Augen an. Mir blieb keine Zeit für lange Erklärungen. »Sag Gale, er soll sich mit unseren Kriegern Alridons Männern anschließen und nach Silbstedt reiten.«

»Bist du verrückt?«, schrie sie mir hinterher. »Dort wimmelt es von Höchsten und bis du da bist, ist es Nacht.«

»Mach es einfach!«

Dann rief ich Iltras zu: »Los!«, trat dem Pferd in die Flanken und verschwand aus Del'Nava.

Ich gönnte meinem Hengst keine Ruhe. Im Gegenteil. Ich trieb ihn an. Immer weiter. Mir ging die Puste aus, mein Körper schmerzte. Mein Herz verkohlte bei dem Gedanken, zu spät zu kommen. Endlich war ich wieder glücklich und hatte jemanden an meiner Seite. Jetzt sollte ich ihn wieder verlieren? Das durfte nicht sein. Die Höchsten durften ihn mir nicht nehmen. Bei allem, was ich ertragen konnte, dies würde ich nicht überleben.

Mein Feuer loderte auf. Ich spürte es in jeder Faser. Mit größter Mühe konnte ich es im Zaun halten. Ein widerlicher Kloß verstopfte meinen Hals und würde sich erst wieder lösen, wenn ich Alridon lebend fand.

»Dieser Idiot! Er wird sterben«, riss mich Iltras aus meinen Gedanken. Im schnellen Ritt hörte ich kaum, was er sagte. Das lag auch daran, dass Tränen in seinen Augen standen und er schluchzte. So kannte ich ihn nicht und das brach mir gleich zweimal das Herz.

»Nein, Iltras! Das wird er nicht. Wir werden rechtzeitig kommen!«

Seine Augen verengten sich noch ein Stück mehr. Seine Stirn legte sich in tiefe Falten. »Wie kannst du daran glauben? So wie ich ihn kenne, wird er zum Podest hasten und die Wächter umbringen! Er würde alles für die Menschen tun, die er liebt.«

Mit bebender Brust sah ich wieder geradeaus. »Wenn ich nicht daran glauben würde, würde ich sterben.«

Iltras blickte mich kurz an, nickte und trat seinem Pferd in die Flanken.

Eine lange Zeit später erkannte ich eine riesige Stadt in der Ferne. So etwas Gigantisches hatte ich noch nie gesehen und je näher wir kamen, umso größer wirkte sie. Über den meterhohen Mauern waberte dicker Qualm in den Himmel, als würde sie brennen. Alle paar Meter ragte ein Wachturm in die Höhe. Ich schluckte, als ich schwer gepanzerte Wachen vor dem Eingangstor zu Silbstedt erkannte. *Verdammt.* Wie sollten wir da reinkommen?

»Spiel mit«, flüsterte mir Iltras zu. Dann glitt er aus dem Sattel, band das Pferd an einen Pfosten und schlenderte mit breitem Grinsen auf die Wachen zu.

Schluckend versuchte ich, es ihm gleichzutun. Mein rasendes Herz musste man aber an meiner verkrampften Mimik erkennen. Ich war alles andere als entspannt. Am liebsten hätte ich vor Nervosität mit den Zähnen geknirscht. Mein ständiger Blick zum Eingang machte mich noch auffälliger.

»Wer seid ihr?«, blaffte der rechte Wächter. Durch den Helm erkannte ich nur einen männlichen Unterkiefer mit schmalen Lippen, die jedoch wenig attraktiv aussahen.

»Meine Frau und ich sind angereist, um der Hinrichtung der Abtrünnigen beizuwohnen und in eurer Taverne zu nächtigen.«

»Reisende also«, sprach der Wächter in einem überheblichen Ton. Eine seiner Augenbrauen huschte zweifelnd nach oben.

Ich presste meine Lippen aufeinander und sah unauffällig zu Boden. Mir rannte die Zeit davon! Alridon könnte schon um sein Leben kämpfen. Bei dem Lärm, der bis vor die Stadtmauern drang, konnte darin gerade alles vor sich gehen. Mein Blut rauschte in meinen Ohren. Es war, als wäre mein Geist schon beim Marktplatz, während mein Körper hier gefangen war. In diesem Moment fühlte ich mich hilfloser denn je.

»Für Reisende seid ihr beachtlich ausgerüstet.«

Der breite Wächter schritt zu mir. Er überragte mich um zwei Köpfe und war doppelt so breit. Seine Augen verengten sich zu Schlitzen, die mich ganz genau musterten.

Iltras schlängelte sich vor mich und den Höchsten. Beschwichtigend erhob er seine Hände und redete auf die beiden Wächter ein. Wie wichtig für eine junge Frau in Zeiten wie diesen doch ihre Waffen seien und so weiter. Ich war dort, hörte ihm zu, und doch verschwammen seine Worte durch meine Sorgen. Sie wurden zu einem dumpfen Brei, der mein Herz noch schneller schlagen ließ. Stocksteif stand ich hinter Iltras, sah die hohen Mauern an. Meine Angst um Alridon fühlte sich wie ein Pflug an, der sich in meine Gedärme fraß. Wenn wir nicht bald in die Stadt kämen, dann wäre es zu spät!

Wie von allein glitten meine Hände zu meinem Waffengürtel und zogen zwei Wurfmesser heraus. Ich fixierte die Wächter. Sie waren so vertieft in Iltras' Märchengeschichten, dass sie mich nicht bemerkten. In diesem Moment setzte mein Gewissen aus. Kraftvoll stieß ich mich vom Boden weg, rannte los und warf die Messer durch die Luft. In Sekundenschnelle durchtrennten die scharfen Klingen die Kehlen und die Wachen sackten dumpf zu Boden.

»Ach Mann, Elen, ich hatte sie fast.« Iltras fuchtelte mit seiner Hand und deutete sauer auf die Leichen. Dabei stampfte er wie ein Kleinkind mit dem Fuß auf.

»Das habe ich gesehen«, sprach ich mit scharfem Unterton. »Und jetzt hilf mir, die Leichen hinter den Häusern zu verstecken.«

Iltras packte mit an und gemeinsam zerrten wir die Leichen hinter die nächste Hauswand. Die anderen Wächter würden sie irgendwann finden. So viel war klar. Das erhöhte den Druck auf meinen Schultern noch mehr.

»Zieh besser deine Kapuze über. Wer weiß, wer dich hier kennt.« Der erste gute Ratschlag heute.

Mit beiden Händen fuhr ich über meinen Nacken und zog den braunen Stoff tief in das Gesicht. Ein ungutes Gefühl nistete sich in meinem Magen ein. Ich fühlte mich unwohl, ängstlich und gleichzeitig unglaublich stark. Es war eine Mischung, die mir alles abverlangte.

Mit schweißnassen Händen lief ich eng an der Stadtmauer entlang und kundschaftete die Gegend aus. Endlose Gassen führten durch Silbstedt. Die Straßen waren vollgestopft. Ein unglaublicher Geräuschpegel herrschte hier. Hunderte Stimmen, tausende Rufe, Gelächter oder Gejammer. Es war ohrenbetäubend, während ich kein Wort verstand. Ich hoffte, Alridons Stimme herauszuhören, aber da war nichts, also drängte ich mich weiter durch die Menge. Als es noch enger wurde, roch ich Essen, Schweiß und Ausscheidungen, was im Kontrast zu der prachtvollen Stadt lag. Der Boden war halbwegs frei von Schlamm, die Häuser waren sauber und wirkten edler als alle, die ich bisher gesehen hatte. Doch all das nahm ich nur schemenhaft wahr. Mit Adleraugen beobachtete ich jeden Mann. Die dichter werdende Masse machte das jedoch nicht einfacher. Inzwischen musste ich meine Arme anwinkeln und mich durch die Menge hindurchquetschen.

Nach einer Ewigkeit erkannte ich endlich, dass der Weg in einen kreisförmigen Platz mündete, an dem die Menschen stehen blieben. Als ich mich langmachte, erkannte ich schattenhaft drei Galgen. Leider waren die Männer vor mir zu groß, um zu sehen, wer dort auf seine Hinrichtung wartete. Es konnte aber nur Alridons Familie sein.

Bei Grundan! Mein Herz schlug so schnell, dass ich meinte, es würde jeden Moment aussetzen. Hektisch sah ich nach links. Nach rechts. Blickte hinter mich, aber nirgendwo war der Großmeister zu sehen. Schweißperlen setzten sich auf meinen Schläfen ab. Vor Verzweiflung bildeten sich Tränen in meinen Augen. Am liebsten wollte ich schreien. Wild seinen Namen rufen, zu all den Magiegöttern beten, doch ich blieb stumm, suchte weiter.

Wenn er bereits tot war? Wenn er es gar nicht in die Stadt hineingeschafft hatte? Meine Unterlippe bebte. Ich war kurz davor, zu weinen, als ich Gepolter seitlich über mir hörte. Ich schielte zu dem Hausdach und erkannte Bogenschützen! Auch das noch!

Ängstlich packte ich Iltras' Jacke und zog ihn an mich heran. »Schau nach oben.« Als er es tat und mir danach, über die Schützen verärgert, in die Augen sah, sprach ich noch leiser: »Wir müssen sie aufhalten.«

Er nickte. »Klettere auf das Dach.« Iltras sah noch einmal nach oben, als könnte er die Männer mit seinen Blicken töten. »Ich übernehme die andere Seite. Alridon kann mit den Männern am Boden klarkommen, aber nicht mit den Schützen. Und setze bloß keine Magie ein. Die Wächter würden sie sofort spüren und uns bemerken.«

Mit einem Nicken brachte ich ein holpriges: »Viel Glück«, heraus.

Herr Breitnase packte meine Schulter. »Du schaffst das. Für ihn. Konzentriere dich.«

Mit einem verzweifelten Lächeln nickte ich, dann war er in der Menge verschwunden. Ich atmete stoßweise aus. Noch nie hatte ich mich mehr als zwei Männern gestellt. Nun war ich allein in einer Stadt voller Höchsten. Meine Finger kribbelten und ich spürte das Feuer, das durch sie strömte. Mit aller Macht drängte ich es zurück. Es dürfte nicht herauskommen.

Ein letztes Mal schluckte ich, dann schob ich die Menschen zur Seite und schlängelte mich zur Hausmauer. Eine schmale Seitengasse führte hindurch und bot mir das perfekte Versteck. Hier lief niemand hindurch.

Als ich jedoch die drei Stockwerke hinaufsah, wurde mir mulmig. Kurz schloss ich die Augen, atmete tief ein, dann sprang ich und krallte meine Finger in den ersten Fenstersims. Als ich mein eigenes Gewicht spürte, stöhnte ich auf. Meine Muskeln zitterten so sehr, dass ich ängstlich nach unten sah. Bei Grundan. *Komm schon, du schaffst das!* Mühevoll sah ich wieder nach vorn und zog mich hinauf, kletterte weiter. *Na los, noch ein Stockwerk!*

Als ich nach der nächsten Möglichkeit tastete, um mich weiter hinaufzuziehen, hörte ich Schritte. Direkt über mir. Mist! Mit aller Mühe stemmte ich mich auf einen Fenstersims und presste mich an das Glas. Ich keuchte. Noch dazu war der Sims verdammt schmal! Ich krallte mich fester in die Fensterläden. *Nicht hinuntersehen. Einfach nicht hinuntersehen.*

Ein Wächter stand direkt über mir und schien auf die Menge hinabzusehen. Bei Grundan! Konnte er sich nicht irgendwo anders hinstellen? Wie sollte ich da denn hochklettern können?

Mittlerweile zitterten meine Muskeln so sehr, dass mein Kiefer wild zuckte. Entweder hievte ich mich nach oben oder ich würde in den Abgrund fallen. Lange könnte ich mich zumindest nicht mehr hier festkrallen.

»Heute haben wir uns versammelt ...«, erklang eine verrauchte Stimme vom Marktplatz.

Verdammt! Verdammt! Verdammt! Nicht jetzt schon. Nicht jetzt!

Noch einmal atmete ich tief ein, dann zog ich mich nach oben. Als ich es geschafft hatte, sah ich zu dem Wächter, der auf die Menge unter mir blickte. Aber er schien mich nicht gehört zu haben.

Ich atmete aus dem Mund, stemmte mich auf die Beine und zog meinen Dolch. Mein Blut rauschte in meinen Ohren, als ich in gebückter Haltung auf ihn zu schlich. Da bewegte er sich! Oh nein! Er drehte sich zu mir um! Panisch suchte ich das Flachdach nach einer Versteckmöglichkeit ab, aber es war zu spät. Der Höchste zog sein Schwert und rannte auf mich zu. Mit glitschigen Fingern umklammerte ich meinen Dolch fester, tauchte unter seinem Angriff hindurch und rammte ihm meine Klinge in die Brust. Keinen Herzschlag später sackte er auf den Boden, drückte die Hand gegen die Wunde und schloss die Augen. *Bei allen Göttern!*

Weiter!, mahnte ich mich. Ich schluckte viel zu hart. *Renn endlich weiter!* Meine Beine schienen mit dem Toten verwachsen zu sein. Mühsam konnte ich den Blick von dem verzerrten Gesicht wenden. Aber ich musste weiter! Für mein schlechtes Gewissen blieb mir später noch genügend Zeit, also rappelte ich mich auf, sprang mit einem Satz auf das nächste Dach und versteckte mich hinter einem Haufen Schutt. Vorsichtig blinzelte ich über altes Holz hinweg und erkannte einen Schützen hinter einem Schornstein. Dahinter waren noch zwei weitere. Verdammt, das waren zu viele. Verzweifelt tauchte ich wieder unter, zwang mich, ruhig zu atmen. Es klappte leider nicht. Mein Herz schlug bis zum Anschlag.

»Volk von Silbstedt, heute werden wir diese Abtrünnigen richten. Menschen, die euer Leben mit ihrer Magie gefährden. Unser aller Leben!«, schrie die Stimme.

Ich keuchte so schnell, dass mein Kopf glühte und meine Hände sich schmierig um meinen Dolch legten. Mein Feuer schlängelte sich schmerzhaft heraus. Es brannte unter meiner Haut, kribbelte in meinen Adern. Mit aller Kraft biss ich mir auf die Lippe und lenkte mich mit diesem Schmerz von meiner Magie ab. Auf einer Seite hätte ich am liebsten geweint und mich verkrochen. Auf der anderen Seite war ich nicht mehr dieses Mädchen. Das Volk hatte mich zu seiner Anführerin gewählt und jetzt würde ich ihm zeigen, dass es die richtige Entscheidung gewesen war. Ich war stark und hatte mich verändert. Ich wusste ganz genau, was ich wollte. Ein Teil davon war Alridon und der würde sterben, wenn ich mich nicht endlich bewegte. Mit einem Satz sprang ich auf und rannte los.

Mit der linken Hand fischte ich ein Wurfmesser heraus, holte aus und trieb es dem Wächter hinter dem Schornstein in die Stirn. Das Geräusch versuchte ich zu ignorieren, sonst müsste ich mich übergeben. *Schneller, schneller!* Als ein anderer Höchster mich entdeckte, wutentbrannt seinen Bogen spannte und auf meine Brust zielte, stoppte mein Herz einige Schläge. Der Pfeil sirrte von der Sehne, raste durch die Luft. So schnell, dass ich in eine Schockstarre verfiel und dem Geschoss dabei zusah, wie es mich gleich aufspießen würde. Im allerletzten Moment schlitterte ich auf die Knie und das Stück Holz schlug hinter mir ein. Keine Zeit, nachzudenken! Kraftvoll zog ich mein Schwert, rannte auf den Mann zu. Bevor er den Bogen erneut spannen konnte, sprang ich in die Luft, drehte mich und rammte die Klinge in seine Kehle.

Keuchend sackte ich danach auf den Boden, fing mich mit den Armen ab, um nicht darauf liegen zu müssen. Sie zitterten, gaben immer weiter nach. Mir fehlte die Luft zum Atmen. Alles in mir fühlte sich betäubt an. Nach Luft japsend sah ich zu der Leiche, deren Blut das Flachdach langsam bedeckte. Was tat ich hier? Verdammt, was tat ich hier?

Plötzlich ein Ziehen. Panisch drehte ich mich um, sah den dritten Wächter auf mich zu rennen. Im letzten Moment zwang ich mich auf den Boden und seine Klinge raste über meiner Brust vorbei.

Ich sprang auf die Beine, rammte meinen Fuß in sein Schienbein. Er keuchte, erlangte aber schneller wieder seine Beherrschung, als ich es realisieren konnte. Sein Gesicht verzog sich zu einer gefährlichen Fratze. Mit einem Ruck packte er meinen Hals und drückte fest zu. Er zog mich damit nach oben. Meine Beine baumelten in der Luft.

»Diese Menschen hier werden heute im Namen des einzig wahren Gottes getötet. Im Namen des Höchsten«, schrie wieder der Mann auf dem Marktplatz.

Die Menge jubelte müde.

Ich röchelte, bekam keine Luft mehr. Mit aller Kraft krallte ich mich in die Hand meines Angreifers, versuchte, ihn zu kratzen. Ich trat nach ihm, aber meine Schläge wurden träger.

»Die Einzigen, die heute sterben werden, seid Ihr«, durchbrach eine vertraute Stimme das Gejohle. Bei Grundan! Das konnte nur Alridon sein!

Ich wollte zur Brüstung, um ihn ansehen zu können. Wollte zu ihm rennen. Aber ich konnte es nicht. Wie eine Puppe hing ich in der Umklammerung meines Angreifers. Ich war dabei, zu sterben. Dennoch war mein einziger Gedanke Alridon. Meine Sicht verschwamm. Schwarze Punkte tanzten vor meinen Augen. Der harte Griff brannte. Mein Fleisch wurde zerdrückt, während mir Angstschweiß von der Stirn perlte. Nach Luft zu schnappen und keine zu bekommen, war das schlimmste Gefühl, das ich jemals gehabt hatte.

»Na, sieh einer an«, lachte wieder diese brummige Stimme. »Da haben wir mit einem Schlag gleich die gesamte Gardon-Familie.«

»Du Stück Scheiße wirst jetzt sterben!«, bellte mir mein Angreifer ins Gesicht und riss mich von den Stimmen des Podestes weg. Spucke flog in mein Gesicht. Seine Augen waren eisig, seine Mimik verzerrt.

Du darfst jetzt nicht sterben. Nicht bevor du Alridon gesehen hast! Mit der letzten Kraft, die ich hatte, angelte ich nach meinem Dolch am Bein. Meine Finger waren derart schmierig, dass ich ihn nicht erwischte. *Komm schon!* Kurz vor der Ohnmacht bekam ich ihn doch zu fassen, umklammerte ihn und rammte die Klinge in den Nacken meines Angreifers.

Japsend ließ er von mir ab, während ich wie ein nasser Sack auf den Boden krachte. Ich rang nach Luft, betastete mit Tränen in den Augen meinen Hals. Er schmerzte unmenschlich und Ignaria könnte sich mit der Heilung beeilen. Ein dumpfer Aufprall zeigte mir, dass mein Angreifer umgefallen war.

Ich musste weiter! Schwankend richtete ich mich auf, lief benommen zur Brüstung und sah mit verschwommenem Blick nach unten.

In der Menge erkannte ich Alridon, der vor der Tribüne stand. Die

Menschen machten ihm freiwillig Platz, während drei Wächter vor ihm standen.

»Keinen Schritt weiter, du Abschaum der Magie«, zischte einer von ihnen. Im selben Moment erhob er sein Schwert und zeigte mit der Spitze bedrohlich auf Alridons Herz. Ich musste etwas unternehmen. Irgendwas! Nur was?

Mit Mühe konnte ich den Blick von ihm abwenden und zur Tribüne sehen. Ein anderer Wächter stand an dem Hebel zur Falltür. Selbst, wenn Alridon die ersten Höchsten umbrachte, der andere wäre schneller und seine Familie tot, ehe er zum Sprint ansetzen könnte. Entschlossen griff ich nach meinem Bogen, zog einen Pfeil heraus. Wie von selbst spannte ich ihn. Mit einem Auge fixierte ich den Höchsten, der den Hebel in seinen Händen hielt. Noch immer japste ich, spürte den grauenhaften Schmerz an meinem Hals. Dennoch hielt ich die Luft an und ließ los. Sirrend zischte der Pfeil von der Sehne und landete kurz danach im Kopf des Mannes.

Nach einer kurzen Schreckenspause eilte ein neuer Wächter an seinen Platz. Hastig spannte ich den nächsten Pfeil und schoss in die Brust des rennenden Wächters. Er schwankte, taumelte, fiel dann doch um. Das war der Moment, in dem blankes Chaos ausbrach. Panisch rannten die Zuschauer durch die Gassen, aber ich war hochkonzentriert. Alles, was ich im Moment wahrnahm, waren die Männer, die Alridons Familie auslöschen wollten. Noch einmal spannte ich den Pfeil als … ich wankte, sah nichts mehr. Ein unsagbarer Schmerz am Hinterkopf lähmte mich. Mein Magen rebellierte. Ein letztes Mal ruderte ich mit den Armen, dann fiel ich in die Tiefe.

Schreie ließen mich aufschrecken. Mein Kopf dröhnte, meine Glieder schmerzten. Ich ächzte, als ich versuchte, mich zu bewegen. Meine Lider flatterten. Die Stimmgewalt wurde immer klarer. Benommen fuhr ich mir über die Schläfen, öffnete die Augen. Ich lag rücklings auf dem Boden. Über mir das Dach, von dem ich gefallen war. Drei Stockwerke nach unten und meine Wirbelsäule fühlte sich seltsam gebrochen an. Wäre Ignaria nicht, wäre ich jetzt wohl tot.

Jaulend vor Schmerz drehte ich mich um. Mir war eiskalt, als ich auf dem Boden kniete und die wilde Menge anstarrte. Alles in mir brannte. Jemand musste mir oben eine verpasst haben, denn mein Schädel tat unglaublich weh. Zittrig krallte ich mich an einen Stein der Hauswand und zog mich nach oben. Ich atmete schwer. Speichel tropfte mir aus dem Mund, dennoch wurde das Bild vor meinen Augen langsam etwas klarer. Zuerst war es ein Haufen, der durcheinanderlief. Allmählich kristallisierten sich Menschen heraus, die schreiend durch die Gegend rannten. Auf dem Boden erkannte ich meinen kaputten Bogen. Als ich flüchtig nach links sah, bemerkte ich die Tribüne. Mein Herz blieb bei dem Gedanken, zu spät zu kommen, stehen. Wie lange war ich bewusstlos gewesen?

Benebelt quetschte ich mich durch die Menschen. Dann ein Geräusch, das mich zusammenfahren ließ. Etwas zischte über mir! In rasender Geschwindigkeit! Kreischend erhob ich die Hände, erkannte ein herabsausendes Schwert. Alles geschah so schnell, dass ich erst jetzt realisierte, wie mein Angreifer stoppte. Sein Blick war verzerrt, aus seinem Mund tropfte Blut.

Verwirrt senkte ich die Arme, sah, wie eine Klinge aus seinem Bauch gezogen wurde. Als der Wächter zu Boden ging, erkannte ich dahinter Alridon. Bei seinem Anblick schossen mir sofort Tränen in die Augen.

»Elen«, sprach er gehetzt. Immer wieder sah er sich um. »Was machst du hier?« Seine Stimme klang wütend. Beinahe aufgebracht.

»Ich …«, begann ich zu stammeln. »Ich wollte dir helfen.«

Der Großmeister zog mich an sich, küsste mich. Dann sah er mich mit traurigen Augen an. »Du hättest niemals herkommen dürfen.« Seine Finger strichen über meine Haut, als würde er nie wieder etwas anderes tun wollen.

»Lass es uns zu Ende bringen«, sprach ich lächelnd. Er nickte. Dann rannten wir gemeinsam auf die Tribüne.

KAPITEL 28

Oben angekommen machte sich Alridon hektisch daran, die Fesseln seines Vaters zu durchtrennen. Ich übernahm das bei seiner Mutter. Sie war eine Frau mit ergrautem Haar aber genauso schönen Augen wie Alridon, der bereits fertig war und seine kleine Schwester anwies, sich sofort zu verstecken. Sie war vielleicht zwölf.

Hinter mir erklang ein Stampfen.

»Da sind sie!«, schrie jemand.

Panisch sah ich hinter mich. Oh nein! Nervös bekam ich endlich das Tau durchgeschnitten. Mein gesamter Körper zitterte vor Anstrengung. Ich war vollkommen am Ende, wollte am liebsten sofort verschwinden. Leider rannten gerade dutzende Wächter auf die Tribüne zu! Mit Speeren und Langschwertern. In wenigen Momenten würde uns eine silberne Welle an scharfen Spitzen durchbohren, wenn ich nicht bald etwas unternahm.

»Alridon!«, schrie ich über den Lärm hinweg. »Wir müssen hier weg!«

Er drehte sich kurz zu mir um, sah dann über meine Schulter hinweg, um mich noch verzweifelter wieder anzusehen.

»Dafür ist es zu spät! Sie haben Bogenschützen und hätten uns schneller eingeholt, als wir fliehen könnten.« Dann galt sein Blick den Höchsten. »Uns bleibt nur der Kampf!«

Iltras rannte wild schnaufend aus der Menge und ich war froh, auch ihn zu sehen. Er hastete die Stufen zu den Galgen hinauf. »So 'ne Scheiße«, keuchte er, deutete auf die Wächter und stützte sich auf den Knien ab.

»Absolute Scheiße!«, japste ich und ging etwas zurück. Mein Herz pochte bis zum Anschlag. Jeden Schritt, den die Höchsten auf uns zu machten, brachte uns näher ins Grab.

»Ich will aber nicht gehen!«, hörte ich Alridons Schwester schimpfen.

Ich drehte mich zu dem blonden Mädchen um und strich ihr über das Haar. Tränen rannen ihre Wangen hinunter. Für uns war es zu spät, aber nicht für die Kleine. »Du musst sofort verschwinden«, versuchte ich es mit einem mitfühlenden Ton.

»Aber wir werden sterben«, heulte sie hemmungslos und vergrub sich in meinem Nacken.

Liebevoll packte ich ihre dünnen Oberarme und zog sie vor mich.

»Aber nicht heute«, grinste ich sie an und strich ihr trotz der Situation eine blonde Strähne hinters Ohr. »Und nun renn, so schnell du kannst. Versteck dich. Wir werden gleich wieder bei dir sein, ja?« Ich rechnete mit Widerstand. Zu meinem Erstaunen nickte sie und rannte hinter der Tribüne in die Menschenmenge. *Puh* … Das hatte ich mir schwieriger vorgestellt.

»Verdammte Verdammnis, was machen wir denn jetzt?«, zischte Iltras, als ich mich aufrichtete. »Gegen die kommen wir niemals an.«

Ich atmete lange ein, als ich die immer dichter werdende Menge an Höchsten sah. Sie kämpften sich durch die Leute, schubsten sie zur

Seite und stampften auf uns zu. Er hatte recht. Es waren zu viele. Auf jeden von uns kamen mindestens zwanzig Wächter, die wohlbemerkt deutlich besser gepanzert waren als wir, und mein Feuer könnte ich hier niemals einsetzen. Zu viele unschuldige Menschen waren versammelt, die ich alle mit in den Tod nehmen würde. Das konnte ich nicht zulassen.

»Die Herrin von Del'Nava, na sieh einer an.« Ein Wächter mit rotem Haar und ebensolchem Bart trat aus der Menge hervor. Er verschränkte seine Arme hinter seinem Rücken und schlenderte mit einer Gelassenheit über den Platz voller Höchsten, die nur Wut in mir auslöste. Ihn schien unsere kleine Gruppe kaum zu beeindrucken und ich konnte es ihm nicht einmal verübeln. Wir waren zu dritt. Alridons Eltern zählte ich nicht als Krieger, auch wenn sie mit einem Dolch bewaffnet hinter mir standen. Wir waren nicht viel mehr als ein lächerlicher Haufen. »Hätte ich gewusst, dass wir heute noch einen derart hohen Besuch bekommen, hätte ich ein Festmahl für Euch aufgefahren.«

Mit verengten Augen funkelte ich ihn an. Was für ein Idiot.

Die Bürger begannen, zu tuscheln. So leise, dass ich nichts verstand. Meine Aufmerksamkeit hing sowieso an dem Rothaarigen.

»Diese Frau …!«, schrie er so laut, dass ich zusammenfuhr. »Sie ist der größte Abschaum unserer Zeit. Und noch dazu eine Magierin.«

Ich schnaubte, sah über die Menge, die mich mit ihren Augen fest fixierte. Es waren Blicke, die mich einengten. Einige würden mich am liebsten töten, andere sahen mich undurchdringlich an.

»Die Bürger zweifeln«, sprach Alridon in Gedanken zu mir.

Mit gerunzelter Stirn sah ich zu ihm auf. Er hingegen deutete mit dem Kinn auf die Menge. »Sie flüstern, sehen dich an. Du solltest versuchen, sie auf unsere Seite zu ziehen. Das ist unsere einzige Chance, zu überleben.«

»Hast du sie dir überhaupt angesehen? Sie haben nicht einmal Waffen.«

Alridon kam näher. »Aber sie haben Mistgabeln, Küchenmesser oder Äxte.« Seine Augen galten den Menschen. Selbst ich wagte es kurz, den Blick abzuwenden und sie anzusehen.

»Sie werden nie für uns kämpfen. Sie haben viel zu sehr Angst vor den Höchsten«, nuschelte ich.

Der Rothaarige schrie wieder etwas, von dem ich nur die Hälfte verstand.

»Mich konntest du auch überzeugen. Versuch es. Sie kennen deinen Ruf als Retterin.«

Alles andere als begeistert atmete ich lange ein. Eines der Dinge, die ich an dem Status der Herrscherin hasste, war, im Mittelpunkt zu stehen. Aber wenn ich es nicht wenigstens versuchte, würden wir definitiv sterben. Seufzend schritt ich nach vorn, bemühte mich, selbstbewusst zu wirken. »Bewohner von Silbstedt, wir sind nicht eure Feinde. Die einzigen Feinde, die euch alles nehmen, sind die Höchsten.« Mit der flachen Hand zeigte ich auf unsere Gegner. »Sind es nicht diese Menschen, die euch versklaven, euch unterdrücken?« Mit jedem Wort wurde meine Stimme kraftvoller. »Sind es nicht sie, die euch jagen, euch die Freiheit nehmen?«

Im Augenwinkel sah ich, wie der Rothaarige belustigt die Arme verschränkte.

Ich ignorierte ihn, ballte eine Faust und erhob sie. »Kämpft mit uns. Kämpft für die, die ihr liebt, auf das eure Kinder eine bessere Zukunft haben werden. Jetzt habt ihr die Chance, etwas zu ändern. Ergreift sie!«

Mit entschlossenem Blick sah ich jeden Bewohner an, hoffte darauf, dass die ersten vortraten. Aber nichts geschah und die Menge blieb stumm. Meine Wangen wurden heiß. Beschämt sah ich zu Boden, spürte dabei, wie mein Feuer sich durch meine Adern schlängelte. Mit Sicherheit glühten sie leicht. Zu allem Überfluss spürte ich auch noch Alridons Blicke auf meinen Armen.

Der Rothaarige lächelte mich gefühllos an. »Tötet sie«, rief er seinen

Männern zu. »Sie alle.«

Ich verschluckte mich an der eigenen Spucke. Eingeschüchtert zog ich meine Kurzschwerter, ging einen Schritt in Richtung Alridon. Er breitete seine Arme aus und donnerte eine Druckwelle gegen unsere Angreifer. Wie auch immer er es angestellt hatte, die Höchsten mussten sich anstrengen, gegen sie anzukommen. Sie wurden zwar nicht durch die Luft geschleudert, aber dafür, dass sie immun gegen Magie waren, war dieser Anblick unglaublich.

»Bleib hinter mir«, befahl mir der Großmeister in einem Ton, der keine Widerworte zuließ. Trotzdem widersetzte ich mich, umklammerte den Schaft fester und schleuderte ebenfalls mit der anderen Hand eine Druckwelle nach vorn.

Dann rannten wir mit einem Schrei in die Menge. Wenn ich schon sterben sollte, dann würde ich so viele Wächter mitnehmen, wie ich konnte. Ich drehte mich, um der ersten Klinge auszuweichen. Dann trat ich meinen Angreifer heftig in den Bauch. Er krümmte sich. Bevor er sich aufrichten konnte, durchtrennte ich seine Kehle. Als die nächsten zwei angriffen, rollte ich mich vom Boden ab, zerschnitt die Beine, nur um den nächsten Angriff zu blocken und wieder zu Boden zu gehen. Meine Muskeln zitterten jetzt schon vor Anstrengung. Ich keuchte, dabei waren vielleicht zehn Männer geschlagen. Es war der letzte Kampf auf Leben und Tod. Das letzte Mal, dass ich mein Schwert gegen die Höchsten erhob. Ich hatte Tränen in den Augen, fühlte mich so leer wie noch nie. Trotzdem würde ich nicht aufgeben. Erst, wenn ich starb, würde ich aufhören, zu kämpfen.

Die Schreie des Kampfes wurden immer lauter. In diesem Moment hatte ich das Gefühl, in einer anderen Welt zu sein. Mein Gewissen und meine Angst waren ausgeschaltet. Es war ein Instinkt, der mich auf meine Gegner eindreschen ließ. So musste man sich also in einem Krieg fühlen. Verloren, allein und unendlich traurig. Mit der Ahnung, den nächsten Tag wohl nicht mehr zu erleben. Sein Leben und seine

Lieben zu verlieren. Meine Unterlippe bebte, während ich mit voller Wucht mein Schwert in den Bauch meines nächsten Angreifers rammte.

Der nächste Wächter kam. Mit einem Schrei zerrte ich an meiner Klinge, die noch im Bauch des anderen steckte. Aber verflucht, ich bekam sie nicht heraus! Panisch begann ich, zu rütteln, während Schweißperlen meine Schläfe herunterrannen. Schwere Schritte stampften über den Boden. Mein Herz pochte wild. Mit feuchter Stirn drehte ich mich um. Ein Riese rannte mit erhobenem Schwert auf mich zu. *Verdammt noch mal*! Hektisch zerrte ich weiter. Ich hielt die Luft an.

Als etwas auf dem Boden aufprallte, wagte ich es, meine Augen zu öffnen. Mein Angreifer lag bäuchlings vor mir. In seinem Kopf ein Pfeil. Schockiert sah ich auf und erkannte Iltras, der gehetzt den nächsten Wächter angriff.

Vollkommen fertig stemmte ich meinen Fuß gegen den Höchsten und bekam so endlich meine Klinge frei. Mein Schwert fühlte sich unglaublich schwer an. Meine Brust bebte vor Anstrengung. Ich war nicht gemacht für den Krieg. Niemand sollte das sein.

Ich wusste nicht, wie viel Zeit vergangen war, aber es kam mir wie eine Ewigkeit vor. Inzwischen keuchte ich so sehr, dass meine Brust schmerzte. Mein Magen brannte und jeder Muskel tat mir weh.

Egal, wie viele Wächter ich umbrachte, es wurden nicht weniger. Sie schoben mich regelrecht über den Boden.

Mein Feuer loderte. Je schwächer ich wurde, umso stärker übernahm Ignaria die Kontrolle. Aber noch hatte ich die Überhand und hoffte, es würde so bleiben. Ihre Macht könnte jeden hier umbringen. Meine Gefolgsleute, meine Freunde. Iltras und Alridon.

Todesschreie hallten über die Leichen. Sie vermischten sich mit den anderen Kampfgeräuschen und wurden zu einem wilden Heulen. Der Boden färbte sich dunkelrot. Mittlerweile herrschte finstere Nacht. Nur die eisernen Rüstungen spiegelten den Mond.

Mein Schwert hing bleischwer in meiner Hand. Selbst meine Dolche hatten das Gewicht eines Gesteinsbrockens. Meine Schläge wurden träge.

Etwas zischte zu mir hinab. Zu schnell, um ausweichen zu können. Bevor ich herumfahren konnte, durchdrang ein fürchterlicher Schmerz meine Schulter. Kurze Zeit sah ich nichts als Dunkelheit. Hörte keine Schreie, sah keine Rüstungen. Dann tanzten Sterne vor meinen Augen und mir wurde schlecht. Es war ein so vereinnahmender Schmerz, dass ich nicht einmal schreien konnte. Erst, als die Klinge wieder herausgezogen wurde, kreischte ich. Spürte, wie jede Faser meines Fleisches durchtrennt wurde. Als hätte jemand in eine Brandwunde noch einmal ein glühendes Eisen gelegt.

Taumelnd versuchte ich, Halt zu finden. Doch da war nichts. Alles drehte sich, die Welt um mich herum wirkte abgestumpft. Mein Körper fühlte sich leer an, meine Augenlider fielen zu. Dann krachte ich auf den Boden.

Irgendwas berührte hart meine Schulter und riss mich damit aus meiner Ohnmacht. Der rothaarige Wächter schleuderte mich mit einem Ruck auf den Rücken. Dabei presste er mit Absicht die Finger in meine schmerzende Wunde. Ich jaulte auf, mir wurde erneut schwarz vor Augen.

»Das wars, meine Schöne«, grinste er mich an.

Er hatte recht. Das war es. Ich war unbewaffnet. Der Aufprall auf der Erde hatte meine Kurzschwerter weggeschleudert. Mein gesamter Körper fühlte sich betäubt an. Unaufhörlich schwankte mein Kopf von links nach rechts. Einzig mein Überlebenswille spornte mich an, nicht aufzugeben. Brüllend stemmte ich mich vom Boden hoch und robbte nach hinten.

»Versuch nur, zu fliehen. Es wird niemand kommen«, lachte der Höchste, als er meinen hilfesuchenden Blick durch die Menge bemerkte. Seine bauschigen Backen huschten nach oben und er verengte die

Augen.

Wo war Alridon? Wo seine Eltern? Ich sah nichts als ein Meer aus silbernen Rüstungen. Nirgendwo waren Iltras oder der Großmeister zu sehen. Mit Mühe unterdrückte ich die Tränen, robbte weiter, als ich gegen etwas Weiches stieß, das stöhnte. Erschrocken fuhr ich herum. Bei diesem Anblick fiel mir der Kiefer nach unten und raubte mir die letzte Hoffnung.

»Bei Grundan! Iltras«, ächzte ich, drehte mich unter größten Schmerzen um und tätschelte seine Schulter. In seinem Bauch steckte ein Schwert!

»Nur ein kleiner Kratzer«, japste er.

Oh bitte nicht. Nicht Iltras! Mit einem Blick, der den Wächter töten sollte, sah ich hinter mich.

Der rothaarige Wächter zuckte entschuldigend mit den Schultern. »Er war im Weg.«

Verdammter Bastard!

Schwerfällig erhob ich mich. Meine Beine waren weicher als Brotteig. Ich hatte das Gefühl, sie würden jeden Moment zusammenfallen, aber mein Hass spornte mich an. Neben Iltras lag sein Dolch, den ich jetzt mutig umklammerte.

Der Höchste zog belustigt sein Schwert, während ich Mühe hatte, überhaupt den Dolch vor mir zu halten. Im Augenwinkel erkannte ich mein eigenes Blut, das auf den Boden tropfte.

Dass er auf mich zu rannte, bemerkte ich kaum noch. Nur seine Schritte waren so unendlich laut. Sie donnerten in meinem schmerzenden Kopf, als würde er ihn damit zermahlen. Ich konnte mich kaum bewegen. Egal wie sehr ich dagegen kämpfte, alles vor mir verschwamm zu einer undurchsichtigen Suppe. Die Schreie klangen in meinem Kopf so unendlich langgezogen. Der Schatten vor mir, der immer näherkam, wirkte wie ein Geist. Tiefschwarz und schnell. Mir fielen die Augen zu und plötzlich fühlte sich alles so viel leichter an.

Von irgendwo her hörte ich meinen Namen. Aber ich konnte meine verdammten Augen nicht öffnen! Etwas knallte gegen meine Brust, riss mir die Beine weg und schleuderte mich in die Luft. Mein Körper drehte sich, bis ich in mehreren Saltos auf dem Boden aufprallte. Als ich endlich auf dem Bauch zum Liegen kam, tat mir jeder Knochen weh. Entkräftet lag ich mit dem Kopf in einer Blutlache. Um mich herum unzählige Leichen. Meine Finger zitterten in dem Matsch unter mir und ich roch den Tod.

Ein ekelerregendes Zischen von Eisen auf Eisen verursachte mir Gänsehaut. Stöhnend drückte ich mich vom Stein weg und sah auf. Alridon! Bei Grundan, er lebte! Auch, wenn er deutlich mitgenommen aussah. Ich erkannte bereits von hier dutzende Schnittwunden auf seiner Haut. Ein Auge war blau und seine Nase sah gebrochen aus. Aber er lebte! Und er kämpfte gegen den rothaarigen Riesen. Mit Sicherheit hatte er eine Druckwelle auf mich gerichtet und mich damit vor dem Tod bewahrt.

»Heile Iltras«, schrie er mich an und blockte einen Angriff. Als ich mich immer noch nicht bewegen konnte, fuchtelte er mit der Hand. »Na los!«

Mit diesen Worten erlöste er mich aus meiner Schockstarre. Schwerfällig robbte ich zu Iltras, zog mich an seinem leblosen Körper nach oben und zerrte mich auf die Knie. Mit einem schmerzhaften Ruck entfernte ich das Schwert aus seinem Bauch und spannte meine Hände über seine Wunde. Auch wenn mir alles wehtat, er musste leben. Ein weißer Strahl begann unter meiner Haut zu leuchten. Meine Schulter so unter Spannung zu setzen, ließ Tränen aus meinen Augen laufen. Es tat furchtbar weh. Ich zitterte, konnte mich nicht konzentrieren. Hinter mir kämpfte der Mann, den ich liebte, um mich und Iltras zu beschützen. Verdammt! Alles in mir fühlte sich zerrissen an.

Blende alles aus! Blende es aus, ermahnte ich mich. Kopfschüttelnd schloss ich die Augen. Ignorierte die Kampfgeräusche um mich herum.

Biss mir so stark auf die Lippe, dass ich Blut schmeckte.

»Komm schon, Iltras«, zischte ich. »Na los!«

Er bewegte sich nicht mehr, seine Augen fielen zu.

Ich sog scharf die Luft ein und hielt sie an. »Nein, nein, nein. Komm schon!« Ich setzte all meine Macht in diesen einen Zauber, presste ihn in ihn hinein, aber er bewegte sich nicht mehr und ich spürte, wie sein Herz aufhörte, zu schlagen.

Hinter mir erklang ein Aufschrei, der nur von einer Person stammen konnte. Alridon würde ich auch bald verlieren, wenn ich nichts unternahm!

»Komm schon!«, schrie ich Iltras erneut an und drückte meine Magie in seinen Körper. All die Kraft, die noch in mir war, packte ich in diesen einen Zauber. Es musste funktionieren. Es musste einfach! Er durfte nicht sterben. Nicht er …

»Bitte, Iltras, bitte. Lass mich nicht allein.« Nichts tat sich. Ich war zu spät gekommen. Mein gesamter Körper begann zu zittern. Mir wurde unmenschlich kalt, als ich meine Magie zurückzog und Iltras auf dem Boden ansah. Mein Hals schnürte sich zu. Ich bekam keine Luft mehr.

Als Alridon schrie, fuhr ich herum und sah, wie die Faust des Rothaarigen seine Wange traf. Er wurde herumgeschleudert und landete hart auf dem Boden. Auch er hatte kaum noch Kraft, sich aufzurichten. Noch ein Schlag und er wäre ebenfalls tot. Mit tränennassen Augen blickte ich Alridon an, der es nicht schaffte, sich vom Boden wegzudrücken. Die Zeit rann in diesem Moment langsam an mir vorbei, während meine Hand auf Iltras' Brust lag und ich den Tod vor meinen Augen sah.

Plötzlich zischte etwas an mir vorbei. Ich kannte dieses Geräusch, hatte es dutzende Male gehört und dennoch konnte ich es nicht einordnen. Noch einmal dieses Sirren, als würde die Luft zerschnitten werden. Alarmiert kniff ich die Augen zusammen. Was war das? Als ich auf die Hausdächer sah, erkannte ich Bogenschützen. Es waren Pfeile!

Aber sie schossen nicht auf uns. Sie schossen auf die Höchsten! Als ich hinter mich sah, erkannte ich dutzende Männer, die schreiend auf die Wächter zurannten. Kurz darauf ertönte ein Horn. Melodisch und langgezogen. So hoffnungsvoll wie ein Sternenschweif am Himmel. Die Melodie tönte zweimal tief und dreimal hoch. Es war das Horn von Del'Nava. Erleichtert rannen Tränen aus meinen Augen. Meine Unterlippe zitterte.

»Elen!«, schrie Alridon von hinten und deutete auf Iltras.

Ich nickte, drehte mich um und zog alle Magie aus meinem Körper, die mir noch zur Verfügung stand. Meine Fingerkuppen kribbelten, mir wurde heiß und ich spürte, wie gerade nicht nur meine Kraft in Iltras floss, sondern auch Ignarias. Was in diesem Moment geschah, konnte ich unmöglich beschreiben. Es war, als würde jemand einen Teil seines Lebens herausziehen, um jemand anderen zu retten. Ich fühlte, wie ich immer schwächer wurde und sah meine Adern kurz aufglimmen, bevor sie erloschen.

Erst, als Iltras hustete, konnte ich zu ihm herabsehen.

»Oh Gott, Iltras«, japste ich und warf mich weinend auf seine Brust. »Himmel, du lebst!«

»Sieht ganz so aus«, witzelte er. Als er sich nach oben stemmen wollte, schob ich mich unter seine Schulter und gab ihm damit Halt.

»Iltras«, schrie eine Stimme. Sofort erkannte ich einen blonden Schopf, der auf uns zu rannte. Zuerst sah Melia mich besorgt an, dann sprang sie in Iltras' Arme und drückte ihn fest an sich. Er erwiderte die Umarmung und setzte ein breites Grinsen auf. Dieses Bild würde ich nie vergessen. Es war ein Stück Frieden inmitten von Blut und Krieg. In all dem Leid lagen sich zwei Menschen vor Freude weinend in den Armen. Die beiden schienen sich mehr zu mögen, als sie jemals zugeben würden.

Als ein Kampfschrei hinter mir ertönte, fuhr ich herum und erkannte Alridon, der dem Rothaarigen in einer Drehung die Kehle durchtrennte.

Der Wächter sackte zu Boden und Alridon mit ihm. Mit einem Fiepen rannte ich zu ihm und nahm sein Gesicht in meine Hände. Er sah schrecklich aus. Sein Wangenknochen war angeschwollen und dutzende tiefe Kratzer zeichneten seine Haut. Trotz alledem lächelte er mich gequält an und fragte mich tatsächlich, ob es mir gutginge! Ich nickte mit tränennassen Augen. Am liebsten hätte ich ihm erzählt, dass mich eine Göttin heilte und mir mehr Kraft geschenkt hatte, als es möglich war, aber ich entschied mich, ihm sanft über die Schläfe zu streicheln. Meine Handflächen leuchteten hell auf, während ich meine Heilmagie einsetzte, um ihm ein wenig von seinem Schmerz zu nehmen. Bevor sich seine Wunden annähernd schließen konnten, zog er mich auf sich und küsste mich. Ich spürte seine Lippen auf meinen. Seine starken Arme auf meinem Rücken. Seine bebende Brust und sein pochendes Herz. Es war so intensiv, dass ich Sterne vor den Augen sah. Als er sich etwas von mir entfernte, sah er mich erleichtert an. »Danke. Für alles.«

Tränen rannen mir die Wangen hinunter, während ich nickte und gleichzeitig lachte.

Er wischte sie mir liebevoll weg. »Du bist so wunderschön. Das habe ich dir noch nie gesagt, oder?«

Ich erkannte, wie seine Augen jedes Stückchen meines Gesichtes musterten. Wie konnte man nach so einer Schlacht, mit tiefen Wunden und starken Verletzungen noch derart glücklich aussehen?

Es war still geworden. Die Schreie verstummten und das Geräusch von Stahl auf Stahl klimperte nur noch leise durch die Nacht. Trotzdem war das Schlachtfeld grauenhaft. Unzählige Leichen. Blutdurchtränkter Boden. Entstellte Körper.

Wir hatten viele Männer verloren. Unter ihnen waren die Krieger von Del'Nava, einige Kämpfer von Alridon und viele Bewohner Silbstedts. Sie hatten uns also wirklich geholfen. Ich drehte mich um und sah, wie sich die restlichen Stadtbewohner vor mir versammelten. Sie sahen mich an, durchleuchteten mich regelrecht mit ihren Blicken. Keiner schien sich zu trauen, etwas zu sagen. Dann verneigten sie sich. Einer nach dem anderen.

Entsetzt versuchte ich es, mit Gesten zu unterbinden. »Ich bitte Euch, steht auf!« Ich erkannte einige Männer, die verwirrt den Kopf hoben, um dann wieder zu Boden zu sehen. »Bitte. Ihr müsst Euch vor niemandem verbeugen. Erst recht nicht vor mir.«

Nur vereinzelt standen ein paar Menschen wieder auf. Unter anderem ein alter Mann, der auf mich zulief.

»Herrin«, sprach diese gebrechliche Person. »Versteht mich nicht falsch, aber Silbstedt gehört nun Euch. Wollt Ihr es Euch nicht nehmen?«

»Nehmen?«, spuckte ich regelrecht heraus. Meine Gesichtszüge verhärteten sich. Was war das für eine Welt? Jemand befreite eine Stadt, um sie dann selbst zu regieren?

»Bewohner von Silbstedt, ihr hört mir alle ganz genau zu«, schrie ich mit ausgebreiteten Armen, sodass auch die hinterste Reihe meine Worte hören konnte. »Ich bin nicht hierhergekommen, um diese Stadt einzunehmen. Sie gehört mir nicht. Sie gehört den Menschen, die hier leben. Die hier aufgewachsen sind und hierbleiben möchten. Wir alle haben das hier möglich gemacht. Ich war ein genauso kleiner Teil davon, wie jeder andere von euch.«

Die Menge begann zu tuscheln.

»Aber Ihr zwingt uns, für Euch zu kämpfen?«, schrie ein Mann, den ich nicht sah. Es kam von Links. Mehr konnte ich nicht sagen.

Ich ballte die Fäuste. Die Abneigung machte mich wütend. Mir war klar, dass diese Menschen nichts anderes als Unterwerfung kannten. Höchstwahrscheinlich nahm noch nie jemand zuvor ein Reich ein, um es dann unbesetzt zu lassen. Das würde sich jetzt ändern.

»Nein. Ich zwinge euch zu gar nichts.«

Wieder wurde es still. Selbst ich sog die Luft ein. Es war eine Stille, die so erdrückend war, dass ich meinte, zu ersticken. Ich spürte die Hoffnung, das Leid, die Angst.

»Ich verlange von niemandem, in unserer Sache zu kämpfen. Alle an meiner Seite sind hier, weil es ihre freie Entscheidung war«, begann ich ruhiger. »Und somit wird auch niemand von euch gezwungen. Wenn ihr es für das Richtige haltet, mir zu folgen, seid ihr herzlich willkommen. Doch für alle, die dies nicht wollen: Habt keine Angst.« Ich lief herum, sah mir die Menschen ganz genau an. »Wir wollen euch nichts Böses. Was auch immer die Höchsten euch angetan haben, das hat nun ein Ende. Diese Stadt gehört euch und keinem anderen. Bleibt stark und kämpft für das, was ihr liebt.«

Dann geschah etwas, dass mir vollends die Sprache nahm. Die Menschen verbeugten sich erneut. Aber dieses Mal war es anders. Beim ersten Mal taten sie es, weil sie es so gewohnt waren. Aber nun war es einzig und allein für mich.

Ein junger Krieger trat aus der Menge, führte die Hand zu seinem Herzen und verneigte sich. »Wir werden Euch folgen.« Er sah wieder auf. »Freiwillig.«

Ich war überwältigt. So etwas hatte ich noch nie gesehen.

Alridon trat an meine Seite und nahm meine Hand. »Du bist wirklich jene, für die dich die Menschen halten.«

Ich sah ihn fragend an. Verstand nicht, was er damit andeuten wollte. »Du bist eine Heldin und hast keine Ahnung, wie wundervoll du eigentlich bist. Nicht wahr?«

KAPITEL 29

Seit dem Kampf war viel Zeit vergangen. Der Morgen brach allmählich an, aber wir waren immer noch damit beschäftigt, die Leichen auf Karren zu verfrachten. Ich konnte die toten Krieger nicht hier lassen. Einige hatten eine Familie in Del'Nava und ich war es den Frauen und Kindern schuldig.

Als wir endlich soweit waren, verließen wir Silbstedt. Die meisten Männer, die mir ihre Hilfe angeboten hatten, wollten erst ihre Sachen packen und dann nachkommen.

Alridons Eltern wollten in Silbstedt bleiben. Er fand diesen Umstand natürlich weniger berauschend, aber ich konnte sie verstehen. Sie hatten eine Heimat und wollten sie nicht aufgeben. Seine Eltern waren stark und ich freute mich darauf, sie irgendwann wiederzusehen.

Doch jemand fehlte in all dem Tumult. Er hatte schon gefehlt, als wir kämpften und ich meinte, ich hätte ihn seit dem Sieg über die Armee der Höchsten nicht mehr gesehen. Als Melia an meine Seite huschte, fragte ich sie: »Wo ist Gale?«

Sie sah traurig zu Boden. Beobachtete ihre Füße beim Gehen. »Ich weiß es nicht. Er war nicht da, als wir aufbrachen.«

Entkräftet atmete ich tief ein. Ich war zu müde, um mir weiter Gedanken darüber zu machen. Alles tat mir weh. Das änderte sich auch nicht, als wir endlos lange liefen und es nur noch ein kleiner Marsch bis Del'Nava war. Erst, als ich schwarze Rauchschwaden in der Ferne sah, wich meine Müdigkeit schlagartig. Der Qualm war so dicht, dass er die Sonne verdunkelte. Zuerst dachte ich an Del'Nava, doch es war noch etwas entfernt.

Ohne weiter darüber nachzudenken, krallte ich mir ein Pferd, trat ihm in die Flanken und ritt im schnellen Galopp zu der schwarzen Hölle. Kurz darauf erkannte ich Feuer. Hütten, die lichterloh brannten. Hätte ich keine Feuergöttin in mir, würde die Hitze mir die Luft rauben. Ich hörte Schreie, Rufe. Entschlossen sprang ich vom Pferderücken, bahnte mir den Weg durch die Flammen.

»Elen!«, schrie Alridon hinter mir. »Komm zurück. Du wirst verbrennen!«

Wenn er nur wüsste.

»Hilfe«, schrie wieder eine Frau. »Unser Haus!«

Wenig später fand ich eine ältere Dame, die wimmernd auf ihre Behausung zeigte. Ihr Mann war dabei, sie von den Flammen wegzuziehen, aber sie hing wie ein Sack in seinen Armen.

»Wer hat das Feuer gelegt?«, fragte ich den verzweifelten Mann.

Bevor er mir antworten konnte, dröhnte mir eine kratzige Stimme entgegen: »Wir waren das.«

Mit zusammengekniffenen Augen suchte ich die Person. Als ich sie fand, nahm mir dieser Anblick jede Hoffnung. Löschte meine Zuversicht und warf sie zusammen mit meinem Optimismus in den Dreck. Es waren Wächter. Dutzende, nein Hunderte. Mehr als ich jemals gesehen hatte. Dagegen waren die in Silbstedt ein Witz. Eine Handvoll. Ein Nichts. Ohne es beeinflussen zu können, ging ich einige Schritte zurück. Es wurden immer mehr. Sie liefen eine Anhöhe herunter und schienen den Übergang zwischen Erde und Himmel zu verdecken. Ein Meer aus silbernen Rüstungen blendete mich so, dass ich die Hand vor die Augen schieben musste. Dorthin waren die Höchsten also abgezogen, als Alridon mit seinen Männern gekommen war. Sie hatten genau diesen Hinterhalt geplant. Aber wie konnten sie wissen, dass wir in Silbstedt sein würden?

Ich war so schockiert, dass ich Alridon neben mir kaum wahrnahm.

Ein Glatzkopf, der wohl der Anführer war, lief auf mich zu. Der rechte Vorderzahn war zur Hälfte ausgeschlagen. Sein Kinn seltsam deformiert, als hätte er zu viele Schläge eingesteckt. Was mich aber schlucken ließ, waren seine toten Augen. Sie waren so schwarz wie der Qualm der Hütten.

»Ihr habt dieses Dorf niedergebrannt, nur damit wir hier anhalten und nach dem Rechten sehen?« Meine Stimme nahm einen rauchigen Ton an. Ich ballte die Fäuste, als der Wächter eine unschuldige Miene aufsetzte.

Alridon stellte sich schützend vor mich, was den Oberwächter nicht interessierte. Er schlenderte um ihn herum, sah mich von der Seite an.

»Ihr seid ja noch schöner, als man sich erzählt«, witzelte der Glatzkopf. Er verschränkte seine Arme vor der Brust und setzte ein schiefes Lächeln auf.

»Was wollt ihr?«, blaffte ich ihn an.

Der Glatzkopf lachte breit. Am liebsten würde ich ihm sein Grinsen ausschlagen.

»Nun, meine Schöne, wir wollen Euch und Ihr werdet wie eine Dame ohne Widerstand mit uns kommen.«

»Das wird sie nicht tun«, giftete Alridon. Er bäumte sich vor dem Wächter auf, und auch wenn er kleiner war, hatte ich keine Zweifel, dass er den halben Schneidezahn töten könnte. Nur die gefühlten tausend Krieger auf der Anhöhe machten ihm einen Strich durch die Rechnung.

Der Glatzkopf winkte seinen Männern zu. Dann stellte er sich ganz dicht vor Alridon. Beide funkelten sich an. Der Großmeister ballte die Fäuste so stark, dass dicke Adern unter der Haut zu sehen waren.

»Fasst sie an und Ihr werdet sterben. Sie wird nicht mit Euch kommen!«

»Sie wird mitkommen«, sprach der Wächter viel zu süßlich. »Da bin ich mir ganz sicher. Schließlich war alles so geplant.« Er setzte ein lebloses Lächeln auf und kam mir näher. »Alles ist genauso, wie es sein sollte. Unser Spitzel hat grandiose Arbeit geleistet. Wenngleich er davor einiges vermasselt hat. Nicht einmal ein simpler Überfall in einer kaum bewohnten Siedlung hat geklappt. Aber gut …«, der Wächter sah mir lüstern in die Augen, »wer rechnet schon damit, dass du Männer verbrennen kannst.«

Ich hielt die Luft an, während mir ein eisiger Schauer über den Rücken rann. Mühevoll schluckte ich, aber ich bekam immer weniger Luft.

»Was meint Ihr mit Spitzel?«, wisperte ich, doch er lächelte nur und winkte mit seiner Hand.

»Lasst mich los«, hörte ich auf einmal ein Mädchen jaulen. Es war nicht viel mehr als ein Fiepen. Verzweifelt sah ich einen Mann an, der die Anhöhe herunterlief und einen kleinen Körper vor sich her schubste. *Grund… Das kann doch nicht?* … Für einige Zeit konnte ich nicht atmen. Ich meinte sogar, mein Herz würde nicht schlagen. Als der Krieger in einem Sicherheitsabstand den Sack vom Kopf des Mädchens zog, blieb mein Herz vollständig stehen. Ich taumelte, schwankte, als hätte ich zu viel getrunken. Presste schockiert die Fingernägel in meine Ballen. Es war Alridons Schwester!

Schwer atmend sah ich zum Großmeister. Er mahlte mit seinem

Unterkiefer, als könnte er Eisen zerkauen. Blähte kampflustig die Nasenlöcher, dann setzte er zum Sprint an.

»Na, na, na, nicht so hastig, junger Mann.« Der Oberwächter hastete vor ihn. Gleichzeitig setzte der Peiniger der Kleinen eine Klinge an ihre Kehle. »Wir wollen doch nicht, dass dem Blondschopf etwas passiert.«

Alridon hielt inne, ballte seine Hände. Er würde den Wächter gleich zu Brei verarbeiten, und das zu recht, aber leider würden wir dann alle sterben!

Verbissen trat ich vor den Glatzkopf, sah ihm direkt in die dunklen Augen. Innerlich fühlte ich mich mehr als nur bedroht. Nach außen versuchte ich, so stark wie möglich zu wirken. »Was wollt ihr?«

»Was wir wollen?«, er lachte widerlich. Es war so gekünstelt, dass mir schlecht wurde. »Was wir wollen?«, wiederholte er seine Worte und breitete dabei seine Arme aus. »Wir wollen Euch.« Sein Zeigefinger zeigte auf mich. Er ging einen Schritt auf mich zu. »Ganz allein Euch. Kommt mit uns und niemandem wird etwas geschehen. Die Kleine darf gehen und alle leben in Frieden weiter.« Er kam näher. Dabei unterdrückte ich den Drang, zurückzuweichen. Seine Aura war beängstigend. Der Glatzkopf stand nun so dicht bei mir, dass uns vielleicht noch eine Buchlänge trennte. Mit einem Lächeln erhob er seine Hand gefährlich nah zu meiner Wange. Allein bei der Vorstellung, wie seine schmierigen Finger über meine Haut strichen, bekam ich einen Würgereiz. Bevor er mich berühren konnte, packte ich sein Handgelenk und hielt ihn davon ab. Im Augenwinkel erkannte ich, wie seine Krieger die Schwerter zogen. Nach einer simplen Handbewegung ihres Hauptmannes steckten sie sie wieder in die Scheide.

»Woher wusstet Ihr, dass wir hier entlangkommen würden? Wir hätten jeden anderen Weg nehmen können. Wieso diesen hier?«

Herr Halbschneidezahn lächelte schief, während ich immer noch seine Hand festhielt.

»Es war alles so geplant. Wir wissen, wer in Del'Nava lebt, wer eure

Vertrauten sind, und wir haben erfahren, dass Ihr Gefühle für den Großmeister hegt. Was wäre da besser, als ihn und Euch aus Del'Nava zu locken.« Er stockte kurz, leckte sich über die Lippen. »Noch viel dramatischer ist es, Alridons Familie hängen zu lassen, findet Ihr nicht?« Er lächelte mich wieder so widerlich an, dass mir schlecht wurde.

»Und, nun ja, ein Hinterhalt macht doch viel mehr Spaß, oder? Schließlich seid Ihr nun verwundet, durstig, müde und kraftlos.«

Ich schluckte und mir fehlte die Kraft, seine Hand länger festzuhalten. Mein Arm fiel nach unten, während sich meine Gedanken überschlugen. Alles drehte sich.

»Dieser Spitzel hat nicht zufällig schwarze Haare und senffarbene Augen?« Ramor tauchte vor meinem geistigen Auge auf. Sein hasserfüllter Blick und seine Worte. *Ich werde alles tun, um Euch zu Fall zu bringen. Alles.* Meine Unterlippe bebte, während ich zu Boden sah.

Der Wächter lachte, ohne einen Ton von sich zu geben. »Nein. Er hat braune, schulterlange Haare. Helle Augen. Breit gebaut. Ein richtiger Schönling.«

Ich schluckte, konnte nicht anders, als ihn anzustarren.

»Oh, Hübsche, was schaust du denn so verdattert?«

Hinter mir schnaubte Melia und Iltras tappte nervös herum.

Es gab nur einen Mann, auf den diese Beschreibung passte. Mein Kiefer zitterte, während ich den Kopf schüttelte. Das konnte nicht sein. Kraftlos starrte ich ihn an. »Gale?«, fragte ich kleinlaut.

Der Glatzkopf schmunzelte. Das war alles.

Gale war die ganze Zeit ein Spitzel der Höchsten? Er hatte alles mitbekommen, war im engsten Kreis. Wie konnte ich so blind sein? Wie konnte ich jemals glauben …

»So, genug geplaudert. Kommt Ihr nun mit uns oder ist es Euch lieber, wenn Ihr alle sterbt?« Er machte eine schlechte Verbeugung und wedelte mit der Hand durch die Luft. »Ihr Hüterin der Schwachen.«

Hatte ich überhaupt eine Wahl? Was blieb mir anderes übrig, als mit ihnen zu gehen? Sie hatten die Schwester des Mannes, den ich liebte. Davon abgesehen hatten wir keine Chance gegen diese Männer. Selbst, wenn ganz Del'Nava mit Mistgabeln hierher stürmen würde, wären wir verloren. Sie würden alle sterben. Verfluchter Frekkon! Verdammter Gale! Am liebsten würde ich sie beide an Ort und Stelle töten!

»Wohin bringt Ihr mich?«

Der Glatzkopf lächelte und entblößte den schrägen Schneidezahn.

Fassungslos stellte sich Alridon vor mich und sah mich an. »Du hast doch nicht etwa vor, mit ihnen zu gehen?«

Mir zerbrach es das Herz, den Großmeister zu ignorieren. Aber ihn in dieser Situation anzusehen, würde mich umbringen.

»Wir führen Euch nach Ballamor. In das Königreich Wandore. König Frekkon wird sich über Euer Erscheinen freuen. Kommt mit uns und niemand wird verletzt«, wiederholte er abermals. »Solltet Ihr Euch entscheiden, nicht mit uns zu gehen, dann wird nicht nur das Mädchen, sondern ihr alle sterben.« Sein Blick ging einmal über die Menschen hinter mir. Als er bei mir stoppte, legte er den Kopf schief. »Euch werden wir natürlich trotzdem mitnehmen.« Als er ungeduldig einatmete, funkelte ich ihn an.

»Also, mitkommen und das Leben der anderen retten oder kämpfen und trotzdem in Wandore landen?«, fragte er genervt. »Entscheidet Euch, meine Schöne.«

»Nennt mich nie wieder so!«, giftete ich ihn an. Als Antwort bekam ich ein hässliches Grinsen.

»Ich stehe auf widerspenstige Frauen wie Euch. Bisher habe ich noch jede von ihnen gezähmt.«

Alridon ballte die Fäuste, plusterte sich vor ihm auf. Er war kurz davor, ihm seine Worte herauszuprügeln.

Während die zwei Männer sich mit ihren Blicken duellierten, zerbrach meine Welt. Wie konnte ich so naiv sein, es mit den Höchsten aufnehmen zu wollen. Ich war ein Nichts. Ein kleiner Hauch. Ein

Tropfen auf dem heißen Stein. Ein kleines Licht im dichten Nebel, der alles vereinnahmte. Die Höchsten waren nicht zu besiegen. Nicht mit der größten Armee der Welt. Ich hatte verloren. War am Tiefpunkt angekommen.

Ich schloss die Augen, hörte, wie Iltras und Melia an meine Seite traten und mit Alridon auf mich einredeten. Wortfetzen flogen an mir vorbei. Melia schien zu weinen, während Alridon immer wieder sagte, dass er mich nicht gehen lassen würde. Dass er kämpfen würde und, wenn es sein müsste, sich allein gegen die Armee stellte. Nach kurzer Zeit hielt ich die Stimmen nicht mehr aus. Schwer atmend sah ich die drei vor mir an. Mir zerbrach es das Herz, sie so zu sehen. Ihre Blicke würde ich niemals vergessen und das war so viel schlimmer, als alles andere. Melia rannen Tränen herunter, Alridon packte mich an der Schulter, während seine Worte mit denen des Wächters verschwammen.

»Entscheidet Euch jetzt!«, fauchte der Höchste.

Ich hatte mich entschieden. Es gab sowieso keine andere Wahl. Mit pochendem Herzen sah ich zu dem halben Schneidezahn auf. Meine Brust fühlte sich in diesem Moment unendlich schwer an. Aber wenn ich sie mit meinem Leben retten konnte, dann musste ich es einfach tun. »Ihr lasst Alridons Schwester frei?«

Der Glatzkopf nickte. »Aber natürlich.«

»Und Ihr werdet meine Leute nicht angreifen?«

»Kein Haar werden wir ihnen krümmen.« Er fixierte mich mit seinem Blick und ich kam mir dabei wie festgenagelt vor.

Einmal atmete ich tief ein, ignorierte Alridons Widerstand und lief auf den Höchsten zu. »Lasst das Mädchen gehen und ich werde mitkommen.«

»Das wirst du nicht«, schrie mich Alridon an. »Ich werde dich nicht einfach eintauschen wie Vieh.« Seine blauen Augen wirkten in diesem Moment dunkel wie die Nacht. Ich spürte, wie seine Magie aufloderte und unter meiner Haut kribbelte.

Ein letztes Mal strich ich ihm über die Wange. »Du hast keine Wahl, weil wir alle keine andere Wahl haben. Sieh sie dir doch an. Es sind viel zu viele, als dass wir gegen sie kämpfen könnten.« Die Ruhe in meiner Stimme überraschte mich, aber ich war bereit. »Wenn ich nicht gehe, wird deine Schwester und alle anderen mit ihr sterben. Ist dir das lieber?«

Er presste ein hartes: »Nein«, heraus und wollte gerade zu einem aber umschwenken, da sah ich wieder zu dem Höchsten.

»Dann komm, Beschützerin der Schwachen - wir werden keinen Augenblick mehr warten.«

Mit diesen Worten spannten die Bogenschützen ihre Pfeile. Es wirkte wie eine undurchdringliche Wand. Würden sie loslassen, wären beinahe alle meine Krieger tot. Es gab kein Entkommen für mich, also ging ich mutig einen Schritt nach vorn und dies riss mir wahrhaftig das Herz aus der Brust. Hinter mir hörte ich meine Freunde wimmern. Sie flehten mich an und Alridon übertrug seine Gedanken in meinen Kopf.

»Ich werde dich da rausholen. Das verspreche ich dir. Ich werde dich befreien.« Es war, als könnte ich ihn direkt vor mir sehen, in seine Augen blicken und spüren, wie er mich berührte. Ich musste lächeln und ging den Rest des Weges mit einem etwas leichteren Gefühl.

Der Anführer lachte, lief einmal um mich herum. Seine lüsternen Blicke strichen über meine Haut. »Zuerst legt Ihr Eure Waffen nieder.«

Mit steinernem Gesicht fixierte ich ihn.

»Na los, meine Schöne, ich möchte nicht verletzt werden, während meine Finger über deinen Körper streichen.«

Dieser Widerling!

Als ich immer noch nicht reagierte, erhob der Wächter die Hand und ein anderer schlug der Kleinen mitten ins Gesicht. Sie kreischte so verzerrt, dass meine Ohren klingelten.

»Ihr seid abartig!«, schrie ich den Glatzkopf an.

Er legte den Kopf schief. »Waffen runter!«

Murrend löste ich den Knoten, der meine Kurzschwerter auf meinem Rücken festhielt. Dabei ließ ich den Halbzahn kein einziges Mal aus den Augen. Des Waffengürtels und der Dolche am Stiefel entledigte ich mich langsamer, als es nötig wäre.

Bevor ich den letzten Dolch achtlos auf den Boden warf, grinste mich diese Fratze erneut an. »Braves Mädchen.«

Ich konnte nicht anders, als ihm den finstersten Blick zu schenken, den ich zu bieten hatte. »Jetzt lasst das Mädchen frei!«

Der Wächter kam mir nah, zog mich dicht an sich. Angewidert drehte ich den Kopf zur Seite. »Wie Ihr wünscht, meine Schöne. Danach gehört Ihr dem König.« Der Hauch seiner Worte flog ekelhaft über mein Ohr. Besitzergreifend schlang er seinen Arm um meine Schulter und drehte mich zu meinen Leuten um. »Du sollst ja sehen, wie sie in die Arme ihres Bruders fällt.«

Ich sog scharf die Luft ein, als ich Alridon erkannte, der zuerst mich ansah, dann zu seiner Schwester blickte. Erst jetzt erkannte ich im Augenwinkel, wie ein anderer Wächter sie nach vorn schubste, als wäre sie ein Sack voll Reis. Ich erkannte blaue Flecken auf ihren Armen. Schürfwunden pflasterten den Rest ihrer Haut und sie humpelte.

»Was habt ihr Bastarde der Kleinen angetan?«

Als sie von dem Wächter losgelassen wurde, rannte sie an mir vorbei in Richtung Alridon.

»Das passiert mit Mädchen, die sich wehren.« Es gab kaum noch einen Abstand zwischen seinem Mund und meinem Ohr. Ich spürte, wie sich seine Lippen darauf bewegten. Mir wurde schlecht.

Etwas zischte an mir vorbei, zerschnitt die Luft. Ich zuckte zusammen, während mein Herz aussetzte. Erst, als ich das Mädchen sah, das ruckartig stehen blieb, hörte ich auf zu atmen. Mein Kiefer bebte, mein Hals war wie zugeschnürt, als Alridon schreiend zu seiner Schwester rannte. Er fing sie auf, bevor sie zu Boden fiel.

»Nein!«, schrie er in den Himmel und ich meinte, die Erde würde von seiner Trauer beben.

Wimmernd sackte ich in mir zusammen, doch der Wächter hielt mich fest und verhinderte, dass ich auf die Wiese sinken konnte. Ich hing regungslos in den Händen der Höchsten. Mein Körper war erschlafft. Meine Glieder zitterten.

»Bringt sie alle um«, bellte mein Peiniger und die ersten Pfeile zischten an mir vorbei.

Alridon wollte gerade seine Schwester auf seine Arme heben, als dutzende Pfeile in seine Richtung schossen. Im letzten Moment zerrten ihn seine Männer weg. Er schrie, wand sich und wollte zu dem toten Mädchen.

Ich schloss weinend die Augen, kreischte meinen Schmerz heraus. So viele Leben. So viel Tod! Meine Sicht verschleierte sich, während ich das Feuer in mir spürte. Heiß, lodernd. Dafür würden die Wächter büßen. Für alles. Für die unzähligen Toten, die Unterdrückung, für die Kleine, meine Schwester, meine Familie und für alle, die ein besseres Leben ohne die Höchsten hätten. Der Boden unter meinen Füßen wurde weich. Flammen schlängelten sich meine Beine hinauf. Die Höchsten würden brennen! Etwas geschah und ich war nicht mehr bei Bewusstsein. Dafür spürte ich Wut. So viel Wut. Ich ballte die Fäuste, schrie und der Mann hinter mir ließ jaulend von mir ab.

Schwarzer Qualm stieg in den Himmel und verdunkelte die Sonne, doch für mich war es das Schönste, das ich jemals gesehen hatte. Flammen, überall Flammen. Ich holte die Unterwelt auf die Erde, erkannte hinter dem Feuer meine Freunde nicht mehr. Raum und Zeit existierten nicht mehr. Ich existierte nicht mehr.

Die Wächter würden sterben!

Jeder Einzelne von ihnen sollte meine Wut spüren. Meinen Hass, meine Verzweiflung.

Durch sie hatte ich alles verloren. Jetzt sollten sie alles verlieren.

Einfach alles.

Brennt!

Entschlossen bahnte ich mir den Weg durch die Menge. Ich schoss das Feuer auf Hunderte. Meine Beine trugen mich von ganz allein. Ich musste nichts tun. Ich konnte nichts tun. Mein Körper gehörte nicht mehr mir.

Er gehörte Ignaria.

Für immer.

KAPITEL 30

Alridon

»Wir müssen hier weg«, schrie Melia ihn an, doch er konnte nicht gehen. Elen war irgendwo in diesem Flammenmeer, das sich durch den Wind häuserhoch in den Himmel schlängelte. Er sah keine Sonne mehr, kein Licht und kein Leben.

»Ich kann nicht«, antwortete Alridon. Er schüttelte den Kopf, umklammerte das Schwert fester. Seine Magie brannte in seinen Adern wie Säure. Seine Schwester war tot und lag irgendwo hinter der Feuerwalze. Er konnte nicht auch noch Elen verlieren. Mit aller Macht drang er in ihren Kopf ein, suchte nach ihren Gedanken, doch da war nichts.

»Elen?«, fragte er erneut. Niemand antwortete. Nur die Flammen schlugen erbarmungslos in seine Richtung. Der Rauch drang in seine Lunge ein. Er hustete, während seine Augen brannten.

»Alridon«, schrie wieder jemand seinen Namen. »Wir müssen hier sofort verschwinden.«

Nein, das musste er nicht. Elen konnte diese Flammen unmöglich selbst ausgelöst haben. Auch, wenn die Männer berichteten, dass Feuer aus ihren Händen kam. Das hier war etwas anderes. Er meinte, der gesamte Landstrich würde brennen. Niemand konnte so etwas auslösen. Niemand!

Jemand packte ihn an der Hüfte und riss ihn von den Flammen weg.

»Nein!«, schrie er, wand sich aus dem Griff und hastete wieder nach vorn.

Da packten ihn mehrere Männer gleichzeitig, zerrten ihn weg und das erste Mal wurde ihm bewusst, was passiert war.

Die Menschen rannten nach Del'Nava, rempelten ihn an, doch er konnte nur auf dem Übungsplatz stehen und zusehen, wie sich die Flammen in alles fraßen, was ihnen begegnete. Er schlug gegen die Mauer, warf sein Schwert auf den Boden. Verzweiflung nistete sich in ihm ein. Je öfter er versuchte, Elen mit seiner Magie zu erreichen, desto aussichtsloser wurde es.

Melia trat an seine Seite, redete auf ihn ein, doch er hörte nichts. Die Geschehnisse, die wie in Zeitlupe in seinem Kopf vorbeiratterten, ließen dafür keinen Platz. Mittlerweile waren die schwarzen Rauchschwaden so dick, dass er nicht sagen konnte, ob es dort noch brannte oder nicht.

Es war, als wäre seine Seele nicht mehr in seinem Körper. Er starrte nur auf den Qualm, während er fest die Fäuste ballte. Er musste zurück!

Melias warnenden Ruf nahm er kaum noch wahr. Er musste Elen helfen. Und wenn er selbst dabei sterben würde, dann war es so.

Als er endlich wieder dort war, wo das Feuer ausgebrochen war, blieb er wie erstarrt stehen. Egal, wohin er sah, überall waren Leichen. Hunderte von ihnen. Wohin sein Blick auch glitt, er erkannte nichts als verkohlte Männer in eisernen Rüstungen. Es roch nach verbranntem Fleisch und zu wenig Sauerstoff. Keuchend hob er seine Hand vor die Nase.

War dies etwa das Feuer der Häuser, das schlagartig auf die Armee übergegangen war? Aber auf Menschen? Hier war weit und breit nichts, was brennbar war. Die Wiese war noch feucht vom Winter. Es gab kein trockenes Geäst. Aber die Leichen erzählten eine andere Geschichte.

Die toten Körper qualmten. Ihre Gesichtszüge waren verzerrt. Es wirkte, als wäre die Hitze direkt aus ihren eigenen Körpern nach außen gedrungen. Ihm lief bei dieser Vorstellung ein eisiger Schauder über den Rücken, obwohl es unmenschlich heiß war. Das Feuer brannte nicht mehr, dafür kochte die Erde. Zu allem Überfluss konnte er kaum etwas sehen. Er hustete, hielt sich die Hand vor den Mund und lief langsam voran.

Mit einem großen Ausfallschritt umrundete er die ersten Leichen. Der Mund war grausam verbogen. Ein halber Schneidezahn lugte hervor. Das war ohne Zweifel dieser Widerling von Glatzkopf. Wäre er nicht schon tot, würde er auf ihn einprügeln.

Neben diesem Mann lagen zwei kaum noch erkennbare Kurzschwerter. Dennoch mussten sie zu Elen gehören. Er sah auf und durchsuchte das Schlachtfeld. Leider konnte er sie nirgendwo sehen. Aber er würde erst aufgeben, wenn er sie fand. Mit schwerem Herzen ging er weiter. Es fühlte sich an, als würde es bei jedem Atemzug weiter in sich zusammensacken.

Weit und breit erkannte er nur verbranntes Fleisch und verkohlte Rüstungen. Die Hitze musste so immens gewesen sein, dass das Eisen der Panzerungen schmolz. Was auch immer das gewesen war, es konnte kein normales Feuer gewesen sein. Er spürte mit einem unangenehmen Prickeln eine Präsenz, die er noch nie zuvor gespürt hatte. Es war Magie, die sich älter als die Welt anfühlte. Es war seltsam und es erdrückte ihn. Trotzdem lief er noch wachsamer weiter. Der Qualm schwebte in der Luft und verzog sich nur langsam. Noch erkannte er nicht das gesamte Ausmaß und wusste auch nicht, ob er es sehen wollte. Der Gestank und die Leichen reichten ihm bereits.

Nach einer Weile lichtete sich der schwarze Nebel und gab etwas Helles frei. Wie ein Sonnenstrahl, der sich durch den Rauch kämpfte. Er kniff die Augen zusammen. Es wirkte auf der schwarzen Erde fehl am Platz. Mit großen Schritten lief er darauf zu. Allmählich wandelte sich das Hell zu Blond. Je näher er herantrat, umso deutlicher erkannte er, dass es sich um Haare handelte. Lange, leicht gelockte Haare, die im Wind wehten.

Stocksteif blieb er stehen, während sein Herz wild schlug. Er erstarrte, ballte so kraftvoll die Fäuste, dass es schmerzte. Tränen vernebelten seine Sicht. *Das kann doch nicht sein?* Dann rannte er los, stoppte erst, als er den leblosen Körper sah, und ließ sich auf die Knie fallen. Er drehte seine kleine Schwester, sodass sie auf dem Rücken lag. Ihre Augen waren geschlossen und ein Pfeil steckte in ihrem Herzen.

»Lira«, japste er und schüttelte sie. »Wach auf!« Aber sie wachte nicht auf. Sie wachte nicht auf! Panisch legte er sein Ohr auf ihren Mund, aber ihr Atem blieb aus. Er wollte es nicht wahrhaben. Er konnte es nicht! Vor Schmerz begann er, zu schwanken. Selten hatte er sich so zerrissen gefühlt. So innerlich zerstört. Die Höchsten hatten ihm die zweite Schwester genommen. Ein Mädchen, das noch viel zu jung zum Sterben war. Sein Körper zitterte, sein Brustkorb bebte.

»Ihr Bastarde!«, schrie er in den Himmel. »Ihr verdammten Bastarde! Ich werde euch jagen, werde erst ruhen, wenn der letzte von euch tot ist!« Seine Stimme brach ab. Die Trauer nahm ihm die Luft. Er starrte den Horizont an, als könnte er seine Schwester darin sehen. In diesem Moment schwor er sich, alles Menschenmögliche zu geben. Alles zu tun, was nötig war, um diesen verdammten Frekkon auszulöschen! Egal, was es kosten mochte!

Nach einem langen Seufzer bettete er den leblosen Körper wieder auf die Wiese und streichelte liebevoll über ihren Kopf. »Ich hole dich gleich wieder ab.« Dann erhob er sich mühselig auf die Beine. Er musste wissen, was mit Elen war.

Als er loslief, glich er einem kalten Wiedergänger. Seine Augen mussten leer sein. Ohne Hoffnung, ohne Liebe. Sein Verstand flüsterte ihm Sätze zu, die ihm seine letzte Zuversicht nahmen. Elen konnte dieses Feuer niemals überlebt haben. Trotzdem brüllte er lauthals los: »Elen!«

Nur die Stille antwortete ihm.

Er drehte sich, schrie in die andere Richtung. »Elen!«

Wieder Stille. Es war, als würde der Rauch des Feuers alles verschlingen.

Er gab die Hoffnung nicht auf, lief jeden noch so kleinen Fleck des Schlachtfeldes ab, hob übereinandergestapelte Leichen an. Nur, um sicherzugehen, dass sie nirgendwo darunter lag. Aber sie war nicht hier. Nirgendwo! Er war kurz davor, den Verstand zu verlieren.

»Elen!«

Verflucht, wo war sie? Einige Leichen waren so verkohlt, dass er sie nicht einmal als Mensch erkannt hätte. War Elen auch so verkohlt? Mit zusammengebissenen Zähnen schüttelte er den Kopf. Das konnte doch nicht sein? Er sah über die Berge an Wächtern. Oder doch?

Seit Stunden suchte er jeden Winkel des Schlachtfeldes ab, sah selbst in die Randgebiete, die nicht verkohlt waren. Aber sie war nicht hier. Das war der Zeitpunkt, wo ihn alle Kraft verließ. Ihm wurde heiß und kalt zugleich. Er hatte das Gefühl, jeden Moment umzufallen.

Wie ein Geist schwebte er zu seiner Schwester und trug ihren leblosen Körper nach Del'Nava.

Mittlerweile war es tiefe Nacht. Eine sternenlose, finstere Nacht, die seine Seele perfekt widerspiegelte. Der eisige Wind pfiff erbarmungslos über seinen Körper, während er den Spaten erneut in den Boden rammte. Der Regen wurde ihm in das Gesicht gepeitscht. Seine Finger frohen ein, aber es war ihm egal. Einen letzten Haufen Erde schüttete er beiseite, dann bettete er seine Schwester vorsichtig in das Grab.

Er fühlte so viel Trauer, war gleichzeitig ausgebrannt und leer. Ein eigenartiger Mischmasch, der ihn zerstörte. Müde stemmte er sich auf die Beine, nahm die Schaufel und schüttete behutsam die Erde darüber, als hätte er Angst, seine Schwester zu verletzen. Es dauerte eine Ewigkeit, bis ihr Körper bedeckt war. Mit mehreren Schlägen hämmerte er ein Holzschild mit ihrem Namen vor das Grab. Ein letztes Mal blickte er die Ruhestätte an, dann warf er entkräftet den Spaten auf den Boden und lief in die Feste.

Es dauerte nicht lange und die Höchsten belagerten Silbstedt erneut. Sie waren wie Parasiten, die aus Erdlöchern krochen. All die Mühe, die sie hineingesteckt hatten, war umsonst. Es war vorbei. Del'Nava hatte zu viele tote Krieger zu beklagen, um noch einmal gegen die Höchsten kämpfen zu können. Sie hatten ihre Herrscherin verloren und er eine Frau, die ihm viel bedeutete. Nicht zu wissen, wo sie war, ob sie noch lebte, brachte ihn um den Verstand. Überall hörte er Elens Stimme. Sie prallte von den kalten Wänden ab oder wurde vom Wind getragen. Elen war verschwunden, seine zweite Schwester war tot. Ihm blieb nichts, als die Sehnsucht nach Rache. Das Gefühl, alles und jeden umbringen zu wollen. Jene zu jagen, die ihm alles genommen hatten, und endlich diesen verfluchten Gale aus dem Weg zu räumen. Er hatte das Gefühl, am absoluten Tiefpunkt angekommen zu sein. Dennoch war es schlimmer für ihn, hier zu sitzen und nichts tun zu können. Die letzten Stunden hatten ihn umgebracht, also packte er wütend Kleidung und Decken ein, füllte die Wasserschläuche und stampfte zu den Stallungen. Er ertrug es nicht mehr, hier zu sein. Untätig durch die Gänge zu schleichen, als wäre er nicht in dieser Welt.

»Alridon, wo wollt Ihr hin?«, fragte Melia mit gehetzter Stimme, als sie auf ihn zurannte.

Statt ihr zu antworten, ignorierte er sie und schwang sich in den Sattel.

»Sagt schon!«, bohrte sie noch einmal nach.

»Ich reite nach Wandore.« Sein Ziel war klar, sein Blick eisig, auch wenn sein Herz so schwerfällig pumpte, dass es schmerzte. »Ich hole sie zurück, wie ich es ihr versprochen habe.« Er reckte das Kinn, atmete lange ein und starrte das Tor an.

»Ihr tut was?«, stieß sie hervor.

Als er sie ansah, erkannte er, wie aufgebracht sie war. Sie fuchtelte mit den Armen durch die Luft, stampfte und sah so aus, als würde sie gleich weinen.

»Ihr könnt nicht allein in das Königreich der Höchsten reiten! Ihr würdet sterben!«

»Wenn Elen dort ist, muss ich es versuchen. Ich bin schon in so manches Königreich eingedrungen.« Mit diesen Worten lenkte er das Pferd Richtung Ausgang. Leider sprang Melia vor ihn und hinderte das Pferd damit am Traben.

»So einfach ist das nicht.«

»Melia, geht bitte aus dem Weg.«

Sie verschränkte die Arme, aber er sah die Angst in ihren Augen. »Glaubt Ihr an Götter, Alridon?«

Er sah misstrauisch in ihr gehetztes Gesicht. »Nein. Gäbe es Götter, warum sollten sie wollen, dass die Menschen so leiden?«

Melia schien den Tränen nahe zu sein. Irgendetwas schien sie ihm sagen zu wollen, aber er wollte es nicht hören. Er wollte einfach nur aus Del'Nava verschwinden und Elen finden. Hier raus. Weg von seiner toten Schwester und vor der Trauer fliehen.

»Seht ihr nicht, dass wir verloren haben? Wir haben nichts mehr. Kaum fähige Krieger, keine Herrscherin, die uns anführt.« Er zeigte mit der flachen Hand auf die Feste.

»Ich will Elen genauso schnell finden, wie Ihr, aber ein Selbstmordkommando hilft hier niemandem.«

Er seufzte genervt. »Das wird kein Selbstmordkommando. Wandore kann nicht allein bezwungen werden. Aber sollte ich einen Weg hineinfinden, werde ich es tun.«

Mit diesen Worten lenkte er das Pferd an ihr vorbei und ritt aus Del'Nava.

Die Wut und die Trauer rannen gleichzeitig durch seine Adern, die sich dick unter seiner Haut abzeichneten. Er verkrampfte die Finger um die Zügel, trat dem Hengst noch heftiger in die Flanken. Der Wind peitschte um seinen Körper, doch er wurde nicht langsamer. Je mehr Zeit verging, desto wahrscheinlicher war es, dass Elen tot war. Wenn sie es nicht schon längst war. Er knirschte mit den Zähnen, um diesen Gedanken loszuwerden, doch er nistete sich in ihm ein.

Der Morgen brach an, ging in den Mittag über und verschwand im Abend. Noch immer ritt er über die Felder, an hügeligen Landschaften vorbei, bis er das Gefühl hatte, etwas würde an seiner Magie zerren, wie an einem durchsichtigen Band. Misstrauisch verlangsamte er sein Pferd, lenkte es zu einem Berg und sah hinauf.

Eine fremde Stimme schien nach ihm zu rufen, während die Sonne hinter der Spitze unterging. Er verengte die Augen, stieg aus dem Sattel und lief zum Fuße des Berges. Irgendetwas war hier. Seine Fingerkuppen kribbelten, als er den kalten Stein berührte, der sich beinahe eisig anfühlte. Hier herrschte eine Magie, die er unmöglich verstehen konnte. So etwas hatte er noch nie gespürt. Sie fühlte sich älter als die Welt an.

Mit verengten Augen starrte er auf den Boden, der leicht bebte. Kleine Gesteinsbrocken bröckelten von der Felswand, während etwas ertönte, dass wie eine Stimme klang. So laut, so tief, als würde man in eine Höhle rufen. Es wurde kalt und er meinte, er könnte Schneeflocken am Himmel sehen.

Fassungslos ging er drei Schritt zurück, zog sein Langschwert und umklammerte es fest. Was immer hier war, es war mächtig. Eine derartige Magie hatte er noch nie gefühlt und das war nichts, was ihm Freude schenkte. Ganz im Gegenteil.

Es wurde noch kälter, das Beben wurde stärker, als etwas vor ihm auftauchte, das ihn kurz die Luft anhalten ließ. Ein Wesen, das wie ein Mann aussah. Weiße Haare und eine Rüstung wie aus Stein. In seiner Hand hielt es ein alt aussehendes Buch. Alridon sah, wie er mit der anderen Hand einen Stab fester umschlang. Eisblaue Adern leuchteten unter seiner viel zu blassen Haut.

Das Wesen hob den Kopf, musterte Alridon und ihm blieb die Luft verwehrt, als weiße Augen in seine sahen.

»Ihr solltet an Götter glauben, Großmeister. Denn sie tragen die Schuld am baldigen Untergang der Welt, und König Frekkon ist einer von ihnen.

DANKSAGUNG

Dass ich eines Tages eine Danksagung schreiben werde, fühlt sich immer noch surreal für mich an. Gleichzeitig ist es ein unbeschreibliches Gefühl, denn es gibt so viele Menschen, die mich auf diesem Weg begleitet haben.

Allen voran möchte ich mich bei Andy bedanken. Denn ohne ihn und seinen Zuspruch, mit dem Schreiben zu beginnen, hätte ich es wohl nie getan. Er ist eine große Stütze für mich, begleitet mich bei all meinen Ideen und ist immer für mich da. Ich freue mich auf alles, was uns die Zukunft bringen wird.

Mein weiterer Dank geht an Natasa, mit der ich Tagelang die Geschichte gesponnen habe und die von Anfang an genauso Feuer und Flamme für die Götter war, wie ich. Genauso wie Jessy, meine Plotfee, die mir ebenso beim Grundgerüst zur Seite stand und mit der es riesigen Spaß macht, über die Geschichte zu sprechen. Mein Dank geht ebenfalls an einer der besten Testleserinnen: Sabrina. Danke, dass du von Anfang an bei den Göttern dabei warst und mir viele hilfreiche Tipps gegeben hast. Ebenfalls möchte ich Siiri für ihre Unterstützung, die zahlreichen Tipps und ihre Geduld danken. Durch sie habe ich viel dazugelernt und dafür werde ich für immer dankbar sein.

Dann möchte ich natürlich meiner Familie danken. Ich kann mich immer auf sie verlassen, sie geben mir unglaublich viel Kraft und sind immer für mich da. Ich kann mir keine bessere Familie vorstellen. An meine Freunde, die sich genauso auf das Buch freuen, wie ich, und natürlich auch an Ilona. Einfach weil sie die Beste ist.

Danke an den SCHICK & OẞWALD MEDIENVERLAG für all die Liebe, die sie in die Götter gesteckt haben und natürlich auch für dieses gigantische Cover.

Ich bin dankbar, so viele Menschen hinter mir zu haben, die an meinen Traum glauben. Die mich unterstützen und für mich da sind.
Ihr seid mein Licht!

Und natürlich möchte ich euch Lesern danken. Ihr seid der Grund, weshalb ich das alles hier tue. Denn ohne euch würde es keine Bücher geben. Danke, dass ihr „Götter sterben nicht“ gelesen habt.
Ihr seid die wahren Helden!

Rimmi O'Stil
SERVILE ERRUNGENSCHAFTEN
L.S. BELLYE &
DRAWNA SKIZZO
EROTISCHER AGENTENROMAN

Rimmi O'Stil

SERVILE ERRUNGENSCHAFTEN

Engagiert wie James Bond, fesselnd wie 50 Shades of Grey und spannend wie Agatha Christie. Draufgängerischer und doch einfühlsam.

Rimmi O'Stil ist eine erotische Agentengeschichte über einen außergewöhnlichen Superagenten, der für seine Organisation auf der ganzen Welt Aufträge von höchster Brisanz zu erledigen hat. Im ersten Band wird er von der Organisation MUSO akquiriert, ausgebildet und besteht seinen ersten Auftrag gegen einen Terroristen der Gruppe Assassin.

SO wird er seinen Weg weitergehen!

SCHICK & OẞWALD
MEDIENVERLAG

ISBN: 978-3-949017-00-1 **www.verlag-so.de**

DIE GESCHICHTE DER
MENSCHHEIT WÜRDE
VERGESSEN, WENN DAS
MEDIUM BUCH NICHT
BESTAND HÄTTE!

UNSERE BÜCHER SIND SO!

Was früher eine Papyrusrolle umfasste, halten heute Bücher fest. Sie sind Sammlungen von bedruckten, beschriebenen, bemalten oder auch leeren Blättern geeigneter Materialien. Durch eine Bindung wird das Einzelne zu einem Gesamtwerk.

Als Grundlage für unsere Bücher dient die geschriebene Sprache, deren Entwicklungsarten und der Zeitgeist.

Ob eBook, Hörbuch oder traditioneller Buchdruck, bei uns wird die Literatur als Kulturgut festgehalten.